Kontaktadresse nach EU-Produktsicherheitsverordnung:
produktsicherheit@fischerverlage.de

Dieser Taschenbuchedition liegt die Kritische Ausgabe der Werke von Franz Kafka zugrunde. Sie wurde anhand der Originalmanuskripte erarbeitet und bietet die authentischen, oft fragmentarischen Texte unter Beibehaltung von Orthographie und Zeichensetzung. »Mag die Interpunktion auf den ersten Blick auch willkürlich erscheinen, weil man die Anwendung der erlernten Regeln vermißt, so erkennt man doch ihre Konsequenz, sobald man mit Hilfe des Ohrs zu lesen beginnt. Denn Kafkas Zeichensetzung dient nicht so sehr der Verdeutlichung der grammatischen Struktur als vielmehr der leichteren Erfassung ihres Sinnes und der Markierung von Rhythmus und Tonfall.« (Malcolm Pasley)

Dieser Band enthält die Aufzeichnungen Kafkas über seine Reisen in den Jahren 1911 bis 1913. Im Anhang werden ihnen die parallelen Aufzeichnungen Max Brods während der beiden in dieser Zeit gemeinsam unternommenen Reisen gegenübergestellt.

Franz Kafka wurde am 3. Juli 1883 als Sohn jüdischer Eltern in Prag geboren, der Stadt, in der er nahezu sein ganzes Leben verbrachte. Nach Schulbesuch und Jurastudium, das er 1906 mit der Promotion abschloß, absolvierte er zunächst ein einjähriges Rechtspraktikum, bevor er 1907 in die Prager Filiale der *Assicurazioni Generali* und 1908 schließlich in die *Arbeiter-Unfall-Versicherungs-Anstalt* eintrat, deren Beamter er bis zu seiner frühzeitigen Pensionierung im Jahre 1922 blieb. Im Spätsommer 1917 erlitt Franz Kafka einen Blutsturz; es war der Ausbruch der Tuberkulose, an deren Folgen er am 3. Juni 1924, noch nicht 41 Jahre alt, starb.

Franz Kafka
Gesammelte Werke in zwölf Bänden

Nach der Kritischen Ausgabe
herausgegeben von Hans-Gerd Koch

1
Ein Landarzt
und andere Drucke zu Lebzeiten

2
Der Verschollene

3
Der Proceß

4
Das Schloß

5
Beschreibung eines Kampfes
und andere Schriften aus dem Nachlaß

6
Beim Bau der chinesischen Mauer
und andere Schriften aus dem Nachlaß

7
Zur Frage der Gesetze
und andere Schriften aus dem Nachlaß

8
Das Ehepaar
und andere Schriften aus dem Nachlaß

9
Tagebücher
Band 1: 1909–1912

10
Tagebücher
Band 2: 1912–1914

11
Tagebücher
Band 3: 1914–1923

12
Reisetagebücher

Franz Kafka
Reisetagebücher

in der Fassung der Handschrift

Mit parallel geführten Aufzeichnungen
von Max Brod
im Anhang

Fischer Taschenbuch Verlag

Eine Auswahl aus den ›Tagebüchern‹
erschien erstmals in dem Band ›Tagebücher und Briefe‹,
herausgegeben von Max Brod im Jahre 1937 bei Heinr. Mercy Sohn in Prag,
die erste vervollständigte Ausgabe unter dem Titel ›Tagebücher 1910–1923‹,
herausgegeben von Max Brod, 1951 im S. Fischer Verlag, Frankfurt am Main.

Textgrundlage dieses Bandes
sind die Seiten 927–1064 des Bandes
Franz Kafka, ›Tagebücher‹, Kritische Ausgabe,
herausgegeben von Hans-Gerd Koch, Michael Müller und Malcolm Pasley,
Frankfurt am Main: S. Fischer Verlag 1990,
und – für die Aufzeichnungen von Max Brod –
die Seiten 73–142 sowie 223–237 des Bandes
›Max Brod/Franz Kafka. Eine Freundschaft. Reiseaufzeichnungen‹,
herausgegeben unter Mitarbeit von Hannelore Rodlauer von Malcolm Pasley,
Frankfurt am Main: S. Fischer Verlag 1987.

2. Auflage

Printed in Germany
ISBN 978-3-596-18115-5

Unsere Adresse im Internet: www.fischerverlage.de

Reisetagebücher

Reisen Januar / Februar 1911

Friedländer Reise	Jänner	1911
Reichenberger	Feber	

Ich müßte die Nacht durchschreiben, so viel kommt über mich, aber es ist nur unreines. Was für eine Macht dieses über mich bekommen hat, während ich ihm früher soviel ich mich erinnere mit einer Wendung, einer kleinen Wendung, die mich an und für sich noch glücklich machte, auszuweichen imstande war.

Reichenberger Jude im Koupe macht sich zuerst durch kleine Ausrufe über Schnellzüge, die es nur dem Fahrpreis nach sind bemerkbar. Unterdessen ißt ein magerer Reisender, das was man Windbeutel nennt, mit raschem Schlucken Schinken, Brot und zwei Würste, deren Haut er mit einem Messer durchsichtig kratzt, bis er schließlich alle Reste und Papiere unter die Bank hinter das Heizungsrohr wirft. Während des Essens hat er in dieser unnötigen mir so sympatischen, aber erfolglos nachgeahmten Hitze und Eile zwei Abendblätter mir zugewendet ausgelesen. Abstehende Ohren. Nur verhältnismäßig breite Nase. Wischt mit den fetten Händen Haare und Gesicht, ohne sich schmutzig zu machen, was ich auch nicht darf. Das scheinbar umfangreiche Glied macht in den Hosen einen starken Wulst.

Mir gegenüber dünnstimmiger, schwachhöriger Herr mit Spitz und Schnauzbart lacht zuerst still ohne sich zu demaskieren in einer höhnischen Weise den Reichenberger Juden aus, wobei ich immer mit einigem Widerwillen, aber aus irgendeinem Respekt nach Verständigungen durch Blicke mich beteilige. Später stellt sich heraus, daß dieser Mann, der das Montagsblatt liest, irgendetwas ißt, auf einer Station Wein einkauft und in meiner Weise schluckweise trinkt, nicht das geringste wert ist.

Von dem magern Reisenden wird dann ein hochbrüstiger kleiner Reisender eingeführt der sich neben mich setzt und zu schwer und selbstbewußt ist, als daß er sich durch anderes als lautes (übrigens nicht höhnisches) Lächeln und hie und da ein Wort bemerkbar machen sollte. Witz mit Protiwin. Er steigt übrigens später aus

---

Dann noch ein junger rotwangiger Bursch, der viel im interessanten Blatt liest, das er zwar rücksichtslos mit der Handkante aufreißt, um es aber schließlich mit der immer von mir bewunderten Sorgfalt unbeschäftigter Menschen als wäre es ein Seidentuch mit vielfachem Zusammendrücken, Eindrücken der Kanten von innen, Festmachen, Abklopfen der Flächen von außen zusammenzulegen und dick wie es ist in die Brusttasche zu stopfen. Er wird es also noch zuhause lesen. Ich weiß gar nicht wo er ausgestiegen ist.

Das Hotel in Friedland. Die große Diele. Ich erinnere mich an einen Christus am Kreuz, der vielleicht gar nicht war. Kein Wasserkloset, der Schneesturm kam von unten herauf.

Eine Zeitlang war ich der einzige Gast. Die meisten Hochzeiten der Umgebung werden im Hotel gefeiert. Ganz unsicher erinnere ich mich eines Blickes in einen Saal am Morgen nach einer Hochzeitsfeier. Auf der Diele und auf dem Gang war überall sehr kalt. Mein Zimmer war über der Hauseinfahrt; mir fiel gleich die Kälte auf, wie erst als ich den Grund bemerkte. Vor meinem Zimmer war eine Art Nebenzimmer der Diele; auf einem Tisch standen dort von einer Hochzeit her zwei vergessene Sträuße in Vasen. Verschluß der Fenster nicht durch Klinken sondern durch Haken oben und unten. Jetzt fällt mir ein, daß ich einmal Musik hörte, ein Weilchen lang. In dem Gastzimmer war aber kein Klavier, vielleicht in jenem Hochzeitszimmer. Immer wenn ich das Fenster schloß, sah ich auf der andern Marktseite ein Delikatessengeschäft. Geheizt wurde mit großen Holzstücken. Stubenmädchen mit großem Mund, einmal trotz der Kälte mit freiem Hals und Brustansatz; bald abweisend bald überraschend anhänglich, ich immer gleich respektvoll und verlegen, wie meist vor allen freundlichen Leuten. Als ich mir für das Arbeiten am Nachmittag und Abend eine stärkere Glühlampe hatte einsetzen lassen, war sie ganz froh als sie das beim Einheizen sah »ja, bei dem frühern Licht könne man nicht arbeiten«, sagte sie. »Bei diesem Licht auch nicht« sagte ich nach einigen lebhaften Ausrufen, wie sie mir in der Verlegenheit leider immer in den Mund kommen. Und ich wußte nichts anderes als meine schon auswendig gelernte Meinung herzusagen, daß das elektrische Licht sowohl zu grell als zu schwach sei. Sie heizte daraufhin schweigend weiter ein. Erst als ich sagte »übrigens habe ich nur die frühere Lampe stärker angezündet« lachte sie ein wenig und wir waren einer Meinung.

Dagegen kann ich solche Dinge: ich hatte sie immer als Fräulein behandelt und sie hatte sich danach eingerichtet; einmal kam ich zu ungewöhnlicher Zeit nachhause und sehe sie in der kalten Diele den Boden waschen. Da machte es mir nicht die geringste Mühe, durch Gruß und eine Bitte rücksichtlich des Einheizens sie vor jeder Beschämung zu bewahren.

Auf der Rückfahrt von Raspenau nach Friedland neben mir dieser steife totenähnliche Mensch, dem der Bart über den offengehaltenen Mund herabgieng und der, als ich ihn nach einer Station fragte, freundlich zu mir gewendet mir die lebhafteste Auskunft gab.

Das Schloß in Friedland. Die vielen Möglichkeiten, es zu sehn: aus der Ebene, von einer Brücke aus, aus dem Park, zwischen entlaubten Bäumen, aus dem Wald zwischen großen Tannen durch. Das überraschend übereinander gebaute Schloß, das sich wenn man in den Hof tritt lange nicht ordnet da der dunkle Epheu, die grauschwarze Mauer, der weiße Schnee, das schieferfarbene Abhänge überziehende Eis die Mannigfaltigkeit vergrößert. Das Schloß ist eben nicht auf einem breiten Gipfel aufgebaut, sondern der ziemlich spitze Gipfel ist umbaut. Ich gieng unter fortwährendem Rutschen einen Fahrweg hinauf, während der Kastellan, mit dem ich weiter oben zusammentraf, über zwei Treppen leicht hinaufkam. Überall Epheu. Von einem spitz vorspringenden Plätzchen großer Ausblick. Eine Treppe an der Mauer hört in halber Höhe nutzlos auf. Die Ketten der Zugbrücke hängen vernachlässigt an den Haken herab.

Schöner Park. Weil er terassenförmig am Abhang, aber auch teilweise unten um einen Teich herum mit verschiedenartiger

Baumgruppierung liegt kann man sich sein Sommeraussehn gar nicht vorstellen. Im eiskalten Teichwasser sitzen zwei Schwäne (ihren Namen habe ich erst in Prag erfahren), eine steckt Hals und Kopf ins Wasser. Ich folge zwei Mädchen die sich immerfort unruhig und neugierig auf mich unruhigen und neugierigen überdies aber unentschlossenen umsehn, lasse mich von ihnen den Berg entlang über eine Brücke eine Wiese, unter einem Eisenbahndamm durch in eine überraschende vom Waldabhang und Eisenbahndamm gebildete Rotunde weiter hoch hinauf in einen scheinbar nicht so bald endenden Wald führen. Die Mädchen gehn zuerst langsam, als ich mich über die Größe des Waldes zu wundern anfange gehn sie rascher, da sind wir auch schon auf einer Hochebene mit starkem Wind paar Schritte vom Ort.

Kaiserpanorama. Einzige Vergnügung in Friedland. Habe keine rechte Bequemlichkeit darin, weil ich mich einer solchen schönen Einrichtung wie ich sie dort antraf, nicht versehen hatte, mit schneebehängten Stiefeln eingetreten war und nun vor den Gläsern sitzend nur mit den Fußspitzen den Teppich berührte. Ich hatte die Einrichtung der Panoramas vergessen und fürchtete einen Augenblick lang von einem Sessel zum andern gehn zu müssen. Ein alter Mann bei einem beleuchteten Tischchen, der einen Band illustrierte Welt liest, führt das ganze. Läßt nach einer Weile für mich ein Ariston spielen. Später kommen noch 2 alte Damen, setzen sich rechts von mir, dann noch eine links. Brescia, Kremona, Verona. Menschen drin wie Wachspuppen an den Sohlen im Boden im Pflaster befestigt. Grabdenkmäler: eine Dame mit über eine niedrige Treppe schleifender Schleppe öffnet ein wenig eine Tür und schaut noch zurück dabei. Eine Familie, vorn liest ein Junge eine Hand an der Schläfe, ein Knabe rechts spannt einen unbesaiteten Bogen. Denkmal des Helden Tito Speri: verwahrlost und begeistert wehen ihm die Kleider um den Leib. Bluse, breiter Hut. Die Bilder lebendiger als im Kinematographen, weil sie dem Blick die Ruhe der Wirklichkeit lassen. Der Kinematograph gibt dem Angeschauten die Unruhe ihrer Bewegung, die Ruhe des Blickes scheint wichtiger. Glatter Boden der Kathedralen vor unserer Zunge. Warum gibt es keine Vereinigung von Kinema und Stereoskop in dieser Weise? Plakate mit Pilsen Wihrer aus Brescia bekannt. Die Entfernung zwischen bloßem Erzählenhören und Panorama sehn ist größer, als die Entfernung zwischen Letzterem und dem Sehn der Wirklichkeit. Alteisenmarkt in Kremona. Wollte am Schluß dem alten Herrn sagen, wie gut es mir gefallen hatte, wagte es nicht. Bekam das nächste Programm. Offen von 10 Uhr bis 10 Uhr.

Ich hatte in der Auslage des Buchladens den »literarischen Ratgeber« des Dürerbundes bemerkt. Beschloß ihn zu kaufen, änderte ihn dann wieder, kam nochmals darauf zurück, während dessen ich oftmals zu allen Tageszeiten vor der Auslage stehen blieb. So verlassen schien mir der Buchladen, die Bücher so verlassen. Den Zusammenhang der Welt mit Friedland fühlte ich nur hier und da war er so dünn. Aber wie jede Verlassenheit mir wieder Wärme erzeugt, so fühlte ich rasch auch das Glück dieses Buchladens und einmal gieng ich hinein, schon um das Innere zu sehn. Weil man dort wissenschaftliche Werke nicht braucht, sah es in den Regalen fast belletristischer aus als in den städtischen Buchläden. Eine alte Dame saß unter einer grünüberdachten Glühlampe. Vier, fünf eben ausgepackte Kunstwarthefte erinnerten mich daran, daß es Monatsanfang war. Die Frau zog meine Hilfe ablehnend das Buch, von dessen Dasein sie kaum wußte aus der Auslage heraus, gab es mir in die Hand, wunderte sich daß ich es hinter der vereisten Scheibe bemerkt hatte (ich hatte es ja schon früher gesehn) und fing in den Geschäftsbüchern den Preis zu suchen an, denn sie kannte ihn nicht und ihr Mann war weg. Ich werde später abend kommen, sagte ich (es war 5 Uhr nachmittag) hielt aber mein Wort nicht.

Reichenberg:

Über die eigentliche Absicht von Personen, die am Abend in einer Kleinstadt rasch gehn, ist man ganz im Unklaren. Wohnen sie außerhalb, dann müssen sie doch die Elektrische benützen weil die Entfernungen zu groß sind. Wohnen sie aber im Ort selbst, dann gibt es ja wieder keine Entfernungen und keinen Grund zum schnellen Gehn. Und doch kreuzen Leute mit gestreckten Beinen diesen Ringplatz, der für ein Dorf nicht zu groß wäre und dessen Rathaus durch seine unvermittelte Größe ihn noch kleiner macht (mit seinem Schatten kann es ihn reichlich bedecken) während man von dem kleinen Platze aus der Größe des Rathauses nicht recht glauben will und den ersten Eindruck seiner Größe mit der Kleinheit des Platzes erklären möchte.

Ein Polizeimann weiß die Adresse der Arbeiterkrankenkassa, ein anderer jene der Anstaltsexpositur nicht, ein dritter weiß nicht einmal wo die Johannesgasse ist. Sie erklären es damit, daß sie erst kurze Zeit im Dienste sind. Wegen einer Adresse muß ich auf die Wachstube, wo genug Polizeileute auf verschiedene Art sich ausruhn, alle in Uniformen, deren Schönheit, Neuheit und Farbigkeit überrascht, da man sonst überall auf der Gasse nur die dunklen Wintermäntel sieht.

In den engen Gassen konnte nur ein Geleise gelegt werden. Die Elektrische zum Bahnhof fährt daher durch andere Gassen, als jene vom Bahnhof. Vom Bahnhof durch die Wiener Straße, dort wohnte ich im Hotel Eiche, zum Bahnhof durch die Schückerstraße.

Im Teater dreimal immer ausverkauft: Des Meeres u. der Liebe Wellen: ich saß auf dem Balkon, ein allzu guter Schauspieler macht mit dem Naukleros zu viel Lärm, ich hatte mehrmals Tränen in den Augen so beim Schluß des ersten Aktes als die Augen Heros und Leanders von einander nicht los können. Hero tritt aus der Tempeltür, durch die man etwas sieht was nichts anderes als ein Eiskasten sein kann. Im zweiten Akt Wald wie in frühern Prachtausgaben, er geht ans Herz, Lianen schlingen sich von Baum zu Baum. Alles moosig und dunkelgrün. Die Hintergrundmauer des Turmgemaches kehrt an einem nächsten Abend in Miss Dudelsack wieder. Vom dritten Akt ab Niedergang des Stückes, als sei ein Feind dahinter her

Reise August / September 1911

Abfahrt 26. VIII 11 Mittag
die schlechte Idee: Gleichzeitige Beschreibung der Reise und der innerlichen Stellungnahme zu einander die Reise betreffend. Ihre Unmöglichkeit durch einen vorüberfahrenden Wagen mit Bäuerinnen erwiesen. Die heroische Bäuerin (delphische Sibylle). Einer lachenden schläft im Schooß eine, die aufwachend winkt. Durch die Beschreibung von Maxens Gruß wäre falsche Feindschaft in die Beschreibung gekommen.

Ein Mädchen, die spätere Alice Rehberger, steigt in Pilsen ein. Der während der Fahrt bestellte Kaffee wird für den Restaurateur durch grüne kleine Zettel, die an die Fenster geklebt werden angezeigt. Man muß ihn aber mit Zettel nicht nehmen und bekommt ihn auch ohne. Zuerst kann ich sie nicht sehn weil sie neben mir sitzt. Erste gemeinschaftliche Tatsache: Ihr eingepackter Hut fliegt auf Max hinunter. So kommen Hüte schwer durch die Waggontüren herein und leicht durch die großen Fenster wieder heraus. – Max zerstört wahrscheinlich die Möglichkeit einer spätern Beschreibung, indem er als Ehemann um der Erscheinung die Gefährlichkeit zu nehmen, etwas sagen muß, dabei das Wichtige ausläßt, das Lehrhafte hervorhebt und ein wenig verhäßlicht. – »tadellos, herausfeuern 0 Koma 5 Beschleunigung, prompt«, Nesthäkchen im Bureau, Ansichten über Militär, Witze im Bureau (Verwechseln der Hüte im Bureau, Annageln der Kipfel), unser Witz mit der Karte, die sie in München schreiben, die wir von Zürüch an ihr Bureau schicken werden und in der es heißt: »Das Vorausgesagte ist leider eingetroffen .. falscher Zug .. jetzt in Zürich .. 2 Tage vom Ausflug verloren.« Ihre Freude. Sie erwartet aber von uns als Ehrenmännern, daß wir nichts zuschreiben. Automobil in München. Regen, rasche Fahrt (20 Min.) Kellerwohnungperspektive, Führer ruft die Namen der unsichtbaren Sehenswürdigkeiten aus, die Pneumatiks rauschen auf dem nassen Asphalt wie der Apparat im Kinematographen, das deutlichste: die unverhängten Fenster »der vier Jahreszeiten«, die Spiegelung der Lampen im Asphalt wie im Fluß

Waschen der Hände und Gesichter in einer »Kabine« auf dem Bahnhof in München.

Koffer im Waggon gelassen. Die Angela in einem Waggon untergebracht, wo eine Dame, die mehr zu fürchten war als wir, ihr ihren Schutz anbietet, was mit Begeisterung angenommen wird. Verdächtig.

Maxens Schlaf im Coupee. Die 2 Franzosen, der eine dunkle lacht immerfort, einmal darüber, daß ihn Max kaum sitzen läßt (so streckt er sich aus) dann darüber daß er einen Augenblick benützt und Max nicht liegen läßt. Max im Baldachin seines Havelocks. Die Zigaretten des andern mächtigern Franzosen. Essen in der Nacht. Eindringen dreier Schweizer. Einer raucht. Einer, der dann auch nach dem Aussteigen der andern 2 zurückbleibt, ist zuerst unwesentlich klärt sich erst gegen Morgen auf. Bodensee. Leichtsinnig wie vom Quai aus gesehn. — Die Schweiz während der ersten Morgenstunden sich selbst überlassen. Ich wecke Max beim Anblick

einer derartigen Brücke wecke ich Max und verschaffe mir dadurch den ersten starken Eindruck von der Schweiz trotzdem ich sie schon lange aus innerer in äußerer Dämmerung anschaue. – Der Eindruck aufrechter, selbständiger Häuser in Gallen ohne Gassenbildung. – Winterthur. – Mann in der beleuchteten Villa in Würtemberg, der um 2 Uhr in der Nacht auf der Verande sich über das Geländer beugt. Tür ins Schreibzimmer geöffnet. – Die schon wachen Rinder in der schlafenden Schweiz. – Telegraphenstangen Querschnitt von Kleiderhaken. – Erbleichen der Matten bei steigender Sonne – Erinnerung an das strafhausähnliche Stationsgebäude in Cham, dessen Aufschrift in biblischem Ernst ausgeführt ist. Fensterschmuck scheint trotz seiner Armut gegen Vorschriften zu verstoßen. In zwei weit auseinander liegenden Fenstern des großen Hauses stehn vom Wind bewegt dort ein großes hier ein kleines Bäumchen.

Lump auf dem Bahnhof in Wintertur mit Stöckchen, Gesang und einer Hand in der Hosentasche.

Anfrage im Fenster: Wie wird Zürich die erste große schweizerische Stadt aus den Einzelhäusern gebildet sein?

Geschäftliche Unternehmungen in Villen.

Viel Gesang in Lindau auf dem Bahnhof in der Nacht.

Patriotische Statistik: Flächeninhalt einer in der Ebene auseinandergezogenen Schweiz.

---

fremde Chokoladenfirmen

(Verlorengegangenes)

Zürich

Heraufsteigen des Bahnhofs aus einigen ineinandergegangenen Bahnhöfen der letzten Erinnerung – (Max nimmt es für a + x in Besitz)

Historischer Eindruck fremden Militärs. Fehlen dieses Eindrucks beim eigenen – Argument des Antimilitarismus.

Schützen in Zürüch auf dem Bahnhof. Unsere Furcht vor dem Losgehn der Gewehre wenn sie laufen.

Plan von Zurück wird gekauft.

Auf einer Brücke hin- und zurück wegen Unentschlossenheit über die zeitliche Aufeinanderfolge von kaltem, warmem Baden und Frühstücken.

Limmatrichtung, Uraniasternwarte.

Hauptverkehrsader, leere Elektrische, Pyramiden von Röllchen im Vordergrund einer Auslage eines italienischen Herrenmodewarengeschäftes

---

nur Künstlerplakate (Kurhotels, Festspiel »Marigagno« von Wiegand, Musik von Jermoli.)

Erweiterungsbau eines Warenhauses. Beste Reklame. Jahrelanges Aufpassen der ganzen Bevölkerung. (Dufayel)

Briefträger als erste Kuttenträger des herankommenden Südens und Westens schauen wie in Nachthemden aus. Kästchen vor sich hergetragen, Briefe geordnet wie die Planeten auf dem Weihnachtsmarkt, hoch gehäuft darüber.

Seeanblick. Starkes Sonntagsgefühl bei der Einbildung hier Bewohner zu sein. Luftreservoir des Sees, nicht zu bebauen. Reiter. Aufgescheuchtes Pferd. Erzieherische Inschrift vielleicht Relief der Rebekka am Brunnen, die Ruhe der Inschrift und des Reliefs über der förmlich stark geblasenen Glasform des fließenden Wassers.

Altstadt: Enge steile Gasse, die ein Mann in blauer Blouse schwer herunterläuft. Über Stiegen.

Erinnerung an das vom Verkehr bedrohte Kloset vor Saint Roche in Paris.

Frühstück im alkoholfreien Restaurant. Butter wie Eidotter. Zürcher Zeitung

---

Großmünster: alt oder neu? Männer gehören an die Seiten. Der Küster weist uns bessere Plätze an. Wir folgen ihm da es in unserer Richtung des Hinausgehns ist. Da er, als wir schon beim Ausgang sind, zu glauben scheint, wir finden diese Plätze nicht kommt er quer durch die Kirche auf uns los. Wir stoßen einander heraus. Viel Lachen.

Max: Verwirrung der Sprachen als Lösung nationaler Schwierigkeiten. Der Chauvinist kennt sich nicht mehr aus.

Bad in Zürich: Nur Männerbad. Einer am andern. Schweizerisch. Mit Blei ausgegossenes Deutsch. Zum Teil keine Kabinen, republikanische Freiheit des Sichausziehens vor seinem Kleiderhaken, ebenso Freiheit des Schwimmeisters mit einer Löschspritze das volle Sonnenbad zu leeren. Dieses Leermachen wird übrigens nicht grundloser gewesen sein, als die Sprache unverständlich ist. Springer: mit auf dem Geländer auseinandergespreizten Füßen springt er erst aufs Sprungbrett und erhöht dadurch den Schwung. – Einrichtung einer Badeanstalt erst bei längerer Benützung zu würdigen. Kein Schwimmunterricht. Irgend ein Naturheilkundiger mit langem Haar benimmt sich einsam. Niedrige Seeufer.

Freikoncert des Officiersverkehrsverein. Unter den Zuhörern ein Schriftsteller mit Begleiter, der in ein mit kleinen Zeilen gefülltes Notizbuch schreibt und nach Beendigung einer Programmnummer von seinem Begleiter fortgezogen wird. Keine Juden. Max: Die Juden haben sich dieses große Geschäft entgehn lassen. Anfang: Bersaglieri Marsch. Ende: Pro patria Marsch. Freikoncerte ihrer selbst wegen gibt es in Prag nicht (Luxembourgpark) nach Max republikanisch, in Paris Militär.

Kellerzimmer versperrt. Verkehrsbureau. Helles Haus hinter dunkler Gasse. Terassenhäuser am r. Ufer der Limmat. Blauweißgeflammte Fensterläden. Langsam gehende Soldaten sind Policisten. Tonhalle. Polytechnikum nicht gesucht und nicht gefunden. Stadthaus. Mittagessen im ersten Stock. Meilener Wein (Sterilisierter Wein frischer Trauben). Eine Kellnerin aus Lucern nennt uns die Züge dahin. Erbsensuppe mit Sago, Bohnen mit geröst. Kart. Citronencrême. – Anständige, kunstgewerbliche Häuser. Abfahrt ca. 3 Uhr nach Luzern um den See. Die leeren, dunklen hügeligen, waldigen Ufer des Zuger Sees in vielen Landzungen. Amerikanischer Anblick. Widerwillen auf der Reise gegen Vergleiche mit noch nicht gesehenen Ländern. Große Panoramen im Luzerner Bahnhof. Rechts vom Bahnhof Skiting-Rink. Wir treten unter die Diener und rufen Rebstock. Ist das Hotel unter den Hotels wie der Diener unter den Dienern? Brücke (nach Max) teilt wie in Zürich See von Fluß. Wo ist die deutsche Bevölkerung, welche die deutschen Aufschriften rechtfertigt? Kursaal. Die sichtbaren Schweizer in Zürich schienen nicht Hoteliertalente zu sein, hier, wo sie es sind, verschwinden sie, vielleicht sind sogar die Hoteliers Franzosen. Die leere Ballonhalle gegenüber. Das Hineingleiten des Luftschiffs schwer vorstellbar. Roller-Rink. Berlinisches Aussehn. Obst. Das Dunkel der Strandpromenade bleibt am Abend abgegrenzt unter den Baumwipfeln. Herren mit Töchtern oder Dirnen. Schaukeln der bis zur untersten scharfen Kante sichtbaren Boote. Lächerliche Empfangsdame im Hotel, lachendes Mädchen führt immerfort weiter hinauf ins Zimmer, ernstes, rotwangiges Stubenmädchen. Kleines Treppenhaus. Versperrter eingemauerter Kasten im Zimmer. Froh, aus dem Zimmer heraus zu sein. Hätte gern Obst genachtmahlt. Gotthard-Hotel, Mädchen in Schweizer Tracht. Aprikosen Compot Meilener Wein. Zwei ältere Frauen und ein Herr sprechen über das Altern. Entdeckung des Spielsaales in Luzern. 1 fr. Entrée. 2 lange Tische. Wirkliche Sehenswürdigkeiten sind häßlich zu beschreiben, weil es förmlich vor Wartenden geschehen muß. An jedem Tisch ein Ausrufer in der Mitte mit 2 Wächtern nach beiden Seiten hin.

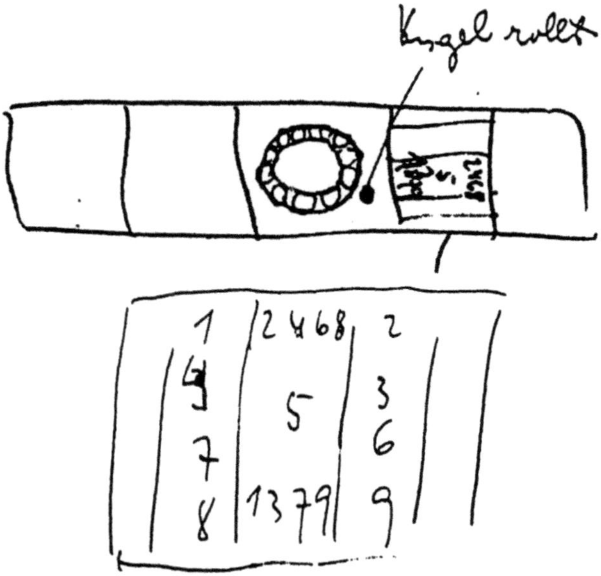

Höchsteinsatz 5 f. »Die Schweizer werden gebeten, den Fremden den Vortritt zu lassen, da das Spiel zur Unterhaltung der Gäste bestimmt ist.« Ein Tisch mit Kugel, einer mit Pferdchen. Croupiers in Kaiserrock. Messieurs faites votre jeu – marquez le jeu – les jeux sont faits – sont marqués – rien ne va plus. Croupiers mit vernickelten Rechen an Holzstangen. Was sie damit können: Ziehn das Geld auf die richtigen Felder, sondern es, ziehn Geld an sich, fangen von ihnen auf die Gewinnfelder geworfenes Geld auf. Einfluß der verschiedenen Croupiers auf Gewinnchancen oder besser der Croupier, bei dem man gewinnt, gefällt einem. Aufregung vor dem gemeinsamen Entschluß zu spielen, man fühlt sich im Saal allein. Das Geld (10 fr) verschwindet auf einer sanft geneigten Ebene. Der Verlust von 10 fr. wird als eine zu schwache Verlockung zum Weiterspielen empfunden, aber doch als Verlockung. Wut über alles. Ausdehnung des Tages durch dieses Spiel.

Montag 28 August ⟨*1911*⟩. Mann in hohen Stiefeln frühstückt an der Wand. Dampfer 2ter Klasse. Luzern am Morgen. Schlechteres Aussehn der Hotels. Ehepaar liest Briefe vom Hause mit Zeitungsausschnitten über Cholera in Italien. Die schönen Wohnsitze nur sichtbar von einer Seefahrt aus, man fährt auch auf ihrem Niveau. Wechselnde Gestalt der Berge. Vitznau Rigibahn. See durch Blätter gesehn, südlicher Eindruck. Überraschung durch die plötzliche Ebene des Zuger Sees. Bouquet mit Rigi, worauf wartet das? Heimatliche Wälder. Bahn 75 erbaut, nachschauen im alten über Land und Meer. Historischer engl. Boden, hier giengen sie noch karriert und mit Favoris. Fernrohr. Jungfrau weit, Rotunde des Mönches, schwankende heiße Luft bewegt das Bild. Hingelegte Handfläche des Titlis. Durchschnittener

Brotlaib eines Schneefeldes. Von oben wie von unten falsche Beurteilung der Höhen. Unentschiedener Streit über die schräge oder ebene Lage des Bahnhofes von Arth-Goldau. Table d' hôte. Schwarze Frau ernst, scharfer Mundanfang, schon unten neben dem Waggon gesehn, sitzt in der Halle. Englisches Mädchen bei der Abfahrt, jeder Zahn rings herum gleich. Kleine Französin steigt in das Nebencoupee, erklärt mit ausgestrecktem Arm unser volles Coupee für nicht »komplet« und treibt ihren Vater zum Einsteigen und ihre unschuldig und dirnenhaft aussehende ältere kleine Schwester, die mich mit ihren Elbogen an der Hüfte kitzelt. Mehr mit den Zähnen gesprochenes Englisch der alten Dame rechts von Max, für das man den Namen einer Grafschaft sucht. Fahrt Vitznau-Fluelen. Gersau, Beckenried, Brunnen (lauter Hotels) Schillerstein, Tellplatte, ausgelassenes Rütli, 2 Loggien in der Axenstraße (Max dachte sich hier mehrere, weil man auf Photographien immer diese 2 sieht) Urner Becken, Fluelen. Hotel Sternen.

Dienstag 29. August *⟨1911⟩*

Dieses schöne Zimmer mit Balkon. Die Freundlichkeit. Zu sehr eingesperrt von Bergen. Ein Mann und 2 Mädchen, in Wettermänteln, hintereinander, gehn am Abend durch die Halle mit Bergstöcken, als sie schon alle auf der Treppe sind, werden sie durch eine Frage des Zimmermädchens aufgehalten. Sie danken, sie wissen schon Bescheid. Auf eine weitere Frage über ihre Bergpartie: Es war aber auch nicht so leicht, das kann ich Ihnen sagen. In der Halle schienen sie mir aus Miss Dudelsack, auf der Treppe Max aus Ibsen, mir dann auch. Vergessener Gucker. Auf der Bahn erfährt man daß sogar eine alte Dame nach Genua fährt. Jungen mit Schweizer Fahne. Seebad im Vierwaldstätter See. Ehepaar. Rettungsring. Spaziergänger auf der Axenstraße. Schönstes Bad, weil man sich selbständig einrichten konnte. Fischerinnen in weißgelbem Kleid. Einsteigen in die Gotthardbahn. Reuß. Milchgemischtes Wasser unserer Flüsse. Die ungarische Blume. Die dicken Lippen. Exotische Linie vom Rükken zum Hintern. Der schöne Mann dort bei den Ungarn. Bespuckt in Italien den Boden mit Weintraubenschalen, die aber dem Süden zu verschwinden. Jesuitengeneral auf dem Bahnhof in Göschenen. Plötzliches Italien, hingeworfene Tische vor den Osterien, ein junger Mann in allen Farben, der sich nicht halten konnte, Handbewegungen der Abschied nehmenden Frauen (Nachahmung einer Art Zwickens), schwarze hochgekämmte zur Seite eines Bahnhofes, hellrosa Häuser, verwischte Aufschriften. Später verschwindet das Italienische oder der Schweizer Kern tritt vor. Frauen in den Bahnwächterhäuschen, erinnert an Kampf. Tessinfälle, ruckweise Fälle überall. Deutsches Lugano. Lärmende Palästra. Post neu gebaut. Hotel Belvedere. Koncert im Kurhaus. Kein Obst.

30. August. Von 4^h bis 11^h Nachts mit Max an einem Tisch, zuerst im Garten, dann im Lesezimmer, dann in meinem Zimmer. Vormittag war Bad, Post.

31. August. Uhrzeigerhaftes Auftauchen der Schneeberge auf dem Rigi –

Freitag 1. IX. 11. Abfahrt 10_{15} von place Guglielmo Tell. – Schablonenhafte Analogie des Rücksitzes im Wagen und im Schiff. Gerüst für Tuchbespannung auf den Booten wie bei Milchwagen – Jede Schiffslandung ein Angriff.

Fahrt ohne Gepäck, Hand frei um den Kopf zu halten – Gandria ein Haus hinter dem andern aufgesteckt, Loggien mit farbigen Tüchern, keine Vogelperspektive, Gassen und keine Gassen – S. Margeritha mit Springbrunnen auf der Landungsstelle. Villa mit 12 Cypressen bei Oria.

Balkoneingang im Hemd – Man kann und wagt sich in Oria ein Haus nicht vorzustellen, dessen Front eine Terasse mit griechischen Säulen hat – ausgebrannte Häuser nur im Brand richtig – Mamette: mittelalterl. Zauberhut auf einem Glokkenturm – Esel u. dem Laubengang früher eine Hafenplatzseite entlang – am Vierwaldstättersee hat man zu viel an sich gedacht – Osteno – Der Geistliche in Damengesellschaft

Besondere Unverständlichkeit der Ausrufe. Bei Sätzen kann das Unverständnis drin herumkriechen. Kind im Fenster hinter dem Pissoirtunnel. Kitzelnder Anblick der Eidechsenbewegung an einer Mauer – Fallendes Haar der Psyche – Auf Rädern vorüberfahrende Soldaten und als Matrosen verkleidete Diener der Hotels – Bad zwischen Cadenabbia. Im

Wagen Vorüberfahrende zeigen einander die ital. Jungen. Zurückweichen nach der Landung vor der Abfahrt

---

Carlotta – Ilex Stein Eiche abgezogene Haut von kleinen Tieren – Passiflora physikalisches Balancierkunststück – Bambus – mit Greisenscalps umwickelte Palmenstämme – Bux (Myrthe) Aloe (Doppelsäge) Ceder (eine von ihren Ästen umquirlte Lärche) hängende schlaffe ausgeläutete Glocken (Fuchsien) Jubäa (Nashornstamm) Platane – Kakteen Magnolien (unzerreißbare Blätter) Australische Farren (Palmen) – Myrthe (zarter Bux) – Zarter Lorbeer Kuppelförmiger Rododendr. Eukalyptus – entblößter Muskelstamm – Citronen Papyrus dreikantiger Schaft oben binsenförmig sich selbst umschlingende Glycinie – riesige Platane – Banane

---

Kinder auf der Landungsbrücke in Menaggio, Vater, der auf ihre Kinder stolze Körper der Frau

---

Staatsmann mit halboffenem Mund (Villa Carlota)

Französin mit der Stimme meiner Tante und Strohsonnenschirm mit zerfaserter dichter Umrandung schreibt in ein kleines Notizbuch über montagne u.s.w. – schwarzer Mann im Boot in der Umrahmung der Reifen stehend über die Ruder gebeugt. Zollbeamte überschaut und durchkramt rasch ein Körbchen, als sei alles ein Geschenk für ihn. – Italiener im Zug Porlezza Menaggio. Jedes an einen gerichtete italienische Wort dringt in den großen Raum der eigenen Unkenntnis und beschäftigt daher ob verstanden oder unverstanden durch lange Zeit. Das eigene unsichere Italien. kann sich gegenüber der Sicherheit des Italieners nicht halten und wird ob verstanden oder nicht verstanden leicht überhört. – Witz des rückfahrenden Zuges vor Menaggio hübscher Gesprächsstoff – Bootshäuser aus Stein mit Terassen und Schmuck jenseits der Straße vor den Villen – Große Geschäfte mit Altertümern. – Bootsführer: peu de commerce – Zollkutter (Erzählung von Kapitän Nemo und Reise durch die Sonnenwelt). –

2 September *⟨1911⟩*. Samstag
Zittern des Gesichts im kleinen Dampfer – geschürzte Vorhänge (braun mit weißer Randzeichnung) vor den Läden (Cadenabbia) – Bienen im Honig – einsame verdrießliche Frau mit kurzem Oberleib Sprachlehrerin – korrekter Herr mit hochgezogenen Hosen. Seine Unterarme schweben über dem Tisch, als umfaßten die Hände statt Messer- und Gabelgriff das Ende einer Lehne. – Hört den Wirt an – Bein an Bein – Kinder im Anblick der schwachen Raketen: encore un – Zischen – Armeaufstrecken – Schlechte Fahrt im kleinen Dampfer. Mitbeteiligung an der Bewegung zu groß – zu wenig hoch, um die frische Luft zu spüren und die Gegend frei zu überblicken – der Lage der Heizer angenähert – Bad zwischen Cassagnola und Gandria auf von uns erbauten Sitzen – Vorbeiziehende Gruppe, Mann Kuh und Frau. Sie erzählt. Schwarzer Turban, loses Kleid. – Herzklopfen der Eidechsen – Aufwand von Energie eines Herrn: spätes Servieren im Lesezimmer, gleichzeitig Bier, Wein, Fernet branca, Ansichtskarten, leichtes Seufzen – Kleiner Junge des Wirtes streckt mir, ohne daß ich früher mit ihm gesprochen hätte, auf Ermahnung seiner Mutter den Mund zum Gutenachtkuß hin. Hat mir geschmeckt – Gandria statt Gassen Kellertreppen

und Kellerkorridore – ein Junge wird geschlagen, dumpfer Klang geklopfter Betten – von Epheu überwachsenes, am Rand mit Epheu bespritztes Haus – in Gandria Nätherin am Fenster ohne Jalousien, Vorhänge und Scheiben – Wir stützen einander auf dem Weg vom Badeplatz nach Gandria, so müde sind wir – feierlicher Zug von Booten hinter einem kleinen schwarzen Dampfer – junge Herrn in Betrachtung von Bildern kniend hockend auf dem Landungssteg in Gandria, einer ganz weiß, als Mädchenfreund und Lustigmacher uns wohl bekannt – In Porlezza am Abend auf dem Quai. – Ein schon vergessener Franzose mit Vollbart bringt beim Wilhelm Tell Denkmal seine Merkwürdigkeit wieder in Erinnerung – Dieses Denkmal mit Ausflußrohr einer Küchenwasserleitung, Messing aus Stein

3 September *⟨1911⟩* Sonntag
Ein Deutscher mit Goldzahn, an dem sich ein Beschreiber auch bei sonstiger Unklarheit des Eindrucks festhalten kann, bekommt um ¾12 noch eine Eintrittskarte in die Schwimmanstalt, trotzdem sie um 12 gesperrt, worauf ihn gleich im Innern der Schwimmeister in unverständlichem, daher etwas strengen Italienisch aufmerksam macht. Durch dieses Italienisch auch innerhalb seiner Muttersprache verwirrt fragt der Deutsche staunend warum man ihm dann eine Fahrkarte bei der Kassa verkauft habe und beklagt sich daß man ihm eine Fahrkarte verkauft hat und führt an, man hätte ihm keine Fahrkarte mehr verkaufen dürfen. Aus der italienischen Antwort hört man durch, daß er ja noch fast eine ¼ Stunde zum Baden und Anziehn Zeit habe. Thränen geweint. – Auf dem Faß im See gesessen. – Hotel Belvedere »Alle Anerkennung dem Wirt, aber das Essen miserabel«

4 September ⟨*1911*⟩ Cholerainformationen: Verkehrsbureau, Corriere della Sera, Norddeutscher Lloyd, Berliner Tageblatt, Stubenmädchen bringt Informationen eines Berliner Arztes, je nach der Gruppierung und dem eigenen körperlichen Zustand ändert sich der durchschnittliche Charakter dieser Nachrichten, bei der Abfahrt von Lugano nach Porte Ceresio 1 · 05 ist er ziemlich günstig. – Flüchtige Begeisterung für Paris, im Wind der den vor uns gehaltenen Excelsior vom 3 Sept. 11 bläht, mit dem wir zu einer Bank laufen. – Auf der Brücke über den Luganosee sind noch einige Plätze für Reklametafeln zu vermieten. –

---

ad Freitag die 3 Kerle treiben uns von der Schiffspitze weil vielleicht der Steuermann freien Ausblick auf das Licht vorn haben muß, schieben dann aber eine Bank heran und setzen sich selbst – Ich hätte gern gesungen.

Freitag ⟨*1. September 1911*⟩
Unter den Augen des Italieners, der uns zur Reise nach Turin (Ausstellung) räth und dem wir zunicken, durch Handschlag bekräftigter gemeinsamer Entschluß um keinen Preis nach Turin zu fahren – Lob der reducierten Karten. Radfahrer macht Rundfahrten auf der Seeterasse eines Hauses in P. Ceresio – Peitsche die statt des Riemens nur ein kleines Schwänzchen aus Roßhaar hat – Fahrender Radfahrer hält ein neben ihm trabendes Pferd an einem Strick

Mailand: Führer in einem Geschäft vergessen. Zurückgegangen u. gestohlen – im Hofe der Mercanti Apfelstrudel gegessen – Gesundheitskuchen – Theatro Fossati – Alle Hüte und

Fächer in Bewegung – Lachen eines Kindes in der Höhe – Programm verklebt durch einen Reklamezettel – eine ältere Dame im Männerorchester – Poltrone – Ingresso – Orchester in einer Ebene mit dem Zuschauerraum – Reklame von Lancia aufgenommen in die Plafonddekoration eines Salons – alle Fenster der Rückwand offen – großer starker Schauspieler mit zart getupften Nasenlöchern, deren Schwarz auffallend bestehen bleibt, wenn auch die Ränder des zurückgebogenen Gesichtes im Licht verschwimmen – Mädchen mit hohem dünnen Hals läuft mit kurzen Schritten und steifen Ellenbogen aus dem Zimmer und läßt die zum hohen Halse passenden hohen Stöckel ahnen. Überschätzung des Lachens, denn vom nichtverstehenden Ernstsein zum Lachen ist es weiter als vom eingeweihten Ernstsein – Bedeutung jedes Möbelstückes – 5 Türen in beiden Stücken für jeden Fall – Nase und Mund eines Mädchens niedergeleuchtet von den gemalten Augen. – Herr in der Loge öffnet beim Lachen den Mund bis zu einem rückwärtigen Goldzahn, der dann den Mund ein Weilchen so offen hält. Auf andere Weise nicht zu erreichende Einheit zwischen Bühne und Zuschauerraum, wie es jene ist, die sich für und gegen den Zuschauer bildet, der die Sprache nicht versteht

---

– Junge Italienerin mit sonst jüdischem Gesicht das sich im Profil ins Unjüdische verschiebt – Wie sie aufstand die Hände zur Brüstung vorstreckte und nur der schmale Körper zu sehen war ohne die Verbreiterung der Arme und Schultern, wie sie zu den Fensterpfosten die Arme ausbreitete, wie sie sich mit beiden Händen an einem Pfosten festhielt im Zugswind wie an einem Baum. – Sie las eine Detektivbrochure, um die sie ihr kleiner Bruder lange umsonst gebeten hat. – Ihr Vater nebenan mit scharf gekrümmter Nase während ihre an der gleichen Stelle eben sanft darum jüdischer gebogen war – sie sah mich öfters an, aus Neugierde ob ich mit meinem lästigen Hinsehn nicht doch endlich aufhören möchte – ihr Kleid aus Rohseide – dicke große duftende Dame neben mir die ihr Parfum mit dem Fächer in der Luft verteilt – ihr vieles Fleisch hält es im flachen Fuß nicht aus und steigt gleich hinter den Zehen in die Höhe – ich fühle mich neben ihr eintrocknen – im Gepäckraum hat der Blechschirm der Gasflamme die Form eines flachen Mädchenhutes – unterhaltend verschiedene Gitter in den Häusern – unter den Bogen der Einfahrt zur Skala haben wir sie gesucht und waren gegenüber ihrer einfachen abgekratzten Fassade über diesen Irrtum auch dann nicht erstaunt als wir auf den Platz hinaustraten – wachsende Billigung des sich ins Innere der Stadt hin steigernden Verkehrs bis man auf dem Domplatz nichts sieht als langsam das Denkmal Vittorio Emanuels umfahrende Elektrische, sich abwendet und ein Hotel sucht – Freude über die Verbindung zwischen den 2 Zimmern, die durch eine Doppeltür hergestellt ist. Jeder kann eine Tür öffnen. Max hält dies auch für Ehepaare passend. – Zuerst einen Gedanken niederschreiben, dann vorlesen, nicht vorlesend schreiben, da dann nur der im Innern vollzogene Anlauf gelingt, während das weiter noch zu schreibende sich losmacht. – Gespräch über Scheintod und Herzstich an einem Kaffeehaustischchen auf dem Domplatz. Mahler hat auch den Herzstich verlangt. Die beabsichtigte Zeit des Aufenthaltes in Mailand schrumpft unter diesem Gespräch trotz eines kleinen Widerstandes von meiner Seite sehr zusammen. – Der Dom belästigt mit seinen vielen Spitzen. – Entwicklung des Entschlusses nach Paris zu fahren: der Augenblick in Lugano über dem Excelsior, Reise nach Mailand infolge des nicht ganz freiwilligen Einkaufes der Karten nach Mailand über Porte Ceresio, von Mailand nach Paris aus Angst vor der Cholera und aus dem Verlangen nach Belohnung für diese Angst. Überdies Berechnung der financiellen und zeitlichen Vorteile dieser Reise

I Rimini – Ostende – Genua Nervi (Prag)

II Oberital. Seen, Mailand (Prag) Genua (Schwanken zwischen Locarno u. Lugano)

III Maggiore auslassen, Lugano Mailand, Städtereise bis Bologna

IV in (Lugano) Lugano – Paris

V Lugano – Mailand (mehrere Tage) – Maggiore

VI in Mailand: direkt nach Paris (ev. Fontainebleau)

VII ausgestiegen in Stresa damit bekommt die Reise zum erstenmal einen guten Rückblick und Vorblick, sie ist ausgewachsen und wird deshalb um die Taille gefaßt – so klein wie in der Galerie habe ich Menschen niemals gesehen – Max behauptet, die Galerie sei nur so hoch, als man auch im Freien Häuser sieht, ich leugne es mit einem vergessenen Einwand, wie ich mich überhaupt immer für diese Gallerie einsetzen werde. – Sie hat fast keinen überflüssigen Schmuck, hält den Blick nicht auf, scheint infolgedessen sowie auch infolge ihrer Höhe kurz, erträgt aber auch das – sie bildet ein Kreuz, durch das die Luft frei weht – vom Dach des Domes aus scheinen die Menschen gegenüber der Gallerie größer geworden – ich kann mich mit der Gallerie vollständig darüber trösten, daß ich die alt-römischen Überbleibsel nicht gesehen habe –

Transparente Überschrift in der Tiefe des Flurs über dem Bordell: Al vero Eden. Starker Verkehr mit der Gasse meist durch Einzelne. Hin- und Her in den schmalen Gassen der Umgebung. Sie sind rein, haben trotz ihrer Schmalheit mehrere Bürgersteige, einmal sehn wir aus einer schmalen Gasse in einer andern rechtwinklig einbiegenden im letzten Stockwerk eines Hauses eine Frau am Fenstergitter lehnen – Ich war damals zu allem leicht entschlossen und fühlte wie immer in solcher Laune meinen Körper schwerer geworden. – Die Mädchen sprachen ihr Französisch wie Jungfrauen. – Mailänder Bier riecht wie Bier, schmeckt wie Wein. – Max bedauert Geschriebenes nur während des Schreibens, später niemals

---

Max führt aus Angst eine Katze im Lesezimmer spazieren.

Das Mädchen, dessen Bauch im Sitzen über und zwischen den auseinander gereckten Beinen unter dem durchscheinenden Kleid zweifellos unförmlich war, während er als sie aufstand sich zerzog wie eine Teaterdekoration hinter Schleiern und einen schließlich erträglichen Mädchenleib bildete. Die Französin, deren Süßigkeit für den abschließenden Blick sich vor allem in den runden und doch detaillierten, plauderhaften und anhänglichen Knien zeigte – Eine befehlshaberische Denkmalsfigur, die das eben verdiente Geld in den Strumpf schiebt. – Der Greis, der auf einem Knie die beiden Hände übereinander legt. – Die bei der Tür, deren böses Gesicht spanisch, deren Einlegen der Hände in die Hüften spanisch ist und die sich in einem miederartigen Kleid aus Preservativseide streckt. Die Haare wandern ihr dicht vom Nabel zur Scham. – Bei uns entfremden die deutschen Mädchen in den Bordellen ihre Gäste auf ein Weilchen ihrer Nation, hier tun es die französischen. Vielleicht ungenügende Kenntnis dieser heimischen Verhältnisse. – Bestrafte Leidenschaft für Eisgetränke: 1 Grenadine, 2 Aranciata im Teater, 1 im Bar am Corso Emanuele, 1 sorbet im Kaffeehaus in der Gallerie, 1 französisches Mineralwasser Thierry, das mit einemmal die Wirkungen alles frühern enthüllt, trauriges Schlafengehn im Anblick eines stark italienischen weitgreifenden Prospektes vom Bett aus, der durch ein etwas vorspringendes Fenster einer Seitenfront erzeugt wird, trostloses Erwachen mit dem trockenen Druck gegen alle Rachenwände. – Gar nicht beamtenmäßige Eleganz der Wachleute, wenn sie die ausgezogenen Zwirnhandschuhe in der einen Hand, das Stöckchen in der andern einen Dienstweg machen. – Dirnen gelaufen auf dem Domplatz und in der Gallerie – Entschuldigung bei Max wegen des Bordells am Morgen

5 Sept. ⟨*1911*⟩
Banca Commerciale auf dem Skalaplatz – Brief von zuhause. – Ziemlicher Stuhl. – Karte an den Chef: »Mit dieser und noch mit einer zweiten Karte suche ich Ihnen mit it. Marken zu dienen und erlaube mir unter diesem Vorwand Sie herzlich zu grüßen« – Staunender Eintritt in den Dom zwischen Portieren, braun wie in Cadenabbia. – Verlangen ein Architekturbild des Doms zu liefern, weil der Dom rund herum eine reine Darstellung der Architektur ist, im größten Teil keine Bänke, wenig Standbilder an den Säulen, wenige und immer dunkle Bilder an den fernen Wänden hat und die einzelnen Besucher auf den Bodenplatten als Maßstäbe seiner Größe aufgestellt sind oder als Maßstäbe seiner Ausdehnung sich bewegen. – Erhaben, aber viel zu rasch an die Gallerie erinnert. – Unverantwortlich ohne Notizen zu reisen, selbst zu leben. Das tötliche Gefühl des gleichförmigen Vergehens der Tage ist unmöglich. – Aufstieg zum Domdach. Ein vorausgehender junger Italiener erleichtert uns den Aufstieg indem er eine Melodie summt, den Rock auszuziehn versucht, durch Ritzen schaut, durch die nur Sonnendunst zu sehen ist und immer auf die Ziffern tippt, welche die Stufenanzahl anzeigen. – Ausblick von der vordern Dachgalerie. Der Mechanismus der Elektr. unten ist etwas verdorben, so schwach

rollen sie, nur durch die Biegung der Geleise geführt. Ein Schaffner eilt schief und niedergedrückt von unserem Standpunkt aus gesehn, zu seiner Elektr. und springt auf. – Ein Wasserspeier in Mannsgestalt, dem Wirbelsäule und Gehirn herausgenommen, damit das Regenwasser einen Weg hat. – In jedem der großen farbigen Fenster herrscht die in den Einzelbildern immer wiederkehrende Farbe eines Kleides vor. – Max: Bahnhof in der Auslage eines Spielzeuggeschäftes, Schienen, die sich zum Kreis schließen und nirgends hinführen, ist und bleibt der stärkste Eindruck von Mailand. In der Auslage wäre die Zusammenstellung des Bahnhofs mit dem Dom durch das Streben die Mannigfaltigkeit des Lagers zu zeigen, erklärlich. – Von der Hinterfront des Doms schaut man einer großen Dachuhr gerade ins Gesicht. – Max: Weg zum Kastell durch dessen Anblick erspart. – Teatro Fossati – Fahrt nach Stresa. Die Reliefbewegungen der im gefüllten Coupé Schlafenden – Liebespaar

Nachmittag in Stresa, Mittw. 6 Sept.Böswerden, abend Erfindungen u. Hotels. Donnerst. 7 Sept. Bad, Briefe, Abfahrt. – Schlaf in der Öffentlichkeit – Freitag 8 Sept. Reise Italienerpaar, angebliche Frau Salus – Geistlicher – Amerikaner – die 2 kleinen Französinnen mit viel Fleisch um den Popo, Montreux

Die Beine gehn einem auseinander auf den großen Pariser Straßen – Fußbad von der Kante des Bettpfostens aus – Nachtlämpchen der Sommerlokale – Kerne von gewöhnlichen u. von Polstersesseln in den Champs Elisées – die Anlage des Place de la Concorde der die Attraktionen in die Ferne schiebt wo sie der Blick leicht findet aber nur wenn er sie sucht

---

école Florentine (XV Jahrhundert) Apfelszene –

Tintor – Suzanne

Simone Martini 1285 (Ecole de Sienne) Jesus Christ marchant au Calvaire

---

Mantegna La sagesse victorieuse des Vices 1431–1506 école Venetienne

---

Titian Le concile de Trente 1477–1576

Rafael: Apollo und Marsyas

Velasquez 1599–1660 Port. de Philippe IV roi d'Espagne

Jakob Jordaens 1593–1678 Le concert apres le repas

Rubens Kermesse

Confiserie de l'enfant gaté
rue de petits champs

Wäscherinnen in Morgenneligée –

---

rue de pet. champs, so eng daß sie ganz im Schatten bleibt, selbst wenn die eine Häuserreihe ganz beschienen ist, dieser Unterschied in der Beleuchtung so nah an einander gerückter Häuser

---

Le sou du soldat
societé anonyme Avenue de l'Opera
Capital 1 Mill

Robert – Samuel –

Ambassadeur – Trommelwirbel mit einer im Doppel-s sich ankündigenden Blasmusik vor der im eur die Trommlerstäbe noch im Schwung sich heben und still sind.

Gare de Lion – Compteur francaises. – Hosenträgerersatz der Erdarbeiter sind Schärpen in vielen Farben um den Leib – ich wußte nicht recht, ob ich verschlafen war, und beschäftigte mich im Wagen und den ganzen Vormittag damit – achtgeben, daß man die Kindermädchen nicht für französische Gouvernanten deutscher Kinder hält – Mißverständnis über den Umfang einer kleinen Morgentoilette begründet durch Maxens innerste Natur – dadurch daß die französischen

---

Unsicherheit über den Charakter einer auf der Bühne vor dem Vorhang stehenden Person, welche den Kapellmeister dirigiert

---

Probe (oft unterbrochen) vor dem Publikum. Für welche Vorstellung wird geprobt

---

Boden mit kleinen Steinchen

Prise de Salins 17 V 1668 par Mr Lafaye
2 Freunde ein rotgekleideter auf weißem, ein dunkler auf dunklem Pferd erholen sich von der Belagerung einer Stadt im Hintergrunde auf einem Ausritt bei heranziehendem Gewitter

---

voyage de Louis XVI à Cherbourg 23 Juin 1786
das Boot mit Ludwig wird während er mit der gegen Cherbourg ausgestreckten Hand eine lebhafte Bemerkung zu 2 hinter ihm stehenden Höflingen macht, vor allem zu einem der die Hände auf die Brust legt, von den Bootsleuten je 3 Reihen an jeder Seite auf den zusammengebundenen Rudern ans Land getragen. Frauen leicht gekleidet schwingen sich vom Land entgegen, ein Mann schaut durch ein Telescop. Der Wagen wartet. Aus andern Booten wird man auf Stegen aussteigen müssen, einer wird gerade hervorgezogen.

Bivouak de Napoleon sur le champ de bataille de Wagram nuit du 5 au 6 juillet 1809. N. sitzt allein das eine Bein auf einen niedrigen Tisch gelegt. Hinter ihm ein rauchendes Lagerfeuer. Die Schatten seines r. Beines und der Tisch- und Sesselbeine liegen vorn strahlenförmig um ihn. Stiller Mond. Die Generäle in entferntem Halbkreis schauen ins Feuer und auf ihn.

die charakteristische Flächenlage: Hemden, Wäsche überhaupt, Servietten im Restaurant, Zucker, große Räder der meist 2rädrigen Wagen, Pferde einzeln hintereinandergespannt, flächige Dampfer auf der Seine, die Balkone teilen die Häuser in die Quere und verbreitern diese flächigen Querschnitte der Häuser, die flachgedrückten breiten Kamine, die zusammengelegten Zeitungen

das gestrichelte Paris:
die aus den flachen Kaminen herauswachsenden hohen dünnen Kamine (mit den vielen kleinen blumentopfartigen), die äußerst stummen alten Gaskandelaber, die Querstriche der Jalousien, denen sich in den Vorstädten die gestrichelten Schmutzabdrücke auf der Hauswand anfügen, die dünnen Leisten auf den Dächern, die wir in der rue Rivoli sahen, das gestrichelte Glasdach des Grand Palais des Art, die strichweise geteilten Fenster der Geschäftsräume, die Gitter der Balkone, der aus Strichen sich bildende Eifelturm, die größere Strichwirkung der Seiten- und Mittelleisten der Balkontüren gegenüber unsern Fenstern, die Sesselchen im Freien und die Kaffeehaustischchen, deren Beine Striche sind, die goldspitzigen Gitter der öffentlichen Gärten

Betrachtung über Warenhäuser

wie leicht Grenadine mit Seltz beim Lachen durch die Nase geht (Bar vor der Opera comique)

Nachahmenswertes: Café Biard, herumfahrende Händler, Duval, die Züge in der Bahnhofshalle sind im Freien
Peitschenhieb am Boulev.
Max hat Schnupfen
aufheben einer Spielmarke, damit man sie nicht bekommt

Aeroplan

Perronkarte, dieser rohe Eingriff ins Familienleben ist unbekannt

rue de Cléry steigt in den Himmel und fällt in ihn.

Colonel Arthur Boucher
La france viktorieuse dans la guerre du demain. L'auteur ancien chef des operations militaires à l'Etat major de l'armee demontre que si la France etait ataquée elle saurait se defendre avec la certitude absolue de la victoire

Allein im Lesezimmer mit einer schwerhörigen Dame der ich mich als sie anderswohin schaute, nutzlos vorgestellt habe und die den von mir angezeigten Regen draußen für noch weiter andauernde Schwüle hält. Sie legt Karten nach einem seitwärts liegenden Buch in das sie angestrengt schaut, den Kopf auf die zur Faust geschlossene Hand gestützt, in der wohl 100 noch unverbrauchte kleine beiderseitig bedruckte Miniaturkarten liegen. Neben mir den Rücken mir zugewendet liest ein alter schwarzgekleideter Herr die Münchner neuesten Nachrichten. – Ein starker dickflüssiger Regen. – Gefahren mit einem jüdischen Goldarbeiter. Er ist aus Krakau, etwas über 20 Jahre alt, war 2½ Jahre in Amerika, hat jetzt in Paris 2 Monate gelebt und nur 14 Tage Arbeit gehabt. Schlecht gezahlt (nur 10 fr täglich) schlechter Geschäftsboden. Wenn einer neu in eine Stadt kommt, weiß er nicht, was seine Arbeit wert ist. Schönes Leben in Amsterdam. Lauter Krakauer. Man weiß jeden Tag was in Krakau neues ist, denn immer fährt einer hin oder kommt einer von dort. Gassenlang wird nur polnisch gesprochen. Großer Verdienst in New York, denn dort verdienen alle Mädchen viel und können sich putzen. Damit kann sich Paris nicht vergleichen, der erste Schritt auf die Boulevards zeigt das. Aus New-York weggefahren, weil seine Leute doch hier sind und weil sie ihm geschrieben haben, wir leben in Krakau und verdienen auch, wie lange wirst Du eigentlich noch in Amerika bleiben? Ganz richtig. Begeisterung für das Leben der Schweizer. Das müssen ja riesenstarke Leute werden, wenn sie so auf dem Land leben und Viehwirtschaft treiben. Und die Flüsse! Die Hauptsache ist doch, daß man nach dem Aufstehn in fließendes Wasser kommt. – Er hat langes, geringeltes, nur gelegentlich von den Fingern durcharbeitetes Haar, starken Glanz in den Augen, langsam gekrümmte Nase, Höhlungen unten in den Wangen, amerikanisch geschnittenen Anzug, zerfranstes Hemd, überhängende Socken. Sein Koffer ist klein, er trägt ihn aber beim Aussteigen wie eine Last. Sein

Deutsch unruhig gemacht von englischen Betonungen und Wendungen, der Jargon kann sich ausruhn so stark ist das Englische. Lebhaftigkeit nach der durchfahrenen Nacht. »Sie sind ein Österreicher? Ja Sie haben auch so einen Regenkragen. Das haben alle Österreicher.« Ich beweise durch Vorzeigen der Ärmel daß es kein Kragen sondern ein Mantel ist. Er bleibt weiter dabei, daß alle Österreicher Krägen haben. Sie werfen ihn so über. – Er wendet sich dabei zu einem Dritten und zeigt ihm wie sie das machen. Er tut so, als befestige er etwas hinten am Hemdkragen, zuckt mit dem Körper um zu sehn ob es hält, zieht dann dieses etwas zuerst über den rechten, dann über den linken Arm und hüllt sich schließlich ganz ein, bis ihm, wie man erkennt, gerade angenehm warm wird. Bewegungen der Beine zeigen, trotzdem er sitzt, wie leicht und geradezu sorgenlos ein Österreicher in so einem Kragen gehen kann. Es ist fast gar kein Spott dabei, es wird vielmehr vorgebracht wie von einem der Reisen gemacht und daher einiges gesehen hat. Etwas Kindlichkeit mischt sich zu.

Mein Spaziergang im dunklen Gärtchen vor dem Sanatorium.

Morgenturnen mit Absingen eines Wunderhorn Liedes, das einer auf dem Piston vorbläst.

Der Sekretär der jeden Winter Fußreisen macht nach Budapest, Südfrankreich, Italien. Bloßfüßig, nährt sich dann nur von Rohkost (Schrotbrot, Feigen, Datteln) wohnte mit 2 andern 14 Tage lang in der Gegend um Nizza meist nackt in einem verlassenen Hause.

Dickes kleines Mädel, das sich häufig in der Nase bohrt, gescheit aber nicht besonders hübsch ist, eine Nase ohne Zukunft hat, Waltraute heißt und von der ein Fräulein sagt daß sie etwas Strahlendes habe.

Die Säulen im Speisesaal, über die ich im Prospekt nach der Abbildung (hoch, glänzend, Marmor durch und durch) erschrak, derentwegen ich mich während der Überfahrt auf dem kleinen Dampfer verwünschte und die schließlich sehr bürgerlich, aus Ziegeln gebaut waren, schlechte Marmorzeichnung tragen und auffallend niedrig sind.

Lustiges Gespräch eines Mannes im Birnbaum meinem Fenster gegenüber mit einem mir nicht sichtbaren Mädchen im Erdgeschoß.

Angenehmes Gefühl als der Arzt wieder und wieder mein Herz abhorchte, den Körper immer wieder anders gelegt haben wollte und nicht ins Reine kommen konnte. Besonders lange betastete er die Herzgegend, es dauerte so lang, daß es fast gedankenlos schien.

Streit der Frauen nachts im Coupee, dessen Lampe sie verhängt haben. Wie die liegende Französin aus dem Dunkel schrie und die von ihren Füßen an die Wand gedrückte schlecht französisch sprechende ältere Frau sich nicht zu helfen wußte. Nach der Meinung der Französin sollte sie von diesem Platz weggehn, ihr vieles Gepäck auf die andere Seite, den Rücksitz transportieren und sie dort ausstrecken lassen. Der griechische Arzt aus meinem Coupee gab ihr in schlechtem klaren scheinbar auf der deutschen Sprache basierten Französisch ausdrücklich Unrecht. Ich holte den Schaffner der sie auseinandersetzte.

Schon wieder mit jener Dame beisammen, die übrigens auch eine Schreibnärrin ist. Sie trägt eine Schreibmappe bei sich mit viel Briefpapier, Karten, Federn und Bleistiften, was im Ganzen sehr anfeuernd ist.

Jetzt ist es hier, wie in einer Familie. Draußen regnet es, die Mutter legt Karten und der Sohn schreibt. Sonst ist niemand im Zimmer. Da sie schwerhörig ist, könnte ich ihr auch Mutter sagen.

Trotz meines äußersten Widerwillens gegen das Wort »Typus« halte ich es doch für wahr, daß durch die Naturheilkunde und was damit zusammenhängt ein neuer Typus entsteht, den z. B. Hr. Fellenberg, den ich allerdings nur oberflächlich kenne, repräsentiert. Leute mit dünner Haut, ziemlich kleinem Kopf, übertrieben reinlich aussehend, mit ein, zwei kleinen nicht zu ihnen gehörigen Einzelheiten (bei Hr. F. fehlende Zähne, Bauchansatz), größere Magerkeit, als sie zur Anlage ihres Körpers passend scheint d. h. unterdrücktes Fett, Behandlung ihrer Gesundheit, als wenn es eine Krankheit wäre oder zumindest ein Verdienst (womit ich nicht tadle) mit allen sonstigen Folgen eines so forcierten Gesundheitsgefühls.

In der Opera comique auf der Gallerie. In der ersten Reihe ein Herr im Gehrock und Cylinder, in einer der letzten ein Mann im Hemd (das er vorn noch eingelegt hat, um die Brust frei zu bekommen), bereit ins Bett zu steigen.

Der Trompetenbläser, den ich für einen lustigen, glücklichen Menschen gehalten hätte [denn er ist beweglich, hat scharfe Einfälle, sein Gesicht ist von blondem Bart niedrig umwachsen und endet in einem Spitzbart, er hat gerötete Wangen, blaue Augen, ist praktisch angezogen], hat mich heute im Gespräch über seine Verdauungsbeschwerden mit einem Blick angesehn, der auffallend mit gleicher Stärke aus beiden Augen kam, die Augen förmlich spannte, mich traf und schief in die Erde gieng.

Nationale Streitigkeiten in der Schweiz. Biel eine vor paar Jahren ganz deutsche Stadt ist durch Einwanderung vieler französischer Uhrmacher in Gefahr französiert zu werden. Der Tessiner Canton der einzige italienische will von der Schweiz los. Es gibt eine Irridenta. Die Ital. haben nämlich im 7 gliedrigen Bundesrat keine Vertretung, sie käme ihnen bei ihrer kleinen Zahl (vielleicht 180000) nur in einem 9 gliedr. zu. Man will aber die Zahl nicht ändern. Die Gotthardbahn war deutsches Privatunternehmen, hatte deutsche Beamte, die gründeten eine deutsche Schule in Bellinzona, jetzt da sie staatlich ist, wollen die Italiener italienische Beamte und Aufhebung der deutschen Schule. Und über das Schulwesen hat tatsächlich nur die Cantonalregierung zu entscheiden. Gesamtbevölkerung ⅔ Deutsche, ⅓ Franzosen u. Italiener.

Der kranke griechische Arzt, der mich mit seinem Husten mitten in der Nacht aus dem Coupe vertrieb, kann wie er behauptet nur Hammelfleisch vertragen. Da er in Wien übernachten muß, bat er mich ihm den deutschen Ausdruck aufzuschreiben.

Trotzdem es regnete, ich später ganz allein war, mein Unglück mir immer gegenwärtig ist, im Speisesaal Gesellschaftsspiele gespielt wurden, an denen ich mich wegen Unfähigkeit nicht beteiligte, ja trotzdem ich endlich nur Schlechtes schrieb fühlte ich doch weder das Häßliche noch das Entehrende weder das Traurige noch das Schmerzliche dieses übrigens organischen Alleinseins, wie wenn ich nur aus Knochen bestünde. Wobei es mir Freude machte daß ich oben auf dem Block meiner verstopften Därme ein bißchen Appetit zu spüren glaubte. Die Dame die sich in einem Zinngeschirr Milch holte, kam zurück und fragte mich, ehe sie sich in ihre Karten wieder einarbeitete: Was schreiben Sie eigentlich? Beobachtungen? Tagebuch? und da sie wußte daß sie meine Antwort nicht verstehen würde, fragte sie gleich weiter »Sind Sie Student?« Ich antwortete ohne an ihre Schwerhörigkeit zu denken: »Nein, aber ich habe studiert« während sie schon wieder Karten legte, ich mit diesem Satz allein blieb und durch sein Gewicht gezwungen, sie noch eine Weile ansah.

Wir sind zwei Männer an einem Tisch mit 6 oder 7 Schweizer Frauen. Wie sich da die entferntesten Schüsseln, wenn ich nur halbwegs den Teller leer habe oder aus Langweile im Saal herumschaue, erheben, in den Händen der Frauen (ich rede sie Frau und Fräulein durch einander an) sich rasch nähern und wenn ich danke und nichts mehr will auf dem gleichen Weg langsam zurückgehn.

Le siège de Paris
par Francisque Sarcey
19. Juli 1870 Kriegserklärung. Die wechselnden Berühmtheiten einiger Tage. – wechselnder Charakter des Buches selbst, während es den wechselnden Charakter von Paris beschreibt. – Lob und Tadel gleicher Dinge. Die Ruhe von Paris nach Niederlagen ist einmal der französische Leichtsinn einmal die franz. Widerstandsfähigkeit – 4 Sept. nach Sedan Republik – Arbeiter und Nationalgarden schlagen auf Leitern mit Hämmern das N von den öffentl. Gebäuden – Noch 8 Tage nach Proklamierung der Republik war die Begeisterung

so groß, daß man für die Befestigungsarbeiten keine Leute bekommen konnte – Die Deutschen sind im Anmarsch. Pariser Witze: Mac-Mahon war bei Sedan gefangen, Bazaine hatte Metz übergeben, endlich haben die 2 Armeen ihre Vereinigung vollzogen – die befohlene Zerstörung der Vorstädte – 3 Monate keine Nachrichten – Niemals hatte Paris einen solchen Appetit wie am Anfang der Belagerung – Gambetta organisierte die Erhebung der Provinz. Einmal glückte es einen Brief von ihm zu bekommen. Statt aber genaue Daten mitzuteilen nach denen alles brannte schrieb er nur que la resistance de Paris faisait l'admiration de l'univers. – Thiers bereist die Höfe – Verrückte Clubversammlungen. Eine Frauenversammlung au gymnase Triat. »Wie sollen die Frauen ihre Ehre gegenüber den Feinden schützen?« Mit dem doigt de Dieu oder besser le doigt prussique. Il consiste en une sorte de dé en caoutchouc que les femmes se mettent au doigt. Au bout de ce dé est un petit tube contenant de l'acide prussique. Kommt ein deutscher Soldat, wird ihm die Hand gereicht, er wird gestochen und angespritzt – Das Institut schickt mit Luftballon einen Gelehrten aus zur Untersuchung der Sonnenfinsternis in Algier – Man aß Kastanien vom vorigen Jahr, die Tiere des jardin des plantes – Es gab paar Restaurants, wo man bis zum letzten Tag alles bekommen konnte – Dieser sergent Hoff der wegen seiner Preußenmorde als Rächer seines Vaters so berühmt geworden war, dann verschwand und für einen Spion gehalten wurde – Zustand der Armee: einzelne Vorposten tranken Brüderschaft mit den Deutschen – Louis Blanc vergleicht die Deutschen mit Mohikanern die Technik studiert haben – am 5 I beginnt das Bombardement. Macht nicht viel. Es war befohlen wenn man Granaten zischen hört sich niederzuwerfen. Straßenjungen auch Erwachsene stellten sich zu Pfützen und rufen von Zeit zu Zeit »Gare l'obus« – Eine Zeitlang war General Chanzy in Paris die Hoffnung, er verlor wie alle andern, man wußte auch schon damals keinen Grund für seine Berühmtheit, trotzdem war die Begeisterung in Paris so stark, daß Sarcey noch als er sein Buch schreibt eine vague grundlose Bewunderung für Chanzy in sich fühlt – Ein Tag aus dem damaligen Paris: Auf den Boulevards war sonnig und schön, ruhige Spaziergänger, gegen Hotel de Ville verändert sich es, dort ist eine Revolte der Kommunarden mit vielen Toten, Truppen kommen. Am linken Ufer zischen die preuß. Granaten. Quai und Brücken sind still. Zurück zum Théâtre-Français. Das Publikum kommt aus einer Vorstellung der Mariage de Figaro. Die Abendblätter erscheinen gerade, dieses Publikum sammelt sich in Gruppen um die Kioske, in den Champs Elysées spielen Kinder, Sonntagsspaziergänger sehen neugierig einer Kavallerie Eskadron zu, welche mit Trompeten vorüberreitet. Aus dem deutschen Brief an die Mutter: Tu n'imagines pas, comme ce Paris est immense mais les Parisiens sont de drôles de gens; ils trompettent toute la journée. – 14 Tage war kein warmes Wasser in Paris – Ende Jänner Ende der 4½ monatl. Belagerung

20. 〈*September 1911*〉 kameradschaftlicher Verkehr alter Frauen im Coupee. Erzählungen von alten Frauen, die von Automobilen überfahren wurden, ihre Mittel auf der Reise: niemals Sauce essen, das Fleisch herausnehmen, die Augen während der Fahrt geschlossen halten, aber dabei reden, zum Obst Brot essen, kein hartes Kalbfleisch, Herren bitten, einen über die Gassen hinüber zu führen, Kirschen sind das schwerste Obst, die Rettung der alten Frau.

Siamesenkoupee im Mailänder Bahnhof

Junges italienisches Ehepaar im Zug nach Stresa mischt sich mit einem andern im Zug nach Paris. Ein Ehemann ließ sich nur küssen und gab beim Hinausschaun aus dem Fenster nur seine Schulter für ihre Wange her. Als er in der Hitze den Rock auszog und die Augen schloß schien sie ihn genauer anzusehn. Hübsch war sie nicht, sie hatte nur dünnes Lokkenhaar um das Gesicht. Die andere aber mit dem Schleier, von dessen blauen Tupfen einer öfters ein Auge verdeckte, deren Nase zu bald abgeschnitten schien, deren Falten um den Mund jugendliche Falten waren, für die Zwecke ihrer jugendlichen Lebhaftigkeit. Ihre Augen fuhren, wenn sie das Gesicht senkte, hin und her, wie ich es bei uns nur bei Leuten mit Augengläsern gesehn habe.

[Bemühungen aller Franzosen mit denen man in Berührung kommt, schlechtes Französisch wenigstens für den Augenblick zu verbessern.]

Junger, schlecht rasierter Geistlicher mit dem Ansichtskartenreisenden, der zu Dutzenden gepackte Karten vorzeigt, die der Geistliche bespricht. Ich schaue ihn, auch ein wenig durch die Hitze beeinflußt so aufmerksam an, daß ich ihm schließlich mit dem ganzen Stiefelabsatz in die Kutte trete. Niente sagt er und spricht weiter immer mit starkem durch italienische Ah! angezeigtem Athemzusetzen.

Mit den unsichern Entschlüssen bezüglich des Hotels im Innern unseres Wagens sitzend scheinen wir auch den Wagen unsicher zu kutschieren, einmal in eine Nebengasse zu führen, dann ihn wieder in die Hauptrichtung zurückzuziehn und das im Vormittagsverkehr der rue de Rivoli in der Nähe der Halles

---

Erstes Heraustreten auf meinen Balkon und Umblick, wie wenn ich

---

Darstellung der allmählichen Verbesserungen der Cafe Biard Frühstücke

Euripides – König von Griechenland

Bettina und Oberst im Teater: Darf Bettina den Kopf auf Deinen Arm legen? Wenn Bettina keine Läuse hat.

Erstes Heraustreten auf meinen Balkon und Umblick wie wenn ich jetzt in diesem Zimmer erwacht wäre, während ich doch von der Nachtfahrt so müde bin, daß ich nicht weiß, ob ich es imstande sein werde für den ganzen Tag in diese Gassen hinauszulaufen, besonders wie ich sie jetzt von oben aus, noch ohne mich sehe.

Anfang der Pariser Mißverständnisse. Max kommt in mein Hotelzimmer herauf und ist darüber aufgeregt, daß ich noch nicht fertig bin und mir das Gesicht wasche, während ich früher doch gesagt hätte, daß wir uns nur ein wenig waschen und gleich weggehn sollen. Da ich mit Wenigwaschen nur das Waschen des ganzen Körpers ausgeschlossen, dagegen damit gerade das Waschen des Gesichtes gemeint habe und damit eben noch nicht fertig bin, verstehe ich seine Vorwürfe nicht und wasche das Gesicht weiter wenn auch nicht so genau wie früher, während sich Max mit dem ganzen Schmutz der Nachtfahrt in seinen Kleidern auf mein Bett setzt, um zu warten. Er hat die Gewohnheit und führt sie auch jetzt vor beim Vorwürfemachen den Mund aber auch das ganze Gesicht süßlich zusammenzuziehn, als suche er dadurch einerseits das Verständnis seiner Vorwürfe zu befördern und als wolle er andererseits zeigen, daß nur dieses süßliche Gesicht, das er gerade hat, ihn davon abhalte mir eine Ohrfeige zu geben. Darin daß ich ihn zu diesem Heuchlerischen gegen seine Natur zwinge liegt noch ein eigener Vorwurf, den er mir dann zu machen scheint wenn er verstummt und sein Gesicht um sich von dem Süßlichen zu erholen, in der entgegengesetzten Richtung also vom Mund weg sich auseinanderspannt, was natürlich viel stärker wirkt als das erste Gesicht. Ich dagegen verstehe es – so war es auch in Paris – so vor Müdigkeit in mich zurückgefallen zu sein, daß mich der Einfluß solcher Gesichter überhaupt nicht erreicht, weshalb ich dann in meinem Jammer so mächtig sein kann, geradewegs aus der vollkommensten Gleichgiltigkeit und ohne jedes Schuldgefühl mich ihm gegenüber entschuldigen zu können. Das beruhigte ihn damals in Paris wenigstens scheinbar so, daß er mit mir auf den Balkon trat und die Aussicht besprach, vor allem, wie pariserisch sie sei. Ich sah eigentlich nur wie frisch er war, wie er sicher zu irgendeinem Paris paßte das ich gar nicht bemerkte, wie er jetzt aus seinem dunklen Hinterzimmer kommend zum erstenmal seit einem Jahr in der Sonne auf einen Pariser Balkon trat und sich dessen würdig bewußt war, während ich leider deutlich müder war, als bei meinem ersten Hinaustreten auf den Balkon ein

Weilchen vor Maxens Kommen. Und meine Müdigkeit in Paris kann nicht durch Ausschlafen sondern nur durch Wegfahren beseitigt werden. Manchmal halte ich das sogar für eine Eigentümlichkeit von Paris.

Ich habe das eigentlich ohne Widerwillen geschrieben, auf den Fersen war er mir aber bei jedem Wort

---

Ich bin zuerst gegen die Cafe Biard, weil ich glaube daß man dort nur schwarzen Kafe bekommt. Es zeigt sich daß auch Milch zu haben ist, wenn auch nur mit schlechtem schwammigem Gebäck. Es ist fast die einzige Verbesserung die mir für Paris eingefallen ist, daß man besseres Gebäck in diesen Cafes anschaffen soll. Später komme ich darauf vor dem Frühstück, während Max schon sitzt, in den Seitengassen herumzulaufen und Obst zu suchen. Auf dem Weg zum Cafe esse ich immer ein bißchen weg, damit Max nicht zusehr staunt. Als wir in einem guten Cafeehaus bei der Station der Vers. Dampfbahn den gelungenen Versuch machen Apfelstrudel und Mandelgebäck aus einer Bäckerei unter den Augen eines über uns in der Tür lehnenden Kellners aufzuessen, führen wir das auch im Cafe Biard ein und finden, daß man dadurch abgesehen vom Genuß des feinen Gebäcks zum deutlichern Genuß des eigentlichen Vorteils dieser Cafee kommt, nämlich des vollständigen Unbeachtetseins bei ziemlich leerem Lokal, guter Bedienung, nahe allen Menschen hinter dem Pult und vor der immer geöffneten Ladentür. Nur muß man sich damit abfinden, wenn der Boden gekehrt wird, was wegen des unmittelbar von der Gasse hereinkommenden an dem Pult sich hin und herschiebenden Besuches häufig geschieht und wobei auch von der

Gewohnheit nicht abgesehen wird die Gäste nicht zu beachten.

Beim Anblick der kleinen Bars auf der Versailler Dampfbahnstrecke scheint es für ein junges Ehepaar leicht, eine solche Bar zu eröffnen und dabei ein ausgezeichnetes interessantes, risikoloses nur zu bestimmten Tageszeiten anstrengendes Leben zu führen. Sogar auf den Boulevards werden zwischen zwei Seitengassen an der Spitze eines keilförmigen Häuserblocks solche billige Bars im Seitendunkel herangeschoben.

Die Gäste in kalkbespritzten Hemden um die Tischchen der Vorstadtgasthäuser.

Das Rufen einer Frau mit einem kleinen Bücherhandwagen am Abend auf dem Boulevard Poissoniere: Blättert, blättert meine Herren, sucht Euch aus, alles was daliegt wird verkauft. Ohne zum Einkaufen zu drängen ohne auch aufdringlich hinzusehn nennt sie innerhalb ihres Rufens gleich den Preis des Buches, das einer der Umstehenden in die Hand nimmt. Sie scheint nur zu verlangen daß rascher geblättert wird, rascher die Bücher in den Händen wechseln, was man verstehn kann wenn man zusieht, wie hie und da einer, z. B. ich, langsam ein Buch aufhebt, langsam und wenig drin blättert, langsam es hinlegt und endlich langsam weggeht. Das ernste Nennen der Preise von Büchern, deren Unanständigkeit so lächerlich ist, daß man sich einen Kaufabschluß unter den Augen des ganzen Publikums zuerst nicht vorstellen kann.

Um wie viel mehr Entschlußkraft das Kaufen eines Buches vor dem Laden als drinnen verlangt, weil dieses Aussuchen eigentlich nur ein freies Überlegen ist bei zufälliger Gegenwart der ausliegenden Bücher

---

Sitzen auf den zwei einander zugewendeten Sesselchen in den Champs Elysees. Viel zu lang aufbleibende Kinder spielen noch im Halbdunkel, in dem sie die von ihnen in den Sand gezogenen Striche nicht mehr gut sehn.

Die geschlossene Badeanstalt mit einer in der Erinnerung türkisch wirkenden Außenbemalung. Sie ist eisengrau beleuchtet mitten am Nachmittag, weil Sonnenlicht nur durch die Lücken der oben ausgespannten Tücher in einer Ecke mit einzelnen Strahlen kommt und unten das Flußwasser das Ganze verdunkeln hilft. Großer Raum. In einer Ecke eine Bar. Die Schwimmeister jagen hier und drüben das Bassin entlang laufend einander die Kundschaften ab. Sie treten an den Besucher vor seiner Kabine von der Seite drohend heran und verlangen mit unverständlichen aber beharrlichen Reden ein Sperrgeld. Ein Verlangen in unverständlicher Sprache scheint mir diskret vorgebracht. Grand bains du pont Royal. In den Ecken stehn auf den Stufen Leute die sich gründlich mit Seife abwaschen. Das Seifenwasser um sie herum rührt sich nicht. Man sieht durch die Lücken zum Fluß zu etwas sich vorbeibewegen, es sind Dampfer. Die Ärmlichkeit dieses Schwimmvergnügens zeigt sich, als zwei mit einem alten Seelentränker sich unterhalten, der von einer Wand weggeschoben schon an die gegenüberliegende stößt. Kellergeruch. Schöne grüne Gartenbänke. Viel Deutsch. In einer

Schwimmschule hängt über Wasser ein Knotenstrick zum beliebigen Turnen herunter. Wir fragen nach Musee Balzac, ein hübscher Junge mit von der Nässe aufgebauschter Frisur erklärt uns daß wir das Musee Grevin (ein Panoptikum) meinen. Dienstbereit läßt er sich seine Kabine aufmachen, bringt einen kleinen Führer (vielleicht Neujahrsgeschenk eines Etablissements) und findet auch dort das Musee Balzac nicht. Wir haben uns schon innerlich fortwährend bedankt, da wir das voraussahen; und auch dringend abgeraten, es zu suchen. Es steht ja auch im Bottin nicht.

Warum saß am Vormittag im Cassenraum des Teatre Francais ein Polizeimann Gendarm oder Soldat?

Eine dicke Placeuse in der Kom. Oper nimmt uns ziemlich von oben herab etwas Trinkgeld ab. Ich dachte, es liege daran, daß wir mit unsern Teaterkarten in der Hand etwas zu sehr Schritt für Schritt hintereinander heraufgekommen waren und nahm mir vor am nächsten Abend in der Comödie der Placeuse in ihre Augen hinein das Trinkgeld zu verweigern, während ich jetzt vor ihr und mir mich schämend ein großes Trinkgeld gab. Gar als alle andern ohne Trinkgeld hineinkamen. Ich brachte in der Comödie auch meinen Satz heraus, in dem ich das Trinkgeld etwas meiner Meinung nach »nicht unumgängliches« nannte, mußte aber wieder zahlen als die diesmal magere Placeuse klagte, sie sei von der Verwaltung nicht entlohnt und das Gesicht zur Schulter neigte

---

Stiefelputzscene am Anfang. Wie die Kinder, die die Wache begleiten, im gleichen Schritt, die Treppe hinuntergehn.

Eindruck der obenhin gespielten Ouverture, so daß die zuspät Kommenden einen leichten Eintritt haben, so pflegt man sonst nur Operetten herzunehmen. Richtige Einfalt der Inscenierung. Schläfrige Statisten, wie bei allen Vorstellungen die ich in Paris gesehen während sie bei uns oft schlecht zurückgehaltene Lebendigkeit haben. Der Esel für den ersten Akt Carmen vor dem Teatereingang in der engen Gasse von Teaterleuten und etwas Straßenpublikum umgeben, wartet im Halbdunkel, bis die kleine Eingangstür frei wird. Ich kaufe auf der Freitreppe fast mit Bewußtsein eines jener falschen Programme, wie sie vor allen Teatern verkauft werden. Eine Ballerine tanzt für Carmen in der Schmugglerkneipe. Wie ihr stummer Körper beim Gesang Carmens arbeitet. Später aus Einzelheiten zusammengesetzter Tanz Carmens, der aber doch wegen ihrer Verdienste in der bisherigen Vorstellung eigentlich viel schöner ist. Es sieht aus als hätte sie vor der Vorstellung einige eilige Lektionen bei der Hauptballerine genommen. Das Rampenlicht macht ihre Sohlen weiß, wenn sie am Tisch lehnt, jemandem zuhört und die Füße unter dem grünen Rock gegeneinander spielen läßt.

Ein Mensch der kein Tagebuch hat, ist einem Tagebuch gegenüber in einer falschen Position. Wenn dieser z. B. in Goethes Tagebuch liest, daß dieser am 11. Januar 1797 den ganzen Tag zuhause mit verschiedenen Anordnungen beschäftigt, so scheint es diesem Menschen, daß er selbst noch niemals so wenig gemacht hat.

Für den letzten Akt sind wir schon zu müde (ich war es schon für den vorletzten) gehn weg und setzen uns in eine Bar gegenüber der Opera comique wo Max in seiner Müdigkeit mich mit Sodawasser ganz bespritzt und ich in meiner Müdigkeit vor Lachen mich nicht halten kann und mir die Grenadine durch die Nase jage. Inzwischen fängt wohl der letzte Akt an, wir wandern nach Hause

---

Auf diesem Platz wurde mir nach der Hitze im Teater, wo ich die heiße Luft durch das offene Hemd an meine Brust gefächelt hatte, die Nachtluft, das Sitzen im Freien, das Ausstrekken der Beine auf einen städtischen Platz hinaus besonders bewußt, trotzdem die erleuchtete große Teaterfacade mit den Seitenlichtern der Kaffeehäuser des Teaters ausreichte, den kleinen Platz, besonders seinen Boden bis unter die Tischchen hin wie ein Zimmer zu beleuchten.

Herr im Foyer, der zwei Damen unterhält, in einem Frackanzug, der etwas lose hängt und der wenn er nicht neu wäre nicht hier getragen würde und besser paßte historisch sein könnte. Monokel fallen gelassen und wieder aufgenommen. Klopft wenn das Gespräch stockt, unsicher mit seinem Stock auf. Steht immer mit Armzuckungen, wie wenn er jeden Augenblick die Absicht hätte mit ausgestrecktem Arm seinen Damen mitten durch die Menge Platz zu machen. Ausgezogene, abgenützte Gesichtshaut.

Eigenschaft der deutschen Sprache im Munde von Ausländern, die sie nicht beherrschen und meist auch nicht beherrschen wollen, schön zu werden. Soweit wir Franzosen beobachtet haben, konnten wir niemals sehn, daß sie sich über unsere Fehler im französischen freuten oder auch nur diese

Fehler hörenswert fanden und selbst wir deren Französisch nur wenig französisches Sprachgefühl hervorbringen kann, fortzusetzen!

Die von mir aus glücklichen Köche und Kellner die nach dem allgemeinen Essen Salat Bohnen und Erdäpfel essen, Mischungen davon in großen Schüsseln machen, von jeder Speise nur wenig nehmen, trotzdem ihnen viel gereicht wird und von der Ferne so aussehn wie Köche und Kellner bei uns. – Kellner dessen Mund und Bärtchen elegant zusammengezogen ist und der mich an einem Tag meiner Meinung nach nur deshalb bedient, weil ich müde, ungeschickt, gedankenlos und unsympatisch bin und daher selbst mir kein Essen verschaffen könnte, während er es mir bringt fast ohne es zu merken.

Bei Düval am Boulevard Sebastopol in der Abenddämmerung. Drei Gäste im Lokal verstreut. Die Kellnerinnen leise miteinander redend. Die Kassa noch leer. Ich bestelle einen Jogurth dann noch einen. Die Kellnerin bringt es still, das Halbdunkel des Lokals trägt zu der Stille auch bei, sie nimmt auch still die Bestecke weg, die für das Abendessen auf meinem Platz vorbereitet waren und mich beim Trinken hindern könnten. Es war mir sehr angenehm, Duldung und Verständnis für meine Leiden bei einer Frau ahnen zu können, die so still war.

Lächerliches Restaurant in der Rue Richelieu. Gedrängt voll. Häßlicher Anblick des Rauches vor Spiegelscheiben. Regelmäßig verteilte mit Hüten vollgehängte Kleiderrechen wie

Bäume. Sitte der Geländer zwischen Tischen. Gleich nachdem die Täuschung des ungeschickten Ausländers, wo ein geländerartiger Rahmen sei müsse auch eine Glasscheibe stecken, dadurch aufgeklärt wird, daß man frech in die Scheibe schaut in der man das Spiegelbild entfernter Gäste zu sehen meint und durch den Gegenblick einsieht, daß man es mit wirklichen Gesichtern zu tun hat – fühlt man wie solche Geländer zwischen aneinander gestellten Tischen gerade viel für die Annäherung tun.

Im Louvre von einer Bank zur andern. Schmerz, wenn eine ausgelassen wird.

Gedränge im Salon Carré, erregte Stimmung, gruppenweises Stehn wie wenn die Mona Lisa gerade gestohlen worden wäre.

Annehmlichkeit der Querstangen vor den Bildern, an denen man lehnen kann, besonders im Saal der Primitiven.

Dieser Zwang mit Max seine Lieblingsbilder anzusehn, da ich zu müde bin, selbst herumzuschauen. Bewundernder Aufblick

---

Die Kraft einer großen jungen Engländerin, die mit ihrem Begleiter im längsten Saal von einem Ende aus zum andern geht.

Anblick Maxens, wie er vor Aristide unter einer Straßenlaterne Phädra liest und sich bei dem kleinen Druck die Augen verdirbt. Warum folgt er mir niemals. Ich profitiere leider noch davon, da er mir auf dem Weg zum Teater alles erzählt, was er auf der Gasse, während ich genachtmahlt habe aus seiner Phädra herausgelesen hat. Kurzer Weg, Anstrengung Maxens mir alles, alles zu erzählen, auch Anstrengung meinerseits.

Militärisches Schauspiel im Foyer. Soldaten regeln nach militärischen Grundsätzen das Vortreten des einige Meter von der Kassa zurückgedrängten Publikums.

Vermeintliche Claqueurin in unserer Reihe. Ihr Applaus scheint dem Stockaufschlagen des über uns im letzten Rang beschäftigten Oberclaqueurs zu folgen. Sie klatscht mit so weit vorgebeugtem abwesendem Gesicht, daß sie, wenn der Applaus zu Ende ist, erstaunt besorgt die Innenfläche ihrer durchbrochenen Handschuhe anschaut. Fängt aber gleich wieder an wenn es nötig wird. Klatscht aber schließlich auch selbständig und ist gar keine Claqueurin.

Das Gefühl der Ebenbürtigkeit gegenüber dem Stück, das die Teaterbesucher haben müssen, um gegen Ende des ersten Aktes anzukommen und reihenlang Leute zum Aufstehen zu bringen. Eine Dekoration die 5 Akte durch stehen bleibt, trägt viel zum Ernst bei und ist, selbst wenn sie nur aus Papier besteht, solider als eine wechselnde aus Holz und Stein.

Eine gegen das Meer und die blaue Luft gehaltene Säulengruppe in der Höhe von Schlingpflanzen überwachsen. Unmittelbarer Einfluß des Gastmahles von Veronese, auch Claude Lorrains.

Der ob geschlossen, sich öffnend oder offen gleich ruhig geschwungene Mund Hypolits.

Oenone, leicht in dauernde Stellungen geratend, einmal aufgerichtet, die Beine eng vom Tuch umbunden, den Arm gehoben, mit ruhiger Faust, trägt sie einen Vers vor. Viele langsame Verhüllungen der Gesichter mit den Händen. Graue Farbe der Berater der Hauptpersonen.

Unzufriedenheit mit der Darstellerin der Phädra in der Erinnerung an die Befriedigung die ich über die Rachel als Mitgl. der Comedie Francais hatte, wann immer ich von ihr gelesen habe.

Bei so überraschendem Anblick wie es die erste Szene ist, wo Hypolite den unbewegten manneslangen Bogen neben sich hält, mit der Absicht dem Pädagogen sich anzuvertrauen, und den ruhigen stolzen Blick ins Publikum gerichtet seine Verse wie ein Festgedicht aufsagt, hatte ich wie oft schon früher den allerdings sehr schwachen Eindruck daß es zum erstenmal geschieht und in meine übrige Bewunderung mischte sich die Bewunderung des gleich erstmaligen Gelingens.

Erinnerung an die Aufführung von »Des M. u. d. L. Wellen« in Reichenberg. Es waren dort zartere, schwächere Schauspieler,

wird fortgesetzt

Rationell eingerichtete Bordelle. Die reinen Jalousien der großen Fenster des ganzen Hauses herabgelassen. In der Portierloge statt eines Mannes ehrbar angezogene Frau, die überall zu Hause sein könnte. Schon in Prag habe ich immer den amazonenmäßigen Charakter der Bordelle flüchtig bemerkt. Hier ist es noch deutlicher. Der weibliche Portier der sein elektr. Läutewerk in Bewegung setzt, der uns in seiner Loge zurückhält, weil ihm gemeldet wird, daß gerade Gäste die Treppe herabkommen, die zwei ehrbaren Frauen oben (warum zwei?) die uns empfangen, das Aufdrehen des elektr. Lichtes im Nebenzimmer in dem die unbeschäftigten Mädchen im Dunkel oder Halbdunkel saßen, der ¾ Kreis (wir ergänzen ihn zum Kreis) in dem sie um uns in aufrechten auf ihren Vorteil bedachten Stellungen stehn, der große Schritt, mit dem die Erwählte vortritt, der Griff der Madame mit dem sie mich auffordert ... ich mich zum Ausgang gezogen fühle. Unmöglich mir vorzustellen wie ich auf die Gasse kam, so rasch war es. Schwer ist die Mädchen dort genauer anzusehn, weil sie zu viele sind, mit den Augen blinzeln, vor allem zu nahe stehn. Man müßte die Augen aufreißen und dazu gehört Übung. In der Erinnerung habe ich eigentlich nur die, welche gerade vor mir stand. Sie hatte lückenhafte Zähne, streckte sich in die Höhe, hielt mit der über der Scham geballten Faust ihr Kleid zusammen und öffnete und schloß gleich und schnell die großen Augen und den großen Mund. Ihr blondes Haar schien zerrauft. Sie war mager.

Angst davor nicht zu vergessen den Hut nicht abzunehmen. Man muß sich die Hand von der Krempe reißen. Einsamer, langer sinnloser Nachhauseweg.

Ansammlung der Besucher vor dem Öffnen des Louvre. Die Mädchen sitzen zwischen den hohen Säulen, lesen im Bädeker, schreiben Ansichtskarten.

Venus von Milo, deren Anblick bei dem langsamsten Umgehn schnell und überraschend wechselt. Leider eine erzwungene (über Taille und Hülle) aber einige wahre Bemerkungen gemacht, zu deren Erinnerung ich eine plastische Reproduktion nötig hätte, besonders darüber wie das gebogene linke Knie den Anblick von allen Seiten mitbestimmt, manchmal aber nur sehr schwach. Die erzwungene Bemerkung: Man erwartet, daß über der aufhörenden Hülle der Leib sich gleich verjüngt, er wird aber zunächst sogar noch breiter. Das fallende vom Knie gehaltene Kleid.

Der Borghesische Fechter, dessen Vorderblick nicht der Hauptanblick ist, denn er bringt den Beschauer zum Zurückweichen und ist zerstreuter. Von hinten aber gesehen, dort wo der Fuß zuerst auf dem Boden ansetzt, wird der überraschte Blick das fest gezogene Bein entlang gelockt und fliegt geschützt über den unaufhaltsamen Rücken zu dem nach vorn gehobenen Arm und Schwert.

Die Metro schien mir damals sehr leer, besonders wenn ich es mit jener Fahrt vergleiche, als ich krank und allein zum Rennen gefahren bin. Das Aussehn der Metro unterliegt auch abgesehn vom Besuch dem Einfluß des Sonntags. Die dunkle Stahlfarbe der Wände überwog. Die Arbeit der die Waggontüren auf- und zuschiebenden und dazwischen sich hinein und herausschwingenden Schaffner stellte sich als eine Sonntagnachmittagsarbeit heraus. Die langen Wege zur Correspondence wurden langsam gegangen. Die unnatürliche Gleichgültigkeit der Passagiere mit der sie die Fahrt in der Metro hinnehmen wurde deutlicher. Das sich gegen die Glastüre wenden, das Aussteigen einzelner an unbekannten Stationen weit von der Oper wird als launenhaft empfunden. Sicher ist in den Stationen trotz der elektr. Beleuchtung das wechselnde Tageslicht zu bemerken, besonders wenn man gerade heruntergestiegen ist, merkt man es, besonders dieses Nachmittagslicht, knapp vor der Verdunkelung. Die Einfahrt in die leere Endstation der porte Dauphine, Menge von sichtbar werdenden Röhren, Einblick in die Schleife, wo die Züge die einzige Kurve machen dürfen nach so langer geradlinieger Fahrt. Tunnelfahrten in der Eisenbahn sind viel ärger, keine Spur von der Bedrückung, die der Passagier unter dem wenn auch zurückgehaltenen Druck der Bergmassen fühlt. Man ist auch nicht weit von den Menschen sondern eine städtische Einrichtung, wie z. B. das Wasser in den Leitungen. Das Zurückspringen beim Aussteigen, mit dem dann folgenden verstärkten Vorgehn. Dieses Aussteigen auf ein gleiches Niveau. Meist verlassene kleine Schreibzimmer mit Telephon und Läutewerk dirigieren den Betrieb. Max schaut gern hinein. Schrecklich war der Lärm der Metro, als ich mit ihr zum erstenmal im Leben vom Montmartre auf die großen Boulevards gefahren bin. Sonst ist er nicht arg, verstärkt sogar das angenehme ruhige Gefühl der Schnelligkeit. Die Reklame von Dubonnet ist sehr geeignet von traurigen und unbeschäftigten Passagieren gelesen, erwartet und beobachtet zu werden. Ausschaltung der Sprache aus dem Verkehr, da man weder beim Zahlen, noch beim Ein- u. Aussteigen zu reden hat. Die Metro ist wegen ihrer leichten Verständlichkeit für einen erwartungsvollen und schwächlichen Fremden, die beste Gelegenheit, sich den Glauben zu verschaffen, richtig und rasch im ersten Anlauf in das Wesen von Paris eingedrungen zu sein.

Die Fremden erkennt man daran, daß sie oben schon auf dem letzten Absatz der Metrotreppe sich nicht mehr auskennen, sie verlieren sich nicht, wie die Pariser, aus der Metro übergangslos in das Straßenleben. Auch stimmt beim Herauskommen die Wirklichkeit erst langsam mit der Karte überein, da wir auf diesen Platz, wo wir jetzt nach dem Heraufkommen hingestellt sind, niemals zu Fuß oder zu Wagen gekommen wären, ohne Führung der Karte. Die Erinnerung an Spaziergänge in Anlagen ist immer schön. Freude daran, daß es noch so hell ist, aufpassen, daß es nicht rasch dunkel wird, davon und von der Müdigkeit ist Gangart und Herumschauen beherrscht. Die straffe Fahrt der Automobile auf der großen glatten Straße. Das rotgekleidete Orchester das im Lärm der Automobile im kleinen Gartenrestaurant unhörbar nur zum Genuß der nächsten Umgebung auf den Instrumenten arbeitet. Nie gesehene Pariser führen einander an der Hand. Verbranntes erdfarbenes Gras. Männer in Hemdärmeln mit ihren Familien im Halbdunkel der Bäume in Beeten zu denen der Zutritt schon vorher verboten war. Hier war das Fehlen der Juden am auffallendsten. Der Rückblick zur kleinen Dampfbahn, die sich aus einem Karoussel abgewikkelt und weggefahren zu sein scheint. Der Weg zum See. Meine stärkste Erinnerung vom ersten Anblick dieses Sees ist der gebeugte Rücken des Mannes, der zu uns ins Boot unter das gespannte Tuchdach geneigt, uns die Fahrkarten reichte. Wahrscheinlich infolge meiner Sorge um die Karte und meiner Unfähigkeit, den Mann zu einer Erklärung zu zwingen, ob das Boot den See umfahre oder zur Insel übersetze und ob es Haltestellen habe. Deshalb habe ich mich so in ihn verschaut, daß ich ihn manchmal allein über den See gerade so stark aber ohne Boot gebeugt sehe. Viele Leute in Sommerkleidern auf der Landungsstelle. Boote mit ungeschickten Ruderern. Niedriges Seeufer ohne Geländer. Langsame Fahrt, erinnert mich an Spaziergänge, die ich vor einigen Jahren jeden Sonntag allein gemacht habe. Herausziehn der Füße aus dem Wasser auf dem Bootsgrund. Beim Anhören unseres Tschechisch Erstaunen der Passagiere, sich mit derartig Fremden in ein Boot gesetzt zu haben. Viele Menschen auf den Abhängen des Westufers, eingepflanzte Stöcke, ausgebreitete Zeitungen, Mann mit seinen Töchtern flach im Gras, wenig Lachen, niedriges Ostufer, bei uns schon seit langem abgeschaffte Wegbegrenzung aus kleinen, aneinandergefügten gebogenen Hölzchen, geeignet Schooßhündchen vom Rasen abzuhalten, ein wilder Hund lauft über die Wiesen, ernst arbeitende Ruderer mit einem Mädchen in ihrem schweren Boot. Ich lasse Max besonders einsam bei einer Grenadine im Dunkel am Rande eines halb leeren Kaffeegartens, wo nahe eine Straße vorübergeht, die wieder von einer andern unbekannten förmlich flüchtig gekreuzt wird. Automobile und Wagen fahren von dieser dunklen Kreuzungstelle in noch wüstere Gegenden. Ein großes eisernes Gitter gehört vielleicht zum Verzehrungssteueramt, ist aber geöffnet und läßt jeden durch. In der Nähe sieht man das grelle Licht des Lunaparks das die Unordnung dieses Halbdunkels vergrößert. So viel Licht und so leer. Auf dem Weg zum Lunapark und zu Max zurück stolpere ich vielleicht 5 mal.

Montag 11. Sept. ⟨*1911*⟩ Auf dem Asphaltpflaster sind die Automobile leichter zu dirigieren aber auch schwerer einzuhalten. Besonders wenn ein einzelner Privatmann am Steuer sitzt, der die Größe der Straßen, den schönen Tag, sein leichtes Automobil, seine Chauffeurkenntnisse für eine kleine Geschäftsfahrt ausnützt und dabei an Kreuzungsstellen sich mit dem Wagen so winden soll, wie die Fußgänger auf dem Trottoir. Darum fährt ein solches Automobil knapp vor der Einfahrt in eine kleine Gasse noch auf dem großen Platz in ein Tricykle hinein, hält aber elegant, tut ihm nicht viel, tritt ihm förmlich nur auf den Fuß, aber während ein Fußgänger mit einem solchen Fußtritt desto rascher weiter eilt, bleibt das Tricykle stehn und hat das Vorderrad verkrümmt. Der Bäkkergehilfe, der auf diesem der Firma —— gehörigen Wagen bisher vollständig sorglos mit jenem den Dreirädern eigentümlichen schwerfälligen Schwanken dahingefahren ist, steigt ab, trifft den Automobilisten, der ebenfalls absteigt und macht ihm Vorwürfe, die durch den Respekt vor einem Automobilbesitzer gedämpft und durch die Furcht vor seinem Chef angefeuert werden. Es handelt sich nun zuerst darum zu erklären, wie es zu dem Unfall gekommen. Der Automobilbesitzer stellt mit seinen erhobenen Handflächen das heranfahrende Automobil dar, da sieht er das Trycykle das ihm in die Quere kommt, die rechte Hand löst sich ab und warnt durch Hin- und Herfuchteln das Tricykle, das Gesicht ist besorgt, denn welches Automobil kann auf diese Entfernung bremsen. Wird es das Tricykle einsehn und dem Automobil den Vortritt lassen? Nein, es ist zu spät, die Linke läßt vom Warnen ab, beide Hände vereinigen sich zum Unglücksstoß, die Knie knicken ein, um den letzten Augenblick zu beobachten. Es ist geschehn und das still dastehende verkrümmte Tricykle kann schon bei der weitern Beschreibung mithelfen. Dagegen kann der Bäckergehilfe nicht gut aufkommen. Erstens ist der Automobilist ein gebildeter lebhafter Mann, zweitens ist er bis jetzt im Automobil gesessen, hat sich ausgeruht, kann sich bald wieder hineinsetzen und weiter ausruhn und drittens hat er von der Höhe des Automobils den Vorgang wirklich besser gesehn. Einige Leute haben sich inzwischen angesammelt und stehen wie es die Darstellung des Automobilisten verdient nicht eigentlich im Kreise um ihn, sondern mehr vor ihm. Der Verkehr muß sich inzwischen ohne den Platz behelfen, den diese Gesellschaft einnimmt, die überdies nach den Einfällen des Automobilisten hin und her rückt. So ziehn z. B. einmal alle zum Tricykle um den Schaden von dem so viel gesprochen worden ist, einmal genauer anzusehn. Der Autom. hält ihn nicht für arg, (einige halten in mäßig lauten Unterredungen zu ihm) trotzdem er sich nicht mit dem bloßen Hinschauen begnügt sondern rund herumgeht, oben hinein und unten durch schaut. Einer, der schreien will, setzt sich, da der Aut. Schreien nicht braucht, für das Tricykle ein; er bekommt aber sehr gute und sehr laute Antworten von einem neu auftretenden fremden Mann, der wenn man sich nicht beirren läßt, der Begleiter des Aut. gewesen ist. Einigemale müssen einige Zuhörer zusammen lachen, beruhigen sich aber immer mit neuen sachl. Einfällen. Nun besteht eigentlich keine große Meinungsversch. zwischen Aut. u. Bäck., der Aut. sieht sich von einer kleinen freundlichen Menschenmenge umgeben, die er überzeugt hat, der Bäckerjunge läßt von seinem einförmigen Armeausstrecken und Vorwürfemachen langsam ab, der Aut. leugnet ja nicht daß er einen kleinen Schaden angerichtet hat, gibt auch durchaus dem Bäck. nicht alle Schuld, beide haben Schuld, also keiner, solche Dinge kommen eben vor u. s. w. Kurz die Angelegenheit würde schließlich in Verlegenheit ablaufen, die Stimmen der Zuschauer, die schon über den

Preis der Reparatur beraten, müßten abverlangt werden, wenn man sich nicht daran erinnern würde, daß man einen Polizeimann holen könnte. Der Bäckerjunge der in eine immer untergeordnetere Stellung zum Au. geraten ist, wird von ihm einfach um einen Pol. geschickt, und vertraut sein Tricykle dem Schutz des Aut. Nicht mit böser Absicht, denn er hat es nicht nötig, eine Partei für sich zu bilden, hört er auch in Abwesenheit des Gegners mit seinen Beschreibungen nicht auf. Weil man rauchend besser erzählt, dreht er sich eine Cigarette. In seiner Tasche hat er ein Tabaklager. Neu ankommende Uninformierte und wenn es auch nur Geschäftsdiener sind werden systematisch zuerst zum Automobil, dann zum Tricykle geführt und dann erst über die Details unterrichtet. Hört er aus der Menge von einem weiter hinten Stehenden einen Einwand, beantwortet er ihn auf den Fußspitzen, um dem ins Gesicht sehn zu können. Es zeigt sich, daß es zu umständlich ist, die Leute zwischen Aut. u. T. hin und herzuführen, deshalb wird das Automobil mehr zum Trottoir in die Gasse hineingefahren. Ein ganzes Tricykle hält und der Fahrer sieht sich die Sache an. Wie zur Belehrung über die Schwierigkeiten des Automobilfahrens ist ein großer Motoromnibus mitten auf dem Platz stehn geblieben. Man arbeitet vorn am Motor. Die ersten die sich um den Wagen niederbeugen sind seine ausgestiegenen Passagiere im richtigen Gefühl ihrer nähern Beziehung. Inzwischen hat der Aut. ein wenig Ordnung gemacht und auch das Tr. mehr zum Trottoir geschoben. Die Sache verliert ihr öffentl. Interesse. Neu Ankommende müssen schon erraten, was eigentlich geschehen ist. Der Aut. hat sich mit einigen alten Zusch. die als Zeugen Wert haben, förmlich zurückgezogen und spricht mit ihnen leise. Wo wandert aber inzwischen der arme Junge herum? Endlich sieht man ihn in der Ferne, wie er mit dem Pol. den Platz zu durchqueren anfängt. Man war nicht ungeduldig aber das Interesse zeigt sich sogleich aufgefrischt. Viele neue Zuschauer treten auf, die auf billige Weise den äußersten Genuß der Protokollaufnahme haben werden. Der Aut. löst sich von seiner Gruppe und geht dem Pol. entgegen, der die Angeleg. sofort mit der gleichen Ruhe aufnimmt, welche die Beteiligten erst durch halbstündiges Warten sich verschafft haben. Die Prot.aufnahme beginnt ohne lange Untersuch. Der P. zieht aus seinem Notizbuch mit der Schwerfälligkeit eines Bauarbeiters einen alten schmutzigen aber leeren Bogen Papier, notiert die Namen der Beteiligten, schreibt die Bäckerfirma auf und geht um dies genau zu machen schreibend um das Tricykle herum. Die unbewußte unverständige Hoffnung aller Anwesenden auf eine sofortige sachliche Beendigung der ganzen Angel. durch den Pol. geht in eine Freude an den Einzelheiten der Prot.auf. über. Diese Pr. stockt bisweilen. Der Pol. hat sein Prot. etwas in Unord. gebracht und in der Anstrengung es wieder herzustellen, hört und sieht er weilchenweise nichts anderes. Er hat nämlich den Bogen an einer Stelle zu beschreiben angefangen, wo er aus irgend einem Grunde nicht hätte anfangen dürfen. Nun ist es aber doch geschehn und sein Staunen darüber erneuert sich öfters. Er muß den Bogen immerfort wieder umdrehn, um den schlechten Prot.anfang zu glauben. Da er aber von diesem schlechten Anfang bald abgelassen und auch anderswo zu schreiben angefangen hat, kann er, wenn eine Spalte zu Ende ist, ohne großes Auseinanderfalten und Untersuchen unmöglich wissen, wo er richtigerweise fortzusetzen hat. Die Ruhe die dadurch die Angeleg. gewinnt, läßt sich mit jener frühern durch die Bet. allein erreichten gar nicht vergleichen.

Reise Juni / Juli 1912

Reise Weimar-Jungborn
vom 28 Juni 1912 – 29 Juli

Freitag 28. V ⟨*Juni 1912*⟩ Abfahrt Staatsbahn. Gut beisammen. Sokoln verzögern die Zugsabfahrt. Ausgezogen in ganzer Länge auf der Bank gelegen. Elbeufer. Schöne Lage der Orte und Villen, ähnlich den Seeufern. Dresden. Mengen der frischen Waren überall. Reinliche korrekte Bedienung. Ruhig gesetzte Worte. Massives Aussehn der Bauten infolge der Betontechnik, die doch z. B. in Amerika nicht so wirkt. Das sonst ruhige von Wirbelringen marmorierte Elbewasser. – Leipzig. Gespräch mit unserem Dienstmann. Max fragt ihn trotzdem er wie unser Großvater aussieht nach Mädchen. Opels Hotel. Der halbe neue Bahnhof. Schöne Ruine des alten. Gemeinsames Zimmer. Von 4 Uhr ab lebendig begraben, weil Max wegen des Lärms die Fenster zumachen muß. Großer Lärm. Dem Gehör nach zieht ein Wagen den andern hinter sich. Die Pferde wegen des Asphalts wie laufende Reitpferde anzuhören. Das sich entfernende durch seine Unterbrechungen Gassen und Plätze andeutende Läuten der Elektrischen. Abend in Leipzig. Maxens topographischer Instinkt, mein Verlorensein. Dagegen stelle ich, später vom Führer bestätigt, einen schönen Erker am Fürstenhaus fest. Nachtarbeit auf einem Bauplatz, wahrscheinlich auf der Stelle von Auerbachs Keller. Nicht zu beseitigende Unzufriedenheit mit Leipzig. Unentschlossenheit in den Bordellgäßchen. Mein Schuhbandbinden wird von der Gasse zum Fenster hin besprochen. Lockendes Café Oriental. »Taubenschlag« Bierstube. Der schwer bewegliche langbärtige Biervater. Seine Frau schenkt ein. Zwei große starke Töchter bedienen. Fächer in den Tischen. Lichtenhainer in Holzkrügen.

Schandgeruch wenn man den Deckel öffnet. Ein schwächlicher Stammgast, rötliche magere Wangen, faltige Nase sitzt mit großer Gesellschaft, bleibt dann allein zurück, das Mädchen setzt sich mit ihrem Bierglas zu ihm. Das Bild des vor 12 Jahren verstorbenen Stammgastes, der 14 Jahre lang hergegangen ist. Er hebt das Glas, hinter ihm ein Gerippe. Viele stark verbundene Studenten in Leipzig. Viel Monokel. Kurzer Besuch in einem B. Ein Mädchen mit Brustschmuck nachtmahlt ein Rippchen. Unsere undeutliche Auskunft über den Grund unseres sofortigen Weggehns.

Freitag *⟨Samstag⟩* 29. *⟨Juni 1912⟩* Frühstück. Verkennung einer Annäherung zwischen dem Hotelier und seiner Tochter. Der Herr, der Samstag die Quittung einer Geldsendung nicht unterschreibt. Spaziergang. Max zu Rohwolt. Buchgewerbemuseum. Kann mich vor den vielen Büchern nicht halten. Die altertümlichen Straßen dieses Verlagsviertels, trotz gerader Straßen und neuerer allerdings schmuckloser Häuser. Öffentliche Lesehalle. Mittagmahl in »Manna«. Schlecht. Brandeis dort getroffen. Rendezvous mit Max vor dem Goethedenkmal um 2. Verabschiedung Brandeis. Wilhelms Weinstube, dämmeriges Lokal in einem Hof. Rohwolt. Jung rotwangig, stillstehender Schweiß zwischen Nase und Wangen, erst von den Hüften an beweglich. Graf Bassewitz, Verfasser von »Judas« groß, nervös, trockenes Gesicht, Spiel in der Taille, gut behandelter starker Körper. Hasenclever, jüdisch, laut, viel Schatten und Helligkeit im kleinen Gesicht, auch bläuliche Farben. Alle 3 schwenken Stöcke und Arme. Eigentümliches tägliches Mittagessen in der Weinstube. Große breite Weinbecher mit Citronenscheiben. Pinthus, Korrespondent des B. T., dick, flacheres Gesicht, korrigiert dann im Cafe Francais die Schreibmaschinenniederschrift einer Kritik der »Johanna v. Neapel« (Uraufführung am Abend vorher). Vorschlag des Hasencl. den

Nachmittagskaffee in einem B. zu trinken. Nicht eingelassen, weil die Damen bis 4 Uhr schlafen. Zusammenlauf der Wirtschafterinnen aus dem Dunkel. Café Francais. R. will ziemlich ernsthaft ein Buch von mir. Persönliche Verpflichtungen der Verleger und ihr Einfluß auf den Tagesdurchschnitt der deutschen Litteratur. Im Verlag. – Abfahrt nach Weimar 5 Uhr. Das ältere Fräulein im Coupé. Dunkle Haut. Schöne Rundungen an Kinn und Wangen. Wie sich die Näthe der Strümpfe um ihre Beine drehten, sie hatte das Gesicht mit der Zeitung verdeckt und wir sahen die Beine an. Weimar. Auch sie steigt dort aus, nachdem sie einen großen alten Hut angezogen hatte. Ich sah sie später einmal, als ich vom Marktplatz aus das Goethehaus beobachtete. Langer Weg zum Hotel Chemnitius. Fast den Mut verloren. Suchen der Badeanstalten. Dreiteilige Appartements, die man uns anweist. Max soll in einem Loch mit einer Luke schlafen. Freibad am Kirschberg. Schwanensee. Gang in der Nacht zum Goethehaus. Sofortiges Erkennen. Gelbbraune Farbe des Ganzen. Fühlbare Beteiligung unseres ganzen Vorlebens an dem augenblicklichen Eindruck. Das Dunkel der Fenster der unbewohnten Zimmer. Die helle Junobüste. Anrühren der Mauer. Ein wenig herabgelassene weiße Rouleaux in allen Zimmern. 14 Gassenfenster. Die vorgehängte Kette. Kein Bild gibt das Ganze wieder. Der unebene Platz, der Brunnen, die dem ansteigenden Platz folgende gebrochene Baulinie des Hauses. Die dunklen etwas länglichen Fenster in das Braungelbe eingelegt. Das auch an und für sich auffallendste bürgerliche Wohnhaus in Weimar.

Sonntag 30 ⟨*Juni 1912*⟩ Vormittag. Schillerhaus. Verwachsene Frau, die vortritt und mit ein paar Worten, hauptsächlich durch die Tonart das Vorhandensein dieser Andenken entschuldigt. Auf der Treppe Klio als Tagebuchführerin. Bild der 100 jähr. Geburtstagsfeier 10 Nov. 1859, das ausgeschmückte, verbreiterte Haus. Italienische Ansichten, Bellagio, Geschenke Goethes. Nicht mehr menschliche Haarlokken, gelb und trocken wie Grannen. Maria Pawlovna, zarter Hals, Gesicht nicht breiter, große Augen. Die verschiedensten Schillerköpfe. Gute Anlage einer Schriftstellerwohnung. Wartezimmer, Empfangszimmer, Schreibzimmer, Schlafalkoven. Frau Junot, seine Tochter ihm ähnlich. »Baumzucht im Großen nach Erfahrungen in Kleinen«, Buch seines Vaters.

Goethehaus. Repräsentationsräume. Flüchtiger Anblick des Schreib- und Schlafzimmers. Trauriger an tote Großväter erinnernder Anblick. Dieser seit Goethes Tod fortwährend wachsende Garten. Die sein Arbeitszimmer verdunkelnde Buche. Schon als wir im Treppenhaus unten saßen, lief sie mit ihrer kleinen Schwester an uns vorüber. Der Gipsabguß eines Windspiels, der unten im Treppenhaus steht, gehört in meiner Erinnerung mit zu diesem Laufen. Dann sahn wir sie wieder im Junozimmer, dann beim Ausblick aus dem Gartenzimmer. Ihre Schritte und ihre Stimme glaubte ich noch öfters zu hören. Zwei Nelken durch das Balkongeländer gereicht. Zu später Eintritt in den Garten. Max sieht sie oben auf einem Balkon. Sie kommt herunter, später erst, mit einem jungen Mann. Ich danke im Vorübergehn dafür, daß sie uns auf den Garten aufmerksam gemacht hat. Wir gehn aber noch nicht weg. Die Mutter kommt, es entsteht Verkehr im Garten. Sie steht bei einem Rosenstrauch. Ich gehe von Max gestoßen hin, erfahre von dem Ausflug nach Tiefurt. Ich werde auch hingehn. Sie geht mit ihren Eltern. Sie nennt ein Gasthaus, von dem aus man die Tür des Goethehauses beobachten kann. Gasthaus zum Schwan. Wir sitzen zwischen Epheugestellen. Sie tritt aus der Haustür. Ich laufe hin, stelle mich allen vor, bekomme die Erlaubnis mitzugehn und laufe wieder zurück. Später kommt die Familie ohne Vater. Ich will mich anschließen, nein, sie gehn erst zum Kaffee, ich soll mit dem Vater nachkommen. Sie sagt, ich soll um 4 ins Haus hineingehn. Ich hole den Vater nach Abschied von Max. Gespräch mit dem Kutscher vor dem Tor. Weg mit dem Vater. Gespräch über Schlesien, Großherzog, Goethe, Nationalmuseum, Photographieren und Zeichnen und das nervöse Zeitalter. Halt vor dem Haus, wo sie Kaffee trinken. Er läuft hinauf, um alle zum Erkerfenster zu rufen, weil er photographieren wird. Aus Nervosität mit einem kleinen Mädchen Ball gespielt. Weg mit den Männern, vor uns die zwei Frauen, vor ihnen die 3 Mädchen. Ein kleiner Hund lauft zwischen uns hin und her. Schloß in Tiefurt. Besichtigung mit den 3 Mädchen. Sie hat vieles von den Sachen auch im Goethehaus und besser. Erklärungen vor den Wertherbildern. Zimmer des Fräulein von Göchhausen. Die zugemauerte Tür. Der nachgemachte Pudel. Dann Aufbruch mit den Eltern. Zweimaliges Photographieren im Park. Eines auf einer Brücke, das nicht gelingen will. Endlich auf dem Rückweg endgiltiger Anschluß ohne rechte Beziehung. Regen. Die Erzählungen von Breslauer Karnevalsscherzen beim Archiv. Abschied vor dem Haus. Mein Herumstehn in der Seifengasse. Max hat inzwischen geschlafen. Abend 3maliges unverständliches Treffen. Sie mit ihrer Freundin. Zum erstenmal begleiten wir sie. Ich kann abend nach 6 immer in den Garten kommen. Jetzt muß sie nachhause. Dann wieder Zusammentreffen auf dem für ein Duell vorbereiteten Rundplatz. Sie sprechen mit einem jungen Mann mehr feindlich, als freundlich. Warum sind sie aber nicht schon zuhause geblieben, da wir sie doch bis auf den Goetheplatz begleitet hatten. Sie hatten doch eiligst nachhause müssen. Warum rannten sie aber jetzt, offenbar ohne überhaupt zuhause gewesen zu sein, von dem jungen Mann verfolgt oder um ihm zu begegnen aus der Schillerstraße heraus, die kleine Treppe hinab, auf den abseits gelegenen Platz? Warum drehten sie sich dort, nachdem sie auf 10 Schritte Entfernung mit dem jungen Mann paar Worte gesprochen und scheinbar seine Begleitung abgelehnt hatten, wieder um und liefen allein zurück? Hatten wir sie gestört, die wir nur mit einfachem Gruß vorüber gegangen waren? Später giengen wir langsam zurück; als wir auf den Goetheplatz kamen, liefen sie uns schon wieder aus einer andern Gasse offenbar sehr erschreckt fast in die Hände. Wir drehten uns aus Schonung um. Aber sie hatten also schon wieder einen Umweg gemacht.

Montag 1 Juli ⟨*1912*⟩. Gartenhaus am Stern. Im Gras davor gezeichnet. Den Vers auf dem Ruhesitz auswendig gelernt. Kofferbett. Schlaf. Papagei im Hof, der Grete ruft. Nutzlos in die Erfurter Allee gegangen, wo sie nähn lernt. Baden.

Dienstag 2 ⟨*Juli 1912*⟩ Goethehaus. Mansarden. Beim Hausmeister die Photographien angesehn. Herumstehende Kinder. Photographiegespräche. Fortwährendes Aufpassen auf eine Gelegenheit mit ihr zu sprechen. Sie geht ins Nähen mit einer Freundin. Wir bleiben zurück. – Nachmittag Liszthaus. Virtuosenhaft. Die alte Pauline. Liszt von 5–8 Uhr gearbeitet, dann Kirche, dann zweiter Schlaf, von 11 an Besuche. Max im Bad, ich hole die Photographien, treffe sie vorher, komme mit ihr vors Tor. Der Vater zeigt mir die Bilder, ich bringe Photographieständer, endlich muß ich doch gehn. Sie lächelt mir sinnlos nutzlos hinter dem Rücken des Vaters zu. Traurig. Einfall, die Photographien vergrößern zu lassen. In die Drogerie. Wieder zurück ins Goethehaus wegen des Negativs. Sie sieht mich vom Fenster aus und öffnet. – Vielfaches Treffen der Grete. Beim Erdbeeressen; vor Werthers Garten, wo ein Koncert ist. Ihre Beweglichkeit des Körpers im losen Kleid. Die großen Officiere, die aus dem »russischen Hof« kommen. Vielerlei Uniformen. Die schlanken, starken in den dunklen Kleidern. – Die Rauferei in der entlegenen Gasse. »Du mußt schon der schönste Dreckorsch sein!« Die Leute an den Fenstern. Die abgehende Familie, ein Betrunkener, eine alte Frau mit Rückenkorb und 2 Burschen als Anhängsel. – Daß ich bald wegfahren muß, drückt mich in der Kehle. Entdeckung von »Tivoli«. Tische an der Wand heißen »Seitenbalkon«. Die alte Schlangendame, ihr Mann, der als Zauberer dient. Die weiblichen Deutschmeister.

Mittwoch 3 Juli *⟨1912⟩*. Goethehaus. Es soll im Garten photographiert werden. Sie ist nicht zu sehn, ich darf sie dann holen. Sie ist immer ganz zittrig von Bewegung, bewegt sich aber erst, wenn man zu ihr spricht. Es wird photographiert. Wir zwei auf der Bank. Max zeigt dem Mann, wie es zu machen ist. Sie gibt mir ein Rendezvous für den nächsten Tag. – Öttingen schaut durchs Fenster und verbietet Max und mir, die wir gerade allein beim Apparat stehn, das Photographieren. Wir photographieren doch nicht! – Damals war die Mutter noch freundlich. Abgesehen von den Schulen und den Nichtzahlenden kommen 30000 Menschen im Jahr. – Bad. Ernste, ruhige Ringkämpfe der Kinder. – Großherzogliche Bibliothek am Nachmittag. Trippelbüste. Das Lob des Führers. Der immer zu erkennende Großherzog. Massives Kinn und starke Lippen. Hand im zugeknöpften Rock. Goethebüste von David, mit nach hinten gesträubtem Haar und großem gespannten Gesicht. Die durch Goethe vorgenommene Umwandlung eines Palais in eine Bibliothek. Büsten von Passow (hübscher kraushaariger Junge), Zach. Werner, schmales, prüfendes, vordringendes Gesicht. Gluck. »Abgegossen vom Leben«. Die Löcher im Mund von den Röhren, durch die er geatmet hat. Goethes Arbeitszimmer. Durch eine Tür tritt man gleich in den Garten der Frau v. Stein. Die von einem Sträfling aus einer Rieseneiche ohne einen einzigen Nagel gearbeitete Treppe. – Spaziergang im Park mit dem Zimmermannsohn Fritz Wenski. Seine ernsten Reden. Er schlägt dabei mit einem Zweig in die Büsche. Er wird auch Zimmermann werden und wandern. Jetzt wandert man nicht mehr so, wie zu seines Vaters Zeiten, die Eisenbahn verwöhnt. Um Fremdenführer zu werden, müßte man Sprachen kennen, also entweder sie in der Schule lernen oder solche Bücher kaufen. Was er vom Park weiß, hat er entweder in der Schule gelernt oder von den Führern gehört. Auffallende Führerbemerkungen, die zu dem sonstigen nicht passen z. B. über das römische Haus nichts, als: Die Tür war für die Lieferanten bestimmt. Borkenhäuschen. Shakespearedenkmal. – Kinder um mich auf dem Karlsplatz. Gespräche über die Marine. Der Ernst der Kinder. Besprechung von Schiffsuntergängen. Überlegenheit der Kinder. Versprechen eines Balles. Verteilung der Kakes. Gartenkoncert Carmen. Ganz durchdrungen davon.

Donnerstag 4 Juli *⟨1912⟩* Goethehaus. Bestätigung des versprochenen Rendezvous mit lautem Ja. Sie sah aus dem Tor. Falsche Erklärung dessen, denn auch während unserer Anwesenheit sah sie heraus. Ich fragte noch einmal: »Auch bei Regen?« »Ja.« Max fährt nach Jena zu Diederichs. Ich Fürstengruft. Mit den Officieren. Über Goethes Sarg goldner Lorbeerkranz gestiftet von den deutschen Frauen Prags 1882. Alle auf dem Friedhof wiedergefunden. Grab der goetheschen Familie. Walter von Goethe geb. Weimar 9 Apr. 1818, † Leipzig 15 Apr. 1885 »mit ihm erlosch Goethes Geschlecht, dessen Name alle Zeiten überdauert«, Grabinschrift der Fr. Karoline Falk: »Während Gott ihr 7 der eigenen Kinder nahm, wurde sie fremden Kindern eine Mutter. Gott wird abwischen alle Tränen von ihren Augen.« Charlotte von Stein: 1742–1827. – Bad – Nachmittag nicht geschlafen, um das unsichere Wetter nicht aus den Augen zu lassen. Sie kam nicht zum Rendezvous. – Treffe Max angekleidet im

Bett. Beide unglücklich. Wenn man das Leid aus dem Fenster schütten könnte. – Abend Hiller mit seiner Mutter. – Ich laufe vom Tisch weg, weil ich sie zu sehen glaubte. Täuschung. Dann alle vors Goethehaus. Sie gegrüßt.
Freitag 5 Juli *⟨1912⟩* Vergeblicher Gang zum Goethehaus. – Goethe-Schiller Archiv. Briefe von Lenz. – Brief der Frankfurter Bürger an Goethe 28 August 1830: »Einige Bürger der alten Maynstadt, seit langem hier gewöhnt, den 28. August mit dem Becher in der Faust zu begrüßen, würden die Gunst des Himmels preisen, könnten sie den seltenen Frankfurter, den dieser Tag gebracht, im Weichbild der Freistadt selbst willkommen heißen.

Weil es aber von Jahr zu Jahr bei Hoffen und Harren und Wünschen bleibt, so reichen sie einstweilen über Wälder und Fluren, Marken und Mauten den schimmernden Pokal nach der glücklichen Ilmstadt hinüber und bitten ihren verehrten Landsmann um die Gunst in Gedanken mit ihm anstoßen und singen zu dürfen:

Willst Du Absolution
Deinen Treuen geben
Wollen wir nach Deinem Wink
Unablässig streben
Uns vom Halben zu entwöhnen
und im Ganzen Guten Schönen
resolut zu leben.«

1757 »Erhabene Großmama! . . .«

Jerusalem an Kestner: »Dürfte ich Ew. Wohlgeboren wohl zu einer vorhabenden Reise um Ihre Pistolen gehorsamst ersuchen?«

Lied der Mignon ohne einen Strich. –
Photographien geholt. Hingebracht. Nutzlos herumgestanden, nur 3 Photographien von den 6 abgegeben. Und gerade die schlechtern in der Hoffnung, daß der Hausmeister um sich zu rechtfertigen, von neuem photographieren wird. Keine Spur. – Bad – Direkt von dort in die Erfurter Straße. Max zum Mittagmahl. Sie kommt mit 2 Freundinnen. Ich greife sie heraus. Ja sie mußte gestern 10 Min. früher weggehn, hat erst jetzt von ihren Freundinnen von meinem gestrigen Warten erfahren. Sie hatte auch Ärger wegen der Tanzstunden. Sie liebt mich sicher nicht, einigen Respekt aber hat sie. Ich gebe ihr die mit dem Herzchen und der Kette umwundene Chokoladenschachtel und begleite sie ein Stück. Paar Worte hin und her über ein Rendezvous. Morgen um 11 vor dem Goethehaus. Das kann nur eine Ausrede sein, sie muß ja kochen und dann vor dem Goethehaus, aber ich nehme es doch an. Traurige Annahme. Gehe ins Hotel, sitze ein Weilchen bei Max, der im Bett liegt. Nachmittag Ausflug nach Belvedere. Hiller und Mutter. Schöne Fahrt im Wagen durch eine einzige Allee. Überraschende Anordnung des Schlosses, das aus einem Hauptteil und 4 seitlich angeordneten Häuschen besteht, alles niedrig und zart gefärbt. Ein niedriger Springbrunnen in der Mitte. Blick vorwärts nach Weimar. Der Großherzog war schon seit einigen Jahren nicht hier. Er ist Jäger und hier ist keine Jagd. Der ruhige entgegenkommende Bediente mit glattrasiertem eckigen Gesicht, traurig wie vielleicht alles Volk, das sich unter Herrschaften bewegt. Trauer der Haustiere. Maria Pawlovna, Schwiegertochter des Großherzogs Karl August, Tochter der Maria Feodorowna und des Kaisers Paul, der erdrosselt wurde. Viel russisches. Cloisoné Kupfergefäße mit aufgehämmerten Dräten, zwischen die das Email gegossen wird. Die Schlafzimmer mit Himmelskuppel. Photographien in den noch

bewohnbaren Zimmern die einzige Modernisierung. Wie sie sich unbeobachtet auch einordnen werden! Zimmer Goethes, ein unteres Eckzimmer. Einige Deckenbilder Oesers, bis zur Unkenntlichkeit aufgefrischt. Viel Chinesisches. Das »dunkle Kammerfrauenzimmer«. Das Naturteater mit den zwei Zuschauerreihen. Der aus mit den Lehnen aneinandergestellten Bänken bestehende Wagen, dos à dos, in dem die Damen saßen, während die begleitenden Kavaliere neben ihnen ritten. Der schwere Wagen, in dem Maria Pawlovna mit ihrem Mann in 26 Tagen dreispännig von Petersburg nach Weimar auf der Hochzeitsreise fuhr. Naturteater und Park von Goethe eingerichtet. – Abend zu Paul Ernst. Auf der Gasse 2 Mädchen nach der Wohnung des Schriftstellers P. E. gefragt. Sie schauen uns zuerst nachdenklich an, dann stößt eine die andere, als wolle sie sie an einen Namen erinnern, der ihr gerade nicht einfällt. Meinen Sie Wildenbruch? fragt uns dann die andere. – Paul Ernst. Über den Mund gehender Schnurrbart und Spitzbart. Hält sich am Sessel fest oder an den Knien, trotzdem er auch bei Erregung (wegen seiner Kritiker) nicht losgeht. – Wohnt am Horn. Eine Villa scheinbar ganz mit seiner Familie angefüllt. Eine Schüssel stark riechender Fische, welche die Treppe hinaufgetragen werden sollte, wird bei unserem Anblick wieder in die Küche zurückgebracht. – Eintritt des Pater Expeditus-Schmitt, mit dem ich schon einmal auf der Hoteltreppe zusammengestoßen bin. Arbeitet im Archiv an einer Otto Ludwig Ausgabe. Will Nargileh ins Archiv einführen. Schimpft eine Zeitung »fromme Giftkröte« weil sie die vom ihm herausgegebenen »Heiligenlegenden« angegriffen hat.

Samstag 6 Juli ⟨*1912*⟩ – Zu Schlaf. Alte ihm ähnliche Schwester empfängt uns. Er ist nicht zuhause. Wir kommen abend wieder. – Einstündiger Spaziergang mit Grete. Sie kommt scheinbar im Einverständnis mit ihrer Mutter, mit der sie noch von der Gasse aus durchs Fenster spricht. Rosa Kleid, mein Herzchen. Unruhe wegen des großen Balles am Abend. Ohne jede Beziehung zu ihr gewesen. Abgerissenes, immer wieder angefangenes Gespräch. Einmal besonders rasches, dann wieder besonders langsames Gehn. Anstrengung, um keinen Preis deutlich werden zu lassen, wie wir mit keinem Fädchen zusammenhängen. Was treibt uns gemeinsam durch den Park? Nur mein Trotz? – Gegen Abend bei Schlaf. Vorher Besuch bei Grete. Sie steht vor der ein wenig geöffneten Küchentür in dem lange vorher gepriesenen Ballkleid, das gar nicht so schön ist, wie ihr gewöhnliches. Schwer verweinte Augen, offenbar wegen ihres Haupttänzers, der ihr schon überhaupt viel Sorgen gemacht hat. Ich verabschiede mich für immer. Sie weiß es nicht und wenn sie es wüßte, läge ihr auch nichts daran. Ein Weib, das Rosen bringt, stört noch den kleinen Abschied. – Auf den Gassen von allen Seiten Tanzstundenherren und -damen. – Schlaf. Wohnt nicht gerade in einer Dachstube, wie es Ernst, der mit ihm zerfallen ist, uns einreden wollte. Lebhafter Mann, den starken Oberkörper von einem fest zugeknöpften Rock umspannt. Nur die Augen zucken nervös und krank. Spricht hauptsächlich von Astronomie und seinem geocentrischen System. Alles andere Litteratur, Kritik, Malerei hängt nur noch so an ihm weil er es nicht abwirft. Weihnachten wird sich übrigens alles entscheiden. Er zweifelt an seinem Sieg nicht im Geringsten. Max sagt, seine Lage gegenüber den Astronomen sei »der Lage Goethes gegenüber den Optikern ähnlich.« »Ähnlich« antwortet er immer mit Handgriffen auf dem Tisch, »aber viel günstiger, denn ich habe unbestreitbare Tatsachen für mich.« Sein kleines Fernrohr für 400 M. Zu seiner Entdeckung braucht er es gar nicht, auch Matematik nicht. Er lebt in vollem Glück. Sein Arbeitsgebiet ist endlos, da seine Entdeckung einmal anerkannt, ungeheuere Folgen in allen Gebieten (Religion, Ethik, Ästhetik u. s. w.) haben wird und er natürlich zuerst zu ihrer Bearbeitung berufen ist. – Als wir kamen, hat er gerade Besprechungen die anläßlich seines 50ten Geburtstages erschienen waren, in ein großes Buch geklebt. »Bei solchen Gelegenheiten machen sie es milde.« – Vorher Spaziergang mit Paul Ernst im Webbich. Seine Verachtung unserer Zeit, Hauptmanns, Wassermanns, Thomas Manns. Ohne Rücksicht auf unsere mögliche Meinung wird Hauptmann in einem kleinen Nebensatz, den man erst lange nachdem er ausgesprochen ist, auffaßt, ein Schmierer genannt. Sonst vage Äußerungen über Juden, Zionismus, Rassen u. s. w., in allem nur bemerkenswert, daß es ein Mann ist, der seine ganze Zeit mit allen Kräften gut angewendet hat. – Trockenes, automatisches »Ja, ja« in kleinen Zwischenräumen, wenn der andere spricht. Einmal gieng es so weit, daß ich es nicht mehr glaubte. –

7. Juli *⟨1912⟩*

27 Nr. des Packträgers in Halle. – Jetzt ½7 in der Nähe des Gleimdenkmals auf die schon lange gesuchte Bank niedergefallen. Wäre ich ein Kind, so müßte ich mich abtransportieren lassen, so schmerzen mich die Beine. – Nach dem Abschied von Dir mich noch lange nicht allein gefühlt. Und dann wieder so dumpf geworden, daß es noch kein Alleinsein war. – Halle, kleines Leipzig. Diese Kirchenturmpaare hier und in Halle, die durch kleine Holzbrücke oben am Himmel verbunden sind. – Schon das Gefühl, daß Du diese Sachen nicht gleich sondern erst später lesen wirst, macht mich so unsicher. – Der Radfahrklub, der sich am Markt in Halle zu einem Ausflug versammelt. Die Schwierigkeit allein eine Stadt oder auch nur eine Gasse anzusehn. – Gutes vegetarisches Mittagessen. Zum Unterschied von den sonstigen Gastwir-

ten schlägt gerade den veg. Wirten das Vegetarische nicht gut an. Ängstliche Leute, die von der Seite an einen herankommen.

Fahrt von Halle mit 4 Prager Juden: zwei angenehmen lustigen ältern starken Männern, einer dem Dr. Klemens ähnlich, einer meinem Vater nur viel kleiner, dann ein schwacher, von der Hitze hingeschlagener junger Ehemann und seine abscheuliche gutgebaute junge Frau, deren Gesicht irgendwie aus der Selcherfamilie Berg herkommt. Sie liest einen 3 M Ullstein Roman von Ida-Boy-Ed, mit dem ausgezeichneten, wahrscheinlich von Ullstein erfundenen Titel »Ein Augenblick im Paradies«. Ihr Mann fragt sie, wie es ihr gefällt. Sie hat aber erst angefangen, »Bis dato kann man nichts sagen.« Ein guter Deutscher mit trockener Haut und schön über Wangen und Kinn verteiltem weißlich blonden Bart nimmt an allem, was bei den 4 vorgeht, einen merkwürdig freundlichen Anteil. –

Eisenbahnhotel, Zimmer unten an der Straße mit einem Gärtchen davor. Wer will kann im Vorübergehn, mich im Zimmer alle meine Geschäfte nackt besorgen sehn. Weg in die Stadt. Eine ganz und gar alte Stadt. Fachwerkbau scheint die für die größte Dauer berechnete Bauart zu sein. Die Balken verbiegen sich überall, die Füllung sinkt ein oder baucht sich aus, das Ganze bleibt und fällt höchstens mit der Zeit ein wenig zusammen und wird dadurch noch fester. So schön habe ich Menschen in den Fenstern noch nicht lehnen sehn. Meist sind auch die Mittelleisten der Fenster festgemacht. Man legt die Schulter an sie, Kinder drehn sich um sie. In einem tiefen Flur sitzen auf den ersten Stufen starke Mädchen, in ihren Sonntagskleidern ausgebreitet.

Drachenweg. Katzenplan.

Im Park mit kleinen Mädchen auf einer Bank, die wir als Mädchenbank gegen Jungen verteidigen. Polnische Juden.

Die Kinder rufen ihnen Itzig zu und wollen sich nach ihnen nicht gleich auf die Bank setzen. Jüdische Gastwirtschaft Nathan Eisellsberg mit hebräischer Aufschrift. Es ist ein verwahrlostes schloßartiges Gebäude mit großem Treppenaufbau, das aus engen Gassen frei hervortritt. Ich gehe hinter einem Juden, der aus der Wirtschaft kommt, und spreche ihn an. Nach 9. Ich will etwas über die Gemeinde wissen. Erfahre nichts. Bin ihm zu verdächtig. Immerfort schaut er auf meine Füße. Aber ich bin doch auch Jude. Dann kann ich bei Eiselsberg logieren. – Nein ich habe schon eine Wohnung. – So. – Plötzlich geht er nahe an mich heran. Ob ich nicht vor 1 Woche in Schöppenstedt gewesen bin. Vor seinem Haustor verabschieden wir uns; er ist glücklich, daß er mich losgeworden ist; ohne daß ich danach frage, sagt er mir noch, wie man zur Synagoge geht. – Leute im Schlafrock auf der Türstufe. Alte sinnlose Inschriften. Die Möglichkeiten durchdacht, auf diesen Gassen, Plätzen, Gartenbänken, Bachufern aus dem Vollen unglücklich zu sein. Wer weinen kann, soll am Sonntag herkommen. Abend nach 5 stündigem Herumgehn in meinem Hotel auf der Terasse vor einem kleinen Gärtchen. Am Tisch nebenan die Wirtsleute mit einer jungen, witwenhaft aussehenden, lebhaften Frau. Wangen unnötig mager. Frisur geteilt und aufgebauscht.

8 Juli ⟨*1912*⟩ Mein Haus heißt »Ruth«. Praktisch eingerichtet. 4 Luken, 4 Fenster, 1 Tür. Ziemlich still. Nur in der Ferne spielen sie Fußball, die Vögel singen stark, einige Nackte liegen still vor meiner Tür. Alles bis auf mich ohne Schwimmhosen. Schöne Freiheit. Im Park, Lesezimmer u. s. w. bekommt man hübsche, fette Füßchen zu sehn.

9 Juli ⟨*1912*⟩ Gut geschlafen in der nach 3 Seiten freien Hütte. Ich kann an meiner Türe lehnen wie ein Hausbesitzer. Zu den verschiedensten Zeiten in der Nacht aufgekommen und immer Ratten oder Vögel gehört, die um die Hütte

herum im Gras kollerten oder flatterten. Der leopardartig gefleckte Herr. Gestern abend Vortrag über Kleidung. Den Chinesinnen wurden die Füße verkrüppelt, damit sie einen großen Hintern bekommen.

9 Juli ⟨*1912*⟩ Der Arzt, früherer Officier, geziertes, irrsinnig, weinerlich, burschikos aussehendes Lachen. Geht schwunghaft. Anhänger von Mazdaznan. Ein für den Ernst geschaffenes Gesicht. Glatt rasiert, Lippen zum an einanderpressen. Er tritt aus seinem Ordinationszimmer, man geht an ihm vorüber hinein, »Bitte einzutreten« lacht er einem nach. Verbietet mir das Obstessen mit dem Vorbehalt, daß ich ihm nicht folgen muß. Ich bin ein gebildeter Mann, soll seine Vorträge anhören, die auch gedruckt sind, soll die Sache studieren, mir meine Meinung bilden und mich dann danach verhalten. (Aus seinem gestrigen Vortrag: »Wenn man selbst vollständig verkrüppelte Zehen hat, an einer solchen Zehe aber zieht und dabei tief atmet, so kann man sie mit der Zeit gerade machen.« Nach einer bestimmten Übung wachsen die Geschlechtsteile. Aus den Verhaltungsmaßregeln: »Luftbäder in der Nacht sind sehr zu empfehlen (ich gleite einfach wenn es mir paßt aus meinem Bett und trete in die Wiese vor meiner Hütte) nur soll man sich dem Mondlicht nicht zu sehr aussetzen, das ist schädlich«) Unsere gegenwärtigen Kleider kann man gar nicht waschen!! Heute früh: Waschen, Müllern, gemeinsames Turnen (ich heiße der Mann mit den Schwimmhosen), Singen einiger Choräle, Ballspiel im großen Kreis. 2 schöne schwedische Jungen mit langen Beinen, die so geformt und gespannt sind, daß man nur mit der Zunge richtig an ihnen hinfahren könnte. Koncert einer Militärkapelle aus Goslar. Nachmittag Heu gewendet. Abend mir den Magen so verdorben, daß ich vor Verdruß keinen Schritt machen will. Ein alter Schwede spielt mit einigen kleinen Mädchen Fangen und ist so am Spiel beteiligt, daß er

einmal im Laufen ausruft: Wartet, ich werde Euch diese Dardanellen sperren. Meint den Durchgang zwischen 2 Gebüschen. Als ein altes nicht hübsches Kindermädchen vorübergieng: es ist doch etwas, an das man anklopfen könnte (der Rücken im schwarzen weißpunktierten Kleid). Das immerwährende grundlose Bedürfnis, sich anzuvertrauen. Jeden Menschen daraufhin ansehn, ob es bei ihm möglich ist und ob er für sich eine Gelegenheit hat.

10 *⟨Juli 1912⟩* Fuß verstaucht, Schmerzen, Grünfutter aufgeladen. Nachmittag Spaziergang nach Ilsenburg mit einem ganz jungen Gymnasialprofessor Lutz aus Nauheim; kommt nächstes Jahr vielleicht nach Wickersdorf. Koedukation, Naturheilkunde, Kohen, Freud. Geschichte von dem von ihm geführten Ausflug der Mädchen und Knaben. Gewitter, alle durchnäßt, müssen sich in der nächsten Herberge in einem Zimmer vollständig ausziehn. – In der Nacht Fieber vom geschwollenen Fuß her. Der Lärm den die vorüberlaufenden Kaninchen machen. Als ich in der Nacht aufstehe, sitzen auf der Wiese vor meiner Türe 3 solche Kaninchen. Ich träume, daß ich Goethe deklamieren höre, mit einer unendlichen Freiheit und Willkür.

11 *⟨Juli 1912⟩* Gespräch mit einem Dr. Friedrich Schiller, Magistratsbeamter Breslau, der lange in Paris gewesen ist, um die städtischen Einrichtungen zu studieren. Gewohnt in einem Hotel mit der Aussicht in den Hof des Palais Royal. Früher in einem Hotel beim Observatoire. Eines Nachts war im Nebenzimmer ein Liebespaar. Das Mädchen schrie vor Glück in unverschämter Weise. Erst bis er sich durch die Wand anbot, einen Arzt zu holen, wurde sie still und er konnte schlafen. – Meine beiden Freunde stören mich, ihr Weg geht an meiner Hütte vorüber und da bleiben sie immer ein Weilchen an meiner Tür stehn zu einer kleinen Unterhaltung oder Einladung zu einem Spaziergang. Ich bin ihnen

aber auch dankbar dafür. – In der »Evangelischen Missionszeitung« Juli 1912 über Missionen in Java: »Soviel sich auch gegen die dilettantische ärztliche Tätigkeit der Missionäre, die sie in größtem Umfange ausüben, mit Recht einwenden läßt, so ist sie doch wiederum das Haupthilfsmittel ihrer Missionstätigkeit und nicht zu entbehren.«

Hie und da bekomme ich leichte oberflächliche Übelkeiten, wenn ich, meistens allerdings in einiger Entfernung, diese gänzlich Nackten langsam zwischen den Bäumen sich vorbeibewegen sehe. Ihr Laufen macht es nicht besser. – Jetzt ist an meiner Tür ein ganz fremder Nackter stehen geblieben und hat mich langsam und freundlich gefragt, ob ich hier in meinem Hause wohne, woran doch kein Zweifel ist. – Sie kommen auch so unhörbar heran. Plötzlich steht einer da, man weiß nicht, woher er gekommen ist. – Auch alte Herren, die nackt über Heuhaufen springen, gefallen mir nicht. – Abend Spaziergang nach Stapelburg. Mit den zweien, die ich einander vorgestellt und empfohlen habe. Ruine. Rückkehr 10 Uhr. Zwischen den Heuhaufen auf der Wiese vor meiner Hütte einige schleichende Nackte, die in der Ferne vergehn. In der Nacht, als ich durch die Wiese nach dem Kloset wandere, schlafen drei im Gras.

12 *⟨Juli 1912⟩* Erzählungen des Dr. Schiller. Ein Jahr auf Reisen. Dann lange Debatte im Gras über das Christentum. Der alte blauäugige Adolf Just, der alles mit Lehm heilt und mich vor dem Arzt warnt, der mir Obst verboten hat. Die Verteidigung Gottes und der Bibel durch ein Mitglied der »Christlichen Gemeinschaft«; liest als Beweis, der gerade gebraucht wird, einen Psalm vor. Mein Dr. Schiller blamiert sich mit seinem Atheismus. Die Fremdwörter Illusion, Autosuggestion, helfen ihm nichts. Ein Unbekannter fragt, warum es den Amerikanern so gut geht, trotzdem sie bei jedem zweiten Wort fluchen. – Bei den meisten ist es nicht

möglich, ihre wirkliche Meinung festzustellen, trotzdem sie sich lebhaft beteiligen. Der, welcher so überstürzt vom Blumentag sprach und wie sich gerade die Methodisten zurückhielten. Der aus der »Christl. Gem.« der mit seinem schönen kleinen Jungen aus einer kleinen Düte Kirschen und trockenes Brot mittagmahlt und sonst den ganzen Tag im Gras liegt, drei Bibeln vor sich aufgeschlagen hat und Notizen macht. Er ist erst seit 3 Jahren auf dem rechten Weg. Die Ölskizzen des Dr. Sch. aus Holland. Pont neuf. – Heu aufgeladen. – An den Eckarplätzen. – Zwei Schwestern. Kleine Mädchen. Eine mit schmalem Gesicht, nachlässiger Haltung, übereinander beweglichen Lippen, zart in eine Spitze verlaufender Nase, nicht ganz offenen, klaren Augen. Aus dem Gesicht leuchtet eine Gescheitheit, daß ich sie schon minutenlang aufgeregt angeschaut habe. Es weht mich etwas an, wenn ich sie anschaue. Ihre weiblichere kleine Schwester fängt meine Blicke ab. – Ein neu angekommenes steifes Fräulein mit bläulichem Schein. – Die Blonde mit kurzem zerrauftem Haar. Biegsam und mager wie ein Lederriemen. Rock, Bluse und Hemd, sonst nichts. Der Schritt! – Mit Dr. Sch. (43 Jahre) abend auf der Wiese. Spazierengehn, sich strecken, reiben, schlagen und kratzen. Ganz nackt. Schamlos. – Der Duft, als ich abend aus dem Schreibzimmer trat.

13 〈*Juli 1912*〉 Kirschen gepflückt. Lutz liest mir Kinkel »Die Seele« vor. – Nach dem Essen lese ich immer ein Kapitel aus der Bibel, die hier in jedem Zimmer liegt. Abend, die Kinder beim Spiel. Die kleine Susanne von Puttkammer. 9 Jahre, in rosa Höschen.

14 〈*Juli 1912*〉 Kirschen gepflückt auf der Leiter mit Körbchen. Hoch im Baum oben gewesen. Vormittag Gottesdienst an den Eckerplätzen. Der ambrosianische Lobgesang. Nachmittag die 2 Freunde nach Ilsenburg geschickt. – Ich liege im Gras, da geht der aus der »Christl. Gemein-

schaft« (lang, schöner Körper, braungebrannt, spitzer Bart, glückliches Aussehn) von seinem Studierplatz in die Ankleidehütte, ich folge ihm nichtsahnend mit den Augen, er kommt aber, statt auf seinen Platz zurückzukehren, auf mich zu, ich schließe die Augen, er stellt sich aber schon vor: Hitzer, Landvermesser, und gibt mir 4 Schriftchen als Sonntagslektüre. Im Weggehn spricht er noch von »Perlen« und »vorwerfen« womit er andeuten will, daß ich die Schriften dem Dr. Schiller nicht zeigen soll. Es sind »der verlorene Sohn«, »Erkauft oder Nicht mehr mein (für ungläubige Gläubige)« mit kleinen Geschichten, »Warum kann der Gebildete nicht der Bibel glauben?« und »Hoch die Freiheit! aber: Was ist wahre Freiheit?« Ich lese ein wenig und gehe dann zu ihm zurück und versuche, unsicher durch den Respekt, den ich vor ihm habe, ihm klarzumachen, warum gegenwärtig keine Aussicht auf Gnade für mich besteht. Darauf redet er 1½ Stunden zu mir (gegen Schluß gesellt sich ein alter weißhaariger, magerer, rotnasiger Herr im Leintuch mit einigen undeutlichen Bemerkungen zu uns) mit schöner nur aus Wahrhaftigkeit möglicher Beherrschung jedes Wortes. Der unglückliche Goethe, der soviel Existenzen unglücklich gemacht hat. Viele Geschichten. Wie er, Hitzer, dem Vater das Wort verbot, als er in seinem Hause Gott lästerte. »Mögest Du Vater darüber entsetzt sein und vor Schrecken nicht weiter reden, mir ist es recht.« Wie der Vater Gottes Stimme auf dem Sterbebette hörte. – Er sieht mir an daß ich nahe an der Gnade bin. – Wie ich selbst alle seine Beweise abbreche und ihn an die innere Stimme verweise. Gute Wirkung. –

15 *⟨Juli 1912⟩* Kühnemann »Schiller« gelesen. – Der Herr, der immer eine Karte an seine Frau in der Tasche trägt, für den Fall eines Unglücks. – Buch Ruth – Ich lese »Schiller«. Unweit liegt ein nackter alter Herr im Gras, einen Regenschirm über dem Kopf ausgespannt, mir den Hintern zu-

gekehrt und prallt einige Male laut in der Richtung gegen meine Hütte hin. – Das braune und das blaue Kleid des zuerst weißgekleideten steifen Fräuleins und wie sich ihre Gesichtshaut unter dem Einfluß dieser Farben so deutlich, schulmäßig förmlich, verwandelt.

15 *⟨Juli 1912⟩* Plato »Der Staat« – Modell gestanden für Dr. Schiller. Ohne Schwimmhosen. Exhibitionistisches Erlebnis. – Die Seite in Flaubert über die Prostitution. – Die große Beteiligung des nackten Körpers am Gesamteindruck des Einzelnen. – Ein Traum: Die Luftbadgesellschaft vernichtet sich mittelst einer Rauferei. Nachdem die in zwei Gruppen geteilte Gesellschaft mit einander gespaßt hat, tritt aus der einen Gruppe einer vor und ruft der andern zu: »Lustron und Kastron!« Die andern: »Wie? Lustron und Kastron?« Der eine: »Allerdings.« Beginn der Rauferei.

16 *⟨Juli 1912⟩* Kühnemann. – Herr Guido von Gillhausen, Hauptm. a. D., dichtet und komponiert »An mein Schwert« u. ä. Schöner Mann. Wage aus Respekt vor seinem Adel nicht zu ihm aufzuschauen, habe Schweißausbruch (wir sind nackt) und rede zu leise. Sein Siegelring. – Die Verbeugungen der schwedischen Jungen. Das durch Angewöhnung schweratmige Sprechen des Ältern, Rothaarigen. – Rede im Park angezogen mit einem Angezogenen. Er prallt so viel und laut, daß ich kein Wort von dem, was er redet, verstehen kann. – Versäumter Massenausflug nach Harzburg. – Abend. Schützenfest in Stapelburg. Mit Dr. Schiller und einem Berliner Friseurmeister. Die große sanft zum Stapelburger Burgberg aufsteigende von alten Linden geführte, von einem Bahndamm falsch durchschnittene Ebene. Das Schützenhäuschen, aus dem geschossen wird. Alte Bauern machen die Eintragung ins Schützenbuch. Die 3 Pfeifer mit Frauenkopftüchern die ihnen vom Rücken herabhängen. Alter unerklärlicher Brauch. Einige in alten einfachen blauen er-

erbten Kitteln, die aus feinstem Leinen sind und 15 M kosten. Fast jeder hat seine Büchse. Ein Vorderlader. Man hat den Eindruck daß alle von der Feldarbeit irgendwie krumm sind, besonders als sie sich in zwei Reihen aufstellen. Einige alte Anführer in Cylinderhut mit umgeschnalltem Säbel. Roßschweife und noch einige alte Symbole werden herbeigetragen, Aufregung, dann Spiel der Musikkapelle, größere Aufregung, dann Stille und Trommeln und Pfeifen, noch größere Aufregung, endlich werden ins letzte Trommeln und Pfeifen drei Fahnen herausgebracht, letzte Aufregung, Kommando und Abmarsch. Der Alte in schwarzem Anzug, schwarzer Mütze, etwas gedrücktem Gesicht und nicht zu langem, rings um das Gesicht gehenden, dichten, seidigen, unübertrefflich weißem Bart. Der vorige Schützenkönig, auch mit Cylinder, mit einer portiersähnlichen Schärpe um den Leib, die mit lauter kleinen Metallschildchen benäht ist, auf deren jedem der Schützenkönig eines Jahres eingraviert ist mit dem entsprechenden Handwerkszeichen. (Der Bäkkermeister hat dort ein Laib Brot u.s.f.) Der Abmarsch mit Musik im Staub und der wechselnden Beleuchtung des stark bewölkten Himmels. Puppenhaftes Aussehn eines mitmarschierenden Soldaten (ein Schütze, der gerade dient) und sein hüpfender Schritt. Volksheere und Bauernkriege. Wir folgen ihnen durch die Gassen. Sie sind bald näher, bald ferner, da sie bei den einzelnen Schützenmeistern Halt machen, vorspielen und ein wenig bewirtet werden. Gegen das Ende des Zuges löst sich der Staub gleichmäßig auf. Das letzte Paar ist das klarste. Zeitweilig verlieren wir sie ganz aus den Augen. Der lange Bauer mit etwas eingesunkener Brust, endgültigem Gesicht, Stulpenstiefeln, Kleidern wie aus Leder, wie umständlich er sich vom Pfosten des Tores ablöste. Die 3 Frauen die vor ihm standen, eine vor der andern. Die mittlere dunkel und schön. Die zwei Frauen am Tor des gegenüberliegenden Bauernhofes. Die 2 riesigen Bäume in beiden Höfen, die sich über der breiten Straße vereinigten. Die großen Scheiben an den Häusern früherer Schützenkönige. Der Tanzboden, zweigeteilt, in der Mitte abgeteilt in einem zweireihigen Verschlag die Musikkapelle. Vorläufig leer, kleine Mädchen lassen sich über die glatten Bretter gleiten. (Ausruhende redende Schachspieler stören mich im Schreiben) Ich biete ihnen meine »Brause« an, sie trinken, die Älteste zuerst. Mangel einer wahren Verkehrssprache. Ich frage, ob sie schon genachtmahlt haben, vollständiges Unverständnis, Dr. Sch. fragt, ob sie schon Abendbrot gegessen haben, beginnende Ahnung, (er spricht nicht deutlich, atmet zu viel) erst bis der Friseur fragt, ob sie gefuttert haben, können sie antworten. Eine zweite Brause, die ich für sie bestelle, wollen sie nicht mehr, aber Karousselfahren wollen sie, ich mit den 6 Mädchen (von 6–13 Jahren) um mich fliege zum Karoussel. Am Weg rühmt sich die eine, die zum Karousselfahren geraten hat, daß das Karoussel ihren Eltern gehört. Wir setzen uns und drehn uns in einer Kutsche. Die Freundinnen um mich, eine auf meinen Knien. Sich hinzudrängende Mädchen, welche mein Geld mitgenießen wollen, werden gegen meinen Willen von den Meinigen weggestoßen. Die Besitzerstochter kontrolliert die Rechnung, damit ich nicht für die Fremden zahle. Ich bin bereit, wenn man Lust hat, noch einmal zu fahren, die Besitzerstochter selbst sagt aber, daß es genug ist, jedoch will sie ins Zuckerzeugzelt. Ich in meiner Dummheit und Neugierde führe sie zum Glücksrad. Sie gehn, soweit es möglich ist, sehr bescheiden mit meinem Geld um. Dann zum Zuckerzeug. Ein Zelt mit einem großen Vorrat, der so rein und geordnet ist, wie in der Hauptstraße einer Stadt. Dabei sind es billige Waren, wie auf unseren Märkten auch. Dann gehn wir zum Tanzboden zurück. Ich fühlte das Erlebnis der Mädchen stärker als mein Schenken. Jetzt trinken sie auch wieder die Brause und danken schön, die Älteste für alle und jede für sich. Bei Beginn des Tanzes müssen wir weg, es ist schon ¾10. Der unaufhörlich redende Friseur. 30 Jahre alt, eckigen Bart und ausgezogenen Schnurrbart. Hinter Mädchen her, liebt aber seine Frau, die zuhause das Geschäft führt und nicht verreisen kann, weil sie dick ist und das Fahren nicht verträgt. Selbst wenn sie einmal nach Rixdorf fahren, muß sie zweimal aus der Elektrischen steigen, um ein wenig zu Fuß zu gehn und sich zu erholen. Sie braucht keine Ferien, sie ist schon zufrieden, wenn sie paarmal länger schlafen kann. Er ist ihr treu, hat bei ihr alles was er braucht. Versuchungen, denen ein Friseur ausgesetzt ist. Die junge Restaurateursfrau. Die Schwedin, die alles teuerer bezahlen muß. Haare kauft er von einem böhmischen Juden, namens Puderbeutel. Als eine socialdemokratische Abordnung zu ihm kam und verlangte, daß auch der Vorwärts aufgelegt werde, sagte er »Wenn Sie das verlangen, dann habe ich Sie nicht gerufen.« Gab aber schließlich nach. Als »junger Mann« (Gehilfe) war er in Görlitz. Er ist organisierter Kegler. War vor einer Woche auf dem großen Keglertag in Braunschweig. Es gibt an 20000 organisierte deutsche Kegler. Auf 4 Ehrenbahnen wurde 3 Tage lang von früh bis tief in die Nacht geschoben. Man kann aber nicht sagen, daß jemand der beste deutsche Kegler ist. – Als ich abends in meine Hütte kam, fand ich die Zündhölzchen nicht, borgte mir sie in der Nachbarhütte aus und leuchtete unter den Tisch, ob sie nicht vielleicht heruntergefallen wären. Dort waren sie nicht, dagegen stand dort das Wasserglas. Allmählich zeigte sich, daß die Sandalen hinter dem Wandspiegel, die Zündhölzchen auf einem Fensterbrett waren, der Handspiegel an einer vorspringenden Ecke hieng. Der Nachttopf stand auf dem Schrank, die Education sentimental war im Kopfkissen, ein Kleiderhaken unter dem Leintuch, mein Reisetintenfaß und ein naßgemachter

Waschlappen im Bett u. s. w. Alles zur Strafe, weil ich nicht nach Harzburg gegangen war.
19 ⟨*Juli 1912*⟩ Regentag. Man liegt im Bett und das laute Klopfen des Regens auf das Dach der Hütte ist so, als gienge es gegen die eigene Brust. Auf der Kante des vorspringenden Daches erscheinen die Tropfen mechanisch wie Lichter die eine Straßenzeile entlang angezündet werden. Dann fallen sie. Wie ein wildes Tier jagt plötzlich ein Greis über die Wiese und nimmt ein Regenbad. Das Anschlagen der Tropfen in der Nacht. Man sitzt wie in einem Violinkasten. Am Morgen das Laufen, die weiche Erde unter sich.
20 ⟨*Juli 1912*⟩ Vormittag mit Dr. Schiller im Wald. Der rote Boden und das von ihm aus sich verbreitende Licht. Das Sichaufschwingen der Stämme. Die schwebenden breiten flachbelaubten Äste der Buchen. – Nachmittag Ankunft einer Maskerade aus Stapelburg. Der Riese mit dem tanzenden als Bären verkleideten Mann. Das Schwingen seiner Schenkel und des Rückens. Das Marschieren durch den Garten hinter der Musik. Das Laufen der Zuschauer über die Rasen, durch die Gebüsche. Der kleine Hans Eppe, wie er sie erblickt. Walter Eppe auf dem Briefkasten. Die mit Gardinen ganz verschleierten als Frauen verkleideten Männer. Der unanständige Anblick, wenn sie mit den Küchenmädchen tanzen und diese dem scheinbar unbekannten Verkleideten sich hingeben.
Vormittag Dr. Sch. das erste Kapitel der Edukation vorgelesen. Nachmittag Spaziergang mit ihm. Erzählungen von seiner Freundin. Er ist ein Freund von Morgenstern, Baluschek, Brandenburg, Poppenberg. Sein schreckliches Jammern abends in der Hütte in Kleidern auf dem Bett. Erstes Gespräch mit Frl. Pollinger, sie weiß aber schon alles Wissenswerte über mich. Prag kennt sie an den »Zwölf aus d. Steiermark«. Weißblond, 22 jährig, Aussehen einer 17 jährigen,

immer in Sorge um ihre schwerhörige Mutter; verlobt und kokett. – Mittags Abreise jener lederriemenartigen schwedischen Witwe Frau von Wasman. Über ihrer gewöhnlichen Kleidung nur ein graues Jäckchen, ein graues Hütchen mit kleinem Schleier. In dieser Umrahmung wird ihr braunes Gesicht sehr zart, über den Eindruck regelmäßiger Gesichter entscheidet nur Entfernung und Einhüllung. Ihr Gepäck ist ein kleiner Rucksack, viel mehr als ein Nachthemd ist nicht drin. So reist sie unaufhörlich, kam aus Ägypten, geht nach München. – Heute nachmittag, als ich im Bett war, machten mir die Menschen hier heiß, so interessieren mich manche. – Ein Lied des H. v. Gillhausen heißt: »Weißt Du, Mamalein, Du bist so lieb.« – Abend Tanz in Stapelburg. Das Fest dauert 4 Tage, es wird kaum gearbeitet. Wir sehn den neuen Schützenkönig und lesen auf seinem Rücken die Namen der Schützenkönige aus dem Anfang des 19. Jahrhunderts ab. Beide Tanzböden voll. Rund um den Saal steht Paar hinter Paar. Jedes kommt nur alle Viertelstunden zu einem kurzen Tanz. Die meisten sind stumm, nicht aus Verlegenheit oder sonst einem besondern Grund, sondern einfach stumm. Ein Betrunkener steht am Rand, kennt alle Mädchen, greift sie an oder streckt wenigstens den Arm zur Umarmung aus. Die betreffenden Tänzer rühren sich nicht. Lärm ist genug durch die Musik und das Schreien der unten bei den Tischen Sitzenden und den beim Ausschank Stehenden. Wir gehn lange nutzlos herum (ich und Dr. Sch.) Ich bin es, der ein Mädchen anspricht. Sie ist mir schon draußen aufgefallen, als sie und 2 Freundinnen Halberstädter Würstchen mit Senf gegessen haben. Sie hat eine weiße Bluse mit blumengeschmückter Einlage, die über Arme und Schultern geht. Das Gesicht hat sie lieb und trübsinnig geneigt, wodurch sie den Oberkörper ein wenig gedrückt und die Bluse aufgebauscht hat. Die kleine aufgestülpte Nase vermehrt bei dieser geneigten Haltung die Trauer. Wahlloses Rotbraun über das ganze Gesicht hin. Ich spreche sie gerade an, als sie die 2 Stufen vom Tanzboden heruntersteigt. Wie wir Brust an Brust stehn und sie umkehrt. Wir tanzen. Sie heißt Auguste, ist aus Wolfenbüttel und ist in der Wirtschaft eines gewissen Klaude in Appenroda seit 1½ Jahren beschäftigt. Meine Eigentümlichkeit, Eigennamen selbst bei mehrfachem Vorsagen nicht zu verstehn und dann auch nicht zu behalten. Sie ist Waise und wird am 1 Oktober in ein Kloster eintreten. Ihren Freundinnen hat sie es noch nicht gesagt. Sie wollte schon im April, aber ihre Herrschaft wollte sie nicht lassen. Sie geht ins Kloster wegen der schlechten Erfahrungen, die sie gemacht hat. Erzählen kann sie sie nicht. Wir gehn vor dem Tanzsaal im Mondschein auf und ab, meine kleinen Freundinnen von letzthin verfolgen mich und meine »Braut«. Trotz ihrer Trauer tanzt sie aber sehr gerne, wie sich besonders zeigt als ich sie später dem Dr. Sch. borge. Sie ist Feldarbeiterin. Um 10^{h} mußte sie nach hause fahren.

22 ⟨*Juli 1912*⟩ Frl. Gerloff, Lehrerin, eulenähnliches junges frisches Gesicht, voll lebhafter gespannter Züge. Der Körper ist nachlässiger. – Hr. Eppe Privatschulleiter aus Braunschweig. Ein Mensch, dem ich unterliege. Beherrschendes, wenn notwendig feueriges, durchdachtes, musikalisches, auch zum Schein schwankendes Sprechen. Zartes Gesicht, zarter aber das ganze Gesicht überwachsender Backen- und Spitzbart. Zimperlicher Gang. Ich saß ihm schief gegenüber als er gleichzeitig mit mir zum erstenmal sich zum gemeinsamen Tische setzte. Eine still kauende Gesellschaft. Er warf Worte hin und her. Blieb es doch still, so blieb es eben still. Sagte aber ein Entfernter ein Wort, so hielt er ihn schon, aber nicht mit Überanstrengung sondern er sprach zu sich, als sei er angeredet und werde angehört und schaute dabei auf die Tomate, die er schälte. Alle wurden aufmerksam, außer

die welche sich gedemüthigt fühlten und trotzten wie ich. Niemanden lachte er aus, sondern ließ jedes Meinung auf seinen Worten schaukeln. Rührte sich nichts, so sang er leise beim Nüsseknacken oder den vielen Handreichungen, die bei Rohkost nötig sind. (Der Tisch ist voll Schüsseln und man mischt nach Belieben) Schließlich beteiligte er alle an seinen Angelegenheiten, indem er vorgab alle Speisen notieren und das Verzeichnis seiner Frau schicken zu müssen. Nachdem er einige Tage uns mit seiner Frau entzückt hatte, fiengen neue Geschichten von ihr an. Sie sei gemütskrank, müsse in ein Sanatorium in Goslar, werde nur aufgenommen, wenn sie sich für 8 Wochen verpflichte, eine Wärterin mitbringe u. s. w., das ganze werde, wie er ausgerechnet hat und wie er wiederum bei Tisch vorrechnet über 1800 M kosten. Aber keine Ahnung einer Absicht, Mitleid zu erregen. Aber immerhin will eine so teuere Sache überlegt werden, alle überlegen. Paar Tage später hören wir, daß die Frau kommen wird, vielleicht genügt ihr dieses Sanatorium. Während des Essens bekommt er die Nachricht, daß die Frau mit ihren 2 Jungen eben angekommen ist und ihn erwartet. Er freut sich, ißt aber ruhig bis zu Ende, trotzdem es bei diesem Essen ein Ende nicht gibt, da alle Speisen gleichzeitig auf dem Tisch stehn. Die Frau ist jung, dick, mit nur in der Kleidung angedeuteter Taille, klugen blauen Augen, hochfrisiertem blondem Haar, versteht das Kochen, die Marktverhältnisse u. s. w. ganz genau. Beim Frühstück – seine Familie war noch nicht bei Tisch – erzählt er während des Nüsseknackens Frl. Gerloff und mir: Seine Frau ist gemütskrank, hat die Nieren angegriffen, ihre Verdauung ist schlecht, sie leidet an Platzangst, schläft erst gegen 5 Uhr in der Nacht ein, wird sie dann früh um 8 geweckt, »ärgert sie sich natürlich wüst« und wird »fuchswild«. Ihr Herz ist in größter Unordnung, sie hat ein schweres Asthma. Ihr Vater ist im Irrenhaus gestorben,

Reise September 1913

am 10. Sept. 1913

Zwischen den Säulen der Vorhalle des Parlamentes. Warte auf meinen Direktor. Großer Regen. Vor mir Athene Parthenos mit Goldhelm.

6./IX ⟨*1913*⟩ Fahrt nach Wien. Dummes Litteraturgeschwätz mit Pick. Ziemlicher Widerwillen. So (wie P.) hängt man an der Kugel der Litteratur und kann nicht los, weil man die Fingernägel hineingebohrt hat, im übrigen aber ist man ein freier Mann und zappelt mit den Beinen zum Erbarmen. Seine Nasenblaskunststücke. Er tyrannisiert mich, indem er behauptet, ich tyrannisiere ihn. – Der Beobachter in der Ecke. – Bahnhof Heiligenstadt, leer mit leeren Zügen. In der Ferne sucht ein Mann den plakatierten Fahrplan ab. (Jetzt sitze ich auf der Stufe der Herme eines Teophil Hansen) Gebeugt, im Mantel, das Gesicht vergeht gegen das gelbe Plakat gehalten. Vorbeifahren an einem kleinen Terassengasthaus. Gehobener Arm eines Gastes. Wien. Dumme Unsicherheiten, die ich schließlich alle respektiere. Hotel Matschakerhof. 2 Zimmer mit einem Zugang. Wähle das Vordere. Unerträgliche Wirtschaft. Muß mit P. noch auf die Gasse. Laufe angeblich zu sehr, laufe noch stärker. Windige Luft. Erkenne alles Vergessene wieder. Schlechter Schlaf. Voll Sorgen. Ein widerlicher Traum (Malek). (Die Frage des Tagebuches ist gleichzeitig die Frage des Ganzen, enthält alle Unmöglichkeiten des Ganzen. In der Eisenbahn überlegte ich es unter dem Gespräch mit P. Es ist unmöglich, alles zu sagen und es ist unmöglich, nicht alles zu sagen. Unmöglich die Freiheit zu bewahren, unmöglich sie nicht zu bewahren. Unmöglich das einzig mögliche Leben zu führen, nämlich beisammen leben, jeder frei, jeder für sich, weder äußerlich noch wirklich verheiratet sein, nur beisammen sein und damit den letzten möglichen Schritt über Männerfreundschaft hinaus getan haben, ganz knapp an die mir gesetzte Grenze, wo sich schon der Fuß aufrichtet. Aber auch das ist eben unmöglich. Letzte Woche fiel mir das einmal vormittag als Ausweg ein, ich wollte es nachmittag schreiben. Nachmittag bekam ich eine Biographie Grillparzers. Er hat das getan, gerade das. (Eben betrachtet ein Herr den Theophil Hansen, ich sitze wie seine Klio) Aber wie unerträglich, sündhaft, widerlich war dieses Leben und doch gerade noch so, wie ich es vielleicht unter größern Leiden, als er, denn ich bin viel schwächer in manchem, zustandebrächte. (Später noch darauf zurückkommen – Traum) Abend noch Lise Weltsch getroffen.

7/IX *⟨1913⟩* Widerwillen vor P. Ein sehr braver Mensch im Ganzen. Hat immer eine kleine unangenehme Lücke in seinem Wesen gehabt und gerade aus dieser kriecht er, wenn man jetzt dauernd zuschaut, in seiner Gänze heraus.

Früh im Parlament. Vorher im Residenzkafe Eintrittskarten zum Zionistenkongreß von Lise W. geholt. Zu Ehrenstein gefahren. Ottakring. Mit seinen Gedichten weiß ich nicht viel anzufangen. (Ich bin sehr unruhig und infolgedessen auch ein wenig unwahr und das, weil ich dieses nicht für mich allein schreibe) In der Thalisia mit beiden. Mit ihnen und Lise W. im Prater. Mitleid und Langweile. Sie kommt nach Berlin ins zionistische Büreau. Klagt über die Sentimentalität ihrer Familie, windet sich doch nur wie eine festgenagelte Schlange. Ihr ist nicht zu helfen. Mitgefühl mit solchen Mädchen (auf irgendeinem Umweg über mich) ist vielleicht mein stärkstes sociales Gefühl. Photographieren, Schießen, »Ein Tag im Urwalde« Caroussel (wie sie hilflos oben sitzt, das sich bauschende Kleid, gut gemacht, elend getragen).

Mit ihrem Vater im Praterkaffee. Gondelteich. Unaufhörliche Kopfschmerzen. Die W. gehn zu Monna Vanna. Liege 10 Stunden im Bette, schlafe 5. Verzicht auf die Teaterkarte.

8. ⟨*September 1913*⟩ Zionistischer Kongreß. Der Typus kleiner runder Köpfe, fester Wangen. Der Arbeiterdelegierte aus Palästina, ewiges Geschrei. Tochter Herzls. Der frühere Gymnasialdirektor von Jaffa. Aufrecht auf einer Treppenstufe, verwischter Bart, bewegter Rock. Ergebnislose deutsche Reden, viel hebräisch, Hauptarbeit in den kleinen Sitzungen. Lise W. läßt sich vom Ganzen nur mitschleppen, ohne dabei zu sein, wirft Papierkügelchen in den Saal, trostlos. Frau Thein.

Anhang

Max Brod
Reise Lugano — Mailand — Paris

Prag — Speisesaal — ich sehe ihn schon als Reisender. Obwohl ich Zeit genug habe, mit dem Gefühl: »Ich habe keine Zeit. Wozu mir das alles merken? Ich komm ja nie mehr her.«

Roberts Federhaltung

In St. Gallen »Tobler« — viele Firmen. Chokolade Tobler in Bern, viele Annoncen längs der Bahn.

Englische Ehepaare sehn aus wie Vater und Tochter, französische wie Herr und Dirne.

Abfahrt Samstag 1 Uhr 2 Min. — 26. August.
Berichte über die letzten Tage.
Kafkas Vorschlag einer gemeinsamen Reisearbeit. Unvollkommen erklärt. Gleichzeitige Beschreibung der Reise, indem man die Stellung des andern zu den Dingen beschreibt.

Ein vorbeifahrender Zug mit Bäuerinnen. Eine wird von der andern geweckt, um uns zu sehn. Sie winkt: »Komm«, nur halb wach. — Im Nebenkoupee eine dunkle heroische, ganz unbeweglich.
In Pilsen steigt eine Dame ein. Zuerst beobachtet vom Perron aus. Wie üblich trinke ich meinen Kaffee in Pilsen. Ein grüner Zettel wird vom Kondukteur ans Koupeefenster geklebt, so wie in Misdroy der ferne Dampfer durch Wimpel die Zahl der Boote, die zum Ausbooten benötigt werden,

anzeigt. – Welch ein altertümlicher Vergleich, da jetzt schon seit Jahren kein Landungssteg dort ist.

Die Dame ist Angela Rehberger, eine Offizierstochter. Anknüpfung dadurch, daß mir ihr großer eingepackter Hut leicht auf den Kopf herabfällt oder herabschwebt. Wagnerianerin. Sammelt Chokoladepapier. Aber auch Zigarrenbinden, fährt nach Trient zu ihren Eltern. Arbeitet den ganzen Tag in einem technischen Büro, ist sehr zufrieden mit ihrem Leben. Nimmt Eisen, da sie krank war. – Ihr Gesicht, unförmlich, erinnert mich an ein Prager Mädchen; es scheint nur einige Gesichtstypen zu geben, deren Merkmale (Trompetennase, aufgedunsene Wangen, vertikal gerunzelte kurze Lippen, niedrige Stirn –) nur vereinigt auftreten. – Steigt in München aus. – Ihre Ansichten über Militär. »Nesthäkchen« im Büro. – Tadellos, herausfeuern, mit 0 Komma 5 Beschleunigung, prompt. – Großartige Witze im Büro. Annageln der Schinkensemmel, Ankleben des Federstiels. Wir selbst haben Gelegenheit, an so einem »tadellosen« Witz mitzuwirken, indem wir versprechen, eine von ihr geschriebene Ansichtskarte an das Personal (»in den falschen Zug eingestiegen«) aus Zürich aufzugeben. Ihre Freude darüber!

In München Autofahrt durch die Stadt. Nacht und Regen. Wir sehn von allen Gebäuden nur den ersten Stock, da der große Schirm des Autos uns die Aussicht nimmt. Phantastische Vorstellungen über die Höhe der Schlösser und Kirchen. Perspektive einer Kellerwohnung, sagt Kafka. – Der Chauffeur ruft aus; nur beim Freiheitsmonument mit seinen im Regen rauschenden Fontainen ist längerer Aufenthalt gegönnt. Brücke über die unsichtbare Isar. Nur die Namen sind uns sicher. Schöne Villen längs des »Englischen Gartens«. Fenster des Restaurants »Vier Jahreszeiten«, dessen Name uns als des elegantesten irgendwie bekannt klingt. – Das Ganze dauert genau (nach dem Taxameter) zwanzig Minuten.

Auf dem Bahnhof gehn wir in den Waschraum, wo uns eine »Kabine« angewiesen wird. – Hände und Gesicht gewaschen. – Kafka fragt: Wo findet man das in Prag?

Unser Gepäck war indessen (zu meinem Herzklopfen) im Koupée geblieben.

Es scheint wirklich so, als könnte ich nur noch im Koupée gut schlafen. Das stetige starke Geräusch, das für überraschende Geräusche keinen Raum läßt, gleicht tiefer Stille in seiner Wirkung. Nur die Stationsaufenthalte der Eisenbahn stören meinen Schlaf. – Die beiden jungen Franzosen. – Ihr Gelächter über den österreichischen Kondukteur in Lindau. Sie sagen »Lendó«. Kondukteure eines fremden Staates wirken unwiderstehlich komisch, so auch auf uns der bayrische in Furth mit seiner großen roten Tasche, die ihm tief um die Beine schlenkert. – Ich schlafe weiter, in unbequemem Sitzen, doch sehr gut, meinen Regenmantel um meinen Kopf gewickelt.

Rätselhafte kurze Aussicht auf den Bodensee. Nacht. Erinnerung an das Gedicht »Der Reiter über den Bodensee«.

Morgens von Kafka geweckt, bei Anblick einer hohen Brücke. Zuerst verdrießlich, dann erfreut, denn es gibt viel zu sehn. Wir sind in der Schweiz.

Es ist Sonntag, 5 Uhr früh, alle Fenster noch gesperrt, alles schläft. 27. August.

Wir lernen das Land sehr systematisch kennen, sagt Kafka, zuerst die Häuser und die Natur, dann erst die Menschen. – Immer das Gefühl, daß wir die einzige schlechte Luft weit und breit atmen. – Bäume, deren Nadeln bis an die Füße wallen, wie ich sie nur bei K. Walser gesehn habe. Also Heimatsnatur, was mir Stil erschien. Ein gesundes Land für Tannen. Kafka sagt »Der Himmel ist so blau und glatt, daß jede Wolke an ihm abrutschen müßte«. – Schwere große Nadeläste. – St. Gallen sehe ich nicht. – Winterthur. – Im Wiesenland überall die sorgfältigsten Zäune, durch Drähte und gelegte und gestellte Holzstangen. – Andre sind aus grauen, wie Bleistifte zugespitzten Stämmen gebaut. Manchmal sind diese Stämme halbiert. So teilten wir als Kinder Bleistifte, um den Graphit herauszubekommen. – Ich habe solche Zäune noch nie gesehn. So bietet jedes Land Neues im Alltäglichen. – Neuer Typ von Telegraphenstangen. – Die Rinder schon auf den Matten.

Bei Aufgang der Sonne erbleicht ein wenig das so überraschend satte Grün der Almen. – Das trockene Jahr 1911.

Erinnerung an die so verschiedene, häßliche Landschaft in Bayern. Dort sieht der stehende Wald schon wie Brennholz aus. Man sieht regelmäßig Jungwald, älteren, und neue Lichtung. Auf den Stationen Holzstöße, zum Versandt geschichtet. – Hier ist der Wald unermeßlich, kaum benützt, fast überflüssig. Vielleicht unökonomisch?

Nur ein Lagerhaus in Winterthur, auf dessen Lackterasse Säcke liegen, mit der Aufschrift etwa »Vereinigung ostschweizerischer Landwirte« erinnert mich an Berlin.

In allen kleinen Städten einzelstehende Häuser. Wie wird die Schweiz eine große Stadt machen, fragen wir. – Dunkelgrüne Fensterläden. – Jedes Gebäude villenähnlich. Trägt trotzdem Firma, nur eine, Familie und Geschäft scheint eines. Erinnerung an Walsers »Gehilfen«. – Man sieht keine Gassen. Jedes Haus hat ein Straßenviereck um sich.

Kafka: Ob noch kein Patriot auf den Gedanken gekommen ist, den Flächeninhalt der Schweiz zu berechnen, indem er die Oberflächen der Berge als Ebenen nebeneinander mißt. Müßte größer als Deutschland sein. –

Eindruck starker Reinlichkeit. Eine Mutter mit ihren Kindern beginnt auf der Straße ihren Sonntagsausflug. – Erinnerung an Gottfried Keller, der von seiner Mutter erzogen wurde.

Gesundheit der Schweiz, die den Berlinern wie Hiller zuwider sein muß und ist.

Wie schwer für einen Schweizer, auszuwandern. –

In Zürich steigen mit uns Zivilisten mit Flinten aus. Die freie Schweiz.

Wir sehn Militär, es macht einen operettenhaften Eindruck. Kafka meint: auch einen historischen. Vielleicht jedes Militär. Beim eigenen bemerken wir es nur nicht. – Argument der Antimilitaristen wäre letzteres!!

Am Bahnhof: Die »Jüdinnen« ausgestellt.

Ansichtskartenverkäufer spricht mehrere Sprachen.

Wir kaufen Reiseführer und gelangen mit ihm in eine menschenleere Gegend. – Gespräch, ob so früh kalt baden rätlich oder warm oder zunächst frühstücken. Schwierige Orientierung auf der Limmatbrücke, ob die Limmat aus dem See abfließt – wir glauben, in ihn mündet. – Nach einem kurzen Überblick wenden wir uns an der Sternwarte vorbei in die »Hauptverkehrsader«, die aber ebenfalls menschenleer ist, da noch frühzeitlich ist. Die leeren hellblauen reinen Elektrischen. – Ein Herrenmodegeschäft auf diesem Boulevard präsentiert in der Auslage neue Erfindungen doppelfarbiger Röllchen. Auch Schlapphüte aus silbergrauem Sammt. – Studium der Plakate, die sich auf Palasthotels in Nizza u. s. f. beziehn, auf das Volksspiel »Marignano«. Musik von Jermoli. – Warenhaus Jermoli. – Die kleine Stadt hat es eleganter als Prag. – Banken geben viel auf ihre Ausstattung, eine ganz aus blauem Marmor. – Eindruck einer blühenden schönen Stadt mit unbedeutender Bevölkerung, die sich wie zufällig zwischen Prachtbauten dreht und von der man nicht begreifen will, daß sie diese schönen Dinge geschaffen hat. Ähnlich schien mir Graz. – Briefträger tragen längliche Holzkassetten, alte, braune; Farbe alter Zimmereinrichtungen, längs des Bauchs passend gebogen – da sind doch unsere Taschen praktischer. Sie tragen sie fast wie Kinder vor sich her, vorsichtig-schnell. Die Deckel gehn nicht zu, so angefüllt. Und das in der Schweiz, dem Sitz des Weltpostvereins? So erhalten sich alte Einrichtungen. Ihre Tracht: schmutzigweiße kurze Kindernachthemden aus grobem Zeug. Eine Reihe der Briefe geschlichtet, die andern wild getürmt. Ihr vorsichtig schneller Gang, kritiklos gegen diese Befehle der Vorgesetzten.

Anblick des Sees. Ohne Hintergrund. Reiter auf dem Quai. Brunnen mit Inschrift aus einer unbekannten Bibel. – Grober Mann im Kloset. Erinnerung Kafkas an das vom Verkehr bedrohte Kloset vor St. Roche in Paris. – Ein Schutzmann weist uns zum alkoholfreien Restaurant des Frauenvereins. Kafka weiß viel darüber aus dem Čas, hat es bisher gesucht und vermißt. Jetzt beruhigt. – Enge Gassen. Erinnerung an einen ruhmreichen Bürgermeister des Mittelalters, den aber die Mitbürger dann köpften. Ein Mann läuft dick die hohe Gasse herab, mit Gesang. Die Altstadt reinlich, aber doch Erinnerung an das Hafenviertel in Rouen. Großmünsterplatz.

Frühstück: Honig, Butter, Kaffee. Die Butter in Locken, vom Eise glatt und kalt, trotz ihrer Weichheit Anschein der Festigkeit durch diese Form. – Trinkgeld nicht angenommen. – »Zürcher Zeitung« gebracht, vom Herrn am Nebentisch genommen, der sie an ihren Platz hängt. Ich habe sie nicht gelesen.

In der Kirche, kurz und peinlich. Die Männer an den Seiten. Man weist mich zurecht.

Im Männerbad. Sehr überfüllt. Aufschriften in unregelmäßig vielen Sprachen. – Lösung der Sprachenfrage in der Schweiz. Man verwirrt alles, so daß sich die Chauvinisten selbst nicht auskennen. Bald ist das Deutsche links, bald rechts, bald mit Französisch oder Italienisch verbunden oder mit beiden oder selbst englisch, bald fehlt es. In Flüelen war das Verbieten der Geleise: deutsch-italienisch. Das Langsamfahren der Autos: deutsch-französisch. – Überhaupt die Schweiz als Schule der Staatsmänner!

Die jungen Leute im Bad sprechen eine fremde und wunderbare Sprache: das Schweizer-Deutsch. Unverständlich mir. – Scheinen sehr unerotisch. – Ich geniere mich, weil nur Badehose. – Einrichtung: vorn flaches Bassin, durch eine Brücke angezeigt der Eingang ins tiefere, durch eine nächste Brücke in den See. »Ungeübten ist es verboten, in den See zu schwimmen.« Viele Verbote. Das Bassin mit Brettern ausgelegt, die glitschen. Viel besser ist Sand oder Steine. Jemand stößt mich fast ins Wasser. Wie ich im Sonnenbad nebenan liege, gerate ich in eine Gruppe von Ringern. Dann spritzt der Bademeister mit einer Spritze uns heraus. Zu mir: »Werden mal allike.« Ich: »Ich verstehe Sie nicht.« Er: (plötzlich freundlich, fast verlegen) »Werden uns mal ankleiden« und geht weg. – Der Auskleideraum ist eine gemeinsame Bank mit vielen Kleiderhacken darüber. Kafka findet das republikanisch. – Ich war nicht im See. Allmählich verlerne ich das Schwimmen, wie einst am Tennisspiel verzweifelnd – nach einer Periode scheinbarer Vervollkommnung. – Verlust der Marke für die Wertsachen, die sich in Luzern an der Unterhose befestigt findet. – Im ganzen verlasse ich das Bad in verdrießlicher Erfrischtheit; doch gehören fremde Badeanstalten, wie Kafka sagt, zu den Einrichtungen, deren Vorzüge man erst in längerer Benutzung kennen lernt.

Die Anstalt ist normal gegen den See gerichtet, nicht parallel.

Abfahrt eines Dampfers mit schlechter Blechmusik.

Wir geraten in ein Freikonzert am Ufer. Die Mädchen sind sämmtlich häßlich. Es muß eine Freude sein, mit einer schönen Frau die Schweiz zu bereisen. – Neben uns liest jemand eine russische Zeitung. Wir denken an die vielen Nihilisten hier. Korrigieren es mit Genf. – Es gibt hier keine Juden. Die Juden haben sich wie es scheint, dieses große Geschäft, die Schweiz, entgehn lassen. – Uns überrascht fast »die Jüdin« von Halevy auf dem Programm. – Die Musik spielt lange nicht so gut wie bei uns. Das Publikum promeniert, einige stehn. Erinnerung an das Konzert im Luxembourg – Paris. Auch damals lobten wir Republik und Freikonzert.

Wir laufen zur Wasserbrücke. Das Keller-Zimmer bleibt versperrt. – Intervention im Verkehrsbüro hat keinen Erfolg. Gibt uns aber Broschüren über Rigibahn u. s. f. – Betrachtung einiger Häuser. Blauweiß geflammte Fensterläden. Altes ist schön renoviert. Terassen vor dem Oberstock vieler Häuser. – Tonhalle. Unmusikalische Städte protzen immer mit ihren Veranstaltungen für Musik. – Anderes nach dem Führer. – Kann es in dieser reinen Stadt Bordelle geben? Wir finden dann passende Lokalitäten.

Mittagessen im ersten Stock desselben alkoholfreien Lokals. Ich nehme Menu mit Fleisch, Kafka ohne. Zum erstenmal Meilener Wein, sterilisierter Saft frischer Trauben. – Ich finde keine Distanz zu Ceres und anderen Sorten. Man bestellt, eine beliebige Sorte wird gebracht. – Das Zimmer geschmückt mit Reproduktionen nach Holbein, Ruysdael, übrigens ohne Benennung, nicht didaktisch. – Unten Annoncen anderer frommer Vereine. – Erbsensuppe mit Sago, Zitronenkreme u. s. f. Sehr billig. 1 Frc. 20. Nicht so besonders billig? – Man zahlt bei der Kassierin, die der Stiege gegenüber sitzt. Ich gehe fast an ihr vorbei.

Eile zum Bahnhof.

In Zürich ist der Einfluß des Münchener Kunstgewerbes merkbar. – Ich brauche diese Stadt nicht.

Abfahrt ca. 3 Uhr nach Luzern. Fahrt am See, den bald die Häuser ganz umgeben werden. Mißfällt mir. – Der Name einer Station »Kilchberg« erinnert mich an ein schönes Gedicht von C. F. Meyer.

Vorbei am Zuger See, der menschenleer erscheint. Still. Das Wasser dunkler grün.

Mein Koffer macht mir viel Arbeit. Großer heller Bahnhof, im Durchgang Panoramen anderer Gebirge. Überall sieht man Bilder der Seen aus der Vogelschau. Pläne, in denen der Name des Reklameortes, und sei er noch so klein, mit einem größeren Kreis als Berlin und Rom versehn ist. Die Schweizer verstehn es die Fremden zu behandeln. Reclame für Örtlichkeiten wie für Waren. – Wir haben aus dem Führer das »Hotel Rebstock« gewählt. – Über die Brücke, die ähnlich wie in Zürich die Linie des Stadtquais fortsetzt und zwischen See und Fluß eine Grenze schafft.

Luzern gleicht einer von Franzosen eroberten deutschen Stadt. Es scheint, als sei das Deutschtum hier nicht anders in Rückgang als in Böhmen. Ist das etwa eine inhärierende Eigenschaft des Deutschtums? – Sogar das Wort »Kursaal« klingt hier französisch. Es ist ja eines der wenigen Fremdworte, welche die Franzosen von uns bezogen haben. Das Kurhaus heißt also den Franzosen zu Liebe hier Kursaal. – Matin an allen Ecken, französische Bücher. – Große Hotels am Quai. Sie gleichen mit ihren Fahnen und den vorgestreckten Rouleaux, die wieder Fahnen gleichen, bewimpelten bunten Schiffen. In ihrer Architektur scheint Hauptrücksicht auf möglichst zahlreiche Balkone genommen. – Warum gibt es das nicht in den österreichischen Alpen?

Gegenüber die leere Ballonhalle, silberglänzend, Rand von Kolo Moser mit Goldquadrateln, leer! Ist das Luftschiff auf einer großen Reise? – Von hier aus gleicht der Bahnhof, mit dem Roller-Rink und Stereorama nebenan einer Ausstellung mit ihrem Vergnügungspark. – Kurkonzert. Abends eine französische Theatertruppe. – Obst. – Dreifaches Licht der Strandpromenade, außen offen gegen den See, dann dunkel unter den dichten beschnittenen Bäumen, innen Weg an Hotelgärten vorbei, in denen die ersten Windlichter auf die Tische gestellt werden. – Parfüms. – Polinnen in Trauer. – Klares Wasser des Sees.

Im Hotel lacht die Empfangsdame und das Mädchen. Sehr verdächtig. Dünne Wände. Wie La Bruyère in Paris. – Rote Sammtfauteuils. – Lärm im engen Treppenhaus. – Versperrter Kasten. Wartet dort ein Dieb? Das Skelett des Vorgängers? –

An den eleganten Hotels vorbei suchen wir uns ein Abendessen. Zurück bis an den Bahnhof, wo wir in ein ebenso elegantes d. h. teures, aber dabei bürgerlich eingerichtetes Hotel eintreten. Mädchen in Schweizertracht bedienen. Ich nehme eine petite marmite. So lange die Suppe heiß ist, schmeckt sie mit ihrem Gemüse. Dann bleibt ausgekochtes Rindfleisch und viel kaltes Zeug zurück. Aber das irdene Töpfchen bleibt immer schön.

Die Heimkehrenden werden durch klingendes Geld aufgehalten. Wir erinnern uns daran, was uns die ganze Zeit über im Halbbewußten lag, daß in Luzern gespielt wird. – Man zahlt 1 Franc Entree und tritt in einen Raum, der in der Verlängerung der Tür breit leer ist, während zu beiden Seiten lange Gruppen von Leuten stehn. An den Wänden sitzen andere, warten, eine alte Dame schläft. Jede der zwei Menschengruppen drängt sich um einen Tisch, der eigentlich aus fünf Teilen besteht, in der Mittel Kugel oder Pferdchen, zu beiden Seiten je zwei Tische mit dieser Einteilung:

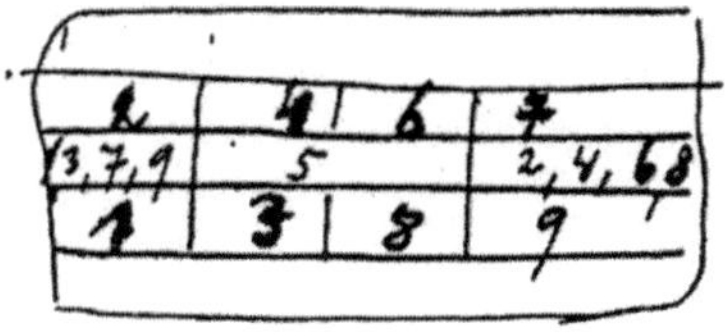

Die leeren Felder rechts und links bedeuten 2, 4, 6, 7 und 1, 3, 8, 9.

An der Wand Belehrung: daß durch ein Gesetz vom so und so vielten dieses Spiel gestattet ist. Höchsteinsatz 5 Frcs. »Da das Spiel zur Unterhaltung der Gäste bestimmt ist, werden die Einheimischen gebeten, den Fremden den Vortritt zu lassen.«

Die Spieler stehn. Croupiers sitzen im schwarzen Kaiserrock. Ein Spielleiter auf erhöhtem Sitz – zwei Hausknechte in Schwarz. Der Ausrufer: Messieur faites votre jeu – marquez le jeu – les jeux sont faits – sont marqués – rien ne va plus – le trois. Betonung auf dem Le. Unablässig. Dabei wirft er leicht die Gummikugel, die sich spät auf einer der Ziffern unten festsetzt. Die Worte teilen die kurze Zeit gut ein. – Die Croupiers haben Metallrechen an schwarzen, im Handgriff schon abgewetzten Stangen. Sie ziehn das Geld an sich, oder sie werfen es auf die gewinnenden Felder, wobei sie es mit dem Rechen auffangen. Sie teilen es, sie zeigen auch damit.

Man darf die Hände nicht auf das grüne Spielfeld legen.

Wir beraten am kühlen offenen Fenster. Zuerst schlage ich

vor, ich solle grad, Kafka immer ungrad setzen. Das scheint uns lächerlich, da wir die 5 übersehn. Erst im Spiel bemerken wir es. Wir wechseln an der Kassa jeder fünf Frank. Setzen abwechselnd nur immer auf ungrad. Kafka gewinnt, ich habe bald gar nichts mehr. – Dann verliert auch Kafka. Dabei haben wir immer die Empfindung, daß so ein Spiel ewig dauern müsse. Unser Irrtum. – Das Geld verliert sich wie auf einer sanft geneigten schiefen Ebene – oder wie das Wasser, das man in der Badewanne losläßt und das so langsam abrinnt, daß es immer noch dazusein scheint. Auch verstopft sich der Stöpsel noch manchen Augenblick. Zum Schluß ist doch alles dahin. – Unser Ärger nachher, da man einen solchen Verlust nie mehr einbringen kann. Ob uns bei Selbstmorddrohung der Direktor die 10 Francs geben würde? – Ein guter Gedanke, der sich an diesen Verlust knüpft, ist, wie wir jetzt sehn, in Verlust geraten.

Es war ein langer Tag!

Montag, 28. August

Frühstück mit lachender Bedienung.

Der Dampfer, den wir schon Abends zuvor gesucht haben, wird zur rechten Zeit erreicht. – Wir wählen zweite Klasse, ich in vieler schönen Moldaufahrten Erinnerung!!

Morgeneindruck von Luzern weniger prunkvoll wie am Abend.

Ein Ehepaar hat einen Brief aus Breslau mit Zeitungsausschnitten über die Cholera in Italien. – Von der Nähe ist der Roller-Rink unvollendet, wie infolge schlechter Geschäfte, die Uhr fehlt. –

Wechselnde Gestalt des Pilatus.

Das Erweitern des Sees stellt man sich ganz anders vor, viel unmittelbarer, als es wirklich ist. In Wirklichkeit reißen sich

Buchten langsam auf, weil entfernte Riesenstrecken klein dem Auge sind. Die Bucht erweitert sich immer langsamer. — Ein Hotel hat ganz rote Vorhänge wie ein Leierkasten auf dem Land.

Das Seekreuz, Küßnacht, Stansstad.

Landung in Vitznau und zur Rigibahn. Sehr schnell erscheint der Seespiegel tief unten. Geräusch eines Motorrads, lauter kleine Stöße, nach der Station besonders lebhaft wie die Explosion. — Überraschung der Ebene. — Mehrere Stationen. — Auch ein billiges Hotel Felchlin, 2 Fr. Diner, 2 Frcs Zimmer. — Rigi-Kulm. Man sucht den besten Aussichtspunkt. — Weiße Schirme über den Andenken. — Eine Gesellschaft reisender Engländer mit ihrem Führer. — Durch ein Fernrohr (ein Auge schließen) sieht man acht Punkte um 50 ct. Wir aber lassen das Fernrohr sich bewegen und sehn so unzählige Punkte. Die Bilder bewegen sich, infolge der heißen Luft. Schwer ist es, das im Fernrohr Gesehne in den unmittelbaren Anblick zu lokalisieren. Die Glocke läutet oben auf dem Dach, zum Lunch, wie sonst zur Kirche. — Jungfrau, Mönch, Titlis, Urirotstock. — Die Ebene — Seen, über deren Namen man sich streitet. — Falscher Anblick der Berge von oben, sie scheinen flach in die Ebene gedrückt. — Es ist wie im Flug. — Die Landzunge des Zugersees scheint mit der Hand abzubrechen; man kann sich denken, daß es ein riesiges Wesen sehr reizen muß, wie wir es als Kinder taten, den Zuger und 4-Waldstätter See durch eine mit dem Finger gezogene Linie zu verbinden. — Gespräch über die Pickwickier, angesichts der vielen Engländer.

Schlechte Table d'hote um 4 Francs. Wir essen die eigenen Birnen.

Abstieg zur Station Rigi-Staffel. Wir benutzen jede Gelegenheit zu einem kleinen Schläfchen, die Beine über dem Abgrund. — Talfahrt. Eingeschlafen. Hut vom Kopf. Kichern.

Viele Engländerinnen. Es wird so viel yes gesagt, mit zwei Tönen auf dem e, daß oft zwei yes in zwei verschiedenen Gesprächen zugleich erklingen. Jede Rede wird mit yes begonnen und beschlossen. Im Deutschen gibt es kein solches Wort. Vielleicht weil wir nur dieses Wort verstehn? – Meine Antipathie gegen England. – Unten Obst gekauft. Kafka liebt Obst über alles. Schält mir eine Feige in mehreren Manieren vor.

Dampferfahrt über den See. Kleine billige schöne Orte wie Gersau. Mit einer Rente von 2000 Gulden könnte man hier leben. Pension kostet sammt Zimmer 5 Francs, oft 4½ – das ist die teure Schweiz.

Schön, auf einen Ort loszufahren, wenn der Wind entgegen kommt. St. Wolfgang. –

Brunnen, mit seinen Hotels an Luzern genähert. – Hoch oben die Alpenhotels.

Der Urner See. Flüelen. Hotel »Sternen«, das uns durch seine Sauberkeit entzückt. Trotz des Lärms der Gotthardbahn schlafe ich fest und gut. – Die engen hohen schwarzen Berge sind schon Nacht bei hellem Himmel.

Dienstag 29. August.

Am Morgen auf der Terasse. Ich lasse meinen Ferienmagen von neuem sich spannen. – Spaziergang in Flüelen, das durch einen Bergabhang in zwei Teile zersprengt wird. Unsere epochemachende Erfindung »Billig«. – Kafka kauft einen kostbaren Stein um vierzig Centimes. – Zur Bahn zurück, wo sich aus dem Gespräch heraus gerade im Moment des einfahrenden Zuges ergibt, daß ich meinen Gucker vergessen habe. Ich hole ihn. Wir fahren eine Stunde später und benutzen die freie Zeit zu einem Seebad. Ich gebe vor, daß sich uns durch diese Erfrischung die Bahnfahrt um 2 Stunden verkürzt, — da unser Zug als Personenzug 1 Stunde länger fährt, profitieren wir immer noch eine Stunde. — Diesmal schwimme ich in den See. — Ein Ehepaar in den zwei Nachbarkabinen. Unerotisch. — Der Wald gegenüber am Felsen sieht wie Moos aus. — Rettungsring als Schlingpflanze, sagt Kafka. Plakate in der Kabine, so daß man die Seen, in denen man nicht badet, wenigstens sieht. Steine am Rand des Bades, das uns außerordentlich gefällt, ähnlich Riva. Ein guter Einfall, meinen Fehler so ins Gute zu wenden. — Fischerinnen fangen Spaziergänger mit ihrem Hintern.

Schöner Waggon der Gotthardbahn. Ja diese Schweizer! — Der Gletscher der Spannörter ganz nahe, wie Brandung am Felsen. — Reuss, ein schwaches wildes Wasser. Weißgrün. — Eine Ungarin, die dem Kafka so gut gefällt, daß er sie »die ungarische Blume« nennt. Sie hat wulstige Lippen. — Kehrtunells. Man wundert, was für eine andere Bahn da noch fährt, bis man entdeckt, daß es die eben verlassene eigene Strecke ist. — In italienischen Tunells ist es heißer und stinkender als in deutschen. — Es beginnt das natürliche schweinische Leben. — Geschrei als gewöhnliche Rede. — Ein Kind heißt Dolores. — Schutzwehren gegen den Schnee. — Wasserfälle, ruckartig über Felsen. —

Es ist hier in der Schweiz kein rechtes Italien. In Österreich durch den Widerstand kräftig, hier durch Nachgeben verfließend. — Dennoch winken die Mädchen hier so heftig, daß ihnen die Arme nachher noch schlenkern. — Eine neue Chokolade Maestrani. — Ein in Röhren gefaßter Wasserfall neben einem freien. — Eine Gesellschaft hat noch 25000 HP hier zu vergeben. — Wir werden müde. — Bellinzona mit drei Burgen. — Blick auf den Lago Maggiore mit seiner Campagna. — Nach einem Tunnel überraschende Ankunft in Lugano, wo wir im Hotel Belvedere mieten und ins Bad gehn.

Mädchen längs der ganzen Strecke in den Wächterhäuschen, die rote Fahne in Händen.

Lugano ist nicht so schön wie Riva. Am Bahnhof schon ganz deutsch. Dann italienische Gassen mit Gemüsemarkt. Arkaden. Die lärmende Palestra (Turnhalle). Die neue Post. Man sieht charakterlose Prachtgebäude. Den Quai entlang Palasthotels. – Der See ist grün. –

Mittwoch 30. August. Pension 8 Franc.

Vormittag Bad. – Nachmittag von 4 Uhr an bis 11 Uhr Nachts mit Kafka an einem Tisch aus einem Tintenfaß diese Notizen geschrieben, im Garten am See.

Vormittag Kafkas Idee betreffs Reform der Sprachführer.

Im Garten sind große Ratten.

Donnerstag 31. August

Scheinbares Stillstehen der Badeanstalt beim Wellenandrang hinter den Dampfern, aber Schaukeln der Personen. Leichtes Schwindelgefühl. Ich liege wie in der Wiege.

Der Neubau des Hotels Walters fügt sich mit seinen Arkaden genau in die Zeile der alten bequemen. Dies scheint schweizerisch: Bewahrung des Alten Bewährten mit altem Gefühl, nicht als Reconstruktion.

Es gibt hier und in Italien keinen wechselnden Stil der Wohnhäuser. Neues Material ändert sie nicht.

Mädchen am Quai trägt vorn auf der Brust ein rotes Flanellpolsterchen mit einer Busennadel darauf, so als wäre es mit der Dekoration aus der Auslage gekauft.

Spargetti au Parmesan
Bœuf sauté au légume
Pommes au four
Viande froide assorti
  Salade
  Fruits

Straßentafeln wie in Riva.

Via Stauffacher
Piazza Guglielmo Tell
Viele Verbote
Elektrische Bahn, hellblau

Viel schöner ist Castagnola. Eidechsen. Villa du Midi. – Aus der Nachmittagshitze von Lugano kommt man in die stärkere Abendhitze von Castagnola. In einer halben Stunde.

Steine als Holzersatz.

Von der Gotthardbahn aus sahn wir die Felder mit Zäunen aus enganeinandergestellten dünnen weißgrauen Granitplatteln umfriedet. Ähnlich alt-jüdischen Grabsteinen.

Dort und in Castagnola aufrechte Trottoirplatten zum Stützen des Weins in Laubengängen. Man versteht hier den Stein wie Holzspäne zu schnitzeln. Sieht mühelos aus. – Steinbretter.

Bambusartiges Schilf. Indien.

Durch allzu fleißiges Notizenmachen kommt man um viele Notizen. Es ist ein Augenschließen. Man muß das Sehn immer wieder von vorn anfangen. – Wenn man sich aber dessen bewußt bleibt, kann vielleicht das Notizenmachen nicht so stark schaden. (Kafka).

Cassarate, Castagnola und Gandria sind Orte am Ostufer des Luganosees. Sie bleiben am längsten in der Abendsonne. Vieles erinnert uns an Riva. — Auch ein Bad zwischen Gras und zertrümmerten Mauern. — Junge mit zwei schwingenden an einem Tragholz befestigten Kesseln. —

»Fußbad hat doch etwas Jüdisches«

Leer stehn die großen Villen mit ihren Palmenterassen. Die Saison hat noch nicht begonnen. Man hält uns vielleicht für die ersten Lungenkranken des Jahres.

Schlechte Mischmascharchitektur der neuen Häuser in Lugano. Nördliche Balkone vor italienischen Fassaden. Fenster, vom Knie an geschlossen wie bei uns.

Es war der schönste Moment der Reise bisher, dieses Bad ohne Häuser, am Berg Bergen nah gegenüber. Von den Trümmern der Quaimauer Verlangen nach der römischen Campagna. — Die Dampferwellen werfen sich auf die Steinplatten, wo ich badend gesessen bin.

Sprengschüsse wie ferner Donner.

Freitag 1. September

Abfahrt um 10^{15} nach Porlezza.

Dampfer wieder 2. Klasse. Es wird verkannt, daß das ähnlich dem Rücksitz der Eisenbahn ist.

Hitze auf dem Verdeck bei Haltestellen, die sofort bei Beginn der Bewegung von einem angenehm-kühlen Luftzug weggeweht wird.

Auf dem Vierwaldstätter See genoß ich die gute Luft durch halb-absichtliches Gähnen doppelt. Mit einem starken Ruck saugt sich der gute Wind in die Brust.

Französin. Effrayant! schreibt in ihr Notizbuch – eine Deutsche photographiert, notiert den Titel auf einem Celluloidplättchen der Camera (?)

Große Lastboote mit Reifen.

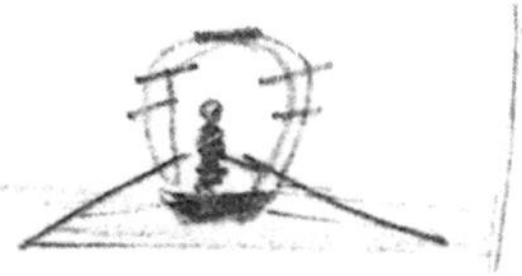

– Ein Dorf auf dem Berg,
in sich geschlossen wie
ein großes Schiff

Schlechtes Morgenwetter, das sich schnell und regelmäßig aufhellt. – Berge von der Sonne fast in hellgrünen Staub zerrieben. – Millionen Bäumchen, jedes mit eigenem Schatten. –

Angenehme Fahrt ganz ohne Gepäck

Kirchtürme mit offenen Glocken

Gandria! ein kleines Algier

Zollbeamter mit spitzigen Stiefeln, hineingesteckten Hosen, gelben Borten

Die Arkaden der Häuser wie große Türen gegen den See, offen wie die Bootshäuser.

Häuser aus rohen Steinen, daneben weißbestrichene mit gemalten Simsen, oder Fenstern, eines offen.

Carminrote Villen mit weißen Fenstern hinter grünen Zypressen.

Farbige Wappen an der Kirche, unregelmäßig, wie seltene Briefmarken. Gemaltes Zifferblatt.

Osteno.

Sehr angenehm, daß der Dampfer kreuzt. –

Ein Mann uns gegenüber in der Bahn Porlezza-Menaggio. Schwieriges Gespräch. Betonung des Wortes cinematógrafo. –

Liebe zum Süden, bei Gesundheitsrücksichten beginnend. – Auch national-jüdisch?

Stiegen aufwärts unter Bogen.

Ausrufe in einer fremden Sprache noch schwerer verständlich als Sätze.

Ein Kind ruft: ce? – Straße nach Cadenabbia, Tunell. –

Villa Carlotta.

Papyrus – canna – Passiflora – Glycinie – Bambus –
Zeder des Himalaya – ilex Steineiche – Platane
Magnolie – kleine Kuchen, Bettvorleger
Buxus – Aloe – Jubaea –
Banane – Kakteen wie Nadelpolster aus

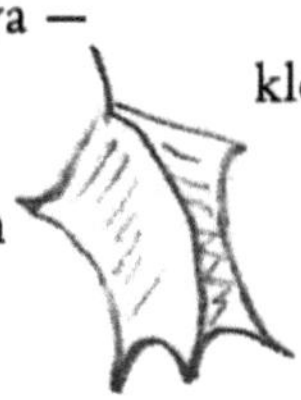

Maroquinleder – wie Semmel verschiedener Städte.
Farren wie Palmen so groß, auf Stämmen –
Eukalyptus – Arancaria –
Zitronen grün, auch kleinere, bei uns alle Normalgröße.

Eidechsen: schnelle Bewegung, dann plötzliches Erstarren in der Sonne – kein langsamer Schritt.

Zwei Kinder mit dunklen Augen: »Guarda, mamma« – Landungsbrücke in Menaggio – Der Gatte à la Murger.

Mars und Venus, Carlotta, ähnlich T.
Marmorstatuen, durch die Bogen schaut Grün herein.

Am Morgen kommen die Bienen, spazieren über den Honig wie Schlittschuhläufer, ertrinken, arbeiten sich wieder los, wobei sich ihr Hinterleib beinahe abzutrennen scheint, schleppen einen klebrigen Honigfaden hinter sich her, – während sie saugen, zittert ihr Hinterleib rhythmisch – ob es Menschen gibt, die so mit dem ganzen Leibe eifrig arbeiten möchten? – Sie stechen nicht.

Gandria: An den hohen Wänden lehnt Brennholz, auch abgeschälte weiße Äste sind in großen Haufen aufgestellt.

Gespräch mit dem grauäugigen Italiener: falsche Fragen, noch so oft wiederholt, werden wie Angriffe abgeschlagen. – »Ob das Fest der Unabhängigkeit (independenza) auch in der Provinz Como gefeiert wurde?« Er: provincia sempre dipendente, di-pendente«, – Ein Wort: Sono Comasco.

Abends stehn die Dampfer wie eine Schlachtflottille in der Bucht.

In Cadenabbia sind die Vorhänge alle braun mit weißen Ornamenten am Rand. – Lokale Mode.

Vor jeder Villa jenseits der Straße eine Terasse, unten Boote und Bad – eine solche Terasse trägt ein Rittertürmchen.

Ruderer als Matrosen, weiß mit blauer großer Kravatte.

Freibad auf weißen Steinchen, Bellagio gegenüber. – Abends Rundgang in Menaggio – Auf der Rückfahrt über den Luganosee begleitet uns der Scheinwerfer des Zollkutters, der sein Licht längs der Straße am Ufer weit ausstreckt. – Hellgrünes Wasser unter unserem Lichtkegel. – Kreuz der Lichter, auf nahen Flächen klein und scharf.

2. September. Samstag
Raid Lugano-Paris
Roues Sordi

Motorboot: Erster Eindruck Gestank. Steuermann auf einem Comptoirstuhl. –

Das Geräusch der Eidechsen, die aus ihrer Ruhe gestört plötzlich davonrascheln, gleicht dem, wenn man Streichhölzer anreibt. Wenn sie sitzen, Kopf erhoben, Beine gespreizt, zittert ihre Brust. Herzklopfen.

Freibad am Ufer. – Libellen rasten auf meiner Haut. – Ihr Flug ähnlich dem Laufen der Eidechse, rasch – erstarrt. – Zwei einander liebend, die unscheinbarere unten, die blaue steil emporgerichtet – beide fliegen im gleichen Tempo – sitzen nieder.

Geräusch der Felssprengungen.

Gebogene ovale Firmatafel.

Rückkehr zur Geschicklichkeit der Urmenschen. Wir bauen uns auf dem steinigen Strand schöne glatte Sitze, aus glatten Steinen, eine Lehne aus großen Steinen für Rücken und Arm.
Dann sitzen wir unter Sträuchern im Felsen, die Füße im Wasser, mit der Landschaft verwachsen. – Vorbeireisende zeigen einander uns als italienische Burschen.

Terasse in Gandria. Große Schläfrigkeit nach dem 4½stündigen Bad.
Im Bad: Vorüberziehende Gruppe, Mann, Kuh und sprechende Frau im schwarzen Turban, losem Kleid (Bäuerin). –
Unten sitzend hören wir, selbst unsichtbar, Stimmen von der Straße oben, sehn die Leute bei der Einbiegung, dann im Gebüsch über unsern Köpfen verschwinden. Ein Deutscher berichtet über Mailand, vier Bierkrügel, Labsal. –

Ein bißchen Sonnenbrand

Kafkas Sorgen, ein wenig übertrieben.

Gespräch über die Schönheit der Fußzehen. Ihre Algenbewegung unter dem Wasser. –

Die Kinder des Wirts, ein kleines mütterliches Mädchen und ein noch kleinerer, aber stärkerer Knabe. Marcel und Odette.

Unter seinen Schmerzen führt Kafka an: »Und dann mein Aussehn! So komme ich um mein Mannesalter. Bis zum 40.

Jahre werde ich wie ein Knabe aussehn, um dann plötzlich ein vertrockneter Greis zu werden«

Abends Spaziergang in Lugano. In den Arkaden an Tischen sitzen dunkle Leute vor Osterien, die nur durch große bis an den Boden reichende Glasscheiben von dem Laubengang getrennt, also bis in ihre letzte Flaschenreihe hinein hell sichtbar sind.

Sonntag 3. September

Abschied von der rosa Badeanstalt, die von 12 bis 2 Uhr geschlossen wird.

Nachmittags Reisepläne. Durch Umstellung kleine Zeitersparnis.

Horaz im Bad gelesen.

Kerze in Glaskugel mit gelblichem oder rötlichem Puppenröckchen (Lampenschirm).

Große stachelige Ratten drängen sich paarweise unter den Tischen der Abendtable d'hote durch. Große Angst der Gäste. Humor der Angestellten.

Die Lichter um die schwarze Seebucht sind goldgelb, grün, ein rotgelbes an der Dampferzentrale. – Ihre Streifen sind Raketen, aus dem Seegrund emporgeschossen, von Wellenzügen durchstrichen, über jeder schwebend ihr Stern, der nicht fällt.

Rücksichtslos fährt der Dampfer hinein, verstrickt sich, reißt sich los, schleppt die angeklammerten hinter sich her, –

wie die starken Bediensteten des Bal Tabarin mit ihren Besen die zerrauften Coriandolistreifen in Knäuel zusammenzerren und hinauskehren. – Wie Gesichter in Hohlspiegeln.

Der höfliche Wirt macht Illumination im Lesezimmer, wenn man sich eine Zeitung holt – schreckt seine Kinder davon, über deren Zank man sich gefreut hat.

Montag 4. Sept.

Früh Nachricht über Cholera in Mailand – Verkehrsbureau – Corriere berichtet casi (der Name »Cholera« wird nicht genannt) aus Pesaro, Bari, Genova – Norddeutscher Lloyd – Eine Weile sind wir für Paris entschlossen, ja begeistert. Excelsior. – Dann sagt Kafka, er habe alles durchüberlegt, man dürfe eine Route nicht so übers Knie zerbrechen – Mailand siegt –

Ich erobere 5.50 für meine stehngebliebene Uhr zurück.

Man macht hier mehr aus der Hitze als bei uns. An mäßig warmen Nachmittagen schützt man sich in Cafés auf weiten Schattenplätzen hinter Gardinen, löffelt Gelati und die schönen Damen haben ihre Fächer nicht zu Hause vergessen.

Wir fahren an einem Stadtteil von Lugano vorbei, der nur aus Hotels besteht. Gut, daß wir nie hier waren.

Paradiso, ein reklamhafter Name.

Hotels mit Chalet.

Ab Lugano 1^{05} nach Ponte Ceresio

Hellrötlichgraue Felsschatten scheinen luftig über die Steine zu schweben, nicht ganz an sie angeschmiegt.

Die Schatten der Bäume ordnen sich hier und dort zu langen Wellenlinien, den ganzen Abhang herab, wodurch Bergfurchen angedeutet werden.

Mein Sonnenbrand fühlt sich durch die Kleider hindurch von der Hitze gekitzelt.

Ort am Abhang mit Quai. – Gandria hatte keinen Quai, sah viel enger aus daher.

Terassen im Zickzack zur Kirche hinauf. Gärten oder Friedhof.

Mailand.

Der Domplatz. Ein Bahnhof der gelben Elektrischen. Oder ein Caroussel. Sie drehn sich im Kreise um das Mittelbeet.

Ein Pferd mit schrägem Schweif, Vittorio Emanuele tragend, stürmt schief in der Luft gegen den Dom – verdunkelt ihn.

Kleine Kreis-Tischchen vor dem Kafffée auf dem Pflaster, der Sitz auf einer gemeinsamen Bank mit Fremden rechts und links, hinter unsern Köpfen geöffnete große Glasscheiben ins Restaurant, wo nobel fürs Diner gedeckt wird. Einsamer Kellner, mit glänzend schwarzem Haar zwischen weißen Tischen, beachtet uns nicht.

Sessellehnen aus lackiertem Metall wie Kinderbetten, kleine Reclame: Pneu Michelin und Gala Peter, Ecla-Stiefelkrême – Kleine Tafel zum Niederklappen für Gucker, Essen u. s. f., gehalten durch eine Schraube (Kopfapparat) – Souffleurkasten mit geblumtem Stoff überzogen, wie Möbel unbewohnter Palais. – Logen auf der Bühne – Ersparnis des Ingresso durch »Billig«. – Unverständliche Sprache, man versteht ein Wort, das Publikum lacht, also hat mans doch nicht verstanden. – Lachstürme mit leisen entfesselten einzelnen Applausen werden von noch Eifrigeren durch lautes »pst« niedergezischt.

Elegante Herren im Frack, deren Brillantringe auf der Logenbrüstung blitzen, lachen herzlich.

Eine Ahnung auf der elektrischen Tram Ponte-Ceresio/Varese/Milano:

Der technische Fortschritt wird von den romanischen Völkern als Fortschritt der Heldentaten der Väter aufgefaßt, bei uns: als Bruch und Gegensatz der Tradition.

Was ist hier deutscher Einfluß: Gambrinus-Halle, Bädekkers Schweiz in der Auslage französischer Romane, Walzer von Waldteufel (Polka Tric-Trac),

Ich verstehe nicht den Sinn der Worte, nicht das Wort, nicht einmal einen einzelnen Laut.

Die Gallerie ist schön hoch; hält man das Auge wie gewohnt, so sorgt die Hutkrempe dafür, daß man die Wände als Häuser einer offenen Gasse zu Seiten hat. Nur bei unnatürlichen Kopfdrehungen sieht man die Glasdecke. – Querarkaden und Parallelgassen von derselben Frontarkade aus, verwirrend, da überall Caféehäuser und Dirnen. – Die Gallerie ist auffallend kurz.

Fahrt zum Theater: Schnell verschwinden die Prachtbauten, da ist Italien, Arrangement der Geschäftsauslagen erinnert an Prag.

Zu erforschen, warum Prag so still ist. – Hier um 1 Uhr Nachts Pariser Leben.

Das maison in der via San Piedro all orte verdient seine Weltberühmtheit nur wegen der *Zahl* der Dirnen. Keine aber schien uns nur halbwegs annehmbar. Vielleicht weil die Dirnen der ganzen Welt, aller Nationen dasselbe Gesicht haben. – Dennoch: ihr quellenklares Französisch. – Tracht besser als bei uns, da zu dem Durchsichtigen der Gaze das Enganliegende kommt. Man sieht bei einer in Rosa den Nabel im Kleid vertieft. Festeres Kleid um die Brust und unter der Hüfte. Bauchtanz-Brautes. – Eine in Schwarz, das Dekolletée geschweift, Spitzen, wie von Beardsley, nein: einem seiner Nachahmer. – Man geht die unvermeidliche Treppe empor, Spiegel auf der Decke und zur Seite, im Hauptzimmer nichts als drei lange grünplüschene Bänke längs 3 Wänden. Sehr besetzt. Am dichtesten dem Eingang gegenüber, wo man auf Stiege und dunkle Vorgemächer hinaussieht. Männer im Hut, ernsthaft wartend, wie auf dem Bahnhof, im Vorzimmer eines Arztes. Ein Greis sinkt auf die Bank. Soldaten. – Es wird nur französisch geredet. – Kein Tanz, keine Consommation. Nacktes Anstarren. – Riesin in Violett. – Immer kommen und gehn Leute, das Zimmer scheint ein Teil der Straße. – Dicke graue Luft. Ventilator, wie eine kleine blanke Elektrisiermaschine schnell scheint die Luft umzudrehn, nicht zu erneuern. – Wir rühren kein Mädchen an, sprechen nicht einmal mit einer. – Ich bin seit 1 Woche unrasiert. Denn die mir gefällt, ist in Prag geblieben. Leider.

Denke die ganze Nacht an sie. Freue mich auf die Heimkehr.

Zwei elegante Herren beraten in der Hall unseres Hotels (deutsch) bei Champagner geschäftliche Angelegenheiten.

In Paris wird Mittwoch: Damnation de Faust – in der großen Oper aufgeführt! Das entscheidet.

Café frappé – Gazosa – Granite

Nachtrag zu Mailand: Unbedeutender Bahnhof, ähnlich wie Prag, einer nicht ganz ernstzunehmenden Großstadt.

Gepäckraum, hoch, mit bröckligen Wänden, der Beamte scheint sich in der komplizierten Buchführung dieser einfachen Sache nicht auszukennen.

Wir kommen auf der Stazione centrale an statt Nord, wie wir dachten. Infolgedessen deuten wir die uns entgegenkommenden Gassen falsch und der ohnedies schwierig faßbare Eindruck einer fremden Stadt verwirrt sich noch mehr.

Ich habe große Angst vor der Cholera. – In einem Kiosk gekauft »abasso il Cholera«. Vorbei am »Hospital der barmherzigen Schwestern«. Man denkt sich hier krank liegen. – Das Wasser des Canals wird auf seine Güte hin betrachtet. Es ist schwarzgrün, langsam unter der Brücke. – Obst und der Straßenverkauf von Limonaden erweckt Grauen. – Die Toreinfahrt der Häuser durch Gitter gegen den Hof, ebenso der Hof gegen das dahinter aufleuchtende Parkgrün abgeschlossen. – Es ist gut, vom Bahnhof aus eine fremde Stadt langsam, suchend zu durchschreiten. Man erspart, einige Sehenswürdigkeiten in dieser entfernten Gegend eigens aufzusuchen und erlebt so im Vorbeischreiten an Sehenswürdigkeiten die Gleichgiltigkeit der Einwohner in sich. Man macht etwas, worauf man beim Überlegen der Reise vorher nicht gefreut hat. Fährt man in die Stadt, so bleibt man der Reisende am Wagenfenster. – In der Via Manzoni Corso von Wagen. – Scala: Unscheinbarkeit großer Opernhäuser. Man denkt an den Ehrgeiz der Komponisten und Sänger, von hier aus zu wirken, und gerade das geringe fast düstere Aussehn des Hauses sieht abweisend und gleichgiltig aus. Repräsentatives Aussehn wäre schon eine Art von Entgegenkommen. Selbst in den Träumen dieser Komponisten muß diese Façade widerspenstig und schwer zu bewältigen sein.

Eindruck dieser Erstklaß-Hotels: dunkles Treppenhaus mit Spiegeln; ein wenig vom Plafond selbst bei Oberlicht gedrücktes, selbst gegen den Mittag zu von Morgendämmerung erfülltes, gleichsam an ein Schlafzimmer anstoßendes Frühstückszimmer, man sieht gleichsam den dicken Staub von oben auf dem Glas liegen und den unfreundlichen Hof, es ist fensterlos. – Ein Knabe in Weiß, einer in Grün. Aufschläge des Portiers haben gekreuzte Schlüssel wie das Wappen des Kirchenstaates. Umfangreiches Büro mit Schaltern und Mattglas. – Unsere Freude, im 1. Stock zu wohnen, weil wir den Lift nicht benützen müssen. – Sprachenwirrwarr. Abhängigkeit Italiens von fremden Sprachen. – Ich gurgle mit Odol, aufgelöstem Kalodont, seife die Hände. – Ausgänge nur zu Besorgungszwecken.

Post: der Restanteschalter geteilt nach Briefladen in 6 Teile, bei uns nur in 2 trotz größerer Bevölkerung. Der Beamte sitzt im Fond, wie in einen Wagen gelehnt; tritt man an den Schalter, so bleibt er zurückgelehnt und keine Miene verrät, daß er zuhört. Ich will um Nachsendung meiner Post bitten. Er gibt ein Formular für Postvollmacht. Ich studiere es, kehre zurück, mache ihn aufmerksam. Er: »Ça ne fait rien, un morceau de papier.« Ich schreibe es also, streiche sorgfältig, bringe ihm das Papier. Er läßt es auf dem Pult liegen, ohne es anzurühren. Ich fürchte, es geht verloren, der nächste kann es nehmen; beobachte von fern. Er bemerkt mich, rührt sich nicht, lächelt, streicht sich das Kinn. Endlich beauftrage ich Kafka mit der Weiterbeobachtung. Das Papier wird nach geraumer Weile doch ergriffen und einem andern Beamten übergeben. — Ein andrer erkennt mich als Kollegen, Gespräch über Ferien und »viel zu tun«, Händedruck durch den Schalter.

Das Baugerüste mit Strohmatten, Schutz vor Sonnenhitze. — Ein Büro, in dem man Billets für Eisenbahnen, Theater und Variétés bekommt. Plötzlich wird das Licht abgedreht, 7 Uhr, und die Angestellten stürmen an uns vorbei hinaus. — Studium fremdartig eingerichteter Fahrpläne. — Die schreckliche Nacht: Im Schweiß sticht der Sonnenbrand wie kleine Tierchen, ich liege beruhigt, plötzlich sticht mich eine Mücke. Choleraträger. Von muosche spricht die Broschüre. Ich schlage nach: mosca heißt Fliege, Mücke heißt zanzara — daher Hoffnung — der Hausknecht, der früh die Stiefel nimmt und bringt, weckt mich. Das Bett zittert, so laut geht er auf dem Korridor. Gibt es denn keine ruhigen Zimmer? — Die Dirnen gehn mit schnellem Schritt wie in großer Eile, etwas suchend. Dann stehn sie plötzlich und kehren denselben Weg zurück. Dieser schnelle stolze zielbewußte Schritt ist nur ein Anziehungsmittel, Schminke. — Täschchen an langen Schnüren hangend von der Schulter herab, wie Vortanzschleifen — Totenkopftypus. — Die leere Gallerie mit ihren Kaffeehäusern an dieser und jener Wand, den schwarzen Fensterscheiben der gesperrten Geschäfte fröstelt wie ein schlechtbesuchtes Nachtlokal. — Im Bordell: Hier nimmt das Französische eine ähnlich mit Unrecht dominierende Stellung ein wie in Prag das Deutsche. Nur in Prag von den Herren aus, hier von den Mädchen. Dadurch erzeugte Galanterie.

Dienstag 5. Sept. Ferien die schwierigste Büroarbeit. Nach vielen Besorgungen bleibt noch etwas Zeit für den Dom. — Beim Eintritt großer Eindruck, Säulen auf leerem weitem Boden (Kafka: Damit die 40 000 Menschen des Führers hereingehn), nur vorn, kaum bemerkt, von der letzten Säule zum Altar noch recht viele Bankreihen. — Am Morgen reibt mich Kafka mit Vaselin ein. »So teuer kann man das nur in Amerika erzeugen.« — Dann sitze ich in seinem Bett, er hockt auch da. Wir trösten einander. — In der Nacht hatte ich den Plan um 8 Uhr zu fahren, Kafka soll Geld beheben, nachkommen. Kompromiß: 3 Uhr Nachmittags. — Bauchschmerz. Dann aber zeigt der harte Stuhl, daß er Autosuggestion war.

Zum Credito Italiano. Ich werde in einen Salon geführt. Gekrümmter Schreibtisch, wie mit dem Zirkel um eine Ecke geschlagen. Clubfauteuils. Bilder von Souverainen in Holzrahmen. Dieses lange Warten, als hätte man um die Polizei geschickt. Da das Vertrauen unbegreiflich scheint. Die Höflichkeit wie eine Falle. Das oftmalige Hinausgehn und Kommen des Beamten. Ein anderer Beamter kramt im Pult, nimmt Geld. Da ich fürchte, er könnte später den Verdacht auf mich lenken (ich bin allein mit ihm), merke ich mir sein auffallendes, gelbes, naßgestrichenes Haar, schlaffer Gang.

Unfreundliches, ja deutschenfeindliches Benehmen der Beamten bei Cook. Mit welcher Verachtung er mir ein 20 Fr-Stück gab, als ich das 20-Drachmen-Stück (allerdings mit Unrecht) zurückwies. — Mich faßt Begeisterung für die Getränke, die auf riesigen Glastafeln, den Eingängen der Bars zu Seiten, notiert sind und die wir, von zwei Wachleuten erstaunt betrachtet, lange studieren. Mailänder Wachleute mit tuchbespanntem Feuerwehrhelm, schwarzen Handschuhen, untätigem (rußigem) Stäbchen. Ein Einarmiger, bettelhaft gekleidet, gibt Signalpfiffe ab. Da wir uns in Mailand nicht auskennen, glauben wir, ihn an verschiedenen Orten auftauchen zu sehn. – Mit Widerwillen auf das Domdach.

Auf der Bahn vor Nervosität ans Hotel telephoniert. Die Fußbodenplatten der Halle vor der Sprechzelle aufgerissen. Statt der Hörmuscheln Holzbecher, die man auf die Ohren setzt, als gieße man etwas in die Ohren aus ihnen. Ein Diener, der auf meine Frage (mit Trinkgeld in der Hand) »puo dare« voll freundlicher Würde zunickt. Er läutet oft und lange. »Presto, signorina«. Italienisches Angstgespräch mit einem Hotelangestellten. – Heißer Bahnhof. Obwohl wir ganz auf Paris vorbereitet sind, bewegt uns der Anblick des freundlich-offenen Lago Maggiore zum Aussteigen in Stresa. Im Moment des gefaßten Beschlusses ist alle Müdigkeit verschwunden. Wir waren ja so ruiniert. – Im Zug: Kühler Italiener mit seiner in ihn verliebten Frau. Sie zieht seinen Kopf zu sich, indem sie ihn bei beiden Wangen packt.

Versuchtes Couplet: Unrasiert und ruiniert.

Stresa. Alles schön. Im Wasser Umarmung: »Wir beiden Armen – Schwergeprüften – Endlich –«. Sandgrund. Tonne. – Beim Raseur hinter Rohrstäbchen, die wie ein Regen vor der Straße ziehn. Deutlich sichtbar, von außen nichts. – Die massiveren Rasiermesser. Einhackbewegungen, dann zartes Anschmiegen. – Höflichkeit, da er die Brille, die ich auf die Marmortafel lege, noch weiter vom Rand entfernt, noch weiter seine Fläschchen von ihr wegschiebt. – Fahrbares Orchestrion – Kellner, Ideal. – Und die Kost, mit Lugano verglichen.

Mittwoch 6. Sept. Vormittag gebadet. Mit Steinen beworfen. Trick mit Kafkas ruiniertem Stiefel. Er ist bös auf mich und bittet Nachmittag ab. – Nachmittag gebadet. Geschrieben. Abendspaziergang.

Palasthotel Regina: Über jeder Loge eine Lampe (Theaterloge). Daher, da die Lampe, die man sonst aus dem Fenster strahlen zu sehn gewohnt ist, nur weiße Mauer, unbewohnte, bescheint, macht das Hotel den Eindruck des Unbewohnten. Feuersbrunst. – Was beleuchten diese reichen Lampenreihn? Das eigene Zimmer, auch wenn man es dunkel haben will. Eigentlich nichts. Daher ähnlich einer Illumination. – Auch bei Tag vorbeigehend sahn wir die Kandelaber brennen. Also wirklich nur aus Vornehmheit. – Aus dem Innern schallt Streichmusik. Walzer. Hier möchte ich nicht wohnen und doch ist von außen der Eindruck so reizvoll. Man sieht durch Glasfenster jenseits des dunklen Gartens (in dem undeutlich versteckte Gruppen plauschen) in einen hellen Salon mit roten Teppichen, innen hebt sich in kantiger Glassäule der Lift. Der Garten diesseits der Straße mit seinen Palmen am See, ganz dunkel. Raum für Ehebrüche und Verführungen in der schönen Nacht. – Unweit das Hotel des Iles Borromées. Scheint um wenige Jahre älter als Palace Regina, Concurrenz. Die flache Façade ganz ohne Licht außer dem natürlichen einiger von innen beleuchteter Fenster. Da war natürlich aus Konkurrenz die doppelt gebrochene Collier-Façade des Palace Regina nötig, scheint jetzt erklärt. Auch soll wohl letztere Gäste über den See her anlocken. – Beim Anblick der schönen Hotels: Neugierde nach Baveno. Abgelehnt, da zwei genau beschriebene Hotels mehr sind als zwanzig schnell gesehene. – Und dann Abendeleganz. – Dunkel des Parkes liegt anmutig über der Façade des Iles Borromées. So botanische Nacht matt in unorganische herabgestimmt, über Wände hingebreitet ist immer das Friedlichste. – Der große helle Aufbau der Glasterasse, ein Luxuskäfig, auch an diese vernickelten

Glaskästen mit feinen Cakes erinnernd – innen eine Gruppe um einen Tisch, Staffageherren im Smoking, ganz verschiedenartige Sensationshüte, verschiedenes Alter der Damen, ein Modegruppenbild. – Eine elegante Dame innen entfernt sich zur Seite. Vielleicht im sexuellen Kampf besiegt, im Klatsch, bös mit den andern. –

Zwei deutsche Privatvillen, nur im Parterre erleuchtete Hall, oben ein Balkonfenster. Man darf hier Villen so hoch baun, weil die Bäume so ungeheuer sind. Kafka: Bei uns nur ganz tief in den Wäldern so hoch. Riesenpfirsiche.

Eine große schöne Engländerin ganz in Weiß, Gang der Frau Kolischer, von unscheinbarer Dünner (weiße Blouse, schwarzer Rock) begleitet wie Lauschmannova. – Die entsendet die Begleiterin zu der nächsten Telegraphenstange, um auszukundschaften, ob diese so zirpt oder etwa Cicaden. Ist fremd hier. Doch nicht fremd. Dann ruft sie in das Balkonzimmer. Ein Herr oben, englisch. Ja, diese Besitzer Indiens.

Am Ende der Promenade eine Cassa, drei Türmchen, Alleen mit Guirlanden von Glühbirnen. Es ist die Esposizione di Stresa. Wir wagen uns nicht hinein, so leer ist sie. Und aus Sparsamkeit.

Plan des gemeinsamen Buches.

Nur aus Verdacht gegen unsere verschönende Erinnerung und Phantasie sind wir in Lugano geblieben. Hielten Riva für Phantasie. Aber hier duftet die Promenade wie in Riva vom See her. In Lugano stank sie und der See nach Schwabenpulver. – Die Hotels hier mit Luzern verglichen! Mit dem ewigen Sichelstrand von Luzern und Lugano. Hier geht man mit dem See ihn entlang, dort an seinem Ende wie halb abwesend.

Donnerstag 7. Sept. Angst vor dem weißen Gondolier.

Bad angesichts der borromeischen Inseln. Vor dieser Villa – mit ihrem grünen Rasensockel:

Eine kleine Eidechsenart zwischen den Steinen. Vietata la caccia.

Der Anblick ist uns so vertraut, weil wir die 2 Tage in Stresa nichts anderes sehn als unser Hotel und diesen Weg zum Bad. – Entschluß, die Borromeischen Inseln nicht zu besuchen. – Unentschiedenheit der Weltgegenden, da Stresa trotz des süd-nördlichen Verlaufs des Sees nach Norden blickt, in einer Bucht – Pallanza gegen Süden uns vis-à-vis – Und der Weg ins Büro führt über den blauen See hin, zu den fernen Gebirgen der Nordrichtung (Hauptrichtung des Sees). Man sieht den Fuß dieser grauen Berge, die Küste, nicht, nur weißlichen Streifen undeutlich, so daß die Abhänge der Berge, gegen oben deutlicher, nicht vom See wegzustreben, sondern überzuhangen scheinen in sanfter Auskehlung.

Viele Fliegen. Wovon leben sie? Was haben sich an meiner Haut.

Il grido di dolore

Kopfkissen wie flache lange Brotlaibe.

5^{15} ab Stresa. Lange im Bahnhof, knapp zum Zug herausgestürzt.

Unfreundlicher Kondukteur, der nicht öffnet. Und schon fährt der Zug von dieser unbedeutenden Station ab. –

Gepäck im Gang. Auch für uns kein Platz. Eine sehr geschnürte alte Dame, effektvoll aus der Ferne, gepudert.

Der Schweizer Kondukteur duldet das Gepäck. Fragt hundertmal, wem es gehört. Zeigt auf unsere beiden Koffer, die beisammen stehn. Da mir nur einer davon gehört, sage ich:

»Mir nicht.« – Strenge gegen das Publikum, die doch nicht ohne Mithilfe des Publikums durchführbar ist. – Ein Engländer mit Schwester oder Frau. Obwohl offenbar auf der Rückreise begriffen, sie haben Karten aus der Schweiz nach Dieppe, studiert sie den Bädecker – Bohrt im Morgengrauen in der Nase, kaum erwacht. – Er weckt sie leise, rücksichtsvoll: Beth. – Ihr Sveater aus demselben Grün wie sein Koffer. – Ähnlichkeit der beiden – Studium der Bahnreglements um 1 Uhr Nachts. –

Zwei kleine Mailänderinnen, oben Fräuleins, erwachsene Frisuren und Toilette, unten dicke Kinderbeine aus kurzen Röcken, ca. 14jährig. – Müssen ihre Hutschachteln in ein anderes Coupée tragen. – Am Morgen, Fontainebleau, erscheinen sie wieder im Gang, schlecht frisiert, übernächtig, aber sehr lustig. –

Längs der Eisenbahn große Reklametafeln, von Pfählen gestützt; sie stehn in Feldern, von Korn umwachsen, daher das Pfahlwerk – oder lehnen sich an einen Wald. – Die Nähe von Paris macht sich bemerkbar.

Dies ist kein deutscher Wald. – Lauter Laubbäume. Pappeln. – Etwas Weibliches.

Die Aussicht aus dem Pissoir bei Czada sehr pariserisch: nämlich alte schöne Bäume zwischen alten, d. h. unmodernen, aber doch sehr stattlichen Häusern.

Schwarze Eisenbalkone.

Ankunft in Paris: 8½ früh statt 7 Uhr.

Freitag 8. September: Hotel Sainte Marie – Post – Café Biard – Boulevards – Champs Elysées, Ambassadeurs. – Bunte

Firmatafeln — Sehr vornehm wirken Firmen ohne Vornamen z. B. Jansen — Geschnitzte vergoldete Holzeinfassung der Auslagen — Carmen

Amer Picon mit Grenadine und Seltz.

Impuissance par des produits des fakirs —
stimulation immédiate 8 frcs
traitement rationel 5 frcs
Erlaubte republikanische Kurpfuscherei.

Bei uns besteht die Strafe darin, daß die Polizei schnell kommt — hier, daß man sie suchen und lange auf sie warten muß.

Tricycle porteur der Boulangerie Phillipot.

Hilfe aus dem nächsten Dorf — auf der Landstraße.

Schafft es aus dem Weg.

Zigarette gedreht.

Rue des Petits Champs — lang, eng, hoch, so daß trotz hellster Mittagszeit Schatten auf der andern Wandreihe, — der dunkle Wagenverkehr vorn, hinten kreuzen Reihen sonniger Wagen aus Seitengassen, — der blaue Himmel hinten grau, wie ermüdet.

Café de Paris, Paillard — wie Damen verschleiert

Sonntagsauslage, Zimmer mit Autos (Hutchinson)

Square Louvois, Essen der Leute dort.

Briefkästen wie Beichtstühle bei der Hauptpost

Übersicht über den Aufenthalt in Paris

Freitag 8. Sept. 7 Uhr Ankunft — Hotel — Post — Boulevard — Bedauern, nicht in die Hallen gegangen zu sein — Champs Elysées — Ambassadeurs — Location der Comédie — Duval Rue Rivoli — Nachmittags Schlaf — Bad im Dunkel — Carmen — Café dort — Mir schlecht. Bauchweh!

Samstag 9. Sept. Bis 11 im Bett — Bad im Hellen — Aristide — Louvre — Schlaf 5-7 — Phèdre gekauft — Comédie — Café Riche — Rue Hannovre

Sonntag 10. Sept. Louvre — Aristide — Schlaf — Bois de Boulogne. Tour du Lac. Omnibusfahrt zurück. — Duval Madeleine — Pathé

Montag 11. Sept. Unfall — Rue des P^tes^ Champs — Cook — Chartier — Raseur — Hugo Koretz

Hotel du Métropolitain
Rue des bons Enfants

Elysées — Dirigeable — Ambassadeurs — »Les hommes sont barbares, les femmes putains. Tout pour l'argent«. — Boulevards — zwei Bauernfänger — Matin

Dienstag 12. Sept. Versailles — Dampfer von Sèvres — Warmes Bad — 8 Uhr zu Bett

Mittwoch 13. Sept. Hugo — Printemps — Maubert Restaurant — Kafka wieder unwohl — die jüdische Abenteurerin

Ankunft am Gare de Lyon, zunächst mit Gare de l'Est verwechselt, der dadurch an Größe gewinnt.

Hier gibt es Compteurs francaises, da alle Taximètres die Deutschen am Gare de l'Est erwarten müssen.

Ein kleines Geschäft mit der Aufschrift: 100.000 Chemises — Filiale?

Hübsche Dienstmädchen

Restaurant Café Au canon, Place de la Bastille, mit einer großen Schwedenkanone über dem Eingang. Ein kleines Bar daneben trägt denselben Namen (Bar au canon), scheint von dem Schmuck zu profitieren. — Schaustück nebenan

Kafka sagt »Jetzt schnell. Wir sind nur 5 Tage in Paris. — Nur das Gesicht bissel waschen«. Ich tue es, gehe hinauf, er reibt sich mit Seife und Waschlappen, hat allen möglichen Luxus aus dem Koffer gepackt und geht nicht, ehe er wieder alles in Ordnung gebracht hat. Ich habe den Koffer nicht geöffnet.

Raumersparnis im Hotel. Dünne Wände. Im Flur viele Fußabstreifer. Wenn man einen verschiebt, gehört er in einen andern Raum.

Der immer arbeitende Wirtssohn. — Als Eigentümer Veuve etc. Überhaupt Veuve wie Ehrentitel in vielen Firmen. — Der Bruder. »Accompagnez«. Il ne veut pas. — Mais, mais il ne veut, läuft selbst hinaus

Das Spritzentier

Hotelansichtskarte

Klinke neben Schlüsselloch – Loch verkehrt

Verschiedene Empfindlichkeit der Closetsysteme – ne jeter pas les bouquets.

Männer mit Dienstmädchenschürzen

Die Art aufzubetten.

Viele moderne Installation (Kalt-Warm) in einem halb baufälligen Haus ist romanisch (überlastet) – Emailschüssel bei uns aus Chamottewand, hier Papiertapete –
Kafkas Aussicht

Unverständlicher Hausbau. Spagate, daneben Traversen. Strickleiter, Strick klettern vom Hängegerüst herunter – Statt Warnungstafel vertreibt ein Mann mit Stöckchen – Klettert auf Balken – Zuschauer.

Neue Beleuchtungseffekte

Pathé: Croumolle
Nick Winter
Großpapa

Neuseeland – Islandfischer, wackelt – Marionettenbewegungen der zu rasch abgewickelten Films – Mädchen Operettenmilitär Omnia – Freiheit – Säulen – Keine extra Musik, keine Ermüdung – Mannequin – Wachtposten nur Rüstungen – Elektrizität – Wilhelm in Stettin, Sedan, französische Aviatik, Mode, Toulon, Marokkobegräbnis – 3. Jahrgang. Alles amüsanter als bei uns.

N. B. Pomp überhaupt nur wegen Frankreich. Devoter gegen den Chef –

Manifestation wie von Pathé arrangiert.

Darstellung, wie sich König Peter von Serbien (demnächst unser Gast in Paris) mit den Ministern unterhält. – Kurz –

Verlegene Soldaten

Uniform Reseda

Kilometer weit erstrecken sich die Arkaden der Rue Rivoli und jeder Bogen hat ampelgleich sein Licht. Da nur ein Omnibus in weiter Ferne vorüberfährt, mit seiner Imperiale einige Lichter verdeckend, gleich wieder freilassend, gleichen sie Lichtern in einem Wasserspiegel, den ein leichter Windzug in Bewegung setzt.

Ambassadeurs
Vous serez très mal assis
Einer auf der Bühne vor dem
Vorhang billigt die Ouverture.
Komittee neben Kapellmeister
Die historischen Lampenreihn
Kies –

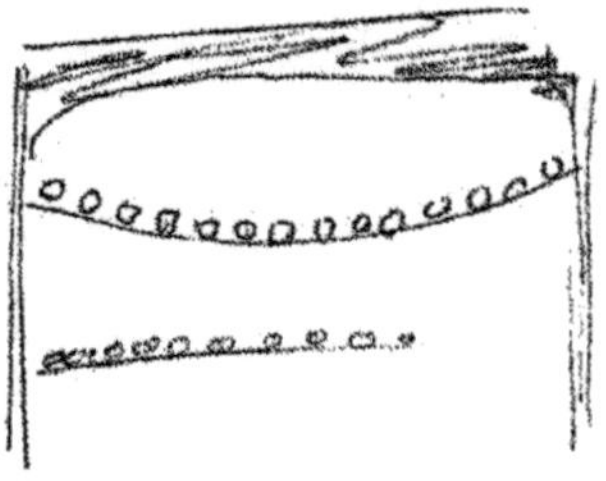

octroi – Loi Grammont – lex

Versailles
par Mr. Fragonard

(Louvre Retiré provisoirement)

Prise, Bataille, Siège – Nimègue
einiges gestohlen

Kanonen vor den Schlachtlinien in der Ebene

Ruhige Feldherren vorn – ausgestreckte Kommandostäbe –
Hüte in weit gestrecktem Arm vom Kopf gezogen.

Bei Belagerungen auch Bäuerinnen im Vordergrund

Louis XVI distribue des Secours aux pauvres, Hiver de 1788

Louis XVI donne des instructions a Mr de la Pérouse pour son voyage autour du monde 29 juin 1788.

Die große Landkarte zwischen ihnen aus Respekt, von weitem folgt der Seemann dem königlichen Finger nur mit dem Blick, trägt die Karte – Schaut nur auf die Hand, nicht auf die Karte – Steht – Louis XVIII in langen Hosen.

Le Sénat reçoit les drapeaux pris dans la campagne d'Autriche 1• janvier 1806
Bombardement de Vienne
Tut mir weh.

Krystallisierte Bäume

Napoléon donne des aigles à l'Armée.

Ruhiges Schlafzimmer Louis 14

Bei den Inseln im Boulevard ein elliptisches Stück Asphalt unabgenutzt 

Ein weißes Huhn in einem Zimmer, vollgepfropft mit allen Dingen

Einzeln weidende Pferde mit dieser Beinstellung

Couchez vous et en avant

Straßentafeln blau mit weißer Schrift

Barockbalkon auf dem Seinedampfer

Der Franzose, der sich bei uns immer ärgern muß — schon gemischte Grenadine

Sirop de citron
Fernet Branca, pfui
Amer Picon, Grenadine + Seltz

Rotweiße Schachbretter der Signale

Mille baisers sur ta bouche mignonne et un grand bonjour

non pour faire l' amour mais pour dormir dans vos bras

Manche Partien au Printemps (Beleuchtungskörper) wie ein Restlager deutscher Firmen.

Als ich aus Frankreich nach Deutschland kam, fühlte ich mich deutsch und heimisch – bei den ersten tschechischen Worten in Taus steigerte sich dieses Gefühl des Deutschtums, deutsch und heimisch – So seltsam sind die Patriotismen in uns gelagert.

Jüdin liest Ullsteinbuch, als Lesezeichen Stanniol – dann Sammelheft des Simplizissimus – gut und billig.

Gabriele: häßlicher Kopf, heller Umbra-Teint, fesch.

Die Reinlichkeit in Italien ist gleich kokett – Postamt Stresa

Gemeinsame Schönheit der Damen in Paris wie bei uns amerikanische Herren – fad

Allez frères

Paris – das in allem übertroffene Vorbild großer Städte.
z. B. Laternenpfähle, Straßendurchbrüche.
Alles dort von altertümlicher Aktualität erfüllt. Gefühl: Wie konnte man vor so langer Zeit schon so praktisch sein, z. B. Seinedampfer –
Pontonnier heißt der Mann, der sein Leben auf der Landungsbrücke verbringt.
Andere im Schalter der Metro – 10 ct. rechts, 5 ct. links geschmissen.

Gabriele Stern aus Wien, früher Prag, 21 Jahre alt. In Prag auch Hoffnungen. Ausgeschnittenes dunkles Sammtkleid, das alt und fleckig. – Ich etwas über fenêtre. Sie: »Ich spreche auch deutsch« – Gespräch über Reiseziel und Woher. Ich über Cholera. Sie: »Und solche Angst vor dem Tode? Warum? Was ist an dem Leben?« – So führt sie sich als banalphilosophierende Jüdin ein. Flaches Moralisieren ist typisch. – »Der Traum war schön, aber das Erwachen ist schrecklich.« – Ein Engländer, John, hat sie aus Marienbad mitgenommen. 8 Tage in Paris. »Er hat mich immer nur mit Frauen gesehn. Das muß guten Eindruck auf ihn gemacht haben.« – Zeigt mir Hotelrechnung. Ein Buch. 15 Frcs pro Tag das Zimmer. Sie sieht nach: »Und das Frühstück. 3 Frcs. Unverschämt.« – Heute von ihr Abschied genommen. Die Schwester muß es verdorben haben. Cecil Hotel in London war schon bestimmt. Dann nein. – »Verstehn Sie das? So nah am Ziel! Und wieder gescheitert. Immer bin ich ganz nah.« – Die Schwester hat sich so gefreut, daß er sich um Frauen kümmert. Sonst nie. Hat es also protegiert. – Und es erscheint mir gemein, wie sie diese Jüdin ausgesogen haben und jetzt wegschmeißen. – Sie sieht schlecht aus. Da ich es ihr sage, pudert sie sich. Dann muß ich ihr beim Miederausziehn helfen. Sie macht es im Closet fertig. – Ihr Gepäck vorausgeschickt. Ich Mißtraun. Sie hat aber den Schein. Wahrscheinlich hat ers so arrangiert, aus Eifersucht. – Sie hat 3. Klasse statt 2. gekauft. So ist ihr etwas Geld geblieben. Ihre Freude darüber. – Es hat sie Geld gekostet. (Kubin sagte: Wenn einem Millionäre schenken, kostet es einem noch Geld. Die Nebenausgaben). Warum hat er mir nicht 500 fr. gegeben. – So blöd war ich, wär ich in Paris geblieben. Als Erzieherin nach London. Oder im Maxim tanzen, wo ich so gefallen hab. Mit einer Dame getanzt. – Können Sie tanzen? Nur so Hüftendrehungen, das ist leicht, schöne Figur. O John! Er hats immer gesagt: Cher Gabriele. – Wieso red ich immer von ihm? Erzählen Sie mir was. – Da ich sie vor den beiden Spießen umarme: Immer fair, nie ridiculous. Vor Leuten war John so kalt. Das war das Schöne. Wäre er kein Engländer gewesen, ich wäre ihm nicht gefolgt. Er hätte mich geheiratet, sagte er, wenn er nicht gewußt hätte, daß ich andere geküßt habe. – Ich sagte ihm: Und Sie, Sie durften andere küssen – Rührend banales Argument – Wenn ich jetzt nach Wien komme, wird alles ganz anders werden! Mit Geduld und Liebe habe ichs versucht. Es gieng nicht. Jetzt mit Rücksichtslosigkeit. – Die Mutter glaubt, ich bin bei Verwandten in Prag. Nicht geschrieben aus Paris. – Arme Mutter, sie wird zanken, hat sie nicht recht. Mit 18 Jahren hab ich angefangen. – Freude, spitzbübische, darüber. – Ecrites-moi pas! – Er gibt nichts, sagt er, für Mädchen, die er liebt. Praktisch, was? – 1000 Frcs hab ich ihm doch gekostet, rechnet sie zufrieden aus. – Dann wieder, daß sie ihn liebt! – Beratung über den Brief. Sie will schreiben: John!!! – Ich rate zu Kälte.

Er war sehr eifersüchtig. 1. Abend in Paris. Im Maxim: Geben Sie dem Schwager einen Kuß. Ich tat es. Er wütend. Szene in der Nacht. Ich: Ich tat es nur, weil Sie befohlen haben. – Er bei mir: Misérable, d'aimer une Juive. Haßt Juden, Deutsche, Weiber. – Dann sie bei seiner Tür. »Wenn Sie nicht aufmachen, muß ich Ihre Schwester verständigen.« – Ein andermal: »Wenn Sie wollen, verlasse ich sofort das Zimmer.« Damit hab ich ihn zur Vernunft gebracht. Gut, was? – Szene im Moulin Rouge. Kokett mit Dirnen. Sie gehn zum Schwager, der um 50 fr. Blumen kauft. Die haben einen Blick, wissen, wohin sie gehn sollen. So einen hätte ich kriegen sollen, den Schwager statt ihn! – Der war mit 3 Kindern und Frau mit. Also das Ganze en famille. – John war ja bißl verrückt. –

Ein alter Kapellmeister in Marienbad. So alt und doch wollt er mich. – Niemand tut etwas für mich. Alle wollen mich nur, wollen streicheln und schmeicheln – Da die Frau schläft: »Das müssen Sie natürlich ausnützen.« — Dichten Sie so etwas Ägyptisches, Griechisches, Tanz —

Sie liegt da, ich schlafe auf der andern Bank — sie gefällt mir nicht — Ich denke: Toches.

Abschied. Sie weckt mich. Stuttgart. »Ecrites-moi« — Mein Havelock als ihr Kopfkissen.

»Sie dürfen keinen Schritt gehn. — Nehmen Sie Taximètre —« Läßt mich 4 Stunden warten. Trick von ihm, damit ich nicht ausgehe. — Eine Art Sklavin. — Ich: Lassen Sie sich das gefallen? »Bitt Sie, ich war von ihm abhängig.«

Anträge eines Prinzen, durch den Neger, der im Hotel Kaffee serviert: »Impossible«. — Ich hätte noch einen Tag dortbleiben sollen. So blöd war ich. Ein Tag in Paris: Verstehn Sie das? Ich bin doch merkwürdig? — So blöd zu sein. —

Es ist wie ein Roman! sagt sie oft. Stolz. Alle Freundinnen beneiden mich. Aber ich möchte sterben. — John sagte ich: Gerade weil ich die andern Männer kenne, werde ich dir treu sein. Andere Frauen sind neugierig. Und ich wäre ihm auch treu gewesen.

Wie alle Jüdinnen — auch in der Débauche ohne Leichtsinn, Heiratssorgen.

Sie will in München mit mir bleiben — Ich in Stuttgart — Aber diese kleineren Hauptstädte scheinen im Lexikon der Hochstapler nicht vorzukommen. Das Gefühl »Was kann ich ihr geben?« hält mich ab.

Sie kam mir so ausgeraubt vor, da soll ich ihr auch noch eine Nacht nehmen. — Ich jüdischnational: Sie will sich taufen lassen.

Ad Paris:

Spiegelrahmen bei Duval.

8. September. In der Post: Keine Schalter, sondern gleichsam ein unendlich langer Ladentisch, hinter dem kein Verstecken und Faulenzen der Beamten möglich ist. Eng beisammen.

Das Kratzen der Feder auf dem Papier klingt wie Gähnen.

Kafé Biard: Der Schanktisch ist oval in sich geschlossen, so daß wie innerhalb eines kleinen Schiffes gehn in dem vom Schanktisch eingeschlossenen Raum, ein Mann, Hemdärmel, eine Frau auf und ab. Wie ein Ehepaar, das bei sich zu Hause in komplizierter, teilweise unverständlicher Einrichtung, aber freundlich, Gäste empfängt. Unverständlich die hohen kupfernen Kessel, in denen gekocht wird. Kalter Kaffee, falls man ihn verlangt, aus einer bescheidenen Flasche gegossen. – Der frische Kaffee glühend. Zwei Körbe mit Kipfeln, und gelberen, kuchenartigeren Semmeln. Kipfel heißen croissants. – Doch zurück zum Schiff: Statt des Steuerrads ist von innen eingebaut die Kassa mit dem Kleingeld, dann rings herum (alles dem draußen Schwimmenden unsichtbar) die Liqueurflaschen, deren Vorrat daher unermeßlich scheint.

– Eines hat eine salle aérienne (luftiger Saal – Gasse), wo alles teuer ist. – Merkwürdig, wie die Ähnlichkeit aller dieser Lokale schnell erzielt ist, trotz verschiedener Häuser und Räume. Einmal Eingang von 2 Seiten, Straßenecke, einmal hinter einer Allee, einmal von den Omnibussen aus. Und dennoch, wie man hereintritt, fühlt man die Verbindung mit allen andern Café Biards von Paris. –

Diese Uniformierung zeigt die Weltstadt: Metro, Duval, Dampfer, Boulevards, Pissoirs, Häuser der Rue Rivoli. Man denkt: alle Materialien hier im Großen bestellt, alles daher billiger, alles ohne Rücksicht auf mich und dich – so bequem und verlockend und persönlich einladend es auch in diesem

Moment dir und mir scheint. – Als ich einmal in Prag ein Gitter sah, das eine Straße gegen einen Rangierbahnhof abschließt, in einer mir bis dahin unbekannten Gegend, wir längs dieses Gitters eine Weile gingen, es aber bald abbrach, Mauer, sagte ich zu T.: Siehst du, das ist der Unterschied von Paris und Prag, in Paris wäre dieses Gitter 10 km lang, man hätte eine Million genau gleicher solcher Stäbe bestellt. –

Im Biard: 10 cent-café draußen reklamhaft – doch kostet natürlich der weiße 15 cm und die Aperitifs je nach der Marke. –

Als Bequemlichkeit wird Water-Closet und Telephon geboten und Bottin.

Man kann auch den Kaffee zu einem Tischchen tragen, das Zuckerschälchen und den Löffel, und sich dort als selbstständiger Caffeehausbesucher etablieren. – An einem solchen Tischchen las ich Phèdre. – Kühlte mich mit kaltem Kaffee. Da erst sah ich, wie wenig so ein Täßchen enthält, während das heiße in vielen Schlücken langsam geleert wird.

Einmal vor Hitze kalten schwarzen Kaffee getrunken, der ekelhaft schmeckte! Wie Gift, das aber zu schwach ist, um zu töten. So ist es ja wirklich.

Reklame des Café Biard aus der Zeit seiner Eröffnung, irgendwo auf einer Holzplanke noch sichtbar: Potentaten trinken Kaffée – ein Negerfürst sagt: daß er als Schwarzer den Schwarzen doch verstehe, aber bessern gibt es nicht – König Alphons wiegt sein Kind: ich ziehe es nicht anders auf als mit dem – Eduard, Leopold, unser Kaiser – alle mit Worten aus dem Mund.

Dies das Internationalitäts-Gefühl von Paris. Man behängt sich mit fremder Bewunderung wie mit Schmuck, fühlt Fremde als Ehrung, interessante Zutat zu Paris – nie als selbstständig interessante Wesen mit eigenen Seelen – wie wir Deutsche es tun — wir haben in Berlin sogar die Löwen in stilechte afrikanische Käfige, die Elephanten in indische Paläste eingeschlossen. — In Paris ein Haus, ringsum Löwenzwinger, in der Mitte Emailblechwaren, einige Auslagen, Chokoladeautomaten. — Dabei fühlen sich dort die Bestien wohl — wie wir in Paris. — In einer Revue sah ich die europäischen Potentaten, von Kleinkindern dargestellt, bärtige Zwerge. Der Fremde ist hier possierlich. Engländer, Russen, Amerikaner mit der Höflichkeit behandelt, die man Käufern, guten Kundschaften entgegenbringt.

Daher so wenig ausländische Literatur in den Buchhandlungen.

Das Blättern.

Man erlaubt es, da seitens des Publikums das entsprechende Entgegenkommen besteht, die durch das Blättern schon etwas beschädigten Exemplare als neu zu kaufen.

Auf dem Quai: Schwarze Holzkisten auf der dicken Steinverschallung des Quais, mit langen gemeinsamen Eisenstangen zugehalten am Sonntag. — Am Wochentag: alle Deckel geöffnet, emporgerichtet, viele mit alten (ebenfalls verkäuflichen) Illustrationsproben alter Zeitschriften, Kupferstichen tapeziert — Die Bücher nach dem Preis beisammen. Man kann durch das Vorhandene zu einem Wunsch angeregt werden, vorhandene Wünsche aber nicht befriedigen. — Dennoch beginnt die alte Frau gleich zu kramen, da wir Phèdre haben wollen. — Eine andere sagt sofort, ohne von ihrer Handarbeit aufzublicken: »Non«.

Einer drängt mir beim Louvre um 50 ct. eine Broschüre auf, die nur unaufgeschnitten, sub Couvert verkauft werden darf. So etwas wie die »Laster von Paris«. Ich bin neugierig, doch auch mißtrauisch. Einige weise ich ab. Dann denke ich:

Wo so viele ein Geschäft machen, kann die Sache nicht ganz schwindelhaft sein. — Auf dem Titelblatt eine halbnackte Dame, man sieht den Rücken, herabsinkendes Hemd, eine freie Brust im Profil, an die Zimmerwand gelehnt und so gehalten (vielleicht schlaff), sie dreht mir das Gesicht lächelnd zu. — Ich frage, soweit es mir das laute Gerede des andern erlaubt: »Auch innen illustriert?« — Er: Natürlich ja, darf nur geschlossen verkauft werden, bitte, lüftet die Blätter, indem er 2 Finger hineindreht — Ich kaufe es: Innen ein gewöhnlicher ganz kurz gefaßter altmodischer Führer in 8 Sprachen, Bilder sind: die Oper, der Arc de Triomphe u. s. f. — Zum Schluß einige Ballokale, längstbekannte, und: wegen weiterer Anweisungen wende man sich an unser Büreau, rue u. s. f.

Es liegt in meinem Zimmer, ich voll Wut, räume es nie weg, schäme mich vor dem Kellner, schmeiße es her und hin — endlich beim Einpacken lasse es absichtlich dort — da ich sein Dürftiges ganz zu besitzen glaube. — Und jetzt weiß ich den Titel nicht. Und was drin gestanden ist, war doch eingebildet, sehr spassig, ich bedaure, es nicht mehr zu haben.

Genau so geht es mir mit ganz Paris.

In der Lokation, auch bei den Kassen kleine Theatermodelle aus Pappe — eine vorbildliche Einrichtung.

Beispiel eines nützlichen Spielzeugs. Wie viele Pariser Kinder wollen so etwas haben, einen Puppenzuschauerraum, nicht eine Puppenbühne — aber nützliches Spielzeug ist nicht im Handel und der gute reiche Papa bringt eine teure mißliebige gewöhnliche Bühne. — So wirkten viele Dinge auf mich als Kind z. B. der Kondukteur in der Eisenbahn, die Schule, nein besser: Schlachtenpläne, die Modelle aller Postämter des Reiches im Berliner Postmuseum — Gerade daß diese Dinge auch von erwachsenen Menschen ernst genommen werden, gefiel mir.

Ein Pariser Gesicht, das man oft sieht: lustige genußfrohe kindliche Augen, tiefer zu wird das Gesicht immer düsterer, der dichte, buschige und doch niedliche schwarze Schnurrbart, der den Mund verschließt, fast verbrecherisch. – Genußsucht.

Abends zu Carmen.

An der Treppe unten sitzen zwei Herren im Frack in einem Kassenpult, scheinbar miteinander im Gespräch. Man zeigt ihnen die Karten vor. Sie sehn sie an oder nicht an, geben undeutliche Auskünfte über diese oder jene Treppe (Stockwerke), scheinen sehr vergnügt, bevorzugen vielleicht unter den Besuchern schöne Damen in ihren Abendmänteln.

Dies alles sehe ich kaum, es ist mehr nachträgliche Einbildung.

Theaterflöhe, jeder auf seinem Sitz des heutigen Besuchers harrend.

Kein großer Lüster, ein großer Kranz von Osramlampen am Plafond.

Placeusen. Führen Buch über die, die ihnen kein Trinkgeld geben, mahnen dringend während der Vorstellung.

Notsessel zwischen den Sitzreihen.

Als ich einmal in die Olympia kam, zu spät, wollte mir eine während einer Gesangsnummer einen Platz anweisen. Ich wollte die andern nicht stören und bedeutete ihr, daß ich vorläufig hier stehn bleiben will. – Sie drängt in mich. Hier sehe man nichts. – Ich beschließe nicht nachzugeben. Ganz wütend darüber, daß in diesem Paris der Wille des Fremden so gar nicht respektiert wird. – Sie redet unaufhörlich, schickt mir endlich eine andere Dame in der Meinung, daß ich sie nicht verstehe. – Ich bleibe höflich und fest auf meinem Vorsatz. – Vereint bewegen mich die beiden schließlich, in der leeren letzten Reihe, an der ich stehe, mich niederzusetzen und sind lächelnd befriedigt.

Begegnung mit einem reichsdeutschen Privatdozenten. Wir sprechen über den Eindruck, den man im Ausland vom Deutschtum hat. – Er: Eindruck einer ungeheuren konsolidierten Macht, vor der man große Angst haben muß. – Wir: Und die man trotzdem verachtet. – Keine Spur von Verachtung will er bemerken. Man braucht nur 8 Tage in London oder Paris zu sein – Krieg mit England 1918. Da wird die deutsche Flotte so weit aufgebaut sein. Dreadnougts. Es war ein Fehler Englands, zu diesem Typ überzugehn. In andern Typen hatte es Vorsprung. Hier hat es mit uns zugleich angefangen.

Wir dagegen: Haß und Verachtung gegen Deutsche. Wir reisen als Tschechen oder Polen. – Einziges deutsches Buch in Mailand, wo englische, französische ausgestellt waren: Baedekers Schweiz – Auf dem Rennplatz in Brescia Flaggen aller Nationen, sogar Phantasiezusammenstellungen von Farben, nur deutsche und österreichische vermieden. – Innige Verwandtschaft des Corriere und Matin. –

Wir denken, daß dieses Gespräch in einem Nationalfranzosen nur das Gefühl hervorrufen müßte: wie soll man diese Reichsdeutschen eigentlich verachten, damit sie es spüren.

Doch schließlich deutet es, daß dieser Dozent die Meinung vieler Deutscher vertritt, auf gesundes Selbstbewußtsein hin.

Wir werden in Paris ganz nationaldeutsch. – Als wir aber an einer Boulevardecke ein Kaffeehaus mit viel Bier bemerken, wo offen die Deutschen bei deutschen Kellnern und Zeitungen sich ein Rendezvous geben, gruselt es uns doch ein wenig. – Sie haben viele der kleinen Tischchen zusammengeschoben, um einen ihrer langen Wirtshaustische herzustellen, und sitzen nun in zwei langen Reihen einander gegenüber, eine Reihe den Boulevard im Rücken. – Die Franzosen dagegen sitzen je 2 an einem Tischchen, höchstens 3, alle Gesichter dem Boulevard zugewendet, so daß die vielen Reihen hinter einander vor einem Kafé den Eindruck eines Theaterparterres machen.

Traditioneller Kitsch in Paris.

Gambettadenkmal.

Möbel.

Mißerfolg des Münchner Kunstgewerbes im Herbstsalon 1910. – Die Säle waren ungeheizt und leer, nur einige Hausfrauen betrachteten kopfschüttelnd die fremdartigen Handarbeiten in dem Saale, der in Vitrinen die ganze Buchkunst des Insel- und Hyperion-Verlages enthielt und die schöne Mülleredition und ein kunstgewerblich-schlicht gekleidetes hübsches blondes Mädchen. – Die Zeitungen bedauerten die deutschen Künstler, die keine Tradition haben wie Frankreich. – Die Einladung des Salonkatalogs entschuldigt das Unternehmen, eine so barbarisch-naive Kunst vorzuführen, damit, daß ja auch in der Blüte des französischen Kunstgewerbes (Rococo) man sich nicht geschämt hat, von so entlegenen Stilen wie China und Japan Anregung zu nehmen.

Carmen: Die Aufführung war musikalisch wunderbar exakt. Keine Phrase geschwindelt. – Ouvertüre matt. –

Frl. Vix als Carmen erstklassig. Doch auch alle andern Rollen, bis zur kleinsten hinab, mit schönen und richtigen Stimmen besetzt.

Im Chor der Zigeunermädchen 1. Akt trat die Altstimme erquickend deutlich hervor. Überhaupt wird immer die musikalische Struktur genau hervorgehoben. – Dies nicht vereinbar mit dem allgemeinen Urteil, daß Franzosen unmusikalisch. – Ebenso war im Vorjahr Berlioz-Faust mustergiltig.

Rührung über den französischen Text, der ja es war, der Bizet zu der musikalischen Formung angeregt hat. – Man merkt es z. B.:

Je suis amoureuse statt
Weil ich innig liebe
Amoureuse à perdre l'esprit statt
Bin verliebt mit rasender Glut
La cloche a sonné
Pour les ouvrières
Statt: Strömen wir herbei mit der Glocke Tönen.

Überhaupt paßt das Wort ouvrière so ernsthaft zu dieser Musik.

Die erste Szene wie immer rührt mich zu Tränen durch ihre Abgeschlossenheit und die wunderbar musikalischen Einfälle, langen und unsymmetrischen, daher bis zur letzten Note von der Einfallsinspiration durchpulsten Melodien, selbst über an sich nüchterne Textworte und Mitteilungen, die man jetzt (R. Strauss) ohne jeden Einfall musikalisch »illustrieren« würde.

Schmugglerkneipe in einem Garten, verfallene Holzgallerien ringsum.

Ein schlechter blonder Bart gibt Don José (wenigstens für Deutsche) ein etwas einfältiges Aussehn. Vielleicht im Einklang mit der Rolle als Schmuggler erscheint er ohne Bart, frischer.

Recitation nicht aufgeführt. Dadurch treten die geschlossenen Musikstücke besser hervor. Ebenso die Charaktere der Rollen. – Der Remendado z. B. mit seiner Peitsche ist eine scharfe Operettenfigur, bei uns ist diese Nebenhandlung unverständlich.

Vorspiel zum 2. Akt wurde hier, wie auch bei uns meist, viel zu schnell genommen.

In Paris gibt es neben Bestem Schlechtestes, welches genau ebenso von der Presse gelobt und vom Publikum bestaunt wird. Ich denke an die gut besuchte Opera municipal mit der geradezu schmierenhaften Aufführung der »Afrikanerin«.

Der Toreador tritt nicht während des Vorspiels zu seinem Chanson auf, sondern erst im letzten Takt dieses Vorspiels. Es ist also das Vorspiel begleitet von gespanntem Auslugen aller nach der Seite, wo man offenbar den Toreador schon bemerkt hat, Gestikulationen dahin und Mienen, die alle »Er kommt schon, jetzt sofort, im nächsten Augenblick« bedeuten. – Endlich tritt der Erwartete ein, das Publikum hat ihn zum Schluß mit derselben Erregung schon wie der Chor erwartet. – So bei allen Auftritten. Auch im ersten Akt bei Carmen. Abgebrauchter Bühneneffekt.

Im 3. Akt 1. Szene wird erfreulicherweise nichts gestrichen.

Amer Picon. Dazu Grenadine über die Hand gegossen. – Diese Kellner lassen sich nicht abhalten. Ähnlich führen einen auch wieder sofort mitten in Paris ein: Die Placeusen siehe oben, das Corrigieren.

Bauchweh.

Samstag 9. September:

Der Hof ist ziemlich ruhig. Aber ich habe ein eigenes Pech bezüglich Schlafens... Etwas bohrt in der Wand. Irgendwie

wird im Nebenhaus, an das mein Zimmer unmittelbar stößt, gearbeitet... Dann taktmäßiges Schlagen eines schweren Hammers, unterbrochen und wieder fortgesetzt... Neben mir Lift.
In Stresa Closet. In Lugano die Dampfer.
... Da der Lift gar so nahe an meinem Zimmer ist, glaube ich, wenn seine Türe geht, es werde die Türe zu meinem Zimmer aufgerissen. Und das Bohren in der Wand läßt mich eine verbrecherische Diebsgeschichte im Halbschlaf ersinnen... Um 9 Uhr schlafe ich nochmals ein, unter Schwitzen.

Eine andere Badeanstalt. – Die weißen Tücher hängen hier lotrecht an parallelen Schnüren, so daß der Himmel hereinkann und doch von Brücken und Quai aus die Anstalt geschlossen erscheint. Infolgedessen ist hier alles heller, neuer, freundlicher. – Unbegreiflich, daß so etwas nicht von allen Bädern in Paris nachgeahmt wird.

Kafka meint, dort dieselbe Einrichtung.

Der Holzboden glitschig, auch die Stiegen. Das Wasser ist so dunkel gefärbt, daß man etwa den vorhandenen Schmutz nicht sieht. Trotz seines wenig einladenden Aussehns kühlt es sehr – man traut es ihm kaum zu – und wird von mir geliebt.

Ein junger Mann spricht mich sehr freundlich an. Da ich ihn nicht verstehe, nimmt er das unbefangene Franzosengesicht zurück und zieht, wie Fremden gegenüber schicklich, das Feuer seines Übermuts in Höflichkeit herüber.

Kafka turnt sehr gut am Seil

Aristide: Daß es hier weniger elegant ist als in andern Bouillons sieht man an der bloß hektographierten Speisekarte. – Bei Chartier sind sie schlecht gedruckt, mit vielen ausgelassenen Buchstaben – Bei Duval gut gedruckt.

Das schnelle Bedienen in den Restaurants macht den Eindruck auf mich, daß das Personal überangestrengt ist. Manche der netten Weibchen bei Duval (schwarz, weißes Häubchen, weißes Schürzchen, alle stramm geschnürt – vielleicht auch in derselben Korsettmarke alle) schwitzen genug. – Aber in einem Kellerraum bei Duval begegnete ich einem Kerl, der an seiner Schleifmaschine so herzlich frisch arbeitete, ganze Schubläden voll Messern durchzog, mit allem warf wie mit Musikapparaten die Clowns, dabei machte er sehr vergnügt laszive Witze über Damen, die an ihm vorbei ins Closet giengen, z. B. »Die hat schon höchste Zeit« und suchte auch mich in seine Lustigkeit zu ziehn, durch Handbewegungen, die ein Einverständnis von mir und ihm diesen Damen gegenüber ausdrücken sollten. Ich weiß nicht warum ich ihn für einen Gascogner halten mußte. – Seine Haare hatten etwas Negerartiges. Er ähnelte überhaupt Dumas ein wenig.

Mädchen aus dem »Louvre«, lustig zum Mittagessen. – Sie haben als Abonnentinnen reservierte Servietten mit bezeichneten Ringen, beim Weggehn legen sie die Serviette ordentlich zusammen, stecken sie in den Ring und werfen sie in einen an der Seite des Tisches unauffällig angebrachten Beutel. – Einige zusammen bekommen einen großen Topf mit Gemüse. Eine kocht für alle, zerschneidet das Gemüse, rührt es mit Öl an und hat so überhaupt (die vom modernen Industrialismus Mißbrauchte) einen kleinen Ersatz für die ihr entgehende naturgemäßere Hausfrauentätigkeit.

Die wartenden Mädchen stehn zwischen den Tischen, ganz dicht beisammen, wie in der überfüllten Elektrischen und warten, bis ein Platz frei wird. – In dem heißen Raum, das ist ihre Mittagspause, plaudern sie lustig. – Eine Schöne, der ich meinen Platz anbot, setzte sich, ohne mir zu danken.

Es muß unter diesen jungen, zum Teil sehr schwachen, meist anmutigen Mädchen viel Verbitterung stecken und viel mehr Gesundheit, um diese Verbitterung so sorglos zu ertragen.

Manche Braten werden so serviert, daß ein Stückchen Butter oben schwebt, halb zerfließend.

Manche in brauner Schüssel, en cocotte.

Es ist schwierig und warum erfordert es so viel Selbstüberwindung, selbst wenn die Speisekarte noch so reichhaltig ist, nicht täglich dasselbe zu essen.

Es besteht bei dem Empfangsherrn von Duval die Tendenz, bei allen, wenn zwei zusammen kommen, ihnen eine gemeinsame addition zu überreichen. Da uns dies unangenehm ist, wegen der Verrechnung, und auch in unserer Widersetzlichkeit, die dadurch entsteht, daß man dem Fremden hier so viel Unnützes oder Schädliches aufzudrängen sucht, teilen wir uns vor der Türe und gehn im Abstand hinein. An irgend etwas erkennt der Herr trotzdem, daß wir zusammengehören. Wir wünschen jeder eine Karte. – Meist aber schreibt dann die Kellnerin alles auf eine Karte, da ihr dies bequemer ist, und wir sind unserem Schicksal trotz so vieler Energie nicht entgangen.

Wiedersehn mit einigen Lieblingsbildern.

Ingres viel besser als Delacroix.

Mantegna, Giotto, – ein Mädchenportrait von Ingres, fürchterliche kalte Schlange.

Man beschäftigt sich sehr gern und intensiv mit den Reproduktionen im 1. Zimmer, kauft Ansichtskarten ein; eilt nicht, zu den Originalen zu gelangen.

Phèdre: Unaufhörliches unentmutigtes Ausschrein des Textbuches. Der Herr erscheint in unserm Rang, dann einen Rang höher, niemand kauft ihm etwas ab.

In diesem Stück sagt man »Madame« und »Cher Théramène«, der Eindruck des Griechischen wird durch hohe eigene Zivilisation erreicht. Es scheint mir echter als Hofmannsthals Barbarei. – Einfacher Stil, weil für den Hof bestimmt. – Ein Pastell in grandiosen Linien, sehr hell. –

Obwohl wir von dem Stück entzückt sind, können wir den Beifall des ausverkauften Hauses nur als uns fremden Volksinstinkt, nicht unmittelbar begreifen.

Der Stil erinnert an Matin-Leitartikel, ganz von fern.

Einen Vers (Seite 41) kannte ich aus Laforgue, der ihn zitiert, und war so einen Augenblick lang auf gleicher Stufe mit den Franzosen ringsum, die dieses klassische Stück gewiß in der Schule gelesen und auswendig gelernt haben.

Applaus nach längeren Reden wie nach Arien, an Stellen, die scheinbar von der Tradition festgestellt sind, so daß weder Publikum noch Schauspieler besonders überrascht von diesem Sturm sind. – Solche Stellen sind nicht immer am Schluß einer Rede, – C'est Venus tout entière à sa proie attachée –
nach diesem Höhepunkt wie nach einem hohen C gibt es Applaus. Der übrige Teil der Rede wird nach der Pause fortgesetzt, bedeutungsloser wie ein Rezitativ, ein Übergang z. B. nach der Arie des Lukás im 2. Akt des »Kuß«.

Einmal sagt Hippolyte »Dieux! qu'est-ce que j'entends!«, nach einer langen Rede der Phädra vorher muß er das schnell anfügen. Nun erhebt sich der zur vorigen Rede gehörige Applaus. – Hippolyte pausiert, fährt dann fort.

Die in die leidenschaftlichen Ergüsse eingeflochtenen Gespräche über Thronfolge, legitime Linie u. s. f. dürften das Interesse der Zeitgenossen, namentlich des Hofes, sehr gefesselt haben. – So war auch die gegenwärtig etwas blasse Figur der Aricie damals lebensvoll.

Wunderbare klare Sprache, die mich rührt, namentlich die Stelle, wie Phädra das Los ihrer Kinder beklagt, die unter dem schlechten Ruf der Mutter leiden werden. – Noch jetzt, wenn ich die Verse lese, habe ich den Tonfall der Sprecherin im Ohr.

Am Schluß eines Aktes Beifall. Der Vorhang geht wieder auf. Man denkt, nun würden sich die vorigen Akteurs für den Beifall bedanken. Indessen wird weitergespielt.

Häufige Worte: oisiveté.

Einmal fällt mir auf: courroux –
Programmusik der Worte.

Die heroische Verzweiflung Phädras, die sich über die ganze Welt ausbreitet:

J'ai pour aïeul le père et le maître des dieux,
Le ciel, tout l'univers est plein de mes aïeux.

Den letzten Akt bringen wir im Foyer zu, indem wir das folgende Stück von Marivaux aus dem Textbuch studieren, in ein Foyer gehn wollen, in das viele Leute gehn, wo uns aber der Diener zurückweist, dann zum allgemeinen Foyer, das aber noch finster ist und erst in der Pause sich erhellt.

Wir gehn auf die Boulevards. Café Riche. Am Nebentisch sprechen zwei Herren reichsdeutsch. Es handelt sich um Bordelle, Mädchen hier und anderwärts. Ich gerate in ein Gespräch mit ihnen, empfehle ihnen die rue Hannovre, in die ich gehn will. Wenn sie Lust haben, mögen sie mitkommen. Der Jüngere hat Lust. Der Ältere kennt Paris, fragt überlegen: »No ja, das ist ein ganz gewöhnliches Bordell, nicht?«

Was sie denn wollen, frage ich und habe dabei Angst, für einen Bauernfänger, Agenten dieses Bordells zu gelten, wenn ich ihnen weiter zurede. Nun ziehn sie Adressen heraus, reden ziemlich unerfahren und ganz in der Art von Leuten, in deren Heimatstadt es keine Bordelle gibt, von billigem Champagner, pikfeinen Damen u. s. f. Nun bin ich nahe daran, sie für Bauernfänger zu halten. – Wir entfernen uns ziemlich unvermittelt, Kafka gesteht mir, er hätte sicher den Eindruck gehabt, daß sie Bauernfänger sind, wenn er nicht eher mich dafür gehalten hätte.

Ein Wagen fährt uns langsam nach und, mit uns Schritt haltend, preist er uns Lokale an, die wir ablehnen.

Ich kenne rue Hannovre 4, wir gehn zuerst N° 7. Eine Dame in Trauerkleidung lädt uns ein weiterzugehn. Wir ziehn zuerst Erkundigungen ein, dabei ganz in den Ton von Prag verfallend. Sie aber ist höflicher, feiner, witziger, lustiger als diese Baben bei uns, die beinahe leblos vor Verdrießlichkeit, nur als Verstärkung der Dunkelheit um solche Portale aufgestellt scheinen. Auf die als Ausflucht gedachte Frage, ob die Damen oben auch tschechisch sprechen, beginnt sie humoristisch zu stottern: Non, nous ne parlons pas le Tsche-tsche-tsche-tschèque – mais nous aimons bien les Cheques! – Sie nennt uns Preise, was wir oben nehmen müssen und entschuldigt sich zugleich: »Ich sage es Ihnen gleich offen –« Das uns als Terminus anvertraute Wort »Derangement« versteht sie nicht. Wir entschuldigen uns mit Brüssler Usancen. –

Ein Traum über Paris: – Alle Gassen mit Gemüseschalen bedeckt, mit Fleischabfällen, Melonenresten, wie sehr benützte Zimmer armer Leute – alle Privathäuser einfach – auf dem Boulevard vertreten die zahllosen weggeworfenen Reklamepapierchen diese Abfälle und machen die Gasse zu einer Art engen häuslichen Zusammenlebens – dagegen der königliche Prunk der Plätze, die Verschwendung, Place de la Concorde, Louvre, diese Weite öffentlicher Gemeinangelegenheiten – das scheint mir plötzlich als das Charakteristische von Paris: Die Gassen übertrieben bürgerlich, zerwohnt, aufgebraucht und schmutzig, die staatlichen Bauten übertrieben großartig – Und das muß wohl das Romanische überhaupt sein – Athen war ja auch so, mit seiner Akropolis und seinen engen Gäßchen, dagegen sehr benützten und nicht geachteten, deren Namen nicht einmal vor lauter Vernachlässigung auf uns gekommen sind und die gewiß, obwohl Alcibiades und Perikles irgendwo in ihnen wohnten, von Ziegenkot stanken.

Aufenthalt in der Loge der Hausschließerin, puisque »on descend«.

Man zahlt die Taxe an einer Kassa.

Mit Otto saßen wir in einem sehr heißen Raum, Hut auf dem Kopf und entfalteten jeder unsern Matin, um nicht als Fremde zu gelten. – Diesmal wurden wir durch ein helles Zimmer vor die Tür eines dunklen geführt, das in demselben Moment sich elektrisch erleuchtete und den Anblick von zwanzig nackten, in einem Halbkreis aufgestellten Frauen zeigte. Waren sie bisher im Dunkel gesessen oder hatte man sie erst jetzt, des Aufleuchtungseffekts wegen, in das Zimmer geführt? Alle lächeln einem zu, wiegen die Brüste in den Händen oder zeigen durch Herumwälzen der Zunge im halboffenen Mund ihre Künste an. Man schämt sich ebensosehr, eine einzelne länger anzusehn, als den Blick von dieser ersten, die man zufällig ins Auge gefaßt hat, zur zweiten wandern zu lassen. Aus Verlegenheit wählte ich schnell, doch war ich mir meiner Verlegenheit als eines Hindernisses der richtigen Wahl sehr bewußt und bemühte mich, dies durch scharfes Aufpassen und größtmögliche Konzentration auf diesen Moment auszugleichen. So werde ich wohl den Anblick eines sehr Gierigen geboten haben, obwohl ich nur in einer aus Mitleid, Verlegenheit und Energie gemischten, überdies nicht stark aufgetragenen, sondern nur ganz leichten Stimmung peinlicher Schwäche war. – Ich dachte in diesem Moment nicht stärker an das, was gegenwärtig vor meinen Augen war, als an den interessanten Eindruck des Treppenhauses mit seinen Palmen, den Treppenläufern, Messingstäben in der Innenlinie jeder Stufe, mit geringer Beleuchtung von oben wie in diskreten Rivierahotels, wo eben der angesehenste königliche oder prinzliche Gast gestorben ist und alle Pracht vom Katafalk aus zur Harmonie gedämpft wird, – nicht stärker als an die grell beleuchtete bildgeschmückte familiäre Conciergeloge, in der sich gut ein wissenschaftliches Buch lesen ließe – als an die zwei vornehmen dunkelgekleideten Damen unten, die uns stießen – nicht mehr auch machte das gegenwärtige, immerhin ungewohnte Bild Eindruck auf mich als der Gedanke, daß ich mit dem, was jetzt kommen wird, ein Unrecht, allerdings ein so leicht verzeihliches und amüsantes, an meiner Braut begehe. – Diese gleiche Stärke von Erinnerung, Gegenwart und Vorausgesehenem bewirkte wohl den schon beschriebenen Schwächeeffekt.

Ich folgte der nächsten, halb bekleideten, im grünen Mantel über die Treppe – Viens, mon chérie – Und erzählte ihr, daß ich vor einem Jahre hier war, also eine Art Jubiläum u. s. f., kam mir sehr dumm vor.

Fais donc ta petite toilette – ein Bidet aus Weißblech mit warmem Wasser.

Die Sache geht auf einem trockenen, halbharten, sehr breiten und ganz flachen Diwan vor sich – angenehm, daß kein Bett prätendiert wird. – Meine Wahl kam mir sehr schlecht vor, ich dachte immerfort an die andern Mädchen unten.

Zu Hause Odol von Kafka ausgeborgt, das hier gegen Syphilis wie in Mailand gegen Cholera schutzverheißend scheint.

Sonntag 10. September.

Betrachtung antiker Skulpturen.

Ein Denkmal: Lafayette, den goldenen schmalen Degen genau vertikal aufgerichtet, reitet inmitten einer ganz kleinen Baumgruppe, die durch einen Kiesweg gangbar gemacht, von Gouvernanten und kleinen Kindern viel besucht und mit dem üblichen Gitter (goldene Lanzenspitzen) umzäunt ist.

Relief: Euripides, umrahmt von den nur zum Teile lesbaren Titeln seiner Werke. Eine schöne Aureole.

Ein Hermaphrodit auf einem aus Marmor gemeißelten matratzenartigen Lager, das wir als lebensvolle Antike zuerst bewundern, dann bei näherem Studium der langen erklärenden Aufschrift als moderne »Ergänzung« entlarven.

Der Hermaphrodit liegt schlafend auf dem Bauch, das Gesicht zur Seite gedreht, so daß sich seine Wange an seinem Arm schmeichelt. Unruhige Drehung der Beine und schöne Hinterbacken.

Immer wundere ich auch, warum diese den Kunstwerken beigegebenen Erklärungen und Aufschriften gedruckt werden, nicht geschrieben, da doch nur 1 Exemplar gebraucht wird. Ungeheuerliche Verschwendung.

Eine Allee vieler ähnlicher Venusstandbilder mit nur geringen Abweichungen — die Hand über die Brüste in angedeuteter Bewegung streckend — oder kauernd im Bad — mit dem Eros, der auf einem Delphin steht.

Eine Muse mit großem Faltenwurf. Das Gewand ist so

gelegt, daß die Beine gleich an den Hüften zu entspringen scheinen, wodurch ein Schreiten im Kolossalstil entsteht. Trotzdem ist der Eindruck sehr natürlich und bei allem Überraschendem an ihm rührend. – Dieses ist mein Lieblingswerk im Louvre. Ich ziehe es der Venus von Milo vor, neben der es steht, der Ehre des grünen Plüschhintergrundes teilhaftig wie sie.

Die von Napoleon hierher geraubten Statuen tragen noch die Bezeichnung früherer Museen z. B. Florenz, Rom. – Erworben im Jahre 1797 (?). –

– Wenig über Louvre? –

Metropolitain.

Maßstab einer Weltstadt. – In Prag nannte ich, nach meiner ersten Pariser Reise, geärgert die unterirdischen Chamotte-Closett-Grotten: Untergrundbahnen.

Oben auf der Straße bezeichnen Lampen und Aufschrift in einem ganz verkitschten Sezessionsstil den Eingang. – Man geht zwischen Steinwänden hinunter, aus grauen Steinwänden hervor empfängt man die Fahrkarte. Da diese 15 centimes kostet, entsteht eine Tätigkeit der Cassierin: sie wirft sehr geschickt von dem ihr gereichten Kupfergeld das Sousstück auf eine Seite, das 2 sous-Stück auf die andere, wo schon Haufen liegen. –

Welch ein Beruf, ihre Luke ist so mit Mattglas verhängt, daß nur ganz unten ein Quadratdezimeter etwa frei bleibt, durch den sieht sie fremde Hände zu Tausenden, mit dem Geld, das von ihnen abfällt auf die Zahlplatte und klingt, Hände, aber nie ein menschliches Gesicht – wird auch selbst nicht gesehn, hört nur Stimmen: première, deuxième, aber nie ein anderes Wort. – Und dieses Wenige, Finger und Stimmen, so intensiv, so schnell und wechselnd.

Auch wenig interessant ist der Beruf des Mannes, der unten den Ankommenden die Karten durchlocht – sitzt auf einem privat mitgebrachten, willkürlich aufgestellten Sessel, der nicht zum Inventar der Metro gehört – sehr erstaunt ist, wenn man ihn etwas fragt, da ja dieser Betrieb den aufs Äußerste gebrachten Automatendienst vorstellt. Niemand dient einem, das Publikum muß alles selbst besorgen. So ist es auch wenig erstaunlich, daß die kleinen Büreaux in jeder der ungeheuren Bahnhofshallen unter der Erde meist leer sind, schlecht beleuchtet, mit wenig benutzten Löschblättchen auf dem Schreibtischchen. Der komplizierte Apparat arbeitet von selbst.

Jemand erzählt, daß die mittlere Schiene ungeheuer hochgespannte Elektrizität führt. Sie berühren ist sicherer Selbstmord. – Aber das Bahngeleise liegt tief, niemand denkt daran, es zu betreten. Man braucht nicht einmal gewarnt zu werden. – Die Bahn kommt so an, daß der Fußboden des Coupées genau auf einer Höhe mit dem Wartedamm steht, das alte Wort »aus*steigen*« hat hier seine Bedeutung verloren, man »geht« ganz bequem hinaus.

Quackende Signale, wie gepreßt von den Häuserlasten über uns. O anders waren schmetternde Postillonsignale auf Alpenpaßhöhen.

Wie praktisch ist auch diese Türe. Man packt eine der beiden Klinken und stößt den einen Flügel zur Seite, magisch weicht auch der andere Flügel selbstwollend in seine Verschallung, wie eine zur Seite gezogene Coulisse.

Ein Emailtäfelchen gibt ebenso selbsttätig die Stationen an, wie sie selbsttätig auf den sehr deutlichen Übersichtsplänen jeder Station zu finden sind.

Wenn die Bahn hält, sieht man sofort an den bekannten blauen Tafeln den Namen der Station, trotz der vielen Reklamen. Kafka: weil man sie aufgeregt sucht. Zauber der Uniformierung, den sich überdies auch die Reklame »Dubonnet« längs der ganzen Fahrstrecke zu Nutze macht. — Das noch so unachtsame Hinausschaun verwandelt sich automatisch sofort in Lesen. — Alle Bänke der Stationen heißen »Allez-Frère«, und sogar die langen schmalen Vertikalflächen jeder einzelnen Stufe bei den Ausgangsstiegen dienen dem »Byrrh« oder »Matin«. Diese harten Stufen, die von eingesprengten Goldkörnchen flimmern.

Im Coupée sind viele silberglänzende Stangen, aufrecht, man hält sich an ihnen, lehnt sich an sie, Innenarchitektur wie Kirchensäulen. Der Raum bei der Tür ist für Stehplätze, für solche Leute, die kurze Strecken fahren. Fährt man eine lange Strecke, so hat man bald Gelegenheit, einen freiwerdenden Sitzplatz nebenan zu erobern.

Beim Umsteigen (Correspondance) muß man durch lange Kellerstiegen auf und ab. Doch ist der Weg genau bezeichnet. Will man über die Komplikation dieser Stollenlabyrinthe murren, so muß man bedenken, daß jeder der zwei Perrons der zwei Bahnhöfe mit jedem Perron des eignen und fremden Bahnhofs verbunden sein muß und jeder auch direkt mit dem Ausgang, jeder separat mit dem Eingang. So begegnet man niedersteigend Leuten, die eilig von der Oberwelt kommen oder auf Umwegen zu ihr emporsteigen, oder man kommt, immer zwischen Steinmauern, auf einen Dreiweg, stößt geradeaus auf zwei Menschenströme, oft ist auch eine Stiege durch eine fortlaufende Kette in zwei Teile gespalten, hier geht es bergab, dort bergauf, hier sieht man schon wieder in eine gewölbte Halle, sieht allerdings nur die Füße der Menschen auf dem Perron, da man sich wie in einem schräggestellten Kanonenrohr in dieser Stiege befindet, sieht Züge ein- und ausfahren, die einen nichts angehn, d. h. sieht nur die untern Waggonkanten in Bewegung und, während man die leisen Signale (sie werden nicht übertrieben laut abgegeben) noch hört, wendet man sich ab, um tiefer in die Erde herabzusteigen. Man verirrt sich trotz aller Aufschriften und Hände mit ausgestreckten Zeigefingern.

Unterschied von Bahnhöfen: Kein Gepäck, kein Rauch, alles niet- und nagelfest bis auf den obenerwähnten Sessel.

Fahrkarten liederlich wie Bahnkarten in Paris, Italien eben, dünnes sich biegendes Papierchen mit Stampiglie, die nicht immer den Rändern parallel aufgedrückt ist, nicht wie bei uns schön gedruckt – ähnelt mehr den Zettelchen, die man in einem Geschäft aus der Registriermaschine bekommt, um sie bei der Zahlung an der Kassa abzugeben.

Bois de Boulogne.

Wir fahren bis Porte Dauphine. – Viele Leute kommen uns auf der großen Promenade entgegen, heimkehrend. Es sind Pariser Bürger mit ihren Familien, Mittelschicht. Wir sagen uns einigemal: die könnten auch in Prag genau so aussehn. Pariserisch ist nur der Anblick der ins Endlose sich verlierenden schnurgeraden Allee (Massenbetrieb), diese Menge von offenbar ermüdeten, mit Behagen ermüdeten, heute sich durch ganz langsames ruhiges Gehn und wenig Reden erholenden Menschen. Vielleicht sieht es so aus, weil auch wir müde sind, die Bäume schon gelb, feuchte graue Nebel um alle schwebend und über dem vertrockneten Gras. – Man geht hier über den Rasen, es ist ein Wald, kein Park.

Viele Menschen. Zwischen je zwei Bäumen nicht Luft, sondern Kleider in langsamer Bewegung. – Man hört keinen Lärm, sobald man die Automobilstraße hinter sich hat. So als schicke es sich für Menschen, namentlich für müde, nicht, zwischen stummen Pflanzen sich laut zu benehmen – gegen Abend. Doch sieht man viele lächelnde Gesichter, viele Liebespaare, die sich hier öffentlich-ehrbar ins Gras setzen.

Wir ziehn unsern Plan und suchen uns zwischen den Bäumen wie in Gassen zu orientieren. Gerade wollen wir bemerken, daß hier die bei uns so üblichen Warnungs- und Polizeitafeln nicht zu finden sind, da gehn wir an einem Ständer vorbei, der einen ganzen Haufen solcher ausgespannter Edikte trägt. Aber sie sind hinter starkem engem Drahtgitter und ganz winzig gedruckt, unleserlich.

Eine kleine Bahn für Kinder, zum zoologischen Garten führend. Vorn eine Spielzeuglokomotive. Elektrischer Betrieb. Keine Waggons, sondern Reihen offener Bänkchen hinter einander. Sie fährt schnell in vielen Windungen auf ihren schmalen Geleisen durch den Wald. – Wie alle diese überraschenden Dinge in Paris ist sie eine alte Einrichtung, die Väter der heutigen Kinder haben schon über sie gejubelt.

Landungsplatz am Großen See. Wir wollen zuerst rudern, doch das ist teuer, wir haben heute einen billigen Tag. Dann wollen wir zur Insel in der Mitte fahren. Setzen uns in ein bereit stehendes Boot, das aber noch lange nicht abfährt, sich langsam füllt. Genügsame nette Leute setzen sich mit erwartungsvollen frohen Gesichtern, als gelte es eine große Reise. – Ein Buckliger sammelt von den schon Eingestiegenen das Geld ein, je ein Franc. Es gilt, wie wir allmählich sehn, einer Tour du Lac, rings um die Insel, wobei man beim Abfuhrplatz nach einer Stunde wieder ankommt. Das Boot fährt ganz langsam, schwer unter seinem Zeltdach, von einem Mann gerudert. Welch ein friedliches Sonntags-Nachmittags-Vergnügen. – Ehe wir abfahren, sehn wir einem jungen Mann zu, der mit Mutter und Schwester oder Braut in ein gemietetes Boot steigt und offenbar zum erstenmal rudert, sehr ungeschickt an unser Boot anrennt und gleich darauf an ein anderes. Seine Passagiere scheinen es ihm nicht übel zu nehmen, obwohl sie Angst haben, er arbeitet sich ab, das rote lächelnde Gesicht. Man lacht ihn gutmütig aus.

Ein Herr neben uns sagt, mit merkwürdig gedehnter Aussprache: »Mais il tâtonne – il finira par l'apprendre.« Es ist ein alter elegant angezogener Herr mit seiner etwas gebrechlichen Frau, die sich im Konversationston einer Tanzstunde galant unterhalten, später auch ein Dienstmädchen im Sonntagsstaat (hier gehört aber der lange schwarze Seidenmantel dazu) anreden, die mit Berücksichtigung des Standesunterschieds ehrerbietig, doch frei antwortet. – Die Dame meint »Ça sent mal« und hat den Einfall, man müßte Eau de Cologne in den Sumpf gießen. Diese Wendung wiederholt sie, stets lachend, noch einigemal zum Beifall des Mannes. – Wie die beiden aussteigen, erscheinen sie kleiner und älter als im Sitzen. Ich helfe ihnen heraus. Ein großer Teil ihrer Unterhaltung beschäftigt sich damit, daß der Dame etwas verloren gegangen ist, der Mann es auf dem Boden und in den Kleidfalten der Frau sucht, die zu diesem Zweck sich ein wenig erheben muß, wobei seine Aufmerksamkeit zwischen Suchen und Stützen geteilt ist, daß sie ihn mit Rücksicht auf die Geringfügigkeit des verlorenen Gegenstandes abhält, er sich aber als eifriger Ritter das besorgte Gesicht und Tun nicht ausreden läßt, nach kleinen Pausen wieder mit einer neuen Such-Idee beginnt.

Unser Tschechisch klingt allen chinesisch.

Die Dame macht auf die vielen Arten der Enten aufmerksam: Ah, les canards –

Diese gepflegten, sich stark vermehrenden Entenfamilien scheinen nur zur französischen Nation zu gehören.

Ein einsamer Soldat, auch einsam wieder weggehend, indem er den Gurt rückt.

Ein Kind, das unaufhörlich spricht. Besonders da es bemerkt, daß alle ihm zuhören. Spricht mit seinem eintönig hellen Stimmchen. Die ins Wasser gefallenen Blätter erklärt es für Fische, die Flecken des Leinwanddachs für Blumen, das gegenüberliegende Ufer für l'Amérique. Dies alles immer ironisch, immer von neuem Fragen, wie in Freude über sein Spaßmachen.

Wie Bilder ziehn vorbei die grünen Abhänge mit Gruppen lagernder Familien. – Einzelne Spaziergänger am Weg dicht längs des Wassers.

Heimkehr. Pavillon d'Armenonville an einem kleinen See, der von Gebüsch umgeben ist.

Ich trinke eine Grenadine, während Kafka einen kleinen Spaziergang zum Tor des Lunaparks macht. So sitze ich allein am Tischchen, es ist Nacht, und überdenke – nicht mein Leben, – sondern die merkwürdig alte Construktion der Sodawasserflasche mit ihrem Saugrohre, dem man bei einigermaßen gesunkenem Wasserstande durch Schütteln der Flasche nachhelfen muß. – Rings um mich lauter Verkehr, ein Platz ohne Häuser, nur Wagen. Wüst.

Diese Gegend an der Stadtgrenze gegen das Bois hat etwas Seltsames, Aufregendes, das ich nicht in Worte fassen kann. Ein Straßenverkehr ohne Straße, daher nackt, gesteigert, sinnlos. Man hat das Gefühl, daß hier immer dunkel sein muß. Große Plätze mit mannigfach sich kreuzenden Schienen, mit Kandelabern, Insel-Trottoirs, die keilförmig in eine Spitze auslaufen, Steinhaufen, die von den ersten Beeten schwer zu unterscheiden sind. Restaurants, deren Architektur Villen prätendiert, die aber sehr städtisch aussehn. Dazu der Gedanke, daß hier Erholung sein soll. Lärm fällt stärker auf die Nerven als in Paris. Die Benzinatmosphäre scheint uns hier dicker als mitten auf den Boulevards. Diese Bäume trotz ihrer ungeheuern Zahl ertrinken im Städtischen machtlos.

Imperiale des Omnibus. Vorbei am Etoile, an den vornehmen Hotels des Elyséeviertels, an beleuchteten (trotz des Sonntags) Auslagen großer Automobilfirmen. Da dient der ganze Laden als Auslage.

Kinema Pathé (eigener Artikel).

Montag 11. September:

Rue du Louvre. – Ein Auto fährt in ein Tricycle. – Am andern Ufer des Platzes ist eben auch gerade ein großer Omnibus gestrandet, er kniet gleichsam, ein Rad gebrochen. – Es bilden sich zwei Parteien, während der Chauffeur und der Bäckerbursch sich streiten.

vgl. Seite 23 des schwarzen Notes.

– Später wird das Auto besichtigt. Die beiden Gegner warten ganz friedlich, klopfen einander auf die Schulter.

Der Bäckerjunge hat einen blauen Leinenmantel bis zu den Füßen, rote Backen, Stumpfnase, sehr jung, aufgeschossen – Der Chauffeur ein städtisches Gesicht, elegant, kleine Figur. – Die Räder des Tricycles sind verbogen. – Der Bursche geht um die Polizei. – Vorbeigehenden, die stehn bleiben, wird alles von vorn sehr lebhaft, aber ohne Ärger, erklärt. Sie besichtigen alles und gehn nach einer Weile weiter. –

N. B. Kranz in der Gasse, wo eine Frau versank. Der Omnibus fährt langsam. Gerüste auf dem Quai de Bercy eingestürzt, viele tot. – Ein Concierge äußerte sich gleichmütig: »Was wollen Sie, das sind eben die Gefahren der Großstadt«.

Da ich Hugo Koretz suche, betrete ich in der Rue Lafitte einige Häuser, in denen große Geschäftsfirmen. Damals merkwürdiger Eindruck, vergessen.

Auf dem Weg zu den Elysées sehn wir eine kleine Aufregung, eigentlich mehr unter den Kindern. Ein Lenkballon fliegt heran, über den Place de la Concorde, zur Rue de Rivoli hin. Er ist gelblichbraun wie eine reife Frucht, man glaubt ihn weich und kühl zwischen den Fingern zu spüren. Man sieht zwischen der Gondel und dem Ballon etwas sich bewegen wie kleine hin- und herflatternde Vögel, es sind die Kappen der Offiziere, die winken. Er zieht langsam vorbei, verweilt beinahe. Aber an seinem schnellen Entschwinden merkt man nachträglich, wie schnell er fliegt. Man hört das Surren der Schrauben. — Erkundigung nach dem Namen. Nutzlos — deuten wir als Einbildung. — Der Adjutant Beau, Matin.

Ein Bädecker gehört zu den am leichtesten verlierbaren Gegenständen. Denn er leitet einen allmählich, wie es sein Zweck ist, dahin, daß man sich auch ohne ihn in der Stadt auskennt und zu Hause fühlt — dann bemerkt man es gar nicht, daß man ihn irgendwo liegengelassen hat. Er wird aber auch viel leichter wiedergefunden als andere Gegenstände. Es passierte mir einigemal, daß ich zurückkehrte und an einem sehr belebten Ort das Buch ganz still dort liegen sah, wo ich es gelassen hatte. Erklärung für diese zweite Eigenheit fehlt mir.

Wir wollen einen Sitz für die Ambassadeurs. Man schlägt vor auf Grund eines Planes 20 frc, 15 frcs, als gebe es nur diese, wir erkundigen uns erschrocken weiter, schließlich kaufen wir Sitze zu 4 frc, sie sind ganz bei der Bühne, wir sind entzückt, daß wir es so gut getroffen haben — aber diesmal ist die Aufführung nichts wert. Und wenn wir gar 20 f. bezahlt hätten! Nachträgliche Angst.

Vor dem Publikum werden noch einige Couplets probiert.

Ein Sänger steht im Überzieher auf der Bühne, Kniebeugestellung, markiert, gibt Takt – wir halten es für Gratisdarbietung aus Temperament, da wir von diesen Ambassadeurs alles erwarten, es ist aber nur Schlamperei, was wir daraus erkennen, daß nachher andere Sänger aus dem Zuschauerraum an den Kapellmeister herantreten und, an die Orchesterbrüstung gelehnt, schwierige Stellen mehrmals wiederholen lassen.

Einrichtung des Zuschauerraumes ist ein Mittelding zwischen unserem »an Tischen« und »in Konzertform«. Die Sessel stehn reihenweise, aber vor jeder Reihe zieht sich eine dünne Rinne, in die Consommations gestellt werden.

Wir nehmen nichts, was lange nicht verstanden wird.

Die Darbietungen sind schlechter als in einem mittelmäßigen Prager Variété – Musikklowns, die Schellenschnüre schlagen – Bicyclisten – dann ernste Sängerinnen von »coeur, printemps, rêve, amour«. – Herren in Frack, mit dem ungeschickt-siegessichern Lächeln der Chantantsänger, dünner Stimme – Von der Terasse die großen reichen Damen werfen eigensinnig keinen Blick auf die Bühne, soupierend. –

Und doch ist der Zuschauerraum gefüllt. In Paris ist alles ein gutes Geschäft.

Dranem, der weltberühmte Dranem, dem täglich im Matin einige Zeilen gewidmet sind, der auf den Plakaten als oberste Attraktion gilt, – kurz, wir verstehn nicht, warum man lacht – und man lacht nicht einmal besonders viel. – Aus einem Notizbuch liest er Zweideutigkeiten über Aeroplane, o wie bekannt ist diese Methode.

Wir gehn vor Ende der Vorstellung weg, so daß wir keinen Pariser Theaterabend zu Ende genossen haben – Carmen nicht: aus Müdigkeit – Comédie: weil zu viel war – Ambassadeurs: aus Wut. – Nur bei Pathé sind wir sogar etwas länger geblieben.

Angst vor Verkühlung, Gartenlokal.

Auf dem Weg über die Boulevards sprechen uns zwei Dirnen an. Halten uns für Engländer, als wir es verneinen, scheint es ihnen nicht übel angebracht, sogar listig, einen Fremdenführer, der uns zugleich anspricht, mit den Worten zu verweisen: Laissez-nous faire »business«. – Sie wollen, daß wir sie in eines der nahen Hotels nehmen, ganz um die Ecke. Da wir kühl bleiben, schlägt die lebhaftere vor, wir sollen alle vier in ein Zimmer gehn, da wird sie uns Sachen zeigen. – Wir lehnen ab, da bittet sie uns, ihr wenigstens »un franc pour le bonheur« zu geben. Heute noch kein Geschäft. 1 Uhr. Genau so all dies bei uns, nur verlangt man bei uns bloß ein »Glückszehnerl«. Die Häßliche bleibt stiller, die Hübschere spricht.

Mir kommt der traurige Gedanke: Das also sind die berühmten Pariserinnen, Französinnen, – statt auf ihren Weltruf stolz, sich umwerben zu lassen, laufen sie bettelnd jedem erstbesten Fremden nach, die Mitleidswürdigen.

Au bon rire gaulois.

Die springenden Bohnen – ein Käfer soll in ihnen sein – eine ganze Schachtel dieser leblosen und ruhelosen Körner, unheimlich. – Obwohl man diese Merkwürdigkeit sieht, muß man sie für Schwindel halten, hier in Paris. Ob es sich zu Hause weiterbewegt? – Eine Puppenfamilie *auf* ihren Nachttöpfen. – Bonbons und kleine Torten aus Holz – künstliche Wanzen und Tintenkleckse.

Pathéphone

Ganz Paris mit all den Prachtbauten ist doch nur die Höchstentwicklung einer schmutzigen Barackengasse, wie man sie in Italien noch sieht.

— Ganz anders eine deutsche Stadt, deren Urzelle das reinliche bequeme breitbasierte wenn auch kleine deutsche Haus ist. — Wenn sich Paris noch so sehr steigert, kann es seine Entwicklungsreihe doch niemals verlassen. Die höchste Stufe der deutschen Reihe (Berlin) daher unerreichbar, trotz der imponierendsten Gerüste und Neuanlagen, die doch nur immer Steigerungen des winkligen Urtypus sind. Alles Geräumige überrascht hier, scheint Zufall, nicht Notwendigkeit.

In romanischen Bauanlagen, Villen, fühlt sich der Mensch nicht so mutlos, machtlos. Auch in Österreich nicht. Er denkt, zur Not bringe ich das auch noch mit eigenen Händen fertig, diese Steine auf einander wälzen —. Anders in Deutschland. Der Mensch nichts gegen seine erstarrten Produkte um ihn, wertlos.

Vor der Olympia sammeln sich die Bauernfänger. Ich will Rache nehmen.

Einer tritt heran: Harem, zwanzig nackte Frauen, Tanzen — nur eine Flasche Bier zahlen — er entfaltet ein im Bug schon ganz vermodertes, auseinander fallendes Schreiben eines Engländers, der sich für die Führung bei ihm bedankt, aus dem Jahre 1901 — dann von der Behörde. Ich: »Oje, mit den Behörden haben Sie auch zu tun gehabt« — Er merkt die Ironie nicht, will beeideter Dolmetsch sein, interprète, zeigt wirklich alte Papiere mit Stempeln — wir schlagen ihn endlich mit der flüchtig hingeworfenen Bemerkung, daß wir schon 3 Jahre lang in Paris sind und das alles kennen. — Er wird stutzig, dann aber kommt er uns nach: Das kennen Sie aber doch nicht – gibt es nicht auf. Wir entfernen uns eilig.

Wir fangen Bauernfänger, durch auffallendes Benehmen suchen wir ihre Aufmerksamkeit auf uns zu ziehn. – Ein älterer freundlicher Sachse, blasses Gesicht, graublonder reicher strammer Schnurrbart, dem man nicht bös sein kann. »Da würden Sie staunen – die Französinnen, heißblütig«. Warnt vor Verschwendung, das ist ihre Methode. Gar nicht weit. Wenns Ihnen nicht gefällt, gehn Sie weg. – Da zeigt sich der erste wieder, er ist uns nachgegangen – Wir befürchten Prügel, gehn nach Hause.

Abenteuer im Vorjahr. cinque louis.

Die Zeitungsausträger, bei Erscheinen der Bätter so kräftig, schleichen jetzt immer noch mit ihren unverkauften Exemplaren durch die Gassen, wie verwelkt.

Einen alten sahn wir (in Mailand) in einer Nische an einer Straßenecke stehend schlafen, das Blatt in der Hand zum Verkauf vorbereitet. Wir wollten ihm Geld geben, wagten ihn nicht zu wecken. – Ein anderer weckte ihn durch einen Fußtritt, gab ihm die 5 c. für das Blatt und beide lachten sehr laut.

Warmes Bad. Man glaubt schon ganz bequem zu liegen, alle Muskeln entspannt – plötzlich ruckt ein Bein, hebt sich langsam – man hat also immer noch, ohne es zu wissen, dem Auftrieb des Wassers standgehalten, die Muskeln angestrengt – jetzt erst schwebt das Bein, wird ganz schwerelos – das andere schnellt sich vom Boden los, folgt dem ersten – jetzt erst wird vollkommene Ruhe empfunden, in die das Straßengetöse gedämpft hereinklingt durch die dünnen Wände.

Pontonnier, auch ein schöner Beruf

Lotissement, man sieht auf den Plakaten einen behaglich schmunzelnden Familienvater im roten Schlafrock, altertümliche Tracht, über alten Büchern, Gänsekiel hinterm Ohr — als ob es dabei nicht sehr kapitalistisch zugienge — patriarchalische Gefälligkeit soll vorgespiegelt werden.

Der Raseur mit starkem schwarzem Schnurrbart, der mir sagt, daß er Grieche ist — dem Kafka, den er nachher bearbeitet, sich als Türken ausgibt — in Paris sich sehr unglücklich fühlt — mit der Dame an der Kassa, vielleicht der Inhaberin des Ladens, in Unfrieden lebt, wie man aus dem Ton der zwischen ihnen gewechselten geschäftlichen Mitteilungen hört — und der über Paris den Ausspruch tut: Schön, daß sich die Pariser ihre in zarte Enden ausgezogenen Schnurrbärtchen nicht von den Engländern ausreden lassen. Ebenso wenig ihre französischen Schuhe von den Amerikanern.

Max Brod
Reise nach Weimar

Freitag 28. Juni

Nur bis 12 Uhr im Büro. Abfahrt in übler Laune, weil Neue Rundschau ohne mich erschienen, auch sonst keine der erwarteten literarischen Nachrichten eintraf.

Sehr heiß. Ich schlafe bis Aussig tief und gut.

Gespräch über Grillparzer.

Böhmisch-Sächsische Schweiz, die ich sonst etwas verachtet habe, macht auf Kafkas Zuspruch guten Eindruck auf mich.

Dresden: 1 Stunde frei. Prager Straße mit ungeheuren Obsthandlungen, die kleinste ist schöner als Lippert. Sehr billig. Menge der Waren in den Wursthandlungen, aufgestapelt. Schöne Mädchen promenieren. – Das häßliche Bismarck Denkmal – Tetpackung. Tet heiß ägyptisch ewig – Im Automat ein schlechtes und billiges Schnitzel gegessen.

Leipzig: Wir kommen auf einem alten Bahnhof an, der neue ist halbfertig.

Gespräch mit dem Dienstmann, der auf die Frage nach dem Nachtleben sagt: »Machen Sie sich einen Spaß und trinken Sie auf'm Bahnhof 'n Glas Bier, kost auch nur fünfzehn Pfennige.« Hotel Opel. Wir schlafen zum erstenmal in einem Zimmer, da nur eines frei ist. – Bei offenem Fenster. Ungeheurer Lärm. Autos, Tramway, Pferdegetrappel. – Ich schließe um 4 Uhr das Fenster, da erwacht Kafka. Ich denke: »So sollen wir die Nacht teilen.« Träume aber so Böses von ihm, daß ich das Fenster wieder öffne. Schlafe dann trotzdem, den Kopf ins Kissen gewickelt.

Vorher: Gang durch die alte Stadt – Im »Taubenschlag«, wo betrunkene Bürger mit ihren Frauen schäkern. Diplom der Stammgäste an ihren »Biervater«. Bild eines Studenten mit Gerippe, der 14 Jahre hier verkehrte, seit 12 Jahren tot. Lichtenhainer Bier im Holzkrug, lange nicht getrunken von Kafka, schwitzt durch. – Dann in ein Bordell daneben, hinauf, sofort hinunter. Schreckliche Damen, Flucht. Ich glaube, es hieß Walhalla.

Wir sehn im Dunkel das Denkmal des jungen Goethe (Naschmarkt), mit 2 Medaillons seiner Leipziger Liebsten (Schönkopf, Oeser), sehr hübsch, fast pariserisch. – Auerbachs Keller ist demoliert. – Das Stadthaus mit der längsten Inschrift der Welt. – Hinter Goethe ein schönes Haus, alte Börse. – Die Stadt scheint sehr philiströs, mit dieser üppigen Vegetation von Bierspelunken. – Café Francais, wo wir klägliche Limonade trinken, schlechten Thee – Mein wirklich erstaunlicher Orientierungssinn in fremden Städten mit Hilfe eines geheimen Koordinatensystems.

Samstag 29. Juni

Lange im Bett. Durch heiße Gassen sehn wir den Augustusplatz, der trotz seiner Größe den Vergleich mit Place de la Concorde nicht aushält. – Grimmaische Straße. – Alles haben wir in der Nacht schon gesehn. – Thomaskirche, Blick hinein, große Rührung in Gedanken an *Bach*, der hier wirkte. Aber alles ist hier blitzblank renoviert. Bachdenkmal nicht gesucht und nicht gefunden. – Stille Gassen, kein Vergleich mit Prag. – Das Geschäft »Thalysia« mit Jungbornwäsche, Reformkleidern u. a. Um

11 Uhr zu Rowohlt. Im Hause daneben starb Mendelssohn. In demselben Haus: Drugulin. Aber ganz schmutzig (und daher kommen diese schönen Bücher?), ein Kohlenwagen, Kohle im Korridor. – »Treten Sie näher«, statt wie bei uns: Kommen Sie weiter – Zwei Chefs, beide jünger als ich; Rowohlt scheint derb, der andere, obwohl gleichfalls sehr stark und sportlich, macht einen feinen Eindruck. Lokal ähnlich wie bei Juncker. Sie sind sehr nett. Meine Pläne außer »Höhe des Gefühls«:

Eine Auswahl aus Grillparzers Selbstbiographie, Reisetagebüchern und Plänen, Notizen – mit Einleitung über Österreich.

Laforgue französisch

Flaubert französisch

Ein Jahrbuch für die im »Smetana-Essai« angedeutete Dichtergruppe, von mir herausgegeben.

All das finden sie sehr »anregend«. – Am meisten interessiert sie mein Verhältnis zu Juncker. Ich stelle eine Theorie auf: Meine beiden Richtungen u.s.f.

Begegnung mit Bab, der zufällig hinzukommt – gräßlich gekleidet, farbigen weichen Kragen, Bart, fade Reden und nicht sehr freundlich – er empfiehlt einen Roman – ab.

»Mein Sozius« = Herr Wolff.

Dann Herr von Bassewitz, sehr elegant und überlegen im Reden, aber weinerlich, wenn er von seinem Stück »Judas« spricht. Macht den Leipziger Intendanten nach.

Mittagessen mit Rowohlt, der die B-Sprache spricht: »Fuburchtbabar« – Herr Pinthus, Herausgeber der Droste, Korrespondent des Berliner Tageblatt – Herr Hasenclever – H. v. Bassewitz – Dann hole ich Kafka, auf den alle sehr neugierig sind. Sie kennen ihn aus dem Hyperion. – Rowohlt bittet ihn ernstlich um ein Buch. – Wir werden bewundert, da wir gleich in der Nacht die interessantesten Lokale der Stadt gefunden haben. – Café Francais – Telephonieren mit Dr. Delpy, Leipziger Neueste Nachrichten, der mir das Einlangen einer schlechten Kritik von Servaes meldet, die er nicht ablehnen kann. Vergnügen! – Nochmals bei Rowohlt.

Bei großer Hitze auf die Bahn – Unnötiger ekelhafter Prunk (in seiner Einfachheit) des Bahnhofs, der nur der Kunst vorbehalten sein sollte.

Weimar. Abend

Um ¼8 in der Badeanstalt, die um ½8 gesperrt wird und um ¾8 in der zweiten viel bessern, die um 8 gesperrt wird. So daß wir ungebadet bleiben. Hätten wir doch die verkehrte Reihenfolge gewählt!

Hotel Chemnitius, Gellertstraße – Nachts noch vor das Goethehaus.

30/6 Schiller – Goethe – Pinzgauer

Schillers Wohnhaus geschmückt mit Seitenaltären mit Lyren oben. »Das hat man so als Museum eingerichtet. Da sind so Schriften und Zimmer. Auch zwei Ringe von Schiller« – sagt die Führerin, wie entschuldigend (sanft), daß man aus diesen Dingen so viel Wesen macht.

Sonntag 30. Juni

Lang geschlafen (Hahn, Hund, Singvögel störten Nachts).

Dies heißt bei mir Ferien: sich langsam sorgfältig waschen, ankleiden – frühstücken in Ruhe.

Erst um ¼12 sind wir auf der Gasse.

Schillerhaus. Nicht so arm wie in unseren Begriffen.

In einer Buchhandlung liegt Arnold Beer.
Post – Briefe von Blei, Schreiber, Diederichs.

Dann Goethehaus. Ausführlicher Führer gekauft. – Die Repräsentationsräume sind schön. Aber Schreibzimmer dunkel (Bäume allerdings damals niedrig), und Schlafzimmer kläglich dumpf und eng. Statt Waschtisch nur Lavoir und Schwamm – die Toilette scheint modern. Wo ist das Badezimmer? Warum wird das Kloset nicht gezeigt?

Im Garten. Herrlich. Kafka kokettiert erfolgreich mit der schönen Tochter des Hausmeisters. Deshalb also hat man sich jahrelang an diesen Ort gewünscht.

Mittagessen im »Schwan«, neben Goethes Haus.

Kafka macht mit der Familie des Hausmeisters einen Ausflug nach Tiefurt.

Ich liege um 4 Uhr bis ½8 im Bett, schlafe, lese. Es regnet.

Abend mit Kafka, der viel zu erzählen hat.

Unerklärlich schlechte Mineralwasser in Deutschland, alle mit künstlich eingepumpter Kohlensäure. Und das heißt »Sauerbrunn«. Deshalb gibt es so viele Arten, kein Kunststück! Man sollte den Stolz hier beiseitetun und millionenfach Gießhübler importieren.

Erdbeeren mit Schlagsahne, alle geteilt, so daß man sie ruhig essen kann. Thüringer Käse.

Montag 1. Juli

Wieder sehr ausgeruht aufgestanden.

Post – Null!

Wir gehn in den Park, Goethes Gartenhaus – hier denke ich mir seine Existenz viel beneidenswerter als in der Stadtwohnung. Tagebuch geführt.

Plan für Rowohlts Jahrbuch. – Es müßte darin auch von meiner lieben Elsa Taussig die Novelle in der Badeanstalt stehn!

Dienstag, 2. Juli
Endlich Brief von Dir.

Goethehaus: im 1. Stock stört die offene Tür wie beim Ausziehn

Im Treppenhaus, nicht ganz passende griechische Ornamente

Wendeltreppe
Große Drehscheiben zur Farbenlehre

»Trudl, kuck mal her – die klein Bäume«

Alles, was zur Farbenlehre gehört, ist in einem Schrank durcheinandergeworfen – Warum nicht weiter experimentiert???

Sehr besucht, 30000 im Jahr!

Die Kübel mit Bäumen am Steinschen Haus jetzt dick, damals dünne Kugeln

Um diesen Eindruck von Familiarität zu verwischen, muß ich wieder viele und die schwierigsten Werke Goethes lesen. –

Genug von diesen Frühstückstassen!...

»Reisedame« im Anmeldebüro

Bei *Liszt* viele Kostbarkeiten, Tabakdosen, Stöcke, Partituren, die mir zum Komponieren Lust machen. Der erste Saal (grün Linoleum), viel prunkvoller, unserer Zeit näher als Goethe. Kafka sagt: virtuosenhaft. Wegen der Perserteppiche.

Allein im Bad.

Offiziere kommen aus dem Russischen Hof, ganze Scharen, einer sagt (lebhaft ironisch) »Leutselig wie ich bin« – Leutnants mit Frauenpopos.

Zankszene: Ein Betrunkener, von einem Hund gebissen, von seiner Frau verteidigt, schimpft: »Du mußt scho der schönste Dreckorsch sein«.

Cabaret Tivoli:

Hollo voll Heldenmut erwarten wir den Krieg
Wir kämpfen mit Bedacht
Gewinnen jede Schlacht

Und wärs der stärkste Feind, er kann nicht widerstehn
Er kann dem Amazonenkorps nicht widerstehn

2 Damen — blutrote Strümpfe, schwarze Sammtröcke, mit roter Tschamara — hohe deutsche Helme — Tschako — Österreich Deutschland als Freunde — Klatschen nach dem Salutieren auf die Schenkel — Parallele Bewegungen, auch um den Kapellmeister zu verlangsamen — Kellner schreit die Gäste an: Pst! — ein Kunstkenner.

Ein Zauberer, Alte Dame als Schlangenmensch. Kafka betet für sie, applaudiert sehr. Er seufzt und ist traurig. — Contorsionistin. Ihr Mann, der Zauberer, verrichtet nachher untergeordnete Arbeit z. B. Teppichzusammenlegen.

Trauriger Gedanke, daß sie nie an einem größeren Varieté auftreten kann, schon wegen der schlechten Apparate, z. B. ist der Tisch ein gewöhnlicher Restaurationstisch mit Flitter um die Tischplatte herabhängend.

Der Komiker sieht aus wie Wiegler, nicht glaubhaft klingt sein Tralala.

Mittwoch 3. Juli. Früh

Goethehaus. Überall Löschapparate. — Garten photographiert — Ich beschäftige den Vater mit photographischen Fachkenntnissen, während Kafka die Tochter zu einem Rendezvous überredet. Ich führe den Vater hinter die hohe Hecke. Er hat als Stativ eine leere hohe Kiste. Ich erkläre ihm das Mysterium der Übereckstellung beim Pavillon.

Dann ins Bad. Sonne. — Ringkämpfe, bis 1 Uhr. Glocke.

Auf Ansichtskarten ist der Fußboden der Goethezimmer schimmerndes Parkett, in Wahrheit schlechtes Holz. – Die Gipsabgüsse erlangen Marmorcharakter. – Sehr schön, daß im Goethehaus nichts Überflüssiges: bei Liszt soviel Kramzeug.

Daß Goethe das Arbeitszimmer so hinten hatte, so klein, bei so herrlichen lichten vielfenstrigen Repräsentationsräumen, ist ganz im Charakter seiner Person, wie ich ihn sehe.

Großes technisches Talent: Bett als Reisekoffer, im Gartenhaus – die Apparate – In der Bibliothek hat er im dreistöckigen Palais einen ganz hohen Saal durchbrechen lassen, durch alle Stockwerke.

Mit Rowohlt telephoniert. Kostet nur 50 Pf. – Gute Nachricht.

Etwas abgebrannt.

Nachmittag zum Park. Zuerst Bibliothek, wo ein Diener sehr seltsam erklärt und zwar einer uns folgenden Dame mit denselben Worten wie uns: »Da ist nun alles von Kunst vereinigt, was es auf der Welt gibt«, zeigt die Trippel-Büste Goethes: »Nicht idealisiert. Wer solch schöne Lippen hat, das nennt man Amorsbogen. Die Furchen am Hals sind die Venusfurchen. Hier die Marmorfalte ist durchsichtig.« Gibt den Finger dahinter, man muß »ja« sagen. Ebenso muß man sich bücken, um die zusammengehenden Nasenlöcher bei Schiller zu bemerken. – Eine Büste von Gluck, vom Leben abgegossen, man sieht noch die Öffnung für die Röhrchen, damit er nicht erstickt. – (Goetheabguß mit geschlossenen Augen viel natürlicher als mit geöffneten, weil das ganze Gesicht auf die geschlossenen mit allen Falten eingestellt ist). — Die eichene Treppe, aus einer Eiche von einem Sträfling gehaun, der dann Amnestie erhielt. — Goethes Arbeitszimmer mit Verbindung zum Garten der Frau von Stein.

Ein Junge, 11 Jahre, Fritz Wentzky schließt sich uns an. Schon neulich. Er will 4 Mark verdienen, um einen Fußmarsch auf die Wartburg zu machen. Neulich fehlte ihm 1 Mark, jetzt nur ½. Wie wahrheitsgetreu. Er will Zimmermann werden, auch sein Vater ist es. — Von dem antiken Opferaltar, den Goethe setzte, gibt es schon ein Volksmärchen. Er erzählt: »Hier waren früher Sümpfe und daher Schlangen. Eine kam immer zu einem Bäckerjungen und er mußte ihr aus Angst immer einige Brötchen lassen. Daher sagte er es dem Meister, er machte vier vergiftete Brötchen u. s. f. Der Stadtrat errichtete diese Säule Genio hujus loci, das heißt Dem Geiste dieses Ortes —«

Borkenhäuschen

Römerhaus, doch ein wenig Komödie war diese Antike unter deutschen Bäumen. Schöner Vers in Stein gehaun, lauter Großbuchstaben, so paßt es für Verse. — Verse sehr herzlich wirkend gegen das Haus. — Neben den Haltestellen der Elektrischen sind Bänke, sehr empfehlenswert. Ich bin so müde.

Der Knabe kennt von Goethe: 1) Rübezahl und der Glashändler 2) Zu Dionys dem Tyrannen.

Zur Post.

Tagebuch auf dem Karlsplatz. Steinbänke. — Kafka (der heute Geburtstag hat) unterhält sich mit 6 oder 8 kleinen Jungen, von denen einige Schiffsjungen werden wollen. Auf Wiedersehn morgen!

Gartenmusik im Hotel Chemnitius. – Zauberhaft wirkend, voll alle Tische. Die leichten Melodien, kreisförmig steigend, öffnen Boudoire, zeigen die Maison des danses in Berlin mit aneinandergepreßten Dirnen im Twostep, seitwärts lächelnd zu champagnertrinkenden Herren in der lichten großen Runde des Kuppelsaals. In den Kastagnetten rauschen geheime Tanzgottheiten auf, heilige, nie entweihte; alles erinnert mich an die großen wollustvollen Ansprüche, die der Gymnasiast an das Leben stellte. –

Posaunen oder Xylophonsolo.

Donnerstag 4. Juli

Früh Brief von Diederichs. Ich fahre nach Jena, von Kafka auf die Bahn begleitet. Vorher im Goethehaus wegen Kafkas Rendezvous.

Jena.

Der Eckpfeiler mit dem Löwen (Verlagswappen) bei Diederichs. Er ist eben von einer Reise zurück. Grüne herabfallende Socken, leichte Hosen, man sieht die nackte Wade mit blauen Krampfadern. – Liest erst vor mir den Brief und Einleitung – 1000 Mark für 1200 Exemplare – Schläfrig – Antisemit – Groß und dick.

Dann auf den Jenenser Markt, ziemlich erregt – Die Studenten sitzen an Tischen im Freien – Ihre Hunde – ein alter Herr unter ihnen, bei Erdbeerbombe, der vielleicht für sie zahlt – Merkwürdig viele Eilboten zu Rad – Ein Studentenhaus, das wie eine alte Burg gebaut ist, mit dem Zirkel an der Front, Studenten mit Mützen im Fenster, drei andere sitzen auf Sesseln auf dem Trottoir, einer schwingt einen Sessel, Eindruck von Langeweile und

Untätigkeit – Häßliche dünne schlechtgekleidete Mädchen –

Beim Anblick einer großen Wolke, die über der Stadt schwebt, fällt mir der bei Diederichs vergessene Regenschirm ein. Zurück. Es ist niemand im Büro. Es beginnt zu regnen. Ich flüchte in die Post. Wolkenbruch. Korrespondenz erledigt. – Mittagessen auf dem Holzmarkt, natürlich Ham and eggs – Eine Schar junger Leute, in mittelalterlicher, ziemlich verlauster Tracht, als Festzug im Hotel sich sammelnd. Kleine Mäderl, sie bewundernd, gemütlich vom Wirt fortgejagt, bleiben gemütlich stehn. – Zu Diederichs, wo ich den Schirm erhalte; dann verirre ich mich. Das Abbe-Denkmal von Klinger. Zeißwerke. – Volkslesehalle, eine ungeheure Institution. Wie so oft in deutschen Städten (Graz, Zürich) finde ich die allgemeinen Einrichtungen musterhaft, die Bevölkerung aber kläglich, gleichsam Parasiten (obwohl doch sie diese Dinge errichtet hat!) – Vielleicht weil ich hier keine Juden sehe, mich einsam fühle? – O heimatliches Prag – Doch ist dies vielleicht eine falsche (satirische) Einstellung gegen das Deutsche. Kafka bewundert hier alle Leute, auch ihre Art zu reden und zu denken. Vielleicht bin ich nicht ruhig genug. Zahllose Zeitschriften, in sauberen grünlichen Deckeln und Vorsatzblättern, mit Zahlen versehn, die auf den Regalen wiederkehren. Viel Licht, Klubfauteuils, Globen (vom Norddeutschen Lloyd beigestellt), Lexika, Fremdsprachiges. Ich lese außer literarischen und naturwissenschaftlichen Blättern in Erinnerung an Kafka: Gesundheitslehren, Vegetarische Warte, Phoenix, Impfgegner, Abolitionist (gegen Kasernierung der Prostitution). Störend, daß man sich nur 1 Nummer nehmen darf. Beim Weggehn griff ich zum Portemonnaie, da das Ganze so sehr Kaffeehaus ohne Kaffee und schlechte Luft ist. –

»Rheinlande« waren die 2 Stunden, die ich dort war, nicht zu kriegen.

Auf dem Bahnhof in Jena treffe ich Frau Hiller, die in Weimar von Dr. Hiller erwartet wird. Endloses dummes Geschmus über Literatur. – Kafka unglücklich – Hillers blöde pietätlose Rede vor dem Goethehaus.

Freitag 5. Juli

Goethe-Schiller Archiv!

Alles weiße Kästen. Oden an Behrisch. Reinschrift des Buches Annette von Behrisch, mit Vignetten.

»Erhabne Gros Mama!« Glückwunsch des 8jährigen Goethe

Bitte Jerusalems an Kestner: »Dürfte ich Ew. Wohlgeboren wohl zu einer vorhabenden Reise um ihre Pistolen gehorsamst ersuchen? J«

Übersetzung des Hohen Liedes von Goethe
Hitziger Brief von Lenz an Herder.
Die meisten Ms. ohne Strich gearbeitet! z. B. das Lied der Mignon, da steht es!

Raseurladen. Es ist der einfachste, den ich bisher je gesehn habe, obwohl dem großherzoglichen Theater gegenüber. Vor den Spiegeln, wo sonst Schwämme, Parfüms, Lavoir, Waschapparat, liegt auf der Platte nichts als eine große leere staubige Ziermuschel, wälzt sich dort.

Erquickend kurze, stets überschätzte Entfernungen in einer kleinen Stadt. – Gibt es hier Industrie?

Man sagt hier statt »zweimal« »zwemol«.

Das »falsche Gedächtnis« tritt bei mir in der seltenen Form auf, daß sich mir in der Erinnerung manche Erlebnisse in zwei zerspalten, von denen ich eines vordatiere. z. B. die Schlangendame, die als schuppenglänzendes Krokodil zuerst hinter einem Felsen her ihren langen Kopf hervorschaukelt, später in Menschengestalt — als ich es erlebte, wirkte es neu — jetzt glaube ich, es schon lange vorher einmal erlebt zu haben in einem kleinen Badeort irgendwo.

Dann ins Bad. Wankelmütige Sonne. Zwei Knaben, die sich 1 Stunde lang lachend um ihre Badetücher balgen, immer wieder »Gehscht weg«, die einander stoßen, doch bei allem Temperament rücksichtsvoll einhalten, wenn einer dem Wasserrande zu nah kommt, auch das Hineinwerfen der Badetücher ins Wasser nur markieren, anzeigen, nie roh werden.

Angenehmer Holzgeruch

Kafka beim Hausmeister, reussiert. Ich schlafe.

Mit Dr. Hiller und dessen Mama, die sehr resolut jüdisch ist wie meine Mama, dabei unverschämt literarisch, so daß in ihrem Munde die Berliner Klatschgeschichten von Kraus, Kerr, Walden den gebührenden Tratschton bekommen. Zankt mit dem Omnibuskutscher, steigt aus, will wieder einsteigen, Streit mit dem Wagenkutscher, steigt aus, steigt ein. — Endlich einigen wir uns auf 6 Mark, der Kutscher hat aber nicht nachgegeben. Dr. Hiller ist sehr sparsam, doch dies ist wohl die einzige Art wohl begründeter Sparsamkeit, wenn man wie er eine kleine

Rente zu verteidigen hat. – Auf der Fahrt sagt die Mutter oft »Sieh mal, Kurt...«

Das Lustschloß Belvedere schließt einen weiten Vorplatz mit seinem graziösen Hauptbau und 4 Flügeln ein. Gelb mit grünen Läden. – Die Hall ganz aus blauweißem Delfter Porzellan. Die Stufen mit Kacheln an den senkrechten Flächen. Dr. Hiller: »Kühl, hier kann man nie Durst bekommen.« – Wir bekommen Filzschuhe. – Kostbarkeiten. – Cloisonné-Arbeit: Auf eine Kupfervase werden Drähte aufgehämmert, die Zwischensäume mit Email flüssig gefüllt, das Ganze abgeschliffen. Sehr zarte Muster. – Ein kleines altes Meißner Service von hohem Wert. – Russische Achate, Malachite, da Maria Pawlowna hier wohnte. –

Der junge gemessene ehrliche Lakai, der oft auch auf Fragen sagt: »Das weiß ich nicht« oder »meiner Ansicht nach«; der, wenn ich zurückbleibe, um etwas besser anzusehn, unter einem Vorwand nachschaut, ob ich nichts nehme.

Die Kuppel im Schlafzimmer als »Himmel«, mit Wolken ausgemalt. Ein Garten, nach dem Muster eines bestimmten russischen. – Das Schönste nun, das Naturtheater, wo Goethes »Iphigenie« aufgeführt wurde. – Nur für einige wenige Zuschauer Raum, in zwei halbkreisförmigen Reihen. Hinter einer Hecke das tiefer gelegene Orchester. Ein Sandplatz ist die Bühne. Schräggestellte beschnittene Büsche als Seitenkoulissen. Im Hintergrund an einem großen gekrümmten Gitter Laubwerk.

Historische Wagensammlung:

A la Daumont heißt, wenn die Kutscher reiten. Ein Dos-à-Dos, in dem die Hofdamen saßen, während die Kavaliere zur Seite ritten, um zu unterhalten.

Nur wenn man diese Paläste sieht, sich das Hofleben vorstellt, kann man begreifen, daß Goethe hier blieb, der Großstädter (Frankfurt). Die Stadt ist ja klein, philiströs. – Ich wäre z. B. trostlos, wenn ich hierher versetzt würde.

Man lernt hier an Goethe eine neue Eigenschaft schätzen: er wußte sich zu bescheiden und in einem engen Kreis so zu wirken, als sei dies die große Welt. Sein Temperament war nicht daran geheftet, daß er Ziele hatte und strebte. Auch das Erreichte bearbeitete er eifrig weiter und schmückte es aus.

Wie viele seiner Werke stehn nicht in seinen »Gesammelten Werken«. Er hat diese Pärke angelegt, die Bibliothek, das Theater. Er war im besten Sinne ein unverdrossener Arbeiter.

Auf der Heimfahrt mit Hiller literarischen Quatsch geredet. Er ist gegen Schäfer und für Ludwig Bauer. Seine Ekstase für Nornepygge und Arnold Beer. Seine Augen sind herzlich, er freut sich sehr über meine Anwesenheit.

Eine gute Novelle von M. Heimann im Berliner Tageblatt, das überhaupt voll von literarischem Leben ist.

Frau Hiller gegen Zeitungen: Was geht es mich an, ob da ein Mord geschieht und diese Politik – Sie liest die Zeitung ausführlich, weil das zur Bildung gehört. – Urblöd.

Hiller Abreise! Nachher Besuch beim Dichter Paul Ernst.

Sehr interessant, da auch der großartige dicke Pater Expeditus Schmidt (der hier an einer Otto Ludwig-Ausgabe arbeitet) hinkommt. Sehr fideler dicker Geistlicher, Franziskaner, in seiner Kutte. Raucht. Wünscht, daß man im

Archiv wenigstens Nargilehs rauchen kann. — Schwerhörig. Rotes Gesicht. — Über Legenden. »Das ist kein Bauerneinband, eher ein Chorbuch.« — Eine Zeitung, die ihn angreift, nennt er »fromme Giftkröte«. — Sehr schönes Deutschtum.

Paul Ernst farblos, aber durch seinen Ernst sympathisch. Graues Haar. Sein schöner Sohn. — Wir scheinen im Nachtmahl gestört zu haben. — Er lebt und arbeitet hier, wohl sehr glücklich, über dem Park. — Schimpft auf die Kritik. — Fährt jetzt nach Belgien. — Seine Frau ist in ihrem roten Kleid sehr häßlich, alt. Er dagegen hat ein glattes Gesicht, trotz des großen Bartes ist es ruhig, seine blauen Augen strahlen.

Im Berliner Tageblatt: Eine Portiersfrau, von ihrem Mann mißhandelt, hat sich in eine leerstehende Wohnung geflüchtet, hat ihre 5 Kinder eins nach dem andern in der Badewanne gewaltsam ertränkt, alle in frische Wäsche gekleidet ins Bett gelegt, sich selbst ertränken wollen; letzteres gelang nicht.

Samstag 6. Juli

Früh telephoniert. Zu Mittag bei Rowohlt geladen.

Dann zu Schlaf, dessen freundliche Schwester, er ist nicht zu Hause.

Mittag gut geschlafen.

Spaziergang mit Paul Ernst ins Webbich. Gespräch über das Unglück guter Schriftsteller, Ruhm, Honorare, Tschechen, Juden — Er tadelt Hauptmann, Thomas Mann, H. Mann, Wassermann. — Erzählt hübsch — Manchmal sind wir alle still — Er geht schwankend, leicht, grauer Anzug und graue Locken, den Hut in der Hand. Schimpft auf die Weimarer.

Wie fremd.

Goethehaus. Wir sehn uns das Mädchen im Ballkostüm an.

Dann zu Johannes Schlaf. Gespräch über Astronomie, gäozentrisch – seine Art, die Augenlider mit gerunzelter Stirn krampfhaft zu heben – wie Prof. Weber – gleichsam sich auf sich selbst besinnend –

Fernrohr um 400 Mark

Schwer ausgesprochene Fremdworte.

Sonntag 7. Juli

Fahrt 4. Klasse, anfangs ganz leer, geräumig, ohne den üblen Bahnfahrtgeruch.

Abschied von Kafka Corbetha.

Bei Rowohlt – Krebse. »Hat die 6 Millionen verbuttert«. Der Roman ist »hingeschludert«.

Editorische Notiz

Der Text dieser Taschenbuchausgabe entspricht dem der Kritischen Kafka-Ausgabe. Die unregelmäßige Interpunktion und die manchmal ungewöhnliche Orthographie mögen zunächst befremden, sie beruhen jedoch auf dem Prinzip, die Textgestalt der Handschrift auch im Druck beizubehalten, die Authentizität des dargebotenen Textes durch den möglichst engen Anschluß an die Handschrift zu wahren. Dies bedeutet, daß auch Anomalien, die auf veralteten Regeln, regionalen Formen oder Eigenarten des Autors beruhen, beibehalten wurden. In den Text eingegriffen wurde nur bei offensichtlichen Verschreibungen und ähnlichen Anomalien, die die Lesbarkeit deutlich und unnötig erschweren würden. (Eine vollständige Rechenschaft über die Eingriffe in den Text wird im Apparatband der Kritischen Ausgabe gegeben.)

Die Textwiedergabe folgt der Handschrift des Autors in ihrem letzten erkennbaren Zustand. Fragmentarische Eintragungen werden als solche wiedergegeben; Passagen, die Kafka gestrichen hat, sind nicht aufgenommen worden (zu ihnen sei auf das Variantenverzeichnis im entsprechenden Band der Kritischen Ausgabe verwiesen). Die im Anhang aufgenommenen parallelen Reiseaufzeichnungen von Max Brod sind unverändert aus dem von Malcolm Pasley edierten Band übernommen worden (Max Brod, Franz Kafka, ›Eine Freundschaft‹, Bd. 1: ›Reiseaufzeichnungen‹. Frankfurt am Main 1987).

Das Register ist als Gesamtregister zu den drei Tagebuchbänden sowie zu den Reisetagebüchern angelegt; es gliedert sich in: ein chronologisch geordnetes Verzeichnis aller von Kafka gesetzten Daten, und zwar mit Rücksicht darauf, daß die Tagebuch- und Reisetagebucheintragungen in der überlieferten Anordnung der Hefte, Notizblöcke und losen Blätter (und nicht in ihrer chronologischen Abfolge) wiedergegeben werden; ein Verzeichnis der in den Tagebüchern enthaltenen fiktionalen Texte und Textfragmente Kafkas; ein Verzeichnis der erwähnten Werke Kafkas; ein Verzeichnis der erwähnten Personen, Werke, Periodika; ein Verzeichnis der Vereine, Institutionen, Organisationen und Schauspielensembles sowie ein Verzeichnis der erwähnten Orte (unter Berücksichtigung von Nennungen im Kommentar, aber ohne die in Exzerpten und Zitaten Genannten). Die Aufzeichungen aus den Reisetagebüchern Max Brods sind in einem eigenen Register erfaßt.

Den Prinzipien der Textdarbietung in der Kritischen Ausgabe entsprechend werden auch in der Taschenbuchausgabe Texttitel nur dann wiedergegeben, wenn sie von Kafka stammen. Um das Auffinden von Texten zu erleichtern, die von Kafka anderswo mit Titel genannt oder erwähnt werden oder die aufgrund ihrer Druckgeschichte unter einem nicht von Kafka herrührenden Titel bekannt sind, ist dem Register eine Übersicht beigegeben, die auf die entsprechenden Fundstellen in den Bänden dieser Taschenbuchausgabe verweist.

Der Kommentar zu den Tagebuch- und Reisetagebuchaufzeichnungen Kafkas sucht den Hintergrund von Textstellen – die jeweils durch ein Lemma bezeichnet werden – so weit aufzuhellen, wie es zum direkten Verständnis der Eintragungen notwendig scheint. Im einzelnen bedeutet dies: die von Kafka genannten Personen zu identifizieren und, sofern sie nur mit Initialen bezeichnet werden, diese aufzuschlüsseln; den kulturellen oder zeitgeschichtlichen Hintergrund von Tagebucheintragungen anhand zeitgenössischer Dokumente zu vermitteln; die Quellen von Anspielungen, Zitaten und Exzerpten nachzuweisen; Beziehungen zwischen Tagebüchern, Briefen und Werken Kafkas aufzuzeigen; Informationen zu den von Kafka besuchten Örtlichkeiten bereitzustellen, wobei sich topographische Hinweise an den zur Zeit der Aufzeichnungen üblichen und auch von Kafka verwendeten Bezeichnungen orientieren.

Im Kommentarteil steht Kafka-Text kursiv, Kommentar-Text gerade. Textverweise innerhalb der Tagebuchbände dieser Ausgabe erfolgen mittels hervorgehobener Seitenzahlen, gegebenenfalls mit vorangestellter und durch Doppelpunkt abgetrennter Bandangabe (z. B. »2:**154**«); Verweise innerhalb der Kommentarteile erfolgen unter Angabe der kommentierten Textseiten und der jeweiligen Ordnungsziffer im Kommentar (z. B. »siehe Kommentar **205**3«).

Für Hinweise und Ergänzungen zum Kommentar sei an dieser Stelle gedankt: Hans Jürgen Bracker (Witten), William Dodd (Birmingham), Jürgen Muck (Wernau), Anthony Northey (Wolfville), Hugo Rokyta (Prag), Marianne Steiner (London), Klaus Wagenbach (Berlin).

Siglen

B	Franz Kafka, ›Beschreibung eines Kampfes. Novellen, Skizzen, Aphorismen aus dem Nachlaß‹. Hrsg. v. Max Brod. Frankfurt 1954.
BKB	›Max Brod, Franz Kafka: Eine Freundschaft‹. Bd. 2, Briefwechsel. Hrsg. v. Malcolm Pasley. Frankfurt 1989.
BKR	›Max Brod, Franz Kafka: Eine Freundschaft‹. Bd. 1, Reiseaufzeichnungen. Hrsg. unter Mitarb. v. Hannelore Rodlauer v. Malcolm Pasley. Frankfurt 1987.
Br	Franz Kafka, ›Briefe 1902–1924‹. Hrsg. v. Max Brod. Frankfurt 1958.
EaFK	›»Als Kafka mir entgegenkam ...« Erinnerungen an Franz Kafka‹. Hrsg. v. Hans-Gerd Koch. Berlin 1995.
F	Franz Kafka, ›Briefe an Felice und andere Korrespondenz aus der Verlobungszeit‹. Hrsg. v. Erich Heller und Jürgen Born. Frankfurt 1967.
FK	Max Brod, ›Über Franz Kafka. Eine Biographie‹. Frankfurt 1974.
KB	Jürgen Born, ›Kafkas Bibliothek: Ein beschreibendes Verzeichnis‹. Mit einem Index aller in Kafkas Schriften erwähnten Bücher, Zeitschriften und Zeitschriftenbeiträge. Zusammengestellt unter Mitarb. v. Michael Antreter, Waltraud John und Jon Shepherd. Frankfurt 1990.
KK	Kurt Krolop, ›Zu den Erinnerungen Anna Lichtensterns an Franz Kafka‹. ›Germanistica Pragensia‹, 5 (1968), S. 21–60.

KKA	Franz Kafka, Kritische Ausgabe der Schriften, Tagebücher, Briefe. Frankfurt 1982ff. Mit den Zusätzen B1, B2 und B3 für die Bände: ›Briefe 1900 bis 1912‹ (1999); ›Briefe 1913–1914‹ (2001); ›Briefe 1914–1917‹ (2005); jeweils hrsg. von Hans-Gerd Koch.
KP	Hartmut Binder, ›Kafka in Paris. Historische Spaziergänge mit alten Photographien‹. München 1999.
KWBr	Kurt Wolff, ›Briefwechsel eines Verlegers 1911 bis 1963‹. Hrsg. v. Bernhard Zeller und Ellen Otten. Frankfurt 1966.
M	Franz Kafka, ›Briefe an Milena‹. Hrsg. v. Jürgen Born und Michael Müller. Frankfurt 1983.
O	Franz Kafka, ›Briefe an Ottla und die Familie‹. Hrsg. v. Hartmut Binder und Klaus Wagenbach. Frankfurt 1974.
Sudel	Hartmut Binder, ›Frauen in Kafkas Lebenskreis‹. Erster Teil. ›Sudetenland‹ 39 (1997), H. 4, S. 337 bis 370 und ›Frauen in Kafkas Lebenskreis‹. Zweiter Teil. ›Sudetenland‹ 40 (1998), H. 1, S. 14–58.
T	Franz Kafka, ›Tagebücher 1910–1923‹. Hrsg. v. Max Brod. Frankfurt 1951.
WB	Klaus Wagenbach, ›Franz Kafka: Bilder aus seinem Leben‹. 2. Aufl., Berlin 1989.

AA	Abend-Ausgabe
AUVA	Arbeiter-Unfall-Versicherungs-Anstalt
MA	Morgen-Ausgabe
MiA	Mittag-Ausgabe

11 1] *Friedländer … Reichenberger]* Friedland, Reichenberg, Rumburg und Gablonz waren die vier »Bezirkshauptmannschaften« im nordböhmischen Industriegebiet, für die Kafka als Beamter der AUVA zuständig war. Die Industriebetriebe dieser Region hatte er im Rahmen seiner Tätigkeit auch auf Dienstreisen zu inspizieren.

12 1] *Montagsblatt]* Das 1878 als ›Montags-Revue‹ gegründete, ab 1894 unter dem Titel ›Montagsblatt aus Böhmen‹ fortgeführte Prager Wochenblatt.

2] *Protiwin]* Stadt in Südböhmen an der Bahnlinie Prag–Gmünd–Wien.

3] *im interessanten Blatt]* Die 1882 erstmals erschienene illustrierte Wochenschrift ›Das interessante Blatt‹.

14 1] *Raspenau]* Etwa 4 km südöstlich von Friedland gelegene Ortschaft.

2] *Das Schloß … es zu sehn:]* Auch die Karten Kafkas zeigen verschiedene Ansichten des Friedländer Schlosses. Siehe hierzu die Abbildung seiner Karte an Ottla Kafka (KKAB1 484) sowie seiner Karte an Karl und Elli Hermann (KKAB1 482 bzw. WB 134 oben links).

15 1] *Kaiserpanorama]* Die Kaiserpanoramen, 1880 von ihrem Erfinder und Betreiber August Fuhrmann erstmals der Öffentlichkeit vorgestellt, bestanden aus einem »Hölzernen Zylinder von knapp 5 Meter Durchmesser, um den herum 25 Zuschauer Platz finden konnten. Durch die Gucklöcher sah man auf kolorierte Glasstereos von exotischen Gegenden oder aktuellen Ereignissen, die für jeden Platz gesondert, von hinten beleuchtet wurden. (…) Wenige Minuten nur sah

man jedes Bild, dann schreckte ein Klingelzeichen aus der Betrachtung auf, und wenig später glitt das Bild ruckhaft, wobei die ganze Maschinerie erbebte, eine Station weiter. Zwei verschiedene Serien von jeweils 50 Stereos machten eine Vorstellung.« (Stephan Oettermann, ›Das Panorama. Die Geschichte eines Massenmediums‹. Frankfurt 1980, S. 184). Fuhrmann zeigte seine stereoskopischen Bilder allein in Deutschland in zeitweilig mehr als 250 Niederlassungen.

2] *einen Band illustrierte Welt]* Die von 1908 bis 1913 in Wien 15
erschienene Zeitschrift ›Illustrierte Welt‹.

3] *Ariston]* Bezeichnung der mechanischen Musikinstrumente, die mit gelochten, kreisförmigen Pappscheiben durch Drehen einer Kurbel gespielt wurden.

4] *eine Dame ... zurück dabei.]* Zu Kafkas Beschreibung dieses Grabdenkmals siehe die Abbildung in WB 135.

1] *Denkmal ... Hut.]* Eine Abbildung des Tito-Speri-Ge- 16
denkmonumentes von Ghidoni Domenico in Brescia findet sich in Hartmut Binder, ›Kafka und die Skulpturen‹. ›Jahrbuch der deutschen Schillergesellschaft‹, 16 (1972), gegenüber S. 640.

2] *Stereoskop]* Siehe Kommentar **15**1.

3] *Plakate ... bekannt.]* Während der Ferienreise im September 1909 war Kafka gemeinsam mit Brod auch in Brescia gewesen (vgl. BKR 17ff. sowie *Erinnerung an den Winkel ... verteilte* (3:**112**)), wo er offenbar Plakate dieser Bier-Marke gesehen hat.

4] *»literarischen Ratgeber« des Dürerbundes]* ›Literarischer Ratgeber‹. Hrsg. v. F. Avenarius. Nebst: ›Literarischer Jahresbericht‹. Hrsg. v. Dürerbund. München 1910.

5] *Kunstwarthefte]* Die von Ferdinand Avenarius herausgegebene Zeitschrift ›Der Kunstwart. Halbmonatsschau über Dichtung, Theater, Musik, bildende und angewandte Künste‹ wurde zeitweilig auch von Kafka regelmäßig gelesen (vgl. u.a. KKAB1 Nr. 4).

17 1] *Reichenberg]* Zentrum des nordböhmischen Industriegebiets und bedeutendste der vier »Bezirkshauptmannschaften«. Siehe auch Kommentar **11**1.

2] *Anstaltsexpositur]* Bezeichnung für die Zweigstellen der AUVA.

18 1] *Des Meeres ... Wellen:]* Zu der Aufführung von Franz Grillparzers Trauerspiel ›Des Meeres und der Liebe Wellen‹, die Kafka am 24. Februar 1911 im Stadttheater Reichenberg besuchte, siehe auch die Eintragung *Erinnerung an ... Schauspieler* (S. **70**).

2] *Miss Dudelsack]* Während Kafkas Aufenthalt wurde die Operette von Fritz Grünbaum und Heinz Reichert im Stadttheater Reichenberg am 25. und 26. Februar gegeben.

21 1] *Alice Rehberger steigt in Pilsen ein]* Nach Recherchen Hartmut Binders hatte Angela Rehberger ihre Urlaubsreise in den Süden unterbrochen, um in Pilsen ihren Bruder Wilhelm zu besuchen, der einige Tage vorher Vater geworden war. (Sudel I 356f.) – Siehe auch Kommentar 1:**61**3.

22 1] *die unverhängten ... Jahreszeiten«]* Bezieht sich auf das Münchener Hotel ›Vier Jahreszeiten‹.

2] *seines Havelocks]* Ärmelloser Herrenmantel mit auf die Hüften herabfallendem, capeartigem Umhang.

24 1] *Patriotische Statistik]* Vgl. die Eintragung in Brods Reisetagebuch: »Kafka: Ob noch kein Patriot ...« (Anhang, S. **120**).

2] *Heraufsteigen ... Besitz)]* Bezieht sich auf die von Max Brod und Felix Weltsch gemeinsam verfaßte philosophische Abhandlung ›Anschauung und Begriff. Grundzüge eines Systems der Begriffsbildung‹ (Leipzig 1913), in der für das »allgemeine Erinnerungsbild« (ebd., S. 73) das Symbol (A+x) eingeführt wird. »Im A eines solchen Gebildes ist mithin das enthalten, was den erlebten Vorstellungen gemeinsam war, während das Verschiedenartige im x verschwimmt.« (ebd., S. 77).

1] *Limmatrichtung]* Vgl. Brods Reisetagebuch: »Schwierige 25
Orientierung ...« (Anhang, S. **121**).

2] *Festspiel ... Jermoli.]* ›Marignano‹, ein fünfaktiges Volksdrama von Carl Friedrich Wiegand, mit Musik von Hans Jelmoli, das im Sommer 1911 von der Freilichtbühne in Morschach, einem Dorf im Kanton Schwyz, uraufgeführt wurde.

3] *(Dufayel)]* Gemeint sind die ›Grands Magasins Dufayel‹, Pariser Warenhäuser in der rue Clignancourt und auf dem Boulevard Barbès.

4] *Briefe geordnet ... Weihnachtsmarkt]* Siehe Kommentar 1: **229**3.

1] *Saint Roche]* Die in der rue St. Honoré gelegene Kirche St. 26
Roch; eine Erinnerung Kafkas an die Parisreise vom Oktober 1910.

2] *Zürcher Zeitung]* Die 1780 als ›Zürcher Zeitung‹ gegründete und 1821 als ›Neue Zürcher Zeitung und schweizerisches Handelsblatt‹ fortgesetzte Tageszeitung.

1] *(Luxembourgpark)]* Eine Erinnerung an die Parisreise im 27
Oktober 1910 (siehe BKR 37).

2] *Rebstock]* Vgl. Brods Reisetagebuch, Anhang, S. **125**.

1] *Zeitungsausschnitten ... Italien.]* Auch in Prag hatte es be- 29
reits seit Juli Pressemeldungen über Cholera-Erkrankungen in Italien gegeben. Am 4. September 1911 berichtete das ›Prager Tagblatt‹ unter der Überschrift ›Die Cholera in Italien‹ von neuen Erkrankungen und Todesfällen u.a. aus Venedig (MiA Nr. 244, S. 6.). Diese Vorfälle sollten auch in den von Brod und Kafka geplanten gemeinsamen Roman ›Richard und Samuel‹ Eingang finden: »In der Vorbemerkung, die wir der Veröffentlichung in den ›Herder-Blättern‹ mit-

gaben, ist der leider Skizze gebliebene Plan entwickelt. Zu ergänzen wäre etwa noch, daß der ›Konflikt‹, der das Freundschaftsverhältnis von Richard und Samuel vorübergehend trüben sollte, das Auftreten der Cholera in Mailand war (geheim geflüstert, in der Presse abgeleugnet).« (Max Brod, ›Zusammenarbeit mit Franz Kafka‹. ›Herder-Blätter‹. Faksimile-Ausgabe zum 70. Geburtstag von Willy Haas. Hamburg 1962, S. IX.)

29 2] *über Land und Meer]* ›Über Land und Meer‹, die 1859 in Stuttgart gegründete ›Allgemeine illustrierte Zeitung‹ dieses Titels.

3] *Favoris]* Bei glattem Gesicht oder zum Schnurrbart getragener Backenbart.

30 1] *ausgelassenes Rütli]* Offenbar wurde während der Dampferfahrt vom Schillerstein zur Tellsplatte die Anlegestelle Rütli nicht angelaufen.

2] *2 Loggien ... sieht)]* Vgl. hierzu Kafkas Ansichtskarte an seine Schwester Ottla vom 29. August 1911 (KKAB1 Nr. 200, Abb. KKAB1 492 oben).

3] *Miss Dudelsack]* Siehe die Eintragung *Miss Dudelsack* (S. **18**) und Kommentar **18**2.

31 1] *Die ungarische Blume]* Vgl. Brods Reisetagebuch, Anhang, S. **131**.

2] *Hotel Belvedere.]* Kafka und Max Brod wohnten in Lugano im Hotel Belvedere au Lac (vgl. KKAB1 Nr. 201 und den Kommentar dazu). Nach Recherchen von Hartmut Binder handelte es sich um ein an der Piazza Guglielmo Tell gelegenes, preisgünstiges Hotel mit Bierrestaurant und kleiner Seeterrasse. Nur fünfhundert Meter davon entfernt lag das einzige Freibad Luganos. (H. Binder, ›Mit Kafka in den Süden‹. Furth im Walde 2007, S. 253.)

32 1] *S. Margeritha mit Springbrunnen]* Santa Margherita »bestand zu Kafkas Zeiten aus nur wenigen Gebäuden. Ins Auge fiel lediglich die kleine romanische Kirche, neben der im 17. Jahrhundert die Pestkranken der Region begraben wurden (...). Außerdem gab es eine Talstation für die 1907 eröffnete, knapp anderthalb Kilometer lange Standseilbahn, welche den kleinen Ort mit dem über 600 Meter höher gelegenen Belvedere di Lanzo verband und einen herrlichen Blick auf Lugano, seine Umgebung und die Monte-Rosa-Kette erlaubte, aber 1975 ihren Betrieb (...) einstellen mußte. (...) Santa Margherita [ist heute] ein Vogelparadies, das von den Dampfern nicht mehr angelaufen wird (...) Vom Wasser aus gesehen rechts neben der Kirche liegt ein kleines Geviert, das sich dem heutigen Besucher als Grasplätzchen darbietet. An seiner Rückseite erhebt sich eine vollständig erhaltene Brunnenanlage, die natürlich kein Wasser mehr führt. Sie ist in die hier fast senkrechte aufsteigende Bergwand eingelassen und dient zugleich als Stützmauer. Gräser haben sich in ihrer Fassade eingenistet, und die beiden flankierenden Steinfrösche, die, auf kleinen Podesten sitzend, die Stelle markieren, an der Rundbogen und Brunnenschale zusammenstoßen, sind verwittert (...). Kafka muß von diesem Arrangement angetan gewesen sein, das er vom Schiff aus bewundern konnte, denn er erwähnt den Brunnen nicht nur in seinen Aufzeichnungen, sondern ergänzte diese auch um eine kleine, bisher nicht identifizierte Skizze, die in vereinfachter Form dessen Aussehen festhält.« (H. Binder, ebd., S. 285f., Photographie des Brunnens auf S. 289.)

2] *Villa mit 12 Cypressen bei Oria.]* Bei der von Brod und 32
Kafka während einer Dampferfahrt gesehenen Villa handelt es sich nach Recherchen Hartmut Binders um die »›Villa Urie già Brusati‹ (auch ›Villa Nisciorée‹) (...). Sie gehörte dem Marchese Ercole Brusati, einem Obersten Napoleons, der hier 1855 starb, und lag zu Kafkas Zeiten außerhalb des Ortes.« Das Gebäude wurde bis in die siebziger Jahre des 20.

Jahrhunderts zu beiden Seiten von je sechs Zypressen flankiert. (H. Binder, ebd., S. 286.)

32 3] *Mamette: ... Glockenturm]* Bezieht sich auf den Glockenturm der Kirche Albogasio Superiore bei San Mamette (siehe die Abbildung in Hartmut Binder, ›Kafka in neuer Sicht. Mimik, Gestik und Personengefüge als Darstellungsformen des Autobiographischen‹. Stuttgart 1976, gegenüber S. 64).

33 1] *Fallendes Haar der Psyche]* Bezieht sich auf die Skulptur ›Amor und Psyche‹ von Antonio Canova in der Villa Carlotta (siehe Kommentar **34**1).

33-34 2] *Im Wagen ... Jungen.]* Vgl. Brods Reisetagebuch, Anhang, S. **139**.

34 1] *Carlotta]* Die Villa Carlotta bei Cadenabbia am Comer See; die folgenden Eintragungen beziehen sich auf ihren Park.

35 1] *Witz des ... Gesprächsstoff]* »Weil die Berge zum Comer See hin sehr steil abfallen, konnten die von Grandola kommenden Bahngeleise nicht direkt auf Menaggio geführt werden, sondern verliefen zunächst mit leichtem Gefälle etwa einen Kilometer lang südwärts in Richtung Griante, wo sie in einem etwa 140 Meter langen Rangiergelände endeten. Dort wurde die Lokomotive abgehängt, auf einer Drehscheibe gewendet und am anderen Ende des Zuges wieder angekoppelt, der nun über eine Weiche auf ein anderes Gleis geleitet wurde und spitzwinklig in entgegengesetzter Richtung am Berghang abwärts zum Ufer des Comer Sees fuhr. So konnte, wer über die Streckenführung nicht im Bilde war, der Auffassung sein, er fahre wieder zurück.« (H. Binder, ›Mit Kafka in den Süden‹, a.a.O., S. 290f.)

2] *(Erzählung ... Sonnenwelt)]* Bezieht sich einmal auf die Hauptfigur in Jules Vernes Roman ›Vingt mille lieues sous les mers‹ (Paris 1870), zum anderen auf seinen Roman ›Hector

Servadec, voyages et aventures à travers le monde solaire‹ (Paris 1877).

3] *Cassagnola]* Richtig: Castagnola. 35

1] *Cholerainformationen]* Vgl. Kommentar **29**1. 37

2] *Norddeutscher Lloyd]* Der seit 1899 in Bremen erscheinende ›Norddeutsche Lloyd‹ (Nebentitel: ›Lloyd-Zeitung für Reise und Außenhandel‹).

3] *Porte Ceresio]* Richtig: Porto Ceresio.

4] *Excelsior]* Pariser Tageszeitung.

5] *Turin (Ausstellung)]* In Turin fand 1911 die Weltausstellung statt.

6] *im Hofe der Mercanti]* Gemeint ist hier: auf der Piazza dei' Mercanti.

7] *Theatro Fossati]* In dem in der Nähe der Piazzale Marengo gelegenen Teatro Fossati wurden volkstümliche Stücke gegeben.

1] *Poltrone]* Poltrona, italienisch für »Parkettplatz«. 38

2] *Ingresso]* Ingresso, italienisch für »Eingang« oder »Eintritt«.

3] *Junge Italienerin ... neben ihr eintrocknen]* Diese Notizen 38-39
gehen auf die Anreise nach Mailand zurück.

1] *im Gepäckraum]* Bezieht sich auf die Ankunft im Mailän- 39
der Hauptbahnhof, vgl. Brods Reisetagebuch, Anhang, S. **145**.

2] *unter den Bogen ... hinaustraten]* Von der Via Manzoni (vgl. Brods Reisetagebuch, Anhang, S. **146**) kann man die Piazza della Scala erreichen, ohne das Opernhaus selbst zu erblicken.

3] *Gespräch über Scheintod und Herzstich]* Im Rahmen dieses Gespräches wurde auch die weitere Skizzierung des Handlungsablaufes des Romanprojektes ›Richard und Samuel‹ unter dem Eindruck der Gefährdung durch das Auftreten der Cholera (vgl. Kommentar **29**1) diskutiert. Angesichts dieser Bedrohung äußerte Brod eine Bitte: »(...) in dem dumpfig überheißen Mailand (wo ich Franz durch die Bitte fast zu Tränen rührte, er möge mich, wenn ich da in der Fremde sterbe, nicht ohne Herzstich begraben lassen)« (FK 111).

39 4] *Mahler]* Gustav Mahler war am 18. Mai 1911 gestorben.

5] *der Augenblick ... Excelsior]* Siehe die Eintragung *Excelsior* (S. **37**) und Kommentar **37**4.

40 1] *Rimini – Ostende]* Offenbar war Rimini als der östliche Endpunkt der Reiseroute vorgesehen.

2] *Galerie]* Die Galleria Vittorio Emanuele, eine überdachte, kreuzförmige Geschäftspassage, die den Mailänder Domplatz mit der Piazza della Scala verbindet.

42 1] *Karte an den Chef: ... grüßen«]* Die offenbar an Eugen Pfohl (siehe Kommentar 1:**26**4) gerichtete Karte ist nicht überliefert.

43 1] *Ein Wasserspeier in Mannsgestalt]* Die meisten Wasserspeier, die der Besucher des Domdachs aus der Nähe betrachten kann, stellen phantastische Tiergestalten dar; zu dem von Kafka beschriebenen *in Mannsgestalt* siehe die Abbildung in H. Binder, ›Kafka und die Skulpturen‹, a.a.O., gegenüber S. 641.

2] *Kastell]* Gemeint ist das Castello Sforzesco, das vom Dach des Domes zu sehen ist.

3] *Teatro Fossati]* Siehe Kommentar **37**7.

4] *abend Erfindungen]* Während der Reise verfolgten die Freunde nicht nur das Projekt des gemeinsamen Reiseromans ›Richard und Samuel‹, sondern entwickelten u.a. die Idee einer Reiseführerserie unter dem Titel ›Billig‹ (vgl. Max Brod/Franz Kafka, »Unser Millionenplan ›Billig‹«, BKR 189 bis 192). Brod schreibt später mit Blick auf die gemeinsame Reise: »(...) wir kamen auf die absonderlichsten hübschesten Witze« (FK 90).

5] *Frau Salus]* Gemeint ist Olga Salus, die Ehefrau des Prager Dichters Hugo Salus.

1] *école Florentine … Rubens Kermesse]* Kafkas Notizen sind noch während des Besuches der Galerien des Louvre entstanden; die Bildtitel hat er offenbar von den an den Gemälden angebrachten Legenden abgeschrieben. Eine Ausnahme bildet das erste von Kafka notierte Gemälde, die *Apfelszene*: gemeint ist vermutlich das Altarbild ›La Vierge et l'enfant entre Saint Frédiano et Saint Augustin‹ von Fra Filippo Lippi, auf welchem das Jesuskind mit einem Granatapfel in der Hand dargestellt wird. Dieses Altarbild hing zu dieser Zeit, ebenso wie das von Kafka notierte Gemälde von Simone Martini, in der ›Salle des primitifs italiens‹, Tintorettos ›Suzanne au bain‹ im ›Salon Carré‹, die weiteren von Kafka angeführten Bilder in der ›Grande Galerie‹. Die irrtümliche Zuordnung Mantegnas zur venezianischen Schule sowie die zu dieser Zeit bereits revidierte Zuschreibung des »Apollo und Marsyas« an Raffael statt an Perugino hat Kafka offenbar von der Bildlegende am Bildrahmen übernommen. In dem von Brod und Kafka in Lugano entworfenen Memorandum für eine Reform der Reiseführer, »Unser Millionenplan ›Billig‹«, heißt es: »Bildergallerie, am billigen Tag. Nur wenige wichtige Bilder. Diese aber gründlich (Kunstwart-Art) volkserzieherisch.« (BKR 191). Diese Eintragung legt die Vermutung nahe, daß Kafkas Auflistung ausgewählter Bilder – sowohl im Louvre als auch im Versailler Schloß (siehe die Eintragungen *Prise de Salins … auf ihn.* (S. **46–47**) und Kommentar **46–47**2) – mit dem »Billig«-Plan im Zusammenhang stand. 44

1] *Robert – Samuel]* Siehe Kommentar 1:**127–131**2. 45

2] *Ambassadeur]* Das Restaurant und ›Café-Concert des Ambassadeurs‹ auf den Champs Elysées.

3] *Compteur francaises]* ›Compteurs français‹ (auch ›taximètres‹ genannt): Bezeichnung für die mit Taxameter versehenen Mietdroschken.

45 4] *Mißverständnis ... Natur]* Vgl. hierzu die Eintragungen *Anfang der Pariser ... Eigentümlichkeit von Paris.* (S. **58–60**).

46 1] *Unsicherheit ... Steinchen]* Notizen, die sich vermutlich auf einen Besuch im ›Café-Concert des Ambassadeurs‹ beziehen (siehe Kommentar **45**2).

46-47 2] *Prise de Salins ... auf ihn.]* Während des Besuches der Gemäldegalerien des Versailler Schlosses entstandene Bildbeschreibungen.

3] *Mr Lafaye]* Prosper Lafaye, Genre- und Historienmaler.

4] *voyage de Louis XVI ... 1786]* Bild von Louis-Philippe Crépin, Marinemaler.

47 1] *Bivouak de Napoleon ... 1809.]* Bild von Adolphe Roehn, Genre- und Historienmaler; vgl. die Abbildung in WB 111.

48 1] *Opera comique]* Zur Opéra-Comique siehe auch S. **52** und Kommentar **52**2.

2] *Café Biard]* Name einer Kette von kleinen, einheitlich ausgestatteten Cafés (siehe auch die Eintragung auf S. **60**f.: *Ich bin zuerst ... zu beachten.*).

3] *Duval]* Name einer Kette von einheitlich ausgestatteten »bouillons«, einfachen Restaurants mit Speisen à la carte (siehe auch die Eintragung auf S. **66**: *Bei Düval ... still war.*).

4] *Colonel ... victoire]* In einem Brief vom 17. September 1911 aus Erlenbach schreibt Kafka an Brod: *Für Dein Kriegsfeuilleton* [d.h. für Brods Aufsatz, der als ›Das kriegerische Paris‹ in der Zeitschrift ›März‹, 5. Jg. (1911), 1. Novemberheft, S. 188ff. erschien] *habe ich in Paris den Titel eines Buches samt Waschzettel abgeschrieben:* [es folgt der Text: *La france ... la victoire* (S. **48**) in einer zweiten Abschrift] *Ich schrieb das vor einer Buchhandlung auf dem Boulevard St. Denis als deutscher Literaturspion ab. Möchte es Dir nützen!* (KKAB1 Nr. 208).

5] *im Lesezimmer]* Gemeint ist das Lesezimmer im Sanatorium Erlenbach am Zürichsee, wo sich Kafka nach Beendigung der gemeinsamen Reise und Brods Rückkehr nach Prag vom 14. bis zum 20. September 1911 allein aufhielt.

1] *Piston]* Abgekürzte Bezeichnung für das Pistonkornett, 50
ein kleines Trompeteninstrument.

1] *Schon wieder ... beisammen]* Vgl. die Eintragung *im Lese-* 51
zimmer ... (S. **48**f.).

1] *Hr. Fellenberg]* Friedrich Fellenberg-Egli, der Leiter von 52
›Fellenbergs Naturheilanstalt‹ in Erlenbach, im folgenden abgekürzt *Hr. F.*

2] *In der Opera ... zu steigen.]* Erinnerung an den Besuch einer Vorstellung in der Pariser Komischen Oper am 8. September (siehe auch die Eintragungen auf S. **63–65**: *Eine dicke Placeuse ... abgenützte Gesichtshaut.*).

1] *Irridenta]* Irredenta, politische Unabhängigkeitsbewe- 53
gung, die den Anschluß abgetrennter Gebiete, hier des italienischsprachigen Tessin, an das Mutterland anstrebt.

1] *Le siège de Paris ... Belagerung]* Kafkas Exzerpte beruhen 54-56
auf der Lektüre von Francisque Sarcey, ›Le Siège de Paris. Impressions et Souvenirs‹, Paris 1871 (vgl. auch die Eintragung *Immer ... rückte.* (1:**43–44**) und Kommentar 1: **43–44**2).

1] *Dieser sergent Hoff ... wurde]* Ebd., S. 225ff. 55

2] *Straßenjungen ... »Gare l'obus«]* ›Quand les enfants d'ouvriers, ou même leurs pères, voyaient un brave bourgeois, bien obèse (...) passer dans la rue, (...) ils attendaient qu'il arrivât près d'une flaque de boue, et alors: ›Gare l'obus!‹ criaient-ils à pleins poumons.‹ (ebd., S. 267).

1] *20. ... alten Frau.]* Eine offenbar während der Bahnfahrt 56
nach Prag entstandene Eintragung.

2] *Siamesenkoupee]* Seinerzeit neuartige Eisenbahnwaggons, die erstmals 1909 auf den internationalen Strecken von Mailand eingesetzt wurden; bei diesen sogenannten »gemelli siamesi« (italienisch für »siamesische Zwillinge«) wurden zwei

Waggons aneinander gehängt, so daß ein Überwechseln von einem Wagen in den anderen möglich war.

57 1] *Mit den unsichern ... Hotels]* Beginn der in Prag geschriebenen Pariser Erinnerungen. Das Hotel, in dem Kafka und Brod schließlich logierten, war das Hotel Sainte Marie, rue de Rivoli 83 (vgl. Brods Reisetagebuch, Anhang, S. **154**).

58 1] *Darstellung ... Frühstücke]* Vgl. die Eintragung *Ich bin zuerst ... zu beachten.* (S. **60**f.).

2] *Euripides ... Läuse hat.]* Offenbar nicht mit Kafkas Reiseaufzeichnungen zusammenhängende Eintragungen.

58-59 3] *Anfang der ... um zu warten.]* Vgl. hierzu auch Max Brods Darstellung in seinem Reisetagebuch, Anhang, S. **157**.

60 1] *Vers. Dampfbahn]* Versailler Dampfbahn; eine doppelstökkige, »mit komprimierter Luft« arbeitende Straßenbahn, die für die Hinfahrt nach Versailles anderthalb Stunden benötigte (vgl. KP 223, auf S. 224 eine Photographie dieser Bahn).

62 1] *Seelentränker]* In Prag geläufige Bezeichnung für schmale Ruderboote (tschechisch »maňásek«), wie sie in den Flußbädern verliehen wurden.

63 1] *zum beliebigen Turnen]* Max Brod hält dazu fest: »Kafka turnt sehr gut am Seil« (Anhang, S. **175**).

2] *Wir fragen nach ... Bottin nicht.]* Die maison Balzac war kurz zuvor als Museum in der rue Raynouard 47, wo Balzac von 1840 bis 1848 wohnte, eingerichtet worden.

3] *Musee Grevin (ein Panoptikum)]* Musée Grévin, das 1882 gegründete Wachsfigurenkabinett auf dem Boulevard Montmartre.

4] *Bottin]* Ein in allen Hotels und Cafés öffentlich ausliegendes Adreßbuch.

5] *Teatre Francais]* Im Théâtre-Français (auch ›Comédie-Française‹) besuchten Brod und Kafka eine Aufführung von Racines ›Phèdre‹ (s. auch die Eintragungen *Anblick Maxens ... wird fortgesetzt* (S. **68–70**) und Kommentar **68–70**1).

6] *Eine dicke Placeuse ... spielen läßt.]* In der Eintragung: *Stie-* 63-64
felputzscene ... spielen läßt. (S. **63**f.) hält Kafka seine Eindrücke der Aufführung von Georges Bizets Oper ›Carmen‹ fest, die er gemeinsam mit Brod am 8. September in der Opéra Comique besucht hat.

1] *Gesang Carmens]* Die Titelrolle sang die französische So- 64
pranistin Geneviève Vix (1879–1939) (BKR 120; Photographien der Künstlerin in KP 158f.).

2] *Ein Mensch ... gemacht hat.]* Eine parallele Eintragung findet sich im ersten Tagebuchheft, vgl. die Eintragung *Ein Mensch ... gemacht.* (1:**36**).

1] *Düval]* Siehe Kommentar **48**3. 66

1] *Salon Carré]* Ausstellungsraum des Louvre, der an den 67
längsten Saal (S. **67**), die ›Grande Galerie‹, angrenzt.

2] *wie wenn die Mona Lisa ... wäre.]* Leonardos ›Mona Lisa‹ war am 21. August 1911 aus dem Louvre gestohlen worden und wurde erst zwei Jahre später in Florenz wieder aufgefunden.

3] *Saal der Primitiven]* Zur ›Salle des primitifs italiens‹ siehe auch die Eintragung *école Florentine ... Rubens Kermesse* (S. **44**) und Kommentar **44**1.

4] *im längsten Saal]* Die ›Grande Galerie‹, siehe Kommentar **44**1.

1] *Anblick Maxens ... wird fortgesetzt]* Brod und Kafka be- 68-70
suchten am 9. September 1911 eine Aufführung von Racines ›Phèdre‹ im Théâtre-Français. Die Aufzeichnungen geben Kafkas Eindrücke vor und während dieses Theaterbesuches wieder.

2] *Aristide]* Wie Duval (siehe Kommentar **48**3) ein zu einer 68
Kette von »bouillons« gehörendes Restaurant.

1] *Unmittelbarer Einfluß ... Lorrains.]* Nachwirkung des 69
Besuches im Louvre: ›Les noces de Cana‹ von Veronese wurde im ›Salon Carré‹ gezeigt; mehrere Werke Claude

Lorrains wurden in der ›Galerie française du XVIIe siècle‹ ausgestellt.

69 2] *Der ob ... Mund Hypolits.]* Darsteller dieser männlichen Hauptfigur in Racines Stück war der Schauspieler René Alexandre (1885–1946), vgl. KP 179, eine Photographie des Künstlers KP 176.

3] *Oenone ... vor.]* Nach Recherchen von Hartmut Binder wurde die Oenone von der Schauspielerin Jeanne Even dargestellt (KP 179).

4] *Unzufriedenheit ... gelesen habe.]* Friedrich Hebbels Beschreibung eines Besuches im ›Théâtre-Français‹ und der Rachel (zu Elisa Rachel Félix siehe auch *Nachtmahl bei der Rachel* (1:**95**) und Kommentar 1:**95**2) in seinem Pariser Tagebuch vom 13. Dezember 1843 war Kafka bekannt (Friedrich Hebbel, ›Tagebücher‹, Zweiter Band, Sämtliche Werke. Historisch-kritische Ausgabe besorgt von R. M. Werner. Berlin 1903, S. 335f.; siehe auch Kommentar 1:**104**1). Vermutlich kannte er ebenfalls Flauberts Aufsatz ›Mademoiselle Rachel‹, der kurz zuvor bei Conard erschienen war (›Œuvres de jeunesse inédites‹. Bd. 2. Paris 1910, S. 1839ff.). – Die Hauptrolle in dieser Aufführung spielte Madeleine Roch (KP 181).

70 1] *Erinnerung ... Reichenberg.]* Zu ›Des Meeres und der Liebe Wellen‹ siehe die Eintragung *Des Meeres ... Wellen* (S. **18**) und Kommentar **18**1.

71 1] *Bädeker]* Kurzbezeichnung für die von Karl Baedeker herausgebrachten Reiseführer. Auch Kafka und Brod haben sich offenbar vor allem mit Hilfe von Baedekers Führer ›Paris et ses Environs‹ (vermutlich in der 17. Ausgabe, Leipzig 1911) orientiert. Vgl. Brods Eintragung im Reisetagebuch vom 11. September 1911, Anhang, S. **192**.

2] *Venus von Milo ... Arm und Schwert.]* Kafkas Beschreibungen der antiken Plastiken gehen auf den Besuch des ›Musée des Marbres antiques‹ im Louvre am 10. September 1911 zurück.

3] *Die Metro ... gefahren bin.]* Eine Reminiszenz an die Parisreise im Oktober 1910: Am 16. Oktober hatte Kafka die Pferderennbahn im Pariser Vorort Longchamp besucht. **71-72**

1] *Die Erinnerung an Spaziergänge ... 5 mal.]* Kafkas Aufzeichnungen gehen auf einen Ausflug in den Bois de Boulogne am 10. September 1911 zurück. **73-74**

2] *dieses Sees]* Gemeint ist der Lac inférieur, der größte der künstlichen Seen im Bois de Boulogne (KP 197f.). **73**

1] *Beim Anhören unseres Tschechisch]* Nach Brod und Kafkas Eindruck wurde Deutschen »Haß und Verachtung« entgegengebracht; in der Öffentlichkeit sprachen sie deshalb tschechisch. »Wir reisen als Tschechen oder Polen«, notierte Max Brod (BKR 119). **74**

2] *Licht des Lunaparks]* »Der Lunapark, der seinen Namen von dem englischen Begriff ›lunatic‹ herleitete, (...) wurde Ende Juni 1909 eröffnet.« Zu den Hauptattraktionen gehörte u.a. ein großer künstlicher Wasserfall. (KP 198ff.)

1] *Auf dem Asphaltpflaster ... gar nicht vergleichen.]* Zu dieser von Kafka später *meine kleine Automobilgeschichte* (vgl. 1:**177** und Kommentar 1:**177**1) genannten Beschreibung eines am 8. September 1911 beobachteten Verkehrsunfalls siehe auch Brods Reisetagebuch, Anhang, S. **155**. **75-78**

1] *Sokoln verzögern die Zugsabfahrt.]* Als »Sokoln« wurden die Mitglieder der tschechischen Turn- und Sportorganisation ›Sokol‹ (tschechisch für ›Falke‹) bezeichnet. Unter der Überschrift ›Zum Sokolkongreß‹ meldet das ›Prager Tagblatt‹ am 29. Juni 1912: »Gestern nach 6 Uhr abends trafen mit der Franz Josefsbahn die Abordnung des Pariser Gemeinderates und die französischen Gymnasiasten hier ein.« Die Gäste wurden durch den Prager Bürgermeister sowie **81**

»eine nach Tausenden zählende Menge« begrüßt (MA Nr. 177, S. 3).

81 2] *Opels Hotel.]* Opels Hotel garni war ein Hotel »für weniger hohe Ansprüche« und befand sich in der Blücherstraße 9 in der Nähe des Hauptbahnhofs (Griebens Reiseführer, ›Leipzig und Umgebung‹. 6. Aufl. Neu bearb. u. erw. Berlin 1913, S. 8f.)

3] *Der halbe neue Bahnhof ... alten.]* Der Neubau des Leipziger Hauptbahnhofs begann 1902; er wurde am 1. Mai 1912 in Betrieb genommen, die Bauarbeiten waren aber erst 1915 abgeschlossen.

4] *schönen Erker am Fürstenhaus]* Der Renaissancebau in der Grimmaischen Straße (Ecke Universitätsstraße) wurde seit dem 17. Jahrhundert als »Fürstenhaus« bezeichnet, »weil einige studierende altenburgische Prinzen hier gewohnt hatten« (Griebens Reiseführer ›Leipzig‹, a.a.O., S. 56).

5] *Nachtarbeit auf einem Bauplatz ... Auerbachs Keller.]* Im Jahre 1912 wurde das Grundstück des durch Goethes ›Faust‹ berühmt gewordenen Weinkellers (Grimmaische Straße 2) neu bebaut und das Weinlokal hierbei erweitert.

82 1] *B.]* Bordell.

2] *Rohwolt]* Ernst Rowohlt, siehe Kommentar 2:**75**1. Das Verlagshaus befand sich in der Königstraße 10.

3] *Buchgewerbemuseum]* Das 1885 gegründete ›Deutsche Buchgewerbemuseum‹ mit seiner Sammlung zur Buchentstehung sowie einer umfangreichen Bibliothek und Blattsammlung hatte seinen Platz im Dachgeschoß des »Deutschen Buchgewerbehauses« in der Dolzstraße (Griebens Reiseführer ›Leipzig‹, a.a.O., S. 35).

4] *Öffentliche Lesehalle.]* Vermutlich besuchte Kafka eines der beiden zentral gelegenen »Öffentlichen Lesezimmer«, also entweder das am Blücherplatz im Gebäude der ehemaligen »Dauernden Gewerbeausstellung« (in der Nähe des Hauptbahnhofs und des Hotels) oder jenes am Johannisplatz unweit des Buchgewerbemuseums (Griebens Reiseführer ›Leipzig‹, a.a.O., S. 32).

5] *Mittagmahl in »Manna«.]* Ein vegetarisches Restaurant im 82
Zentrum Leipzigs, Schulstraße 8.

6] *Brandeis]* Vermutlich Richard Brandeis (1865–1944), der 1911 die Prager Verlags-Buchhandlung seines Vaters, Jakob Brandeis (Begründer der ›Jüdischen Universalbibliothek‹) übernommen hatte.

7] *Goethedenkmal]* Die von Carl Seffner geschaffene Bronzestatue des jungen Goethe wurde 1903 vor der Alten Börse am Naschmarkt aufgestellt.

8] *Wilhelms Weinstube]* Kurt Pinthus bezeichnete »Wilhelms Weinstube« als: »Leipziger Hauptquartier des jungen Expressionismus, (...) wo sich die Autoren des schnell aufblühenden Rowohlt Verlags, seit 1913 Kurt Wolff Verlags: Dichter und Schriftsteller aus Berlin, Prag, Wien, München und Leipzig selbst täglich versammelten.« (›Das Kinobuch. Dokumentarische Neu-Ausgabe des ›Kinobuchs‹ von 1913/14‹. Hrsg. v. K. Pinthus. Zürich 1963, S. 9).

9] *Graf Bassewitz ... »Judas«]* Die 1912 in Leipzig uraufgeführte Tragödie ›Judas‹ von Gerdt von Bassewitz (1878–1923) wurde, wie auch seine anderen Dramen, von Ernst Rowohlt verlegt.

10] *Hasenclever]* Der Schriftsteller Walter Hasenclever (1890 bis 1940), einer der literarischen Berater Ernst Rowohlts und Kurt Wolffs, war an der Gründung der Buchreihe ›Der jüngste Tag‹ beteiligt.

11] *Pinthus]* Kurt Pinthus (1886–1975), zu dieser Zeit noch nebenberuflich, später hauptberuflich literarischer Berater und Lektor der Verlage Ernst Rowohlt und Kurt Wolff.

12] *B. T.]* Die 1872 gegründete Tageszeitung ›Berliner Tageblatt‹.

82 13] *Cafe Francais]* Das Café Français befand sich am Augustusplatz 4.

14] *Kritik der »Johanna v. Neapel«]* Das historische Trauerspiel von Hanna Rademacher wurde am 28. Juni 1912 im Neuen Theater in Leipzig uraufgeführt.

83 1] *B.]* Bordell.

2] *R. will ... von mir.]* Siehe auch Brods Reisetagebuch, Anhang, S. **200** sowie Kommentar 2:**75**1.

3] *Hotel Chemnitius]* Das Hotel Chemnitius befand sich am Karlsplatz. Es zählte zu den Hotels »für weniger hohe Ansprüche« (Griebens Reiseführer, ›Weimar und Umgebung‹. 3., neubearb. Aufl. Berlin 1914, S. 6).

4] *Freibad am Kirschberg]* Gemeint ist die Städtische Badeanstalt an der Ilm. Die Straße Am Kirschberg verläuft parallel zum Fluß.

5] *Schwanensee]* Es handelt sich um die Schwansee-Teichanlagen, die an eine Badeanstalt (Schwansee-Bad; Schwanseestraße 24) grenzen.

83-84 6] *Schillerhaus. ... Buch seines Vaters.]* Aufzeichnungen Kafkas zum Besuch der als Museum eingerichteten Räume, die Schiller von 1802 bis 1805 bewohnt hat.

84 1] *Maria Pawlovna]* Großherzogin Maria Pawlowna, Tochter des Zaren Paul I., Gattin des Großherzogs Karl Friedrich.

2] *Frau Junot]* Die älteste Tochter Schillers, Karoline, war mit dem Bergrat Franz Carl Emanuel Junot verheiratet.

3] *»Baumzucht ... Vaters.]* Johann Kaspar Schiller, ›Die Baumzucht im Großen nach zwanzigjähriger Erfahrung im Kleinen‹. Neustrelitz 1795 (Neuauflage: Gießen 1806).

4] *Schon als wir im Treppenhaus ... vorüber.]* Im Goethehaus machte Kafka die Bekanntschaft Margarethe Kirchners (von ihm im folgenden *Grete* genannt). Brod hält dazu in seinem Reisetagebuch fest: »Kafka kokettiert erfolgreich mit der schönen Tochter des Hausmeisters.« (Anhang, S. **202**). In seinem Roman ›Zauberreich der Liebe‹ (Berlin, Wien, Leipzig 1928), in dem Brod die Gestalt Richard Gartas mit Charakterzügen Kafkas versieht, schreibt er: »Es knüpft sich nämlich eine kleine, ganz zarte Beziehung zwischen ihm und der hübschen Tochter des Beschließers im Goethehaus am Frauenplan (...) Es hat zur Folge, daß Garta und mit ihm Christof in die Wohnung des Beschließers eingeladen werden, daß sie dann mit dem schönen Mädchen in der Wohnung Goethes aus- und eingehen wie zu Hause, daß sie in den sonst nicht zugänglichen Garten Einlaß haben, in den Zimmern Goethes außerhalb der Besuchsstunden, also ungestört von Touristen-Getrappel sich umtun dürfen.« (ebd., S. 76f.). – Vgl. auch KKAB1 Nr. 241, wo Kafka einen Brief dieses Mädchens zitiert. – Eine Photographie von ihr ist enthalten in Hartmut Binder/Jan Parik, ›Kafka. Ein Leben in Prag‹. München 1982, S. 147; dort auch weitere Informationen zur Person.

5] *Ich gehe von Max gestoßen ... Abschied vor dem Haus.]* Vgl. **84-85**
Brods Reisetagebuch, Anhang, S. **202**.

6] *Gasthaus zum Schwan.]* Gemeint ist das Hotel Weißer Schwan am Goetheplatz 4, vgl. auch BKR 226.

1] *Nationalmuseum]* Gemeint ist das Goethe-Nationalmu- **85**
seum.

2] *Schloß in Tiefurt.]* Das in dem etwa vier Kilometer von Weimar entfernten Dorf Tiefurt gelegene Schloß, Sommersitz der Herzogin Anna Amalia.

3] *Fräulein von Göchhausen]* Die Hofdame Luise von Göchhausen.

4] *Seifengasse]* Diese Gasse mündet in den Goetheplatz.

5] *Goetheplatz]* Heute: Frauenplan; nicht identisch mit dem heutigen Goetheplatz.

6] *aus der Schillerstraße ... Platz]* Gemeint ist die kleine Sack- **85-86**
gasse Am Palais.

86 1] *Gartenhaus ... gezeichnet.]* Kafkas Zeichnung des Gartenhauses ist auf einem Notizblockblatt (in Privatbesitz) überliefert:

2] *Den Vers ... auswendig gelernt.]* Die Inschrift der Steintafel, in Großbuchstaben und ohne Satzzeichen gemeißelt, lautet:

HIER GEDACHTE STILL EIN LIEBENDER SEINER GELIEBTEN
HEITER SPRACH ER ZU MIR WERDE MIR ZEUGE DU STEIN
DOCH ERHEBE DICH NICHT DU HAST NOCH VIELE GESELLEN
IEDEM FELSEN DER FLUR DIE MICH DEN GLYKLICHEN NAEHRT
IEDEM BAUME DES WALDS UM DEN ICH WANDERND MICH SCHLINGE
RUF ICH WEIHEND UND FROH BLEIBE MIR DENKMAL DES GLYKS
DIR ALLEIN VERLEIH ICH DIE STIMME WIE UNTER DER MENGE
EINEN DIE MUSE SICH WAEHLT FREUNDLICH DIE LIPPEN IHM KYSST.

Goethe hatte sie 1782 zur Erinnerung an seine Begegnung mit Charlotte von Stein anbringen lassen. Der Text wurde 1789 erstmals bei Göschen in Leipzig gedruckt und später mehrfach umgearbeitet.

3] *Erfurter Allee]* Gemeint ist die Erfurter Straße; wegen ihrer

Länge wurde zwischen innerer (der im Innenstadtbereich befindliche Teil) und äußerer Erfurter Straße unterschieden; vgl. S. **90**: *Erfurter Straße*.

4] *Nachmittag Liszthaus ... Besuche.]* Aufzeichnungen zum 86
Besuch der zum Museum umgewandelten Villa Franz Liszts.

5] *Die alte Pauline.]* Möglicherweise sah Kafka im Liszt-Haus ein Bild der Sängerin Pauline Viardot-Garcia (1821 bis 1910), deren Klavierlehrer Franz Liszt gewesen war; sie hatte auf allen großen Opernbühnen Europas triumphale Erfolge gefeiert und genoß später einen legendären Ruf als Gesangslehrerin.

6] *»russischen Hof«]* Das Nobelhotel Russischer Hof am Karlsplatz.

1] *Entdeckung von »Tivoli« ... Deutschmeister.]* Vgl. Brods 87
Aufzeichnung im Reisetagebuch, Anhang, S. **205**.

2] *Es wird photographiert ... Bank.]* Siehe hierzu die Abbildung BKR 244.

3] *Öttingen]* Wolfgang von Oettingen (1859–1943), der damalige Direktor des Goethe-Nationalmuseums und des Goethe- und Schiller-Archivs.

4] *Großherzogliche Bibliothek]* Das von Herzog Johann Wilhelm im 16. Jahrhundert als Gartenschloß errichtete Gebäude am Fürstenplatz 1, genannt das Grüne Schloß, wurde in den Jahren 1761 bis 1766 von Herzogin Anna Amalia von Sachsen-Weimar und Eisenach zur Bibliothek umgebaut. Der im ersten Stock eingerichtete Rokokosaal bildete das Glanzstück des neu gestalteten Baus. Heute trägt die Sammlung den Namen der Patronin: Herzogin Anna Amalia Bibliothek.

5] *Trippelbüste]* Goethebüste von Alexander Trippel; es handelt sich um das zweite, 1790 vollendete Exemplar.

6] *Der immer ... Großherzog.]* Gemeint ist hier und im folgenden Carl August von Sachsen-Weimar und Eisenach.

87 7] *Goethebüste von David]* Eine 1831 ausgeführte Marmorbüste von Pierre Jean David d'Angers.

8] *Die durch Goethe ... Bibliothek.]* Goethe hatte von 1797 bis zu seinem Tod die Oberaufsicht über die Großherzogliche Bibliothek inne. Auf seine Anregung hin entstand 1803 bis 1805 ein Verbindungsbau zwischen der Bibliothek und dem alten Stadtturm aus dem Jahre 1453. Der Turm selbst wurde 1821 bis 1825 in ein Büchermagazin umgewandelt und um einen neugotischen Vorbau ergänzt. Die Bauarbeiten am historischen Bibliotheksgebäude wurden erst 1849 abgeschlossen – im Jahre des 100. Geburtstags Goethes.

9] *Passow]* Der mit Goethe bekannte Altphilologe Franz Passow unterrichtete von 1807 bis 1810 am Weimarer Gymnasium.

10] *Zach. Werner]* Der Dichter und Dramatiker Zacharias Werner, dessen häufige und weitausgedehnte Reisen ihn auch zu einem längeren Aufenthalt nach Weimar führten, wo er mit Goethe zusammentraf.

11] *Gluck. ... geatmet hat.]* Zu den im großen Saal und auf den Brüstungen der Galerie der Großherzoglichen Bibliothek in Weimar aufgestellten Büsten zählt auch die des Komponisten Christoph Willibald Ritter von Gluck (von Jean-Antoine Houdon).

12] *Die von einem ... Treppe.]* Gemeint ist die im Innern des alten Stadtturms (s.o.) eingebaute, aus der Weidaer Osterburg stammende Wendeltreppe, deren Spindel aus einem einzigen Eichenstamm gearbeitet ist und »von einem Gefangenen« gefertigt wurde (Griebens Reiseführer ›Weimar‹, a.a.O., S. 38).

87-88 13] *Spaziergang im Park ... Fritz Wenski.]* Vgl. Brods Reisetagebuch, Anhang, S. **207**.

88 1] *das römische Haus]* In dem von Großherzog Carl August in Zusammenarbeit mit Goethe nach dem Vorbild des Wör-

litzer Parks angelegten Park an der Ilm wurde 1798 ein Gebäude in Form eines römischen Tempels errichtet.

2] *Borkenhäuschen.]* Goethe ließ diese Klause im Park an der 88
Ilm 1778 zum Namenstag der Herzogin Luise errichten; es wurde auch Luisenkloster genannt.

3] *Shakespearedenkmal.]* Nahe dem Borkenhäuschen (s.o.) befindet sich eine künstliche Ruine, in der das von Otto Lessing aus Marmor geschaffene, 1904 enthüllte William-Shakespeare-Denkmal steht; das einzige Denkmal des englischen Dramatikers auf dem europäischen Festland.

4] *Kakes]* Gemeint sind Kekse, abgeleitet vom englischen »cakes«.

5] *Gartenkoncert Carmen.]* Während seines zweiten Paris-Aufenthaltes hatte Kafka am 8. September 1911 eine Aufführung von George Bizets Oper besucht, siehe ›Reise August/September 1911‹, S. **63**f.; siehe auch den Brief Kafkas an Gertrud Thieberger vom 29. Februar 1916 (KKAB3 Nr. 835) sowie seine handschriftliche Widmung an sie in einer Ausgabe der ›Betrachtung‹ (KKAB3 Nr. 397).

6] *Max fährt ... Diederichs.]* Zu Max Brods Besuch bei dem Verleger Eugen Diederichs siehe Anhang, S. **208**ff.

7] *Fürstengruft]* Die von Großherzog Carl August 1824 erbaute tempelähnliche Fürstengruft befindet sich auf dem Weimarer Friedhof an der Amalienstraße im Süden der Stadt. Hier haben die Mitglieder des großherzoglichen Hauses von Sachsen-Weimar-Eisenach ihre letzte Ruhestätte; auch Goethe und Schiller sind hier beigesetzt.

1] *Abend Hiller]* Der Publizist Kurt Hiller (1885–1972), zu 89
dieser Zeit eine führende Figur im literarischen Leben Berlins, hatte sich für das Frühwerk Max Brods eingesetzt; zu der Begegnung mit ihm und seiner Mutter Ella (geb. Singer, 1862–1936) in Weimar siehe auch Brods Reisetagebuch, Anhang, S. **210**ff.

89 2] *Goethe-Schiller Archiv]* Das Weimarer Archiv enthält u.a. die Nachlässe Schillers, Goethes, Herders und Freiligraths.

3] *Briefe von Lenz]* Im Goethe-Schiller-Archiv befanden sich Briefe von Jakob Michael Reinhold Lenz aus der Zeit von Mai 1775 bis November 1776 (15 an Herder, 6 an Sophie von La Roche und je einer an Goethe, Frau von Stein und Hofrat von Kalb) sowie ein Brief an F.J. Bertuch vom April 1780 aus St. Petersburg. Auch Brod hat die dort ausgestellten Lenzbriefe studiert: »Hitziger Brief von Lenz an Herder.« (Anhang, S. **210**). Als Kafka Anfang 1918 die neuerschienene zweibändige Ausgabe ›Briefe von und an J.M.R. Lenz‹ (hrsg. v. K. Freye u. W. Stammler. Leipzig 1918) von Kurt Wolff erhalten hatte, schrieb er an diesen: (...) *das Buch, das ich mir schon längst wünschte, noch ehe ich von Ihrer Absicht es herauszugeben wußte, ist mir dadurch doppelt wert.* (KWBr 47). Siehe auch *Unaufhörlich ... geholt.* (2:**79**) und Kommentar 2:**79**5.

4] *Willst Du Absolution ... leben.«]* Aus Goethes zum Zyklus ›Gesellige Lieder‹ gehörenden Gedicht ›Generalbeichte‹ (1802).

5] *»Erhabene Großmama!«]* Die Handschrift dieses Gedichtes zeigt die Hand des siebenjährigen Goethe.

6] *Jerusalem ... ersuchen?«]* Karl Wilhelm Jerusalem beging am 29. Oktober 1772 mit den von Johann Christian Kestner ausgebetenen Pistolen Selbstmord.

90 1] *Erfurter Straße]* Siehe den Kommentar **86**3.

90-91 2] *Nachmittag Ausflug ... von Goethe eingerichtet.]* Das etwa vier Kilometer von Weimar entfernte großherzogliche Schloß Belvedere ist durch die mit Linden bestandene Belvedereallee (S. **90**: *Allee*) zu erreichen. Im Schloß finden sich Deckengemälde von Adam Friedrich Oeser (S. **91**: *Deckenbilder Oesers*), in der dem Schloß benachbarten Remise ist eine Sammlung historischer Wagen untergebracht (S. **91**: *Der aus mit ... Hochzeitsreise fuhr.*). Im Schloßpark, von Herzogin

Anna Amalia angelegt und von Goethe weiter ausgeführt, findet sich ein von Goethe angelegtes Naturtheater (S. **91**: *Naturteater . . . eingerichtet.*).

1] *Abend zu Paul Ernst]* Der Dramatiker, Erzähler und Essayist Paul Ernst (1866–1933), im folgenden *P. E.* abgekürzt, wohnte mit seiner zweiten Frau und seinen drei Kindern in einer Villa Am Horn 45/47 (Paul Raabe, ›Spaziergänge durch Goethes Weimar‹. Zürich 1990, S. 151). 91

2] *Wildenbruch]* Der 1909 gestorbene Dramatiker und Erzähler Ernst von Wildenbruch hatte zeitweilig in Weimar gelebt.

3] *Wohnt am Horn.]* Siehe Kommentar **91**1.

4] *Eintritt des Pater . . . Otto Ludwig Ausgabe.]* Der Franziskanerpater Expeditus Schmidt (1868–1939; ursprünglich Hermann Schmidt) wirkte an der achtzehnbändigen Ausgabe der ›Sämtlichen Werke‹ Otto Ludwigs mit (hrsg. von Paul Merker unter Mitarbeit u.a. von Expeditus Schmidt. München 1912ff.).

5] *»Heiligenlegenden«]* ›Die schönsten Heiligenlegenden in Wort und Bild.‹ Hrsg. v. Expeditus Schmidt, unter Mitw. v. Enrica v. Handel-Mazzetti, Anna Freiin v. Krane, Franz Frhrn. v. Lobkowitz u.a. Bd. 1. München 1912.

6] *Schlaf]* Der Schriftsteller Johannes Schlaf (1862–1941), ursprünglich als Mitarbeiter von Arno Holz ein Vorkämpfer der naturalistischen Literaturbewegung.

1] *Wohnt nicht gerade . . . wollte.]* Johannes Schlaf wohnte in 92
der Lassenstraße 31 (Paul Raabe, ›Spaziergänge durch Goethes Weimar‹, a.a.O., S. 152). Nach Recherchen von Hartmut Binder bewohnte Johannes Schlaf zwei Dachgeschoßzimmer eines 1904 erbauten Jugendstilhauses, »deren eines an unausgebauten Bodenraum grenzte« (H. Binder, ›Über den Umgang mit Topographica in Kritischen Ausgaben am Beispiel der Tagebücher Kafkas‹. In: ›Edition von autobiogra-

phischen Schriften und Zeugnissen zur Biographie‹. Hrsg. von Jochen Golz. Tübingen 1995, S. 165).

92 2] *Spricht hauptsächlich ... geocentrischen System.]* Schlaf versuchte in späteren Jahren, das heliozentrische System zu widerlegen und entgegen den Erkenntnissen der exakten Naturwissenschaften das geozentrische System wiedereinzuführen. Seine Überzeugung vertrat er in einer Vielzahl von Publikationen (u.a.: J. Schlaf, ›Auffallende Unstichhaltigkeit des fachmännischen Einwandes zur geocentrischen Feststellung‹. München 1914).

93 1] *Spaziergang ... im Webbich]* Das »Webicht« genannte Waldgebiet nordöstlich von Weimar.

2] *Jetzt 1/2 7 ... niedergefallen.]* Im Park (Gleimgarten) von Halberstadt. Die Aufzeichnungen vom 7. Juli 1912 7. *Juli ... und aufgebauscht.* (S. **93–95**) sind in Halberstadt, wo Kafka auch übernachtete, entstanden.

3] *Nach dem Abschied ... so unsicher.]* Durch die an Max Brod gerichtete persönliche Anrede wird Kafkas Reisetagebuch an dieser Stelle ausdrücklich zum Journalbrief. *Tagebuchblätter*, die nach dem gemeinsamen Aufenthalt in Weimar entstanden, schickte er in Teillieferungen an Brod nach Prag (vgl. BKB 105 und 109).

94 1] *Sie liest einen 3 M ... Paradies«.]* Der 1912 bei Ullstein in Berlin erschienene Roman ›Ein Augenblick im Paradies‹ von Ida Boy-Ed.

2] *Drachenweg. Katzenplan.]* Straßen in Halberstadt.

95 1] *Ich will etwas ... wissen.]* Halberstadt hatte zu dieser Zeit eine der größten orthodoxen jüdischen Gemeinden in Deutschland.

2] *Mein Haus heißt »Ruth«.]* Eines der »Lichtlufthäuschen« in Rudolf Justs Kuranstalt Jungborn (vgl. K. Wagenbach, ›Drei Sanatorien Kafkas: Ihre Bauten und Gebräuche‹. ›Freibeuter. Vierteljahreszeitschrift für Kultur und Politik‹; Heft 16

(1983), S. 82ff.). Der ›Jungborn‹ lag im Harz, am Fuße des Brocken, in der Nähe von Stapelburg und Ilsenburg.

1] *Anhänger von Mazdaznan]* Die Mitglieder dieser kultur- 96
reformerischen Bewegung orientierten ihr Leben an den Lehren Zarathustras und richteten besonderes Augenmerk auf dessen hygienische Anweisungen im weitesten Sinne. Die Vereinigung hatte (seit 1908) ihre eigene Monatsschrift: ›Mazdaznan. Zeitschrift für Zarathustrische Philosophie, Körperpflege und Diätetik‹. Hrsg. v. D. Ammann und Dr. O. Rauth. Leipzig u. Herrliberg bei Zürich.

1] *Spaziergang nach Ilsenburg . . . Freud]* Nach dem Kontext zu 97
schließen war das Ziel dieses Spazierganges das Landerziehungsheim Ilsenburg, das 1898 von Hermann Lietz, dem Begründer der deutschen Landerziehungsheimbewegung, als erstes einer Reihe solcher Heime in Deutschland gegründet worden war. Gustav Wyneken, ursprünglich ein Mitarbeiter von Lietz, trennte sich später von ihm und gründete mit Paul Geheeb die Freie Schulgemeinde Wikkersdorf (S. **97**: *kommt nächstes Jahr . . . Wickersdorf.*). Die von Kafka angedeuteten Gesprächsthemen verweisen auf eine Auseinandersetzung mit der von Lietz begründeten Tradition.

2] *Kohen]* Hermann Cohen, Begründer der Neukantianischen Schule, mit dessen Werk Walter Kinkel (siehe *Kinkel »Die Seele«* (S. **99**) und Kommentar **99**3) sich eingehend befaßte (vgl. auch KKAB2 Nr. 425).

3] *Dr. Friedrich Schiller]* Kafka stand später in Korrespondenz mit dem Magistratsbeamten und erinnerte sich anläßlich einer Reise Felice Bauers nach Breslau an ihn, vgl. *Gestern Brief an Dr. Schiller* (2:**81**) und Kommentar 2:**81**2 sowie *Ich merke . . . zu lassen.* (2:**83**).

1] *»Evangelischen Missionszeitung . . . Java:]* Wilhelm Nitsch, 98
›Neukirchener Missionsarbeit auf Java und in Afrika‹. In: ›Die

evangelischen Missionen. Illustriertes Familienblatt‹; 18. Jg., Juli 1912, S. 13ff.

98 2] *Adolf Just]* Gründer der damals bereits von seinem Sohn Rudolf geleiteten Naturheilanstalt.

3] *»Christlichen Gemeinschaft«]* Nicht ermittelt.

99 1] *Blumentag]* Opfertag, an dem durch den Verkauf von Papier-Blümchen für wohltätige Zwecke gesammelt wurde. Diese damals um sich greifende Sitte hatte scharfen Protest hervorgerufen (vgl. u.a. ›Heckenrose und Gänse-Blume‹. ›Der Zwiebelfisch‹; 4. Jg. (1912), S. 57ff.).

2] *Dr. Sch.]* Hier und im weiteren Kontext der Aufzeichnungen Dr. Schiller, vgl. auch S. **97** und Kommentar **97**3.

3] *Kinkel »Die Seele«]* Es handelt sich vermutlich um das Buch ›Aus Traum und Wirklichkeit der Seele. Stille Gedanken aus einsamen Stunden‹ des Philosophen und Lyrikers Walter Kinkel (Gießen 1907).

100 1] *Kühnemann »Schiller« gelesen.]* Bezieht sich auf Eugen Kühnemann, ›Schiller‹. München 1905.

101 1] *Die Seite in Flaubert ... Prostitution.]* Kafka bezieht sich auf die Ausgabe Gustave Flaubert, ›Briefe über seine Werke‹, die er vor Antritt seiner Reise gelesen hatte (vgl. *Jetzt lese ich ... eingetragen habe* (2:**74**) und Kommentar 2:**74**1). Die Textstelle, auf die er verweist, beginnt mit den Worten: »Es ist vielleicht ein perverser Geschmack, aber ich liebe die Prostitution (...)« (ebd., S. 90f.).

104 1] *der Vorwärts]* Der ›Vorwärts‹, das seit 1876 zunächst in Leipzig, später in Berlin erscheinende ›Centralorgan der Sozialdemokratischen Partei Deutschlands‹.

2] *die Education sentimental]* Siehe Kommentar 3:**190**2 sowie KKAB1 Nr. 297.

105 1] *Morgenstern ... Poppenberg.]* Gemeint sind der Lyriker (und Anthroposoph) Christian Morgenstern, der Maler Hans

Baluschek (als Illustrator des Berliner Großstadtlebens bekannt), der Lyriker und Erzähler Hans Brandenburg sowie der Essayist Felix Poppenberg.

2] *»Zwölf aus d. Steiermark«]* Rudolf Hans Bartschs Roman 105
›Zwölf aus der Steiermark‹ (Leipzig 1911).

1] *Vorhalle des Parlamentes]* Im Wiener Parlamentsgebäude 111
wurden vom 2. bis zum 9. September 1913 die Sitzungen des ›XI. Zionistenkongresses‹ sowie vom 9. bis zum 13. September die Sitzungen des ›II. Internationalen Kongresses für Rettungswesen und Unfallverhütung‹ abgehalten.

2] *Warte auf meinen Direktor]* Der leitende Direktor der AUVA, Robert Marschner (siehe Kommentar 1:**43**1), den Kafka zu dem Kongreß über ›Rettungswesen und Unfallverhütung‹ begleitete (vgl. KKAB2 Nr. 605).

3] *Dummes Litteraturgeschwätz mit Pick.]* Über den Aufenthalt mit Otto Pick (siehe Kommentar 2:**36**1) in Wien schreibt Kafka am 16. September 1913 an Max Brod aus Venedig: *Die Litteratur, die mir schon lange nichts Gutes erwiesen hat, hat sich wieder an mich erinnert, als sie den P.* [Pick] *in Wien zurückhielt. Meiner bisherigen Erfahrung nach kann ich nur mit Dir reisen oder, viel schlechter, aber doch immerhin, allein.* (KKAB2 Nr. 611).

4] *(wie P.)]* Hier und im weiteren Kontext der Aufzeichnungen Otto Pick.

5] *Bahnhof Heiligenstadt]* Heiligenstadt, zum XIX. Wiener Gemeindebezirk zugehörig.

6] *Teophil Hansen]* Theophil von Hansen, der Erbauer des Wiener Reichsratsgebäudes (Parlament).

7] *Hotel Matschakerhof]* Siehe Kommentar **112**1.

8] *(Malek)]* Möglicherweise handelt es sich um die auf Seite 2:**166** (*Malek*) erwähnte Person (siehe auch Kommentar 2:**166**1); denkbar ist aber auch, daß Kafka sich auf den Namen der Hauptfigur in Else Lasker-Schülers Prosawerk ›Der Malik. Eine Kaisergeschichte mit Bildern und Zeichnungen‹

(Berlin 1919) bezieht. Eine frühere Fassung des ersten Teils dieses Werkes wurde, in Form von Briefen an den »blauen Reiter Franz Marc«, in den Jahren 1913–1917 in verschiedenen Zeitschriften in Fortsetzungen veröffentlicht, angefangen mit dem Stück ›Briefe und Bilder‹, das am 6. September 1913 in der Zeitschrift ›Die Aktion. Wochenschrift für Politik, Literatur, Kunst‹ (3. Jg., Nr. 36, Spalte 854ff.) erschien. Die Annahme liegt nahe, daß sich Kafka und Pick an diesem Tag über diese Publikation unterhalten haben (vgl. *Litteraturgeschwätz mit Pick*, S. **111**) und daß Kafkas *widerlicher Traum* in der darauffolgenden Nacht hiermit im Zusammenhang stand. Pick stand Else Lasker-Schüler nahe und wird sogar in der Publikation erwähnt: »dann meine teuren Pragerkameraden: Paul Leppin, Otto Pick und Franz Werfel (...)« (ebd., Sp. 859); schon im Februar 1913 hatten seine Bemühungen um sie eine starke Reaktion bei Kafka ausgelöst: *Auch ihre Prosa ist mir lästig (...) es arbeitet darin das wahllos zuckende Gehirn einer sich überspannenden Großstädterin (...) ich weiß den eigentlichen Grund nicht, aber ich stelle mir sie immer nur als eine Säuferin vor, die sich in der Nacht durch die Kaffeehäuser schleppt.* (KKAB2 Nr. 431). In ihrem Beitrag für ›Die Aktion‹ heißt es: »O, ich hatte einen boshaften Traum; allerdings mein sehnlichster Wunsch erfüllte sich – ich war plötzlich König, in Theben – trug einen goldenen Mantel, einen Stern in Falten um meine Schulter gelegt, auf dem Kopf die Krone des Malik. Ich war Malik.« (ebd., Sp. 856). – Der Name Malik entspricht dem hebräischen »Melech« und bedeutet etwa »König« oder »Führer«.

112 1] *eine Biographie Grillparzers]* Heinrich Laube, ›Franz Grillparzers Lebensgeschichte‹. Stuttgart 1884. – Schon am darauffolgenden Tag bezieht sich Kafka in einer Karte an Felice Bauer auf die Seite 164 dieses Buches: *Wohne Hotel Matschakerhof, wo Grillparzer zu Mittag aß, wie sein Biograph Laube sagt, »einfach aber gut«.* (KKAB2 Nr. 603).

2] *Lise Weltsch]* Siehe Kommentar 1:**234**4. 112
3] *W.]* Hier und im weiteren Kontext der Aufzeichnungen Weltsch.
4] *Ehrenstein]* Albert Ehrenstein, siehe Kommentar 2:**201**2.
5] *Thalisia]* Das vegetarische Restaurant Thalysia in der Oppolzergasse 4, beim Wiener Burgtheater (Inhaberin war Louise Lederer).
6] *Photographieren]* Siehe die Abbildung in WB 172.
1] *ihrem Vater]* Theodor Weltsch, siehe Kommentar 1:**234**4. 113
2] *Monna Vanna]* Das Hofburgtheater gab Maurice Maeterlincks Drama am 7. September 1913.
3] *Frau Thein]* Klara Thein vom Prager ›Zionistischen Distrikt-Komitee‹, siehe Kommentar 2:**233**6.

Nachbemerkung von Hans-Gerd Koch

Max Brods Erinnerung zufolge befand sich Kafka im Sommer 1909 in einer Schaffenskrise, aus der er ihm mit der Aufforderung zu einem literarischen »Wettkampf« heraushalf. Im September 1909, während der gemeinsamen Ferienreise Kafkas mit den Brüdern Max und Otto Brod nach Riva am Gardasee, führt dieser Wettkampf zu konkurrierenden Aufzeichnungen über ein von den Freunden besuchtes Flugtreffen in Brescia, aus denen bald darauf gedruckte Berichte hervorgehen (zu Kafkas Bericht ›Die Aeroplane in Brescia‹ siehe im Band ›Ein Landarzt und andere Drucke zu Lebzeiten‹, S. 312ff.). Weitere Aufzeichnungen Kafkas sind weder von dieser Reise noch von jener überliefert, die er im Oktober 1910 mit den Brüdern Brod nach Paris unternahm. Daß er aber das offenbar von Brod vermittelte Verfahren, Reiseeindrücke stichwortartig festzuhalten und diese Notizen später auszuarbeiten, beibehält, zeigen die von den folgenden Reisen erhaltenen und im vorliegenden Band abgedruckten Reisetagebücher.

Zu Beginn des Jahres 1911 unternimmt Kafka kurz nacheinander zwei Dienstreisen: vom 30. Januar bis 6. Februar nach Friedland und vom ca. 23. bis 28. Februar nach Reichenberg. Zu beiden Reisen sind Aufzeichnungen in einem Schreibheft überliefert, bei denen es sich um reinschriftliche Ausarbeitungen handelt, die im Anschluß an die jeweilige Reise in Prag entstanden. Als Vorlage haben Kafka vermutlich Notizen auf einem kleinen Block gedient, ähnlich jenen, die von seiner nächsten Reise, der Ferienreise im Sommer 1911, überliefert sind und die er gleichfalls als Vorlage für anschließende Ausarbeitungen verwendet. In beiden Fällen belegt die nachträgliche Ausformulierung, daß Kafka mit dem Führen eines Reisetagebuchs eine literarisch-gestalterische Absicht verfolgt. Auch zeigt die weit über den zeitlichen Rahmen der Reise hinausgehende Beschäftigung mit den Aufzeichnungen, wie sehr das kontinuierliche Tagebuchführen für Kafka die Funktion erfüllt, Unterbrechungen des Schreibstromes zu vermeiden. Die Fülle der auf Reisen täglich neuen Erlebnisse und Eindrücke bietet ihm dazu ideale Voraussetzungen im Vergleich zum alltäglichen Tagebuch, das nicht nur während der Reisen, sondern auch während der anschließenden Ausarbeitung der Notizen in der Regel ohne Eintrag bleibt.

Im Sommer 1911 verbindet Kafka mit den Aufzeichnungen zur Ferienreise eine konkrete literarische Absicht. Am Tag der Abreise macht er seinem Freund Max Brod den Vorschlag, parallele Aufzeichnungen zu führen, mit dem Ziel, gleichzeitig die Reise und die »innerliche Stellungnahme zu einander die Reise betreffend« zu beschreiben (vgl. S. 21). Während der Reise entsteht daraus der Plan, auf der Basis der Notizen gemeinsam einen Roman mit der verhüllten Darstellung ihrer Freundschaftsbeziehung zu schreiben. Überlegungen zu diesem Projekt – bei Kafka mit den zunächst für die Titelfiguren vorgesehenen Namen »Robert« und »Samuel« (S. 45) belegt – sind fortan in die Notizen eingestreut und bestimmen die Art und Weise des Aufzeichnens.

Und noch ein weiteres Projekt nimmt Einfluß auf den Inhalt der Notizen: Am 29. August entwickeln die Freunde den Plan, einen Reiseführer unter dem programmatischen Titel »Billig« herauszubringen (vgl. S. 130). Die Ernsthaftigkeit, mit der sie diese Idee verfolgen, wird sowohl durch die besondere Beachtung der Cafés Biard und der preiswerten Restaurantketten sowie die – offenbar im Hinblick auf dieses

Projekt erstellten – Bilderlisten des Louvre bezeugt als auch von den unter dem Titel »Unser Millionenplan ›Billig‹« zusammengefaßten Überlegungen (vgl. BKR 189ff.).

Im Anschluß an die gemeinsame Ferienreise (26. August bis 13. September 1911) reist Kafka noch für einige Tage allein nach Erlenbach bei Zürich (14. bis 19. September); hier versucht er in seinem zweiten Tagebuchheft, das er – wohl mit der Absicht, es als Arbeitsheft zu nutzen – auf die Reise mitgenommen hat, eine Einführung zu dem gemeinsamen Reiseroman (vgl. ›Tagebücher, Band 1: 1909–1912‹, S. 127). Nach seiner Rückkehr arbeiten die Freunde in Prag noch eine Weile gemeinsam an diesem Romanprojekt, das dann allerdings nicht über das erste, im Mai 1912 publizierte Kapitel hinausgedeiht (vgl. im Band ›Ein Landarzt und andere Drucke zu Lebzeiten‹, S. 326ff.). Das Konzept des anderen auf der Reise verfolgten Vorhabens, den »Millionenplan ›Billig‹«, unterbreitet Brod einigen Verlagen, allerdings ohne Erfolg (vgl. FK 107).

Auch auf ihrer letzten gemeinsamen Ferienreise (28. Juni bis 6. Juli 1912) führen die Freunde gleichzeitig Tagebuch, diesmal aber weder im Wettbewerb noch mit einer bestimmten Intention. Kafka begibt sich anschließend für fast drei Wochen in das Naturheilsanatorium »Jungborn« im Harz (7. bis 27. Juli). Die Notizblockblätter mit den Stichworten zu den gemeinsam mit Brod verbrachten Tagen schickt er von dort aus dem Freund nach Prag. Erst nach seiner eigenen Rückkehr benutzt er sie für die im vorliegenden Band wiedergegebene Ausarbeitung (S. 79–91). Dagegen formuliert er das Tagebuch, das er während des Harzaufenthaltes führt, an Ort und Stelle aus und legt die entsprechenden Notizblockblätter sukzessive seinen Briefen an Brod bei.

Zur letzten der außerhalb des eigentlichen Tagebuchs dokumentierten Reisen bricht Kafka am 6. September 1913 auf. Sie führt ihn zunächst nach Wien, wo er bis zum 13. September bleibt, anschließend durch Oberitalien nach Riva am Gardasee zu einem dreiwöchigen Sanatoriumsaufenthalt. Von dieser Reise sind nur Aufzeichnungen über die ersten drei Tage erhalten, die Kafka rückblickend am 10. September – wiederum auf Notizblockblättern – in Wien anfertigt. Am 13. September schickt er sie Felice Bauer mit der Bemerkung: »Das Tagebuch über Wien setze ich nicht fort.« (F 463)

Die Weitergabe von Reisetagebuchblättern zeigt, daß Kafka sich bei der Niederschrift dieser Aufzeichnungen eines späteren Lesers bewußt war: Die Reisetagebücher zu den Ferienreisen 1911 und 1912 führte er mit Blick auf Brod, das Reisetagebuch 1913 mit Blick auf Felice Bauer. In diesem Punkt unterscheiden sich beide also vom eigentlichen Tagebuch, aus dem Kafka allenfalls ausgewählte Passagen bei den allwöchentlichen literarischen Zirkeln seines engsten Freundeskreises vortrug. Auf Inhalt und Sprache der Aufzeichnungen hat dieser Umstand aber offenbar keinen Einfluß gehabt; hierin unterscheiden sich diese Reisetagebücher weder von den Aufzeichnungen über die Reisen nach Friedland und Reichenberg noch von jenen der späteren Jahre, für die Kafka keine gesonderten Hefte oder Blöcke mehr benutzt, sondern die im eigentlichen Tagebuch enthalten sind.

Deutlicher noch als im eigentlichen Tagebuch tritt in den Reiseaufzeichnungen Kafkas besondere Art der Wahrnehmung und der Beschreibung des Wahrgenommenen hervor, zumal die Perspektive eine andere ist: Während im Tagebuch die Innenschau des Schreibenden vorherrschend ist, richtet sich in den Reisetagebüchern der Blick auf die jenseits des Gewohnten liegende Außenwelt. Auf Reisen tritt deutlich Kafkas Gabe hervor, sich in der Darstellung des Beobachteten auf das Besondere zu konzentrieren und es in literarischer

Ausformung nachvollziehbar zu machen. Wo der ihn begleitende Max Brod bemüht ist, ein getreues Bild des Wahrgenommenen und Erlebten zu liefern, vermag Kafka eine Stimmung wiederzugeben, die im Zusammenklang mit wenigen, präzise beschriebenen Details ein Bild entstehen läßt und es ermöglicht, sich in die Szenerie hineinzuversetzen. Die Leichtigkeit des Tones, die spürbare Ruhe und Gelassenheit, die dabei vorherrschen, unterscheiden die Reisetagebücher von seinen alltäglichen Tagebuchaufzeichnungen. Daß sie damit die Stimmung Kafkas auf diesen Reisen authentisch vermitteln, bezeugt sein Reisegefährte. In seiner Biographie des Freundes erinnert sich Brod: »Nie im Leben bin ich je wieder so ausgeglichen heiter gewesen wie in den mit Kafka verbrachten Reisewochen. Alle Sorgen, alle Verdrießlichkeiten blieben in Prag zurück. Wir wurden zu fröhlichen Kindern, wir kamen auf die absonderlichsten hübschesten Witze, – es war ein großes Glück, in Kafkas Nähe zu leben und seine lebhaft hervorsprudelnden Gedanken (selbst seine Hypochondrie noch war einfallsreich und unterhaltend) aus erster Hand zu genießen.« (FK 90)

1883 Franz Kafka wird am 3. Juli als erstes Kind des Kaufmanns Hermann Kafka und seiner Frau Julie, geb. Löwy, in Prag geboren.

1889–1901 Besuch der Volksschule am Fleischmarkt, ab 1893 des Altstädter Deutschen Gymnasiums. Im Sommer 1901 Abitur.

1901–1906 Studium an der Deutschen Universität in Prag; zunächst Besuch von Veranstaltungen in Chemie, Germanistik und Kunstgeschichte, dann Entscheidung für das Jura-Studium.

1902 Im Oktober erste Begegnung mit Max Brod.

1904 Beginn der Arbeit an der ersten Fassung von ›Beschreibung eines Kampfes‹.

1906 Im Juni Promotion zum Doktor der Rechte.

1906–1907 Rechtspraktikum am Landes- und am Strafgericht.

1907 Beginn der Arbeit an der ersten Fassung von ›Hochzeitsvorbereitungen auf dem Lande‹.

1907–1908 Anstellung bei der Versicherungsgesellschaft *Assicurazioni Generali* in Prag.

1908 Im März erste Veröffentlichung: In der Zweimonatsschrift ›Hyperion‹ erscheinen kleine Prosastücke unter dem Titel ›Betrachtung‹; am 30. Juli Eintritt in die *Arbeiter-Unfall-Versicherungs-Anstalt für das Königreich Böhmen in Prag.*

1909 Im Frühsommer Beginn der Eintragungen ins erste Tagebuchheft; im September Reise mit Max und Otto Brod nach Norditalien; es entsteht der kurz darauf in der Prager Tageszeitung ›Bohemia‹ publizierte Bericht ›Die Aeroplane in Brescia‹; im Herbst Arbeit an der zweiten Fassung von ›Beschreibung eines Kampfes‹.

1910 Ende März erscheint eine Auswahl kürzerer Prosatexte unter dem Titel ›Betrachtungen‹ in der ›Bohemia‹; im Oktober Reise mit Max und Otto Brod nach Paris.

1911 Im Sommer Reise mit Max Brod in die Schweiz, nach Norditalien und Paris; Ende September Aufenthalt im Sanatorium Erlenbach bei Zürich; Begegnung mit einer mehrere Monate in Prag gastierenden jiddischen Schauspieltruppe.

1912 Im Sommer Reise mit Max Brod nach Leipzig und Weimar, anschließend Aufenthalt im Naturheilsanatorium *Jungborn* bei Stapelburg im Harz; im August erste Begegnung mit der Berlinerin Felice Bauer in Prag, im September Beginn der Korrespondenz mit ihr; es entstehen u. a. die Erzählungen ›Das Urteil‹ und ›Die Verwandlung‹, und Kafka beginnt mit der Niederschrift des Romans ›Der Verschollene‹ (von Max Brod erstmals 1927 unter dem Titel ›Amerika‹ herausgegeben); unter dem Titel ›Betrachtung‹ erscheint im Dezember Kafkas erstes Buch (Ernst Rowohlt Verlag, Leipzig).

1913 Reger Briefwechsel mit Felice Bauer; Ende Mai erscheint ›Der Heizer. Ein Fragment‹ (das erste Kapitel des Romans ›Der Verschollene‹) im Kurt Wolff Verlag in der Buchreihe ›Der jüngste Tag‹, im Juni ›Das Urteil‹ im Jahrbuch ›Arkadia‹; im September Reise nach Wien, Venedig und Riva.

1914 Am 1. Juni offizielle Verlobung mit Felice Bauer in Berlin, am 12. Juli Entlobung; im Juli Reise über Lübeck nach Marielyst; Anfang August Beginn der Niederschrift des Romans ›Der Proceß‹; während der damit einsetzenden Schaffensphase entsteht u. a. die Erzählung ›In der Strafkolonie‹.

1915 Im Januar erste Begegnung mit Felice Bauer nach der Entlobung; ›Die Verwandlung‹ erscheint im Oktoberheft der Zeitschrift ›Die Weißen Blätter‹; Carl Sternheim gibt die Preissumme des ihm verliehenen Fontane-Preises »als Zeichen seiner Anerkennung« an Kafka weiter.

1916 Erneute engere Beziehung zu Felice Bauer, im Juli gemeinsamer Urlaub in Marienbad; Entschluß zur erneuten Verlobung; Beginn der Aufzeichnungen in Oktavheften; in der Buchreihe ›Der jüngste Tag‹ des Kurt Wolff Verlags erscheint im November ›Das Urteil‹.

1916–1917 Viele kurze Texte (vor allem die später in den Band ›Ein Landarzt‹ aufgenommenen) entstehen in Kafkas Arbeitsdomizil in der Alchimistengasse auf dem Hradschin.

1917 Im August erste Anzeichen einer Lungenerkrankung, am 4. September Diagnose einer Lungentuberkulose; im Dezember Lösung der zweiten Verlobung.

1917–1918 Genesungsurlaub im nordböhmischen Zürau auf einem von Ottla Kafka bewirtschafteten Bauernhof; Entstehung vieler Aphorismen.

1919 Im Sommer Verlobung mit Julie Wohryzek; ›In der Strafkolonie‹ erscheint im Herbst bei Kurt

Wolff; im November entsteht der ›Brief an den Vater‹.

1920	Im April Genesungsurlaub in Meran; Beginn des Briefwechsels mit Milena Pollak (geb. Jesenská); im Frühjahr erscheint bei Kurt Wolff der Band ›Ein Landarzt. Kleine Erzählungen‹; im Juli Lösung des Verlöbnisses mit Julie Wohryzek.
1920–1921	Kuraufenthalt in Matliary in der Hohen Tatra (von Mitte Dezember 1920 bis August 1921).
1922	Von Ende Januar bis Mitte Februar Aufenthalt in Spindelmühle im Riesengebirge; Beginn der Niederschrift des Romans ›Das Schloß‹; außerdem entsteht u. a. ›Ein Hungerkünstler‹; am 1. Juli wird Kafka pensioniert; von Ende Juni bis September Aufenthalt in Planá an der Luschnitz (Böhmerwald).
1923	Im Juli erste Begegnung mit Dora Diamant in Müritz an der Ostsee; im September Übersiedlung von Prag nach Berlin, Lebensgemeinschaft mit Dora Diamant; es entsteht u. a. der Text ›Eine kleine Frau‹.
1924	Verschlechterung des Gesundheitszustandes; im März Rückkehr nach Prag; ›Josefine, die Sängerin oder Das Volk der Mäuse‹ entsteht; im April Aufenthalt im Sanatorium Wiener Wald in Ortmann (Niederösterreich), später in der Klinik von Prof. Hajek in Wien, schließlich Sanatorium Dr. Hugo Hoffmann in Kierling bei Wien; Kafka beginnt mit der Satzkorrektur seines Bandes ›Ein Hungerkünstler‹; am 3. Juni stirbt Franz Kafka; er wird am 11. Juni auf dem jüdischen Friedhof in Prag-Straschnitz bestattet.

Register

Zusammengestellt von
Roger Hermes, Waltraud John,
Anita Widera und Andreas Wittbrodt

Für die vier Tagebuchbände dieser Ausgabe werden folgende Siglen verwendet:

1 = ›Tagebücher, Band 1: 1909–1912‹
2 = ›Tagebücher, Band 2: 1912–1914‹
3 = ›Tagebücher, Band 3: 1914–1923‹
R = ›Reisetagebücher‹

Mit * versehene Seitenzahlen verweisen auf einen erschlossenen, in dieser Form nicht im Text stehenden Eintrag; kursive Angaben verweisen auf Fundstellen im jeweiligen Kommentar.

Chronologisch geordnetes Verzeichnis der datierten Tagebuch- und Reisetagebucheintragungen

1910	18./19. Mai	»Erstes Heft«	**1**: 16
	29. Mai	»Erstes Heft«	**1**: 17
	19. Juni	»Erstes Heft«	**1**: 17
	6. November	»Zweites Heft«	**1**: 95
	7. November	»Zweites Heft«	**1**: 96
	15. November	»Zweites Heft«	**1**: 100
	16. November	»Zweites Heft«	**1**: 100
	27. November	»Zweites Heft«	**1**: 100
	15. Dezember	»Zweites Heft«	**1**: 102
	16. Dezember	»Zweites Heft«	**1**: 103
	17. Dezember	»Zweites Heft«	**1**: 104
	18. Dezember	»Zweites Heft«	**1**: 105
	19. Dezember	»Zweites Heft«	**1**: 106
	20. Dezember	»Zweites Heft«	**1**: 106
	21. Dezember	»Zweites Heft«	**1**: 107
	22. Dezember	»Zweites Heft«	**1**: 108
	24. Dezember	»Zweites Heft«	**1**: 108
	25. Dezember	»Zweites Heft«	**1**: 108
	26. Dezember	»Zweites Heft«	**1**: 110
	27. Dezember	»Zweites Heft«	**1**: 110
	28. Dezember	»Zweites Heft«	**1**: 110
1911	3. Januar	»Zweites Heft«	**1**: 111
	4. Januar	»Zweites Heft«	**1**: 111
	6. Januar	»Zweites Heft«	**1**: 111
	7. Januar	»Zweites Heft«	**1**: 112
	7. Januar	»Zweites Heft«	**1**: 112
	12. Januar	»Zweites Heft«	**1**: 112
	14. Januar	»Zweites Heft«	**1**: 114
	17. Januar	»Zweites Heft«	**1**: 114

1911	19. Januar	»Zweites Heft«	**1**: 114
	Jan./Feb.	»Reisen Januar/Februar 1911«	**R**: 11
	19. Februar	»Erstes Heft«	**1**: 26 u. 27
	20. Februar	»Zweites Heft«	**1**: 116
	21. Februar	»Zweites Heft«	**1**: 117
	26. März	»Zweites Heft«	**1**: 124
	28. März	»Erstes Heft«	**1**: 27
	15. August	»Erstes Heft«	**1**: 32
	20. August	»Erstes Heft«	**1**: 33
	24. August	»Erstes Heft«	**1**: 34
	26. August	»Erstes Heft«	**1**: 34
	26. August	»Reise August/September 1911«	**R**: 21
	28. August	»Reise August/September 1911«	**R**: 29
	29. August	»Reise August/September 1911«	**R**: 30
	30. August	»Reise August/September 1911«	**R**: 31
	31. August	»Reise August/September 1911«	**R**: 31
	1. September	»Reise August/September 1911«	**R**: 31 u. 37
	2. September	»Reise August/September 1911«	**R**: 35
	3. September	»Reise August/September 1911«	**R**: 36
	4. September	»Reise August/September 1911«	**R**: 37
	5. September	»Reise August/September 1911«	**R**: 42
	6. September	»Reise August/September 1911«	**R**: 43
	7. September	»Reise August/September 1911«	**R**: 43
	8. September	»Reise August/September 1911«	**R**: 43
	11. September	»Reise August/September 1911«	**R**: 75
	20. September	»Reise August/September 1911«	**R**: 56
	26. September	»Erstes Heft«	**1**: 35
	27. September	»Erstes Heft«	**1**: 36
	29. September	»Erstes Heft«	**1**: 36
	30. September	»Erstes Heft«	**1**: 38
	1. Oktober	»Erstes Heft«	**1**: 40
	2. Oktober	»Erstes Heft«	**1**: 42
	3. Oktober	»Erstes Heft«	**1**: 44
	4. Oktober	»Erstes Heft«	**1**: 46
	5. Oktober	»Erstes Heft«	**1**: 47
	6. Oktober	»Erstes Heft«	**1**: 50

1911	8. Oktober	»Erstes Heft«	**1**: 53
	9. Oktober	»Erstes Heft«	**1**: 57
	10. Oktober	»Erstes Heft«	**1**: 60
	12. Oktober	»Erstes Heft«	**1**: 61
	13. Oktober	»Erstes Heft«	**1**: 61
	14. Oktober	»Erstes Heft«	**1**: 64
	16. Oktober	»Erstes Heft«	**1**: 67 u. 75
	17. Oktober	»Erstes Heft«	**1**: 70
	19. Oktober	»Erstes Heft«	**1**: 72
	20. Oktober	»Erstes Heft«	**1**: 71
	21. Oktober	»Erstes Heft«	**1**: 76
	22. Oktober	»Erstes Heft«	**1**: 77
	23. Oktober	»Erstes Heft«	**1**: 79
	24. Oktober	»Erstes Heft«	**1**: 81
	26. Oktober	»Drittes Heft«	**1**: 153
	27. Oktober	»Drittes Heft«	**1**: 156
	28. Oktober	»Drittes Heft«	**1**: 158
	29. Oktober	»Drittes Heft«	**1**: 160
	30. Oktober	»Drittes Heft«	**1**: 164
	31. Oktober	»Drittes Heft«	**1**: 166
	1. November	»Drittes Heft«	**1**: 168
	2. November	»Drittes Heft«	**1**: 172
	3. November	»Drittes Heft«	**1**: 173
	5. November	»Drittes Heft«	**1**: 176
	7. November	»Drittes Heft«	**1**: 181
	8. November	»Drittes Heft«	**1**: 183
	9. November	»Drittes Heft«	**1**: 186
	11. November	»Drittes Heft«	**1**: 188
	12. November	»Drittes Heft«	**1**: 190
	13. November	»Drittes Heft«	**1**: 193
	14. November	»Drittes Heft«	**1**: 193
	15. November	»Drittes Heft«	**1**: 195
	16. November	»Drittes Heft«	**1**: 196
	18. November	»Drittes Heft«	**1**: 196
	19. November	»Drittes Heft«	**1**: 197
	20. November	»Drittes Heft«	**1**: 201

1911	21. November	»Drittes Heft«	**1**: 203
	22. November	»Drittes Heft«	**1**: 204
	23. November	»Drittes Heft«	**1**: 206
	24. November	»Drittes Heft«	**1**: 206
	25. November	»Viertes Heft«	**1**: 211
	26. November	»Viertes Heft«	**1**: 211
	28. November	»Viertes Heft«	**1**: 211
	29. November	»Viertes Heft«	**1**: 214
	3. Dezember	»Viertes Heft«	**1**: 217
	8. Dezember	»Viertes Heft«	**1**: 219
	9. Dezember	»Viertes Heft«	**1**: 223
	10. Dezember	»Viertes Heft«	**1**: 224
	13. Dezember	»Viertes Heft«	**1**: 225
	14. Dezember	»Viertes Heft«	**1**: 227
	17. Dezember	»Viertes Heft«	**1**: 229
	18. Dezember	»Viertes Heft«	**1**: 232
	19. Dezember	»Viertes Heft«	**1**: 234
	23. Dezember	»Viertes Heft«	**1**: 236
	24. Dezember	»Viertes Heft«	**1**: 240
	25. Dezember	»Viertes Heft«	**1**: 243
	26. Dezember	»Viertes Heft«	**1**: 248
	27. Dezember	»Viertes Heft«	**1**: 252
	28. Dezember	»Viertes Heft«	**1**: 253
	29. Dezember	»Viertes Heft«	**1**: 254
	30. Dezember	»Viertes Heft«	**1**: 255
	31. Dezember	»Viertes Heft«	**1**: 257
1912	2. Januar	»Viertes Heft«	**1**: 260
	3. Januar	»Viertes Heft«	**1**: 263
	4. Januar	»Fünftes Heft«	**2**: 11
	5. Januar	»Fünftes Heft«	**2**: 12
	6. Januar	»Fünftes Heft«	**2**: 14
	7. Januar	»Fünftes Heft«	**2**: 15
	24. Januar	»Fünftes Heft«	**2**: 22
	26. Januar	»Fünftes Heft«	**2**: 23
	31. Januar	»Fünftes Heft«	**2**: 28

1912	4. Februar	»Fünftes Heft«	**2**: 28
	5. Februar	»Fünftes Heft«	**2**: 30
	8. Februar	»Fünftes Heft«	**2**: 33
	13. Februar	»Fünftes Heft«	**2**: 34
	25. Februar	»Fünftes Heft«	**2**: 34
	26. Februar	»Fünftes Heft«	**2**: 37
	27. Februar	»Fünftes Heft«	**2**: 39
	28. Februar	»Fünftes Heft«	**2**: 42
	2. März	»Fünftes Heft«	**2**: 47
	3. März	»Fünftes Heft«	**2**: 48
	5. März	»Fünftes Heft«	**2**: 49
	8. März	»Fünftes Heft«	**2**: 50
	10. März	»Fünftes Heft«	**2**: 51
	11. März	»Fünftes Heft«	**2**: 53
	12. März	»Fünftes Heft«	**2**: 57
	16. März	»Fünftes Heft«	**2**: 58
	17. März	»Fünftes Heft«	**2**: 60
	18. März	»Fünftes Heft«	**2**: 61
	22. März	»Fünftes Heft«	**2**: 61
	24. März	»Fünftes Heft«	**2**: 62
	25. März	»Fünftes Heft«	**2**: 63
	26. März	»Fünftes Heft«	**2**: 63
	27. März	»Fünftes Heft«	**2**: 63
	28. März	»Fünftes Heft«	**2**: 63
	29. März	»Fünftes Heft«	**2**: 64
	1. April	»Fünftes Heft«	**2**: 64
	3. April	»Fünftes Heft«	**2**: 64
	6. April	»Fünftes Heft«	**2**: 64
	6. Mai	»Sechstes Heft«	**2**: 69
	9. Mai	»Sechstes Heft«	**2**: 70
	22. Mai	»Sechstes Heft«	**2**: 71
	23. Mai	»Sechstes Heft«	**2**: 71
	25. Mai	»Sechstes Heft«	**2**: 72
	27. Mai	»Sechstes Heft«	**2**: 72
	1. Juni	»Sechstes Heft«	**2**: 73
	2. Juni	»Sechstes Heft«	**2**: 73

1912	6. Juni	»Sechstes Heft«	**2**: 73
	7. Juni	»Sechstes Heft«	**2**: 74
	28. Juni	»Reise Juni/Juli 1912«	**R**: 81
	29. Juni	»Reise Juni/Juli 1912«	**R**: 82
	30. Juni	»Reise Juni/Juli 1912«	**R**: 83
	1. Juli	»Reise Juni/Juli 1912«	**R**: 86
	2. Juli	»Reise Juni/Juli 1912«	**R**: 86
	3. Juli	»Reise Juni/Juli 1912«	**R**: 87
	4. Juli	»Reise Juni/Juli 1912«	**R**: 88
	5. Juli	»Reise Juni/Juli 1912«	**R**: 89
	6. Juli	»Reise Juni/Juli 1912«	**R**: 91
	7. Juli	»Reise Juni/Juli 1912«	**R**: 93
	8. Juli	»Reise Juni/Juli 1912«	**R**: 95 u. **2**: 74
	9. Juli	»Reise Juni/Juli 1912«	**R**: 95 u. **2**: 74
	10. Juli	»Reise Juni/Juli 1912«	**R**: 97
	11. Juli	»Reise Juni/Juli 1912«	**R**: 97
	12. Juli	»Reise Juni/Juli 1912«	**R**: 98
	13. Juli	»Reise Juni/Juli 1912«	**R**: 99
	14. Juli	»Reise Juni/Juli 1912«	**R**: 99
	15. Juli	»Reise Juni/Juli 1912«	**R**: 100 u. 101
	16. Juli	»Reise Juni/Juli 1912«	**R**: 101
	19. Juli	»Reise Juni/Juli 1912«	**R**: 105
	20. Juli	»Reise Juni/Juli 1912«	**R**: 105
	22. Juli	»Reise Juni/Juli 1912«	**R**: 107
	7. August	»Sechstes Heft«	**2**: 75
	8. August	»Sechstes Heft«	**2**: 75
	9. August	»Sechstes Heft«	**2**: 76
	10. August	»Sechstes Heft«	**2**: 76
	11. August	»Sechstes Heft«	**2**: 76
	14. August	»Sechstes Heft«	**2**: 77
	15. August	»Sechstes Heft«	**2**: 77
	16. August	»Sechstes Heft«	**2**: 78
	20. August	»Sechstes Heft«	**2**: 78
	21. August	»Sechstes Heft«	**2**: 79
	30. August	»Sechstes Heft«	**2**: 80
	4. September	»Sechstes Heft«	**2**: 81

1912	5. September	»Sechstes Heft«	**2**: 81
	8. September	»Sechstes Heft«	**2**: 81
	11. September	»Sechstes Heft«	**2**: 82
	12. September	»Sechstes Heft«	**2**: 83
	15. September	»Sechstes Heft«	**2**: 83
	18. September	»Sechstes Heft«	**2**: 84
	19. September	»Sechstes Heft«	**2**: 85
	20. September	»Sechstes Heft«	**2**: 87
	23. September	»Sechstes Heft«	**2**: 101
	24. September	»Sechstes Heft«	**2**: 103
	25. September	»Sechstes Heft«	**2**: 103
1913	11. Februar	»Siebentes Heft«	**2**: 125
	12. Februar	»Siebentes Heft«	**2**: 126
	28. Februar	»Siebentes Heft«	**2**: 127
	2. Mai	»Achtes Heft«	**2**: 175
	3. Mai	»Achtes Heft«	**2**: 176
	4. Mai	»Achtes Heft«	**2**: 177
	24. Mai	»Achtes Heft«	**2**: 178
	5. Juni	»Achtes Heft«	**2**: 178
	21. Juni	»Achtes Heft«	**2**: 178
	1. Juli	»Achtes Heft«	**2**: 179
	2. Juli	»Achtes Heft«	**2**: 180
	3. Juli	»Achtes Heft«	**2**: 181
	19. Juli	»Achtes Heft«	**2**: 181
	20. Juli	»Achtes Heft«	**2**: 182
	21. Juli	»Achtes Heft«	**2**: 182 u. 183
	23. Juli	»Achtes Heft«	**2**: 187
	13. August	»Achtes Heft«	**2**: 187
	14. August	»Achtes Heft«	**2**: 188
	15. August	»Achtes Heft«	**2**: 189
	21. August	»Achtes Heft«	**2**: 191
	30. August	»Achtes Heft«	**2**: 193
	6. September	»Reise September 1913«	**R**: 111
	7. September	»Reise September 1913«	**R**: 112
	8. September	»Reise September 1913«	**R**: 113

1913	10. September	»Reise September 1913«	**R**: 111
	14. Oktober	»Achtes Heft«	**2**: 194
	15. Oktober	»Achtes Heft«	**2**: 194
	20. Oktober	»Achtes Heft«	**2**: 196
	21. Oktober	»Achtes Heft«	**2**: 198
	22. Oktober	»Achtes Heft«	**2**: 199
	26. Oktober	»Achtes Heft«	**2**: 199
	6. November	»Achtes Heft«	**2**: 201
	17. November	»Achtes Heft«	**2**: 202
	18. November	»Achtes Heft«	**2**: 203
	19. November	»Achtes Heft«	**2**: 203
	20. November	»Achtes Heft«	**2**: 204
	21. November	»Achtes Heft«	**2**: 204
	24. November	»Achtes Heft«	**2**: 205
	27. November	»Achtes Heft«	**2**: 209
	3. Dezember	»Achtes Heft«	**2**: 211
	4. Dezember	»Achtes Heft«	**2**: 211
	5. Dezember	»Achtes Heft«	**2**: 213
	8. Dezember	»Achtes Heft«	**2**: 213
	9. Dezember	»Achtes Heft«	**2**: 213
	10. Dezember	»Achtes Heft«	**2**: 214
	11. Dezember	»Achtes Heft«	**2**: 215
	12. Dezember	»Achtes Heft«	**2**: 216 u. 217
	14. Dezember	»Achtes Heft«	**2**: 218
	15. Dezember	»Achtes Heft«	**2**: 219
	16. Dezember	»Achtes Heft«	**2**: 219
	17. Dezember	»Achtes Heft«	**2**: 220
	18. Dezember	»Achtes Heft«	**2**: 221
	19. Dezember	»Achtes Heft«	**2**: 221
	20. Dezember	»Achtes Heft«	**2**: 221
1914	2. Januar	»Achtes Heft«	**2**: 222
	4. Januar	»Achtes Heft«	**2**: 222
	5. Januar	»Achtes Heft«	**2**: 223
	6. Januar	»Achtes Heft«	**2**: 224
	8. Januar	»Achtes Heft«	**2**: 225

1914	12. Januar	»Achtes Heft«	**2**: 225
	19. Januar	»Achtes Heft«	**2**: 226
	23. Januar	»Achtes Heft«	**2**: 227
	24. Januar	»Achtes Heft«	**2**: 228
	26. Januar	»Achtes Heft«	**2**: 229
	28. Januar	»Achtes Heft«	**2**: 230
	2. Februar	»Achtes Heft«	**2**: 231
	13. Februar	»Achtes Heft«	**2**: 233
	14. Februar	»Achtes Heft«	**2**: 235
	15. Februar	»Achtes Heft«	**2**: 236
	16. Februar	»Siebentes Heft«	**2**: 132
	20. Februar	»Achtes Heft«	**2**: 233
	21. Februar	»Achtes Heft«	**2**: 233
	22. Februar	»Siebentes Heft«	**2**: 132
	23. Februar	»Siebentes Heft«	**2**: 132
	8. März	»Siebentes Heft«	**2**: 132
	9. März	»Siebentes Heft«	**2**: 133
	15. März	»Siebentes Heft«	**2**: 140
	17. März	»Siebentes Heft«	**2**: 140
	27. März	»Siebentes Heft«	**2**: 141
	30. März	»Siebentes Heft«	**2**: 142
	5. April	»Siebentes Heft«	**2**: 142
	7. April	»Siebentes Heft«	**2**: 142
	8. April	»Siebentes Heft«	**2**: 142
	6. Mai	»Siebentes Heft«	**2**: 143
	27. Mai	»Siebentes Heft«	**2**: 145
	28. Mai	»Siebentes Heft«	**2**: 150
	29. Mai	»Siebentes Heft«	**2**: 151
	6. Juni	»Siebentes Heft«	**2**: 153
	12. Juni	»Siebentes Heft«	**2**: 158
	14. Juni	»Siebentes Heft«	**2**: 160
	19. Juni	»Siebentes Heft«	**2**: 160
	21. Juni	»Neuntes Heft«	**3**: 12
	24. Juni	»Siebentes Heft«	**2**: 161
	25. Juni	»Siebentes Heft«	**2**: 161
	30. Juni	»Siebentes Heft«	**2**: 163

1914	1. Juli	»Siebentes Heft«	**2**: 164
	5. Juli	»Siebentes Heft«	**2**: 164
	23. Juli	»Neuntes Heft«	**3**: 24
	27. Juli	»Neuntes Heft«	**3**: 25
	28. Juli	»Neuntes Heft«	**3**: 27
	29. Juli	»Neuntes Heft«	**3**: 30
	29. Juli	»Siebentes Heft«	**2**: 164
	30. Juli	»Neuntes Heft«	**3**: 32
	31. Juli	»Siebentes Heft«	**2**: 164
	1. August	»Siebentes Heft«	**2**: 165
	2. August	»Siebentes Heft«	**2**: 165
	3. August	»Siebentes Heft«	**2**: 165
	4. August	»Siebentes Heft«	**2**: 165
	5. August	»Siebentes Heft«	**2**: 166
	6. August	»Siebentes Heft«	**2**: 166 u. 167
	7. August	»Siebentes Heft«	**2**: 167
	11. August	»Siebentes Heft«	**2**: 168
	12. August	»Siebentes Heft«	**2**: 169
	15. August	»Siebentes Heft«	**2**: 169
	21. August	»Konvolute«	**3**: 37
	29. August	»Konvolute«	**3**: 37
	30. August	»Konvolute«	**3**: 37
	1. September	»Konvolute«	**3**: 38
	13. September	»Konvolute«	**3**: 38
	7. Oktober	»Konvolute«	**3**: 39
	15. Oktober	»Konvolute«	**3**: 39
	21. Oktober	»Konvolute«	**3**: 42
	25. Oktober	»Konvolute«	**3**: 42
	1. November	»Konvolute«	**3**: 42
	3. November	»Konvolute«	**3**: 43
	4. November	»Zehntes Heft«	**3**: 55
	12. November	»Zehntes Heft«	**3**: 56
	24. November	»Zehntes Heft«	**3**: 56
	25. November	»Zehntes Heft«	**3**: 57
	30. November	»Zehntes Heft«	**3**: 59
	2. Dezember	»Zehntes Heft«	**3**: 59

1914	5. Dezember	»Zehntes Heft«	**3**: 60
	8. Dezember	»Zehntes Heft«	**3**: 62
	9. Dezember	»Zehntes Heft«	**3**: 62
	13. Dezember	»Zehntes Heft«	**3**: 63
	14. Dezember	»Zehntes Heft«	**3**: 64
	15. Dezember	»Zehntes Heft«	**3**: 64
	19. Dezember	»Zehntes Heft«	**3**: 65
	20. Dezember	»Zehntes Heft«	**3**: 66
	23. Dezember	»Zehntes Heft«	**3**: 66
	26. Dezember	»Zehntes Heft«	**3**: 66
	27. Dezember	»Zehntes Heft«	**3**: 67
	31. Dezember	»Zehntes Heft«	**3**: 68
1915	4. Januar	»Zehntes Heft«	**3**: 68
	6. Januar	»Zehntes Heft«	**3**: 69
	17. Januar	»Zehntes Heft«	**3**: 69
	18. Januar	»Zehntes Heft«	**3**: 70
	19. Januar	»Zehntes Heft«	**3**: 71
	20. Januar	»Zehntes Heft«	**3**: 73
	24. Januar	»Zehntes Heft«	**3**: 73
	29. Januar	»Zehntes Heft«	**3**: 75
	30. Januar	»Zehntes Heft«	**3**: 76
	7. Februar	»Zehntes Heft«	**3**: 76
	9. Februar	»Zehntes Heft«	**3**: 77
	10. Februar	»Zehntes Heft«	**3**: 77
	14. Februar	»Zehntes Heft«	**3**: 78
	15. Februar	»Zehntes Heft«	**3**: 78
	16. Februar	»Zehntes Heft«	**3**: 79
	22. Februar	»Zehntes Heft«	**3**: 79
	25. Februar	»Zehntes Heft«	**3**: 79
	1. März	»Zehntes Heft«	**3**: 79
	11. März	»Zehntes Heft«	**3**: 80
	13. März	»Zehntes Heft«	**3**: 80
	14. März	»Zehntes Heft«	**3**: 81
	17. März	»Zehntes Heft«	**3**: 82
	23. März	»Zehntes Heft«	**3**: 82

1915	25. März	»Zehntes Heft«	**3**: 82
	9. April	»Zehntes Heft«	**3**: 83
	14. April	»Zehntes Heft«	**3**: 83
	27. April	»Zehntes Heft«	**3**: 83
	3. Mai	»Zelultes Heft«	**3**: 89
	4. Mai	»Zehntes Heft«	**3**: 89
	5. Mai	»Zehntes Heft«	**3**: 90
	14. Mai	»Zehntes Heft«	**3**: 91
	27. Mai	»Zehntes Heft«	**3**: 92
	13. September	»Elftes Heft«	**3**: 97
	14. September	»Elftes Heft«	**3**: 97
	16. September	»Elftes Heft«	**3**: 98
	28. September	»Elftes Heft«	**3**: 99
	29. September	»Elftes Heft«	**3**: 100
	30. September	»Elftes Heft«	**3**: 101
	1. Oktober	»Elftes Heft«	**3**: 101
	6. Oktober	»Elftes Heft«	**3**: 108
	7. Oktober	»Elftes Heft«	**3**: 110
	3. November	»Elftes Heft«	**3**: 111
	4. November	»Elftes Heft«	**3**: 112
	5. November	»Elftes Heft«	**3**: 112
	6. November	»Elftes Heft«	**3**: 113
	19. November	»Elftes Heft«	**3**: 114
	21. November	»Elftes Heft«	**3**: 115
	25. Dezember	»Elftes Heft«	**3**: 115
1916	19. April	»Elftes Heft«	**3**: 117
	20. April	»Elftes Heft«	**3**: 118
	11. Mai	»Elftes Heft«	**3**: 123
	2. Juni	»Elftes Heft«	**3**: 124
	19. Juni	»Elftes Heft«	**3**: 126
	3. Juli	»Elftes Heft«	**3**: 127
	4. Juli	»Elftes Heft«	**3**: 128
	5. Juli	»Elftes Heft«	**3**: 128
	6. Juli	»Elftes Heft«	**3**: 128
	13. Juli	»Elftes Heft«	**3**: 131

1916	14. Juli	»Elftes Heft«	**3**: 131
	15. Juli	»Elftes Heft«	**3**: 132
	19. Juli	»Elftes Heft«	**3**: 132
	20. Juli	»Elftes Heft«	**3**: 133
	21. Juli	»Elftes Heft«	**3**: 134
	22. Juli	»Elftes Heft«	**3**: 135
	21. August	»Elftes Heft«	**3**: 136
	27. August	»Elftes Heft«	**3**: 136
	8. Oktober	»Elftes Heft«	**3**: 138
	16. Oktober	»Elftes Heft«	**3**: 139
	18. Oktober	»Elftes Heft«	**3**: 139
	30. Oktober	»Elftes Heft«	**3**: 142
1917	6. April	»Elftes Heft«	**3**: 143
	29. Juli	»Elftes Heft«	**3**: 143
	30. Juli	»Elftes Heft«	**3**: 144
	31. Juli	»Elftes Heft«	**3**: 146
	1. August	»Elftes Heft«	**3**: 146
	2. August	»Elftes Heft«	**3**: 147
	3. August	»Elftes Heft«	**3**: 148
	4. August	»Elftes Heft«	**3**: 149
	5. August	»Elftes Heft«	**3**: 150
	6. August	»Elftes Heft«	**3**: 151
	7. August	»Elftes Heft«	**3**: 151
	8. August	»Elftes Heft«	**3**: 153
	9. August	»Elftes Heft«	**3**: 154
	10. August	»Elftes Heft«	**3**: 156
	15. September	»Zwölftes Heft«	**3**: 161
	18. September	»Zwölftes Heft«	**3**: 162
	19. September	»Zwölftes Heft«	**3**: 162
	21. September	»Zwölftes Heft«	**3**: 164
	22. September	»Zwölftes Heft«	**3**: 166
	25. September	»Zwölftes Heft«	**3**: 166
	28. September	»Zwölftes Heft«	**3**: 167
	8. Oktober	»Zwölftes Heft«	**3**: 168
	9. Oktober	»Zwölftes Heft«	**3**: 169

1917	14. Oktober	»Zwölftes Heft«	3: 169
	15. Oktober	»Zwölftes Heft«	3: 169
	21. Oktober	»Zwölftes Heft«	3: 170
	6. November	»Zwölftes Heft«	3: 170
	10. November	»Zwölftes Heft«	3: 170
1919	27. Juni	»Zwölftes Heft«	3: 171
	30. Juni	»Zwölftes Heft«	3: 172
	6. Juli	»Zwölftes Heft«	3: 172
	5. Dezember	»Zwölftes Heft«	3: 172
	8. Dezember	»Zwölftes Heft«	3: 172
	9. Dezember	»Zwölftes Heft«	3: 172
	11. Dezember	»Zwölftes Heft«	3: 172
1920	6. Januar	»Zwölftes Heft«	3: 173
	9. Januar	»Zwölftes Heft«	3: 173
	10. Januar	»Zwölftes Heft«	3: 173
	13. Januar	»Zwölftes Heft«	3: 175
	14. Januar	»Zwölftes Heft«	3: 175
	17. Januar	»Zwölftes Heft«	3: 176
	2. Februar	»Zwölftes Heft«	3: 178
	15. Februar	»Zwölftes Heft«	3: 179
	18. Februar	»Zwölftes Heft«	3: 181
	19. Februar	»Zwölftes Heft«	3: 183
	29. Februar	»Zwölftes Heft«	3: 185
1921	15. Oktober	»Zwölftes Heft«	3: 187
	16. Oktober	»Zwölftes Heft«	3: 187
	17. Oktober	»Zwölftes Heft«	3: 188
	18. Oktober	»Zwölftes Heft«	3: 189
	19. Oktober	»Zwölftes Heft«	3: 190
	20. Oktober	»Zwölftes Heft«	3: 191
	21. Oktober	»Zwölftes Heft«	3: 191
	22. Oktober	»Zwölftes Heft«	3: 192
	23. Oktober	»Zwölftes Heft«	3: 192
	25. Oktober	»Zwölftes Heft«	3: 192

1921	29. Oktober	»Zwölftes Heft«	3: 193
	30. Oktober	»Zwölftes Heft«	3: 194
	7. November	»Zwölftes Heft«	3: 195
	1. Dezember	»Zwölftes Heft«	3: 196
	2. Dezember	»Zwölftes Heft«	3: 196
	6. Dezember	»Zwölftes Heft«	3: 196
	20. Dezember	»Zwölftes Heft«	3: 197
	23. Dezember	»Zwölftes Heft«	3: 198
1922	16. Januar	»Zwölftes Heft«	3: 198
	17. Januar	»Zwölftes Heft«	3: 199
	18. Januar	»Zwölftes Heft«	3: 199
	19. Januar	»Zwölftes Heft«	3: 201
	20. Januar	»Zwölftes Heft«	3: 202
	21. Januar	»Zwölftes Heft«	3: 203
	22. Januar	»Zwölftes Heft«	3: 204
	23. Januar	»Zwölftes Heft«	3: 206
	24. Januar	»Zwölftes Heft«	3: 207
	25. Januar	»Zwölftes Heft«	3: 208
	27. Januar	»Zwölftes Heft«	3: 209
	28. Januar	»Zwölftes Heft«	3: 210
	29. Januar	»Zwölftes Heft«	3: 212
	30. Januar	»Zwölftes Heft«	3: 214
	31. Januar	»Zwölftes Heft«	3: 214
	1. Februar	»Zwölftes Heft«	3: 215
	2. Februar	»Zwölftes Heft«	3: 215
	3. Februar	»Zwölftes Heft«	3: 216
	4. Februar	»Zwölftes Heft«	3: 217
	5. Februar	»Zwölftes Heft«	3: 217
	6. Februar	»Zwölftes Heft«	3: 217
	7. Februar	»Zwölftes Heft«	3: 218
	8. Februar	»Zwölftes Heft«	3: 218
	9. Februar	»Zwölftes Heft«	3: 218
	10. Februar	»Zwölftes Heft«	3: 218
	11. Februar	»Zwölftes Heft«	3: 220
	12. Februar	»Zwölftes Heft«	3: 220

1922	13. Februar	»Zwölftes Heft«	**3**: 220
	14. Februar	»Zwölftes Heft«	**3**: 221
	15. Februar	»Zwölftes Heft«	**3**: 221
	16. Februar	»Zwölftes Heft«	**3**: 221
	17. Februar	»Zwölftes Heft«	**3**: 221
	18. Februar	»Zwölftes Heft«	**3**: 221
	19. Februar	»Zwölftes Heft«	**3**: 221
	20. Februar	»Zwölftes Heft«	**3**: 222
	21. Februar	»Zwölftes Heft«	**3**: 222
	22. Februar	»Zwölftes Heft«	**3**: 222
	23. Februar	»Zwölftes Heft«	**3**: 222
	24. Februar	»Zwölftes Heft«	**3**: 222
	25. Februar	»Zwölftes Heft«	**3**: 222
	26. Februar	»Zwölftes Heft«	**3**: 222
	27. Februar	»Zwölftes Heft«	**3**: 223
	28. Februar	»Zwölftes Heft«	**3**: 223
	1. März	»Zwölftes Heft«	**3**: 223
	5. März	»Zwölftes Heft«	**3**: 223
	6. März	»Zwölftes Heft«	**3**: 223
	7. März	»Zwölftes Heft«	**3**: 223
	9. März	»Zwölftes Heft«	**3**: 223 u. 224
	13. März	»Zwölftes Heft«	**3**: 224
	15. März	»Zwölftes Heft«	**3**: 225
	16. März	»Zwölftes Heft«	**3**: 225
	17. März	»Zwölftes Heft«	**3**: 225
	18. März	»Zwölftes Heft«	**3**: 225
	19. März	»Zwölftes Heft«	**3**: 226
	20. März	»Zwölftes Heft«	**3**: 226
	22. März	»Zwölftes Heft«	**3**: 226
	24. März	»Zwölftes Heft«	**3**: 226
	29. März	»Zwölftes Heft«	**3**: 226
	4. April	»Zwölftes Heft«	**3**: 226
	6. April	»Zwölftes Heft«	**3**: 227
	7. April	»Zwölftes Heft«	**3**: 227
	10. April	»Zwölftes Heft«	**3**: 227
	11. April	»Zwölftes Heft«	**3**: 228

1922	13. April	»Zwölftes Heft«	**3**: 229
	16. April	»Zwölftes Heft«	**3**: 229
	23. April	»Zwölftes Heft«	**3**: 230
	27. April	»Zwölftes Heft«	**3**: 230
	8. Mai	»Zwölftes Heft«	**3**: 230
	12. Mai	»Zwölftes Heft«	**3**: 231
	13. Mai	»Zwölftes Heft«	**3**: 232
	17. Mai	»Zwölftes Heft«	**3**: 232
	19. Mai	»Zwölftes Heft«	**3**: 232
	20. Mai	»Zwölftes Heft«	**3**: 232
	23. Mai	»Zwölftes Heft«	**3**: 233
	25. Mai	»Zwölftes Heft«	**3**: 233
	26. Mai	»Zwölftes Heft«	**3**: 233
	30. Mai	»Zwölftes Heft«	**3**: 233
	5. Juni	»Zwölftes Heft«	**3**: 233
	12. Juni	»Zwölftes Heft«	**3**: 234
	16. Juni	»Zwölftes Heft«	**3**: 234
	23. Juni	»Zwölftes Heft«	**3**: 235
	27. Juli	»Zwölftes Heft«	**3**: 235
	26. August	»Zwölftes Heft«	**3**: 235
	14. November	»Zwölftes Heft«	**3**: 236
	18. Dezember	»Zwölftes Heft«	**3**: 236
1923	12. Juni	»Zwölftes Heft«	**3**: 236

Verzeichnis der in den Tagebüchern enthaltenen fiktionalen Texte und Textansätze

Als der 17jährige Karl Roßmann ... (›Der Heizer‹, 1. Teil) **2**: 104–122
Als es schon unerträglich ... (›Unglücklichsein‹) **1**: 85–89
Als man zur Feier ihrer Abreise ... **2**: 182
An einem frühen Morgen ... **2**: 177
Anna sah durch die Glastür ... **2**: 142
Auf dem Gang kam ihm die Hauswirtin ... **3**: 118
Aus dem Grunde der Ermattung ... **2**: 84
Aus einem Hause traten vier bewaffnete Männer ... **2**: 181
Aus einem Kamin der Nachbarschaft ... **3**: 133
Aus einem solchen Zustand ... (›Entschlüsse‹) **2**: 31
Aus tiefem Schlaf wurde ich aufgeschreckt ... **3**: 197
Ausgelacht zu werden kümmerte Karl ... **3**: 129

Banz, der Direktor der Versicherungsgesellschaft ... **3**: 32–34
Bulldoggen, fünf ... **3**: 161

Das Haus war schon geschlossen ... **2**: 195
dem Schubal etwas vorzuwerfen ... (›Der Heizer, 2. Teil) **1**: 132–148
Der alte Kaufmann, ein riesiger Mann ... **2**: 207–209
Der Aussätzige und seine Frau ... **2**: 177
Der Direktor der Versicherungsgesellschaft ... **3**: 32
Der Ehemann ist von einem Pfahl ... **2**: 177
Der Feldherr stand beim Fenster.. **3**: 219
Der kleine Ruinenbewohner **1**: 17–25,89
Der Kutscher Josef ... **2**: 143f.
Der Magistratsbeamte Bruder ... **2**: 156f.,157
Der Student Kosel saß an seinem Tisch ... **3**: 11f.
Der Tatbestand der rücksichtlich ... (»Monderry«-Fragment) **3**: 92–94

Die Eltern, und ihre erwachsenen Kinder ... **2**: 230
Die Familie saß beim Abendessen ... **2**: 199
Die kleine Gasse begann ... **2**: 194
Die städtische Welt. **1**: 118–124
Die Schwestern Gelsenbauer ... **2**: 210
Die Tänzerin Eduardowa ... (»Ich bat im Traum ... «, »Vorher fragte ich sie ... «) **1**: 11ff.
Die Tür öffnete sich zu einem Spalt ... **2**: 232
Die Vermieterin warf die Röcke ... **2**: 147ff.
Die Zimmervermieterin eine schwache ... **2**: 145
Direktor an seinem Tisch ... **2**: 132
Drei Häuser stießen an einander ... **3**: 127
»Du sagte ich«-Fragmente **1**: 27,32,33,89–94,96–98,98–100, 101–102,111,111f.,112

Ein Adeliger, namens Herr von Griesenau ... **2**: 143
Ein alter Mann gieng an einem Winterabend ... **2**: 222
Ein großer Mann ... **2**: 179
Ein Kaufmann war vom Unglück sehr verfolgt ... **3**: 67f.
Ein kleiner Junge lag in der Badewanne ... **3**: 100
Ein kleines Mietzimmer ... **2**: 139f.
Eine Zeit meines Lebens ... (›Erinnerungen an die Kaldabahn‹, 1. Teil) **2**: 169–172
Einer lag schwer krank im Bett ... **3**: 129f.
Eingesperrt in das Viereck ... **3**: 128
Einige Beamten des Stadtamtes ... **2**: 157f.
Ein Kreis von Männern ... **2**: 211f.
Ein Trupp Pferde brach aus der Umzäumung. **2**: 194
Ein unbrauchbarer Mensch ... **3**: 145
»Er-Aphorismen« **3**: 174–186
Er entwand sich ihren Kreisen ... **3**: 145
Er verführte ein Mädchen ... **2**: 51f.
Er wollte die Tür zum Gang öffnen ... **3**: 117
Ernst Liman kam auf einer Geschäftsreise ... **2**: 127–131
Es fuhren die Neger aus dem Gebüsch ... **3**: 130
Es scheint so arg ... (›Das Unglück des Junggesellen‹) **1**: 194

Es war am Tage des Schulbeginnes ... **2**: 185
Es war an einem Sontagvormittag ... (›Das Urteil‹) **2**: 87–100
Es war ein Sonntag nachmittag ... **2**: 140
Es war ein stiller warmer Abend ... **2**: 199
Es war eine Kaffeewirtschaft in einem Heilbad ... **3**: 131
Es war etwa drei Uhr nachts ... **2**: 141
Es war schon die Zeit der letzten größeren Kämpfe ... **3**: 156
Es war schon eine Gewohnheit der vier Freunde ... **1**: 127–131
Es war schon nach Mitternacht ... **2**: 156
Es war schon spät abend ... **2**: 196
Es war schon weit nach Mitternacht ... **2**: 222
Es war um Mitternacht. Fünf Männer ... **3**: 23f.
Es wird berichtet ... **1**: 25
Es wurde eine Verlobung gefeiert ... **2**: 144

Gegen 5 Uhr früh ... **2**: 140
Gegen Mitternacht ... **2**: 215
»General Samson!« rief ich ... **3**: 156
Gustav Blenkelt war ein einfacher Mann ... **2**: 102

Hans und Amalia, die zwei Kinder ... **3**: 119–123
Haß beeilte sich ... **2**: 141
»Herr Direktor, ein neuer Schauspieler ... **3**: 12
Hofnarr ... **3**: 143f.
Hugo Seiffert pflegte während ... **2**: 186

Ich fuhr mit meinem Boot ... **2**: 186
Ich gieng wie gewöhnlich ... **2**: 132
Ich hatte das Geschäft geschlossen ... **2**: 155
Ich hatte mit zwei Freunden ... **3**: 71f.
Ich hatte, müde des Dienens ... **3**: 32
Ich kam an einem abend etwas später ... **3**: 22f.
Ich kam einmal im Sommer ... **3**: 13–22
Ich öffnete die Haustür ... **2**: 38f.
Ich pflegte während meiner Gymnasialzeit ... **2**: 186
Ich saß immer tief in der Werkstatt ... **3**: 144

Ich stand mit meinem Vater ... **3**: 156
Ich stieg auf mein Pferd ... **3**: 34
Ich suchte Rat ... **3**: 32
Ich trete aus dem Haus ... **3**: 11
Ich überlege es oft ... s. Der kleine Ruinenbewohner.
Ich untertauchte ... **2**: 133
Ich war ganz ratlos ... **3**: 31f.
Ich war im Gebüsch eingeschlafen ... **2**: 214
Ich will schreiben ... (›Großer Lärm‹) **1**: 176
Im Hause des Onkels ... (›Der Verschollene‹, Beginn des 2. Kapitels) **1**: 148–150
Im kleinen Hafen, wo außer Fischerbooten ... **3**: 143
Im kleinen Hafen eines Fischerdorfes ... **2**: 198
In dem kleinen Städtchen F. ... **2**: 224
In der vorübereilenden Elektrischen ... **2**: 57f.
In einem Eisenbahnzug sitzen ... **3**: 146
In unserer Klasse ... **2**: 185

Jeden Abend seit einer Woche ... **2**: 149f.,150–151
»Jemand läutet!« ... **2**: 210
Josef K., der Sohn eines reichen Kaufmanns ... **3**: 30

Letzthin erzählte uns der Viehhändler Morsin ... **2**: 210f.

Majestätische Erscheinung ... **3**: 161
Man wollte schon den Landungssteg ... **2**: 141
Meistens wohnt der den man sucht ... **3**: 147

nicht die geringste Mühe dazu nötig ... (›Erinnerungen an die Kaldabahn‹, 2. Teil) **3**: 44–51
Noch einmal schrie ich ... **3**: 148

O schöne Stunde ... **3**: 161
Oft überlege ich es ... s. Der kleine Ruinenbewohner.

Reitet sagte der Kommandant. **3**: 145
Rense, ein Student ... **2**: 134
Rense gieng paar Schritte ... **2**: 133f.
Robert-Samuel- **R**: 45

Schon viele Monate beabsichtigte Wilhelm Menz ... **2**: 200f.
Seit Jahren sitze ich ... **3**: 148
Sie riefen. Es war schön ... **3**: 134
»Strafkolonie-Paralipomena« **3**: 152–155
Szenische Texte **1**: 202f.,204; **2**: 181f.,190f.,201,210; **3**: 149, 150ff.

»Teufel, rettet mich aus der Umnachtung!« ... **2**: 194

Unser König machte keinen Aufwand ... **3**: 144
Unten auf dem Flusse ... **2**: 182

Vom frühen Morgen an ... **2**: 161–163
Vorwärtsgerissen, auf dem Pferd – **2**: 226

Waren wir verrückt? ... **2**: 186
Wenn ich es bedenke ... s. Der kleine Ruinenbewohner.
Wenn man sich am abend ... (›Der plötzliche Spaziergang‹) **2**: 12f.
»Wer bin ich denn?« fuhr ich mich an ... **2**: 199f.
Wir ertrugen es zuhause keinen Augenblick ... **2**: 154
Wir hatten eine Mulde im Sand ... **2**: 222f.
Wir wollten den Eltern nichts davon sagen ... **2**: 201

Zum erstenmal erschien das weiße Pferd ... **2**: 145f.
Zwei Freunde machten einen Morgenritt. **2**: 194
Zwei Herren sprachen im Sattelraum ... **3**: 142f.
Zwei Kinder, allein in der Wohnung ... **3**: 197

Verzeichnis der erwähnten Werke Kafkas

Die Aeroplane in Brescia (»mein Brescia«) **1**: 188, *309, 334*
Die Arbeiterunfallversicherung und die Unternehmer **1**: 60*, *299*
Beschreibung eines Kampfes **1**: 100*, *308, 309f., 314*
Betrachtung **1**: *277, 307, 309, 336*; **2**: 75*, 76*, 77*, 79*, 80*, *247, 261, 281, 282f.*
Betrachtungen **1**: *309*
Blumfeld ein älterer Junggeselle... (»Hundegeschichte«) **3**: 77, 130*, *258, 277*
Ein Damenbrevier (Rezension) **1**: *278*
Das ist ein Anblick... (über Kleists Anekdoten) **1**: *320, 347f.*
Der Dorfschullehrer **3**: 65, 66f., 68, 69, *254f.*
Einleitungsvortrag über Jargon **2**: 33*, 34*, 35, *261*
Elf Söhne **3**: *287f.*
Entlarvung eines Bauernfängers **2**: 75, *281*
Entschlüsse **2**: *261*
Erinnerungen an die Kaldabahn **2**: *302*; **3**: 37*, 68, *247, 250, 255*
»Ernst-Liman-Fragment« **2**: *290, 302*
Erstes Kapitel des Buches ›Richard und Samuel‹ von Max Brod und Franz Kafka: Die erste lange Eisenbahnfahrt (Prag-Zürich) **1**: *323*; **2**: *277*
Gespräch mit dem Beter **1**: *277*
Gespräch mit dem Betrunkenen **1**: *277*
Großer Lärm **1**: *331*; **2**: *288*
Gustav Blenkelt... **2**: 79, *288*
Ein Hungerkünstler (Erzählung) **3**: 233, *302*
Ein Hungerkünstler (Erzählungenband) **3**: *302*
In der Strafkolonie **3**: 59, 68, 77, *252, 259, 280*
»Der Jäger Gracchus« **3**: *279*
Kinder auf der Landstraße **1**: *309*
»Eine kleine Automobilgeschichte« **1**: 177, *331*; **R**: *237*
Der kleine Ruinenbewohner **1**: *278, 307*
Kleine Seele... **1**: 213, *342*
Ein Landarzt (Erzählung) **3**: 166f., 210*, *293*
Ein Landarzt (Erzählungenband) **3**: *282, 293*

Der plötzliche Spaziergang
2: *247*
»Poseidon« **3**: *295*
Der Proceß **3**: 37, 39*, 62*, 68, 69, 101*, *247, 248, 252, 254, 258, 268, 293*
– Vor dem Gesetz **3**: 63*, 75*, *254, 258*
Richard und Samuel (»Robert und Samuel«; »R. u. S.«) **1**: 165, 194, 200, 211, 219, 220*, 264, *299, 323, 329, 338, 340, 344, 356*; **2**: 65*, *277*; **R**: 21*, 45, *225f., 229f., 230*
Das Schloß **3**: *293, 297*
Die städtische Welt **1**: *321*; **2**: 101, *288*
Das Unglück des Junggesellen **1**: *336f.*
Unglücklichsein **1**: *307*; **2**: 218, *314*
Der Unterstaatsanwalt **3**: 68, 69, 82, *255f.*
Das Urteil **1**: *321*; **2**: 101, 103*, 125f., 188, *284, 287, 288f., 307*
Der Verschollene **1**: *323*; **2**: *278, 289*; **3**: 68, 101*, 168*, *247, 254, 259, 266, 268, 277, 283*
– Der Heizer **1**: *323*; **2**: 178, *303*; **3**: 77, 91, 168, *259, 266, 287*
Die Verwandlung **2**: 197, 226, 227, *295, 309, 319f., 321*

Verzeichnis der erwähnten Personen, Werke und Periodika

Abraham, Marie **2**: 180, *305*
– ihre Tochter Barbara **2**: 180, *305*
Adam, Albrecht
– ›Aus dem Leben eines Schlachtenmalers‹ **2**: 60, *274*
Adler, Friedrich **3**: 146, *280*
Adler, Jacob P. **1**: 81, *306f.*
Adler, Jakub (»Finanzrat«) **3**: 146, *280*
Adler, Paul **2**: 163, *296, 298*
Ahrenberg, Herzogin **1**: 220
Aigner, Eduard (»Arzt«) **2**: 230*, *322*
Akiba ben Josef **1**: 163, *328*
›Die Aktion‹ **1**: 166, *329*
Alexandre, Renè **R**: 69*, *236*
›Annalen der Naturphilosophie‹ **1**: 29, *286*
d'Annunzio, Gabriele
– ›Traum eines Frühlingsmorgens‹ **2**: 71, *278*
Anzenbacher, Albert (»A.«) **2**: 224, 225, 227, 228f., 231f., *318*
– seine Mutter **2**: 229
– seine Schwester **2**: 231
›Arkadia‹ **2**: 101, *284, 289, 307*
Arnim, Achim von u. Brentano, Clemens
– ›Des Knaben Wunderhorn‹ **R**: 50
Ascher, Ernst **2**: 22, *249*
›Das Auge‹ **2**: 34
Auguste, Frl. **R**: 107
Austerlitz, Lev **1**: 241, 242*, *353*
›Az Est‹ **3**: 83, 88, *263*

B., Herr **2**: 176
B. (»Der kleine fröhliche B.«) **3**: 215f.
›Baedeker-Reiseführer‹ **R**: 71, *236*
Bailly, Louise (»B.«) **1**: 45, *294, 315*; **2**: 176, *303*
Bakunin, Michail Alexandrowitsch **3**: 81, *261f.*
Baluschek, Hans **R**: 105, *250f.*
Barjac, Frl. **1**: 184*, *333*
Bartl, Johann **2**: 227, *320*
Bartsch, Rudolf Hans
– ›Zwölf aus der Steiermark‹ **R**: 105, *251*
Bassermann, Albert **2**: *276*
Bassewitz, Gerdt von **R**: 82
– ›Judas‹ **R**: 82, *239*
Bauer, Anna **3**: 24*

Bauer, Carl **2**: 191ff.*, *308*; **3**: 24*, 61*, *246, 253*
Bauer, Eltern **2**: 189*; **3**: 24*, 25*
Bauer, Emilie (»Tante«) **3**: 25, *246*
Bauer, Erna **2**: 163, 206*, *298, 302, 307*; **3**: 25, 28, 41, 43, 60f., 69, *245, 247, 248, 250, 253, 262, 265*
Bauer, Felice (»F.«) **2**: 77, 79, 83, 87, 126, 132, 134ff., 142, 143, 145, 151, 154, 160, 164, 175, 184, 187f.*, 189, 192*, 204, 205, 213, 217, 218, 221, 225, 229, 230, 233, 234*, 235f., 237, *282f., 287, 289f., 291f., 293ff., 299, 300ff., 306, 308, 311f., 313f., 315f., 319, 321, 324f.*; **3**: 24f., 38f., 39ff., 42, 59, 61, 69, 70, 73ff., 89, 90, 127, 128, 130*, 131, 136f., 139ff.*, 161, 164, 167f., 196, *245, 248, 253, 256, 257, 264, 276f., 279, 280f., 282, 294*
Bauer, Ferdinand **3**: 25*, 130*, *277*
Bauer, Toni **2**: 206, *311*
Baum, Ehepaar **2**: 49
Baum, Familie **2**: 103
Baum, Grete **2**: 189*
Baum, Leo **2**: 50*, 189, *269, 307*; **3**: 64*, *254*
Baum, Oskar **1**: 108, 110, 174, 176, 177, 211, 240, *315, 329, 330f.*; **2**: 11, 20, 33, 34, 35, 50, 61, 103, 189, 236, *261, 288, 307*; **3**: 64, 150, *254*
– ›Die böse Unschuld‹ **2**: 230, *322*
– ›Der Dämon‹ **2**: 50, *269, 275*
– ›Ghettolieder‹ **2**: 20*, *248*
– ›Konkurrenz‹ **1**: 165, *329, 330*
– ›Ein Schicksal‹ **2**: 20*, *248*
– ›Uferdasein‹ **2**: *275*
Bayros, Franz von **2**: 159, *294*
Beck, Matthias **3**: 172, *285*
Beer-Hofmann, Richard
– ›Schlaflied für Mirjam‹ (»Schlaf Mirjam mein Kind«) **2**: 48, *267f.*
Beethoven, Ludwig van
– ›Fidelio‹ **3**: 203*, *292*
Belinski, Wissarion Grigorjewitsch **3**: 81
Belzer Rabbi **3**: *266f.*
Bendiener, Karl **2**: 35, *263*
Bendiener, Ludwig **2**: 36, *263*
Beradt, Martin
– ›Eheleute‹ **1**: 114, *317*
Berg (»Selcherfamilie«) **R**: 94
Bergmann, Else **1**: *283*
Bergmann, Hugo **1**: 178, 258f., *282, 332, 355f.*; **2**: 83, 85, 220, *286, 315*; **3**: 84, 236, *305*
›Bericht der Arbeiter-Unfall-Versicherungs-Anstalt ...‹ **2**: 227*, *320*

›Berliner Tageblatt und Handelszeitung‹ **1**: 232, *350*; **R**: 37, 82*, *239*
Bermann, Richard Arnold (»Beermann«) **2**: 218, *313*
– ›Damit sie lachen und nicht weinen‹ **2**: 218, *313*
Bernhard, Lucian **1**: 40, *292*
Bialik, Chajim Nachman **1**: 71
– ›Am Ort des Mordes‹ **1**: 71f., *304*
›Bibel‹ **2**: 159; **3**: 99, 126f.*, 129, 131f.*, 190*, 191f.*, *267, 276, 278*; **R**: 98, 99, 100*
Bie, Oskar **2**: 37, *265*
Biedermann, Woldemar von
– ›Goethes Gespräche‹ **2**: 29, 53, *259, 270ff.*
Birnbaum, Nathan (Mathias Acher) **2**: 23, *251*
Bittner, Julius **1**: 27f.*, *283*
Bittner, Xaverine **1**: 27f., *283*
Bizet, Georges
– ›Carmen‹ **R**: 63f.*, 64f.*, 88, *235, 245*
– ›Das schöne Mädchen von Perth‹ **1**: 71, *303*
Bl. (?) **3**: 226, *297*
Blei, Franz **1**: 16, 213f., *277, 342*
– ›Die Puderquaste‹ **1**: *278*
Blei, Maria **1**: 16*, 213*, 220, *277, 342*
Blei, Peter **1**: 16*, *277*
Blei, Sybilla **1**: 213f.*, *342*
Bloch, Arthur **2**: 35, 36, *263*
Bloch, Frau **2**: 103, *288*
Bloch, Grete (»Bl.«, »G. B.«) **2**: 201, 203, 220, 221, 228, 229, 231, 236, *281, 310, 316, 325*; **3**: 24, 39f., 42, 168, 226, *245, 297*
Blüher, Hans **3**: 234f.
– ›Secessio Judaica‹ **3**: 225*, 234f.*, *296, 297, 303*
Blumenfeld, Kurt **2**: 37, *265*
Bode, Wilhelm
– ›Stunden mit Goethe‹ **2**: 29, *260*
›Bohemia‹ **1**: *308f., 334*; **2**: *262, 267*; **3**: 71*, *257*
›Borghesischer Fechter‹ **R**: 71
›Bottin‹ **R**: 63, *234*
Boucher, Arthur
– ›La France victorieuse dans la guerre du demain‹ **R**: 48, *232*
Boy-Ed, Ida
– ›Ein Augenblick im Paradies‹ **R**: 94, *248*
Brahm, Otto
– ›Karl Stauffer-Bern/Sein Leben/Seine Briefe/Seine Gedichte‹ **1**: 223, 225, *345*
Brahms, Johannes **1**: 226
– ›Beherzigung‹ **1**: 227
– ›Gesang der Parzen‹ **1**: 227
– ›Nänie‹ **1**: 227
– ›Tragische Ouvertüre‹ **1**: 227
– ›Triumphlied‹ **1**: 227
Brand, Karl
– ›Das Vermächtnis eines Jünglings‹ **3**: 220*, *295*

Brandeis, Richard **R**: 82, *239*
Brandenburg, Hans **R**: 105, *251*
Brod, Elsa siehe Taussig, Elsa
Brod, Fanny **1**: 71*, *303*; **3**: 56, *251*
Brod, Max (»M.«) **1**: 40, 51, 57, 59, 61, 62, 71, 77, 106, 110, 114, 126f.*, 155, 158, 162, 165, 167, 177, 178, 188, 193, 200, 211, 213, 220, 228, 232, 237f., 240, 257f., 263f., 265, *292, 299, 302, 314, 315, 317, 320, 322, 328, 329, 340, 347, 349ff.*; **2**: 11, 16, 20, 31, 35, 60, 62, 65, 70, 71, 72, 75, 79, 87, 101, 184, 205, 233, 236, *268, 274f., 280, 281, 282f., 306, 324*; **3**: 40, 56, 59, 63, 66, 80, 81, 82, 90, 97, 98, 101, 114, 126, 163, 191, 203, 206, 229, *255, 256, 263, 265, 266, 274, 291, 292, 295, 298*; **R**: 21, 22f., 24, 26, 27, 30, 31, 39, 41, 42, 43, 45, 48, 58ff., 60, 65, 67, 68, 72, 74, 81, 82, 83, 84, 85, 86, 87, 88, 90, 92, *223, 226, 229f., 232*
– ›Abschied von der Jugend‹ **1**: 114, *317*
– ›Arnold Beer‹ **2**: 70, 101, *277f., 288*
– ›Axiome über das Drama‹ **1**: 159f., *327*
– ›Franzi oder Eine Liebe zweiten Ranges‹ **3**: 191, *288*
Brod, Max (»M.«) *(Fortsetzung)*
– ›Eine Jargonbühne in Prag‹ **1**: 178*, *332*
– ›Jüdinnen‹ **1**: 31f., 125f., 127, *286*
– ›Kommentar zu Robert Walser‹ **1**: *302*
– ›Der magische Kreis‹ **2**: 60
– ›Neue Literatur‹ **1**: 200*, *338*
– ›Die neuen Christen‹ **3**: 91, *265*
– ›Ein tschechisches Dienstmädchen‹ **1**: *291*
– ›Tycho Brahes Weg zu Gott‹ **3**: 116*, *275*
– ›Über die Schönheit häßlicher Bilder‹ **1**: 188, *334*
– ›Weiberwirtschaft‹ **1**: 165*, *329*
Brod, Max u. Weltsch, Felix
– ›Anschauung und Begriff‹ **2**: *310*; **R**: 24*, *224f.*
Brod, Otto **1**: 162, *279, 320, 328*
Brod (Friedmann), Sophie **1**: 112*, *316*
Bruant, Aristide **1**: 118, *320f.*
Brusati, Ercole **R**: *227*
Bruder, Anton
– ›Nacktes Mädchen‹ **3**: 227, *297f.*
Buber, Martin **3**: *267*
– ›Der große Maggid und seine Nachfolge‹ **3**: 231, *301*
Buchbinder, Bernhard
– ›Er und seine Schwester‹ **3**: 111, *270*

Busch, Wilhelm
– ›Max und Moritz‹ **3**: 138

Čáda, Karl **1**: 264, *356*
Canova, Antonio
– ›Amor und Psyche‹ **R**: 33*, *228*
Carl August, Großherzog von Sachsen-Weimar-Eisenach **R**: 87*, 90, *243f.*, *245*
Chenu, Marguerite A. **1**: 95, *308*
›Die christliche Welt‹ **1**: 258, *356*
Christus **1**: 27; **2**: 212; **R**: 12
Claudel, Paul **1**: 95, *308*
– ›Goldhaupt‹ **2**: 225, *319*
Cohen, Hermann (»Kohen«) **R**: 97, *249*
›Corriere della Sera‹ **R**: 37
Crépin, Louis-Philippe
– ›Voyage de Louis XVI … Cherbourg 23 Juin 1786‹ **R**: 46, *232*

Daudet, Alphonse **1**: 190
Dauthendey, Max **1**: 118, *320*
David d'Angers, Pierre Jean **R**: 87, *244*
David, Josef (»Pepa«, »P.«, »D.«) **2**: 212, *312*; **3**: 81, 233, *262*, *300*, *303*
Defoe, Daniel
– ›Robinson Crusoe‹ **3**: 145*, 182f.*, 193*
Degen, Thea **2**: 59, *273f.*
Dehmel, Richard **2**: 40, 41
– ›Nachtgebet der Braut‹ **2**: 40*, *266*
Delvard, Marya **1**: 117f., *320f.*
›Deutsches Abendblatt‹ **2**: 47, *267*
Dickens, Charles **1**: 33, 46; **3**: 168f.
– ›David Copperfield‹ **3**: 168, *283*
Diederichs, Eugen **R**: 88, *245*
Dilthey, Wilhelm
– ›Das Erlebnis und die Dichtung‹ **2**: 224, 226*, 233*, *318*, *319*, *324*
Dittrich, Frau (»Malerin«) **2**: 132, *290*
Dostojewski, Feodor Michailowitsch **2**: 140, 153, 159, 183, *292*; **3**: 42, 66, *249*
– ›Briefe‹ **2**: 153, 159, *293*, *294*
– ›Die Brüder Karamasoff‹ **2**: 218*, 219*, *314*, *315*; **3**: 66, 78*, *255*, *259f.*
– ›Literarische Schriften‹ **2**: *306*
– ›Ein Werdender‹ **2**: *306*
Dostojewski, Michail **2**: 153*
Doyle, Arthur Conan
– ›Sherlock Holmes' Abenteuer‹ **2**: 14
Durège-Wodnanski, Jenny **2**: 41f., 44ff., *267*
– ihr Mann **2**: 44
Dusik, Anna **2**: 163, *296*
– ihre Tochter Elisabeth (»Anneliese«) **2**: 163, *297*

Dvorský, Jan **2**: 175, *302f.*
Dvorský, Karl **2**: 175, *303*
– seine Tochter **2**: 175, *302f.*

Edelstadt, David (»Edelstatt«) **1**: 79f., *305f.*
Edison, Thomas Alva **1**: 189, *335*
Eduardowa, Jewgenja **1**: 11ff., *275f.*
Ehrenfels, Christian von **2**: 30, 198, *261, 314*
– ›Die Sternenbraut‹ **2**: 62, *275f.*
Ehrenstein, Albert **2**: 201, *310*; **3**: 192, *289*; **R**: 112, *253*
Ehrentreu, Chanoch Heinrich **2**: 35, *263*
Ehrmann, Julie **1**: 251f., *299, 354*
– ihre Tochter Olga **1**: *299*
Eisler, Norbert **1**: *331*
– ›Die Häßlichen‹ **1**: 211, *340*
Eisner, Ernst **3**: 98, *267*
Eli **1**: 168
Elieser ben Hyrkanos **1**: 163f., *328*
Elisabeth Alexejewna (»Zarin«) **2**: 223
Eppe, Hans **R**: 105, 108*
Eppe, Herr (»Privatschulleiter«) **R**: 107f.
– seine Frau **R**: 108
– sein Schwiegervater **R**: 108
Eppe, Walter **R**: 105, 108*
Ernst, Otto
– ›Asmus Sempers Jugendland‹ **2**: 231, *323*
Ernst, Paul (»P. E.«) **R**: 91, 92, 93, *247*
Euripides **R**: 58
›Die evangelischen Missionen‹ **R**: 98*, *249f.*
Even, Jeanne **R**: 69*, *236*
›Excelsior‹ **R**: 37, 39, *229*

Falk, Karoline **R**: 88
Fanta, Berta **1**: 29, *282*; **2**: 63, *276*; **3**: 165, *282*
Fanta, Max **1**: *282*; **3**: *297*
Fantl, Grete **2**: 163, *296*
– ihre Schwester **2**: 163
Fantl, Leo **2**: 163, 225, *296, 319*
Fatinizza (»Wiener Sängerin«) **2**: 59, *273*
Feigl, Josef (Bauer in Zürau) **3**: 168, *283*
Feinmann (»Feimann«), Sigmund **1**: 60, 153, *323f.*
– ›Der Vicekönig‹ **2**: 14, *247*
Feldstein, Hedwig **2**: 44
Fellenberg-Egli, Friedrich (»Hr. F.«) **R**: 52, *233*
Fischer, Margarethe (Grete) **2**: 61f., *275*
Flaubert, Achille-Cléophas **3**: 166*
Flaubert, Gustave **2**: 60, 184; **3**: 137, 166, *282*; **R**: *236*
– ›Bouvard und Pécuchet‹ **3**: 77, *258f.*

Flaubert, Gustave *(Fortsetzung)*
– ›Briefe über seine Werke‹
2: 74, *281*; **R**: 101*, *250*
– ›L'éducation sentimentale‹
3: 190, *288*; **R**: 104, 105
Fleischmann, Siegmund **2**: 30f., 35, *261, 263*
›Fliegende Blätter‹ **3**: 26, *246*
›Förster Flecks Erzählung von seinen Schicksalen ...‹ **3**: 99, *267f.*
Foerster, Friedrich Wilhelm
– ›Jugendlehre‹ **3**: 138*, *278*
Frankel, Frl. **1**: 199
Franz, Herr (»Contorist«) **1**: 67, 68, 74
Franz Josef I., Kaiser von Österreich **2**: 167*
Fred, W. (Alfred Wechsler) **1**: *313*
– ›Die Straße der Verlassenheit‹ **1**: 104, *313*
Freud, Sigmund **2**: 101, *287f.*; **R**: 97
Freund, Ida **2**: 36, *264*
Freytag, Gustav
– ›Die Journalisten‹ **2**: 50, *269*
Friedell, Egon **1**: *317*
Friedmann, Max **1**: 112*, *316*
Frippon, Leonie **1**: 113, *316*
Fromer, Jakob
– ›Der Organismus des Judentums‹ **2**: 22, *249*
Fuchs, Rudolf
– ›Die Feuertaufe‹ **3**: 42*, *248*
G. (?) **3**: 234, *303*
Geiger, Ludwig
– ›Goethe in Frankfurt am Main 1797‹ **2**: 29*, *260*
Gerke, Hans (Jan) **2**: 236, *325*
– seine Mutter **2**: 236
Gerloff, Frl. (»Lehrerin«) **R**: 107, 108
»Germanistin« **3**: 221, *296*
Gerson, Hania **3**: 225*, *296f.*
Getzler (»Götzl«), H. **3**: 82, *262f.*
Gibian, Camill **3**: 200*, *291*
Gilbert, Jean
– ›Polnische Wirtschaft‹ **2**: 77, *282*
Gillhausen, Guido von **R**: 101, 106
Girardi, Alexander **3**: 111, *270*
Gjellerup, Karl Adolph
– ›Der Pilger Kamanita‹ **3**: 231f., *301*
Gluck, Christoph Willibald von **R**: 87, *244*
Göchhausen, Luise von **R**: 85, *241*
Goethe, August von **2**: 223
Goethe, Christiane von **2**: 223
Goethe, Johann Caspar **2**: 223*
Goethe, Johann Wolfgang von **1**: 36, 42, 106, 247, 250; **2**: 21, 28, 29, 32, 34, 41, 48, 77, 223*; **R**: 84, 85, 87, 88, 89, 91, 92, 97, 100, *239, 242*
– ›An den Mond‹ **2**: 77, *268*
– ›An Lotte‹ **2**: 77
– ›An Werther‹ **2**: 77

Goethe *(Fortsetzung)*
– ›Beherzigung‹ **1**: 227, *346*
– ›Campagne in Frankreich‹ **1**: *289f., 293*
– ›Dichtung und Wahrheit‹ **1**: 250f., 254*, 255*, *289, 354, 355*; **2**: 30, 33*, *261*
– ›Erhabene Großmama‹ **R**: 89, *246*
– ›Generalbeichte‹ **R**: 89*, *246*
– ›Gesang der Parzen‹ **1**: 227, *346*
– ›Iphigenie auf Tauris‹ **1**: 100, *311*; **2**: 223
– ›Lied der Mignon‹ siehe ›Wilhelm Meisters Lehrjahre‹
– ›Prometheus‹ **2**: 40, 41, 48*
– ›Tagebücher‹ **1**: 36, 42*, 106, *289*; **R**: 64
– ›Trost im Schmerz‹ **2**: 60
– ›Trost in Tränen‹ **2**: 77
– ›Wilhelm Meisters Lehrjahre‹ **R**: 90*
Goethe, Ottilie von **2**: 223, 225
Goethe, Walter von **R**: 88
Goethe, Walter Wolfgang von **2**: 223
Goethe, Wolfgang Maximilian von **2**: 223, 224
›Goethes Studentenjahre‹ **2**: 29
Gogol, Nikolaus
– ›Die Abenteuer Tschitschikows oder Die toten Seelen‹ **3**: *259f.*
– ›Über das Lyrische bei unseren Poeten‹ **3**: 81*, *262*
Gogol, Nikolaus *(Fortsetzung)*
– ›Über die Aufgaben der lyrischen Dichtung unserer Zeit‹ **3**: 81*, *262*
Goldfaden, Abraham **1**: 80, *306*
– ›Bar-Kochba‹ **1**: 176, 177, 179, 182, *330, 331f.*
– ›Sulamit‹ **1**: 64, 77, *301, 305*; **2**: 22, *250*
Gollanin, Leo **2**: 23, *251*
Goncourt, Edmond
– ›Manette Salomon‹ **1**: 184, *280, 333*
Gordin (»Gordon«, »Gordyn«), Jakob **1**: 81, 153, 155*, *307, 323, 339*
– ›Elieser ben Schevia‹ **1**: 163, *328*
– ›Gott, Mensch und Teufel‹ **1**: 153, *323f.*
– ›Schhite‹ **1**: 206, *339*
– ›Der wilde Mensch‹ **1**: 81, 153, 162f., 221, *307, 323f., 327, 328*
Gordon, Juda Loeb **1**: *307*
Graetz, Heinrich
– ›Volkstümliche Geschichte der Juden in drei Bänden‹ **1**: 168*, *330*
›Die graphischen Künste‹ **1**: *309, 316f.*
Gregory, Edward John
– ›Boulter's Lock, Sunday Afternoon‹ **3**: 178*, *285f.*
Grillparzer, Franz **2**: 63, 76, 184; **3**: 137f., *278*; **R**: *252*

Grillparzer, Franz *(Fortsetzung)*
– ›Der arme Spielmann‹ **2**: 76, *281f.*
– ›Des Meeres und der Liebe Wellen‹ **R**: 18, 70, *224*
Groš, Karl (»Bürgermeister«) **2**: 167, *301*
Grünbaum, Fritz **1**: 38, *290*
– u. Reichert, Heinz ›Miss Dudelsack‹ **R**: 18, 30, *224*
Grünberg, Abraham **3**: 113f., *273*
Grünwald, Josef **2**: 195, *309*
Gschwind, Emil **3**: 77*, *259*
›Gummizeitung‹ **3**: 59, *251f.*

H. (?) **3**: 218, *295*
H. (?) **3**: 225, *296f.*
Haas, Helene (Helli) **1**: 38, 220, *291, 344*; **2**: *280*
Haas, Willy **2**: 65, 163, 197, *265, 277, 298, 309*
Hackelberg, Gertrud **1**: 199, *338*
Halbe, Ehepaar **1**: 214
Halbe, Max **1**: 213, *342*
Hamann, Herr **1**: 69f.
Hamsun, Knut **1**: 35, 41, 114, *288f.*; **3**: 173
– ›Segen der Erde‹ **3**: 173*, *284*
Hanzal, Emanuel **2**: 35, *263*; **3**: 129, *277*
– seine Frau **3**: 129
Harden, Maximilian **2**: 50f., *269f.*
Hardt, Ludwig **3**: 187, 224, *287f., 296*
Hasenclever, Walter **R**: 82, *239*
Hauptmann, Gerhart **R**: 93
– ›Der Biberpelz‹ **1**: 225f., *345*
– ›Gabriel Schillings Flucht‹ **1**: 263, *356*
– ›Die Jungfern vom Bischofsberg‹ **1**: 14*, 104, *276*
– ›Die Ratten‹ **2**: 70, *277*
Hauser, Kaspar **3**: 146
Hebbel, Friedrich **1**: 96; **2**: 63
– ›Maria Magdalena‹ **1**: *309*
– ›Tagebücher‹ **1**: 104*, *312*; **R**: *236*
Hebel, Johann Peter **3**: 187, *288, 296*
Hecht, Hugo **3**: *291, 300*
Heermut, Herr (»Postofficial«) **2**: 230*, *322*
Hegner, Jakob **2**: 163, *296, 319*
Heine, Heinrich
– ›Die Grenadiere‹ **1**: 192*, *336*
Henry, Marc **1**: 117f., *320f.*
›Herder-Blätter‹ **1**: *323, 331, 340*; **2**: *277, 279, 286*
Hermann, Ernst (»Schaffer«) **3**: 163, 169, *281f.*
Hermann, Felix **1**: 224*, 241f.*, *345, 353*; **2**: 20, 164*, *248, 300*; **3**: 57*, 59*, 117, 166, *251, 275, 282, 303*
Hermann, Gerti **2**: 164*, *278*; **3**: 57*, 59*, 110, *251, 270, 303*
Hermann, Karl **1**: 72, 173f., 184, 253, *300, 314*; **2**: 70*, 164*, 165*, 193*, 236*, *278, 299*; **3**: 57f.*, *251, 263, 281*

Hermann, Karl *(Fortsetzung)*
– seine Schwestern **1**: 76*, *305*
– sein Vater **1**: 242*
Hermann, Otto (»Dr. H.«) **3**: 213, *292, 293*
Hermann, Paul **2**: *300*; **3**: 57ff.*, 68, *251, 256*
Hermann, Rudolf (»Rudle«) **1**: 101, *312*; **2**: *300*
Herrmann, Hugo **2**: 35, *262f.*
Herrmann, Josef (Wirt des Café Savoy) **1**: 66*, *330*
– sein Sohn **1**: 173
Herrmann, Leo **2**: 35, *262f.*
Hervé, F., Meilhac, H. u. Millaud, A.
– ›Mam'zelle Nitouche‹ **2**: 61, *275*
Herz (Weltsch), Irma **2**: *326*; **3**: 91*
Herzen, Alexander
– ›Erinnerungen‹ **3**: 66*, 78*, 81*, *255, 260, 261*
Herzl, Pauline oder Trude **R**: 113
Hiller, Kurt **R**: 89, 90, *245*
– seine Mutter Ella **R**: 89, 90, *245*
Hitzer, Herr (»Landvermesser«) **R**: 100
– sein Vater **R**: 100
Höffner, Johannes
– ›Die Tragödie im Hause Goethe‹ **2**: *316f.*
Hoffmann, Nina
– ›Th. M. Dostojewsky. Eine biographische Studie‹ **3**: 42*, *249*
Hofmannsthal, Hugo von **2**: 37, *265*
Holitscher, Arthur **1**: *288*
Holzhausen, Paul
– ›Die Deutschen in Rußland 1812‹ **3**: 99, 107f., *268*
Hubalek, Heinrich **2**: 84f., *287*
Hugo, Victor **1**: 192
›Hyperion‹ **1**: *277*

Ibsen, Henrik **R**: 30
Iden-Zeller, Oskar
– ›Als Knecht unter heidnischen Nomaden im Tschuktschen-Lande‹ **2**: *318*
›Illustrierte Welt‹ **R**: 15, *223*
Imber, Naphtali Herz
– ›Hah-Tikvah‹ **1**: 77*, *305*
Ingres, Jean Auguste Dominique **1**: 201
– ›L'age d'or‹ **1**: 201*, *338*
›Insel Almanach auf das Jahr 1912‹ **1**: 166, *329*
›Das interessante Blatt‹ **R**: 12, *222*
Israel ben Eliser (»Balschem«) **3**: 108ff., *269*

Jacobsohn, Siegfried
– ›Der Fall Jacobsohn‹ **2**: 196f., *309*

Jammes, Francis
– ›L'église habillée de feuilles‹ **3**: 43*, *250*
Jaques-Dalcroze, Émile **2**: 163ff., *296, 298f.*
Jeiteles, Herr **3**: 115, *274*
Jelmoli (»Jermoli«), Hans **R**: 25, *225*
Jeremias **2**: 35
Jerusalem, Karl Wilhelm **R**: 89, *246*
Jesenská, Milena siehe Pollak, Milena
Jessner, Leopold **3**: *296*
Jordaens, Jakob
– ›Le concert après le repas‹ **R**: 44
Josua **1**: 168
Junge, Jekaterina Fedorowna **2**: 159*, *294*
Junot, Karoline **R**: 84, *240*
Just, Adolf **R**: 98, *250*

K. (?) **3**: 218, *295*
Kabbala **1**: 216, *343*
Kafka (Hermann), Elli (»E.«) **1**: 106*, 189*, 224*, *300, 314*; **2**: 70*, 161, 164, 165*, 193*, 230, 236*, *278, 280, 295*; **3**: 57ff., 74*, 83*, 86*, 87*, *247, 251, 252, 255, 263, 265, 303*
Kafka, Eltern **1**: 156, 173, 218, 222, 259ff., 261, *324*; **2**: 36, 72, 140, 143, 178, 184, 229, *322*; **3**: 116, 140ff., 192, 196, 204
Kafka, Emil **1**: *293;* **3**: 62, *254*
Kafka, Filip **1**: *333*
Kafka, Franziska **2**: *291*
Kafka, Großeltern **1**: 251
Kafka, Heinrich **1**: *293*
Kafka, Hermann (»Vater«) **1**: 34f., 67f., 70, 73, 166, 167f., 174f., 176, 211, 224, 227f., 236, 240, 241f.*, 251, 253, *287, 302, 339, 347*; **2**: 20, 69f., 70, 103, 126, 145, 178, 190, 193, 219; **3**: 57ff., 65, 97, 117f., 137, 141, 165f., 192, 196*, 204f., 210f., 214, *255, 281, 290, 293*; **R**: 94
Kafka, Irma **3**: 162, *281*
Kafka, Jakob **2**: *291*
Kafka, Julie (»Mutter«) **1**: 34f., 44, 72, 81f., 174, 224, 235, 236, 247, 249, 259f., 262, *287*; **2**: 61, 62, 70, 78, 82, 136, 145, 176, 189f., 193, 213, 219, 227, 230, 236, *293*; **3**: 64, 80, 112, 141, 193, 204, 214, *277*
Kafka (David), Ottla (»O.«) **1**: 35, 47*, 79*, 155, 224*, *287, 295, 305*; **2**: 49, 64*, 77, 103*, 126*, 145*, 161, 166, 180*, 212, 213, 227, *276, 288, 293, 295, 312, 320;* **3**: 42, 69, 70, 74*, 81, 90, 91, 126, 141, 162, 164, 170, 235, *262, 280f., 302, 303*
Kafka, Robert **1**: 62ff., 72f., 183*, 184ff., *300, 332*

Kafka, Rudolf **1**: *293*
Kafka, Schwestern **1**: 72, 170, 176, 190, 218; **2**: 11f., 101, 184, 236; **3**: 140
Kafka (Pollak), Valli **1**: 47*, 167, 176, 224*, *295, 329*; **2**: 70*, 83, 103*, 165, 175, 193*, *287, 302*; **3**: 55*, 74*, *259, 277, 300*
Kafka, Viktor **1**: *293*
Kainz, Josef **2**: 40, *266*
Kaiser, Julie **1**: 45, *294f.*
Kanitz, Gertrud **3**: 144, *279*
Kannegießer, Frau **3**: 56
Karl Friedrich, Großherzog von Weimar **R**: 91*
Kars, Georg **1**: 101, *312*
Katz, Richard **2**: 163, *297*
Kaufmann, Adolf **1**: *299*
Kaufmann, Adolf Ernst (»Dolphi«) **2**: 82, *286*
Kaufmann, Hugo **1**: *299*
Kaufmann, Regine **1**: *299*
Kaufmann, Rosa **1**: 57, *298*
Kellermann, Bernhard **1**: 100f., *311f.*
– ›Die Geschichte von der verlorenen Wimper der Prinzessin‹ **1**: 101*, *311f.*
– ›Die Heiligen‹ **1**: 100*, *312*
Kellner, Viktor **2**: 83, *286*
Kerner, Justinus
– ›Die Reiseschatten‹ **1**: 104, *312f.*
Kestner, Johann Christian **R**: 89, *246*
Khol, František **2**: 236, *325*
Kierkegaard, Sören **3**: 137
– ›Buch des Richters‹ **2**: 191, *308*
– ›Entweder–Oder‹ **3**: 236, *304*
›Das Kind als Schöpfer‹ **2**: 42ff., *267*
Kinkel, Walter **R**: *249*
– ›Aus Traum und Wirklichkeit der Seele‹ **R**: 99, *250*
Kirchner, Margarethe (»Grete«) **R**: 84ff.*, 88*, 90*, 91f., *240f.*
– ihre Eltern **R**: 84, 85
– ihre Mutter **R**: 84, 91
– ihre Schwester **R**: 84
– ihr Vater **R**: 85, 86*, 90*
Kisch, Arnold **1**: *338*
Kisch, Egon Erwin **1**: 264, *337f.*; **2**: 46f., *267, 299*
Kisch, Ernestine **1**: 198*
Kisch, Friedrich **1**: *338*
Kisch, Jonas Enoch (»Joine«) **2**: 236, *326*
Kisch, Paul **1**: 198*, *337, 338, 356*; **2**: 73, *280*
– ›Hebbel und die Tschechen‹ **2**: 73, *280*
Kisch, Wolfgang **1**: *338*
Klaude, Herr (Bauer in Appenroda) **R**: 107
Klein, Otto **2**: 36
Kleist, Heinrich von **1**: 117, 206, *339*
– ›Leben, Werke und Briefe‹ **1**: 117*, *319f.*

Kleist *(Fortsetzung)*
– ›Michael Kohlhaas‹ **1**: *304*; **2**: 215
Klemens, Herr **R**: 94
Klopstock, Robert **3**: *286, 290, 291, 300*
Klug, Ehepaar **1**: 179, *295, 330*
Klug, Flora **1**: 48, 51, 55, 56*, 65, 168ff., 172, 173, 229, 234f., 248, *296, 301*; **2**: 13, 14f., *247*
Klug, S. **1**: 48*, 65, 153, 168, 173
König, Lucie **1**: 37, *290f.*
Körner, Theodor **2**: 103, *289*
Kogutzki, Felix (»ein Botaniker«) **1**: 28*, *284*
Kohn, Fritz **1**: *293*
Kohn, Karoline (»Leitmeritzer Tante«) **1**: 42, *293*
Kohn, Robert **1**: *293*
Kohn, Sigmund **1**: *293*
Kornfeld, Herr **3**: 117
Kotany-Pollak, Hilda **1**: 27*, *283*
Krätzig, Josef **2**: 236, *325*
Kral, Heinrich **2**: 49, 178*, *269*
Kramer, Leopold **2**: 50, *269*
Krapotkin, Peter Alexejewitsch
– ›Memoiren eines russischen Revolutionärs‹ **2**: 196*, *309*
Kraus, Frau **2**: 163
Kraus, Karl **1**: 125, *322*
Kraus, Karl **3**: 200*, *291*
Křižová, Anna **1**: 219
Kryshanowskaja, Maria Alexejewna (»Krizanowskaja«) **3**: 236, *305*
Kubin, Alfred **1**: 35f., 38f., 41, 64, 211, 214, *287ff., 340f.*; **2**: 158, 159, *293f.*
– ›Die Märchenprinzessin‹ **3**: 227, *298f.*
Kubin, Hedwig **1**: 214*; **2**: 158*
Kühnemann, Eugen
– ›Schiller‹ **R**: 100, 101*, *250*
›Der Kunstwart‹ **R**: 16, *223f.*
Kuntze, Gustav
– ›Napoleon-Anekdoten‹ **1**: 70*, *303*
Kunz, Konrad (Bauer in Zürau) **3**: 168, 170, *283*
– seine Frau **3**: 170
Kusmin, Michail
– ›Taten des großen Alexander‹ **1**: 107, *314f.*
Kvapil, Jaroslav **1**: 232, *349*

L. (»aus Binz«) **2**: 168
Lafaye, Prosper **R**: *232*
– ›Prise de Salins‹ **R**: 46, *232*
Lagerlöf, Selma **2**: 44
– ›Eine Gutsgeschichte‹ **2**: 41, 44
Langen, Albert **1**: 35, *288*
Langer, Georg (Jiří Mordechai) **3**: 97, 108, 116, 191, *266f.*
Lasker-Schüler, Else **2**: 164, *299*
– ›Der Malik‹ **R**: *251f.*
Laszky, Béla **1**: *317*

Latteiner, Joseph **1**: 49, 153, 248*, *296, 323f.*
– ›Blümale oder Die Perle von Warschau‹ **1**: 248, *353*
– ›David's Geige‹ **1**: 234, *351*
– ›Gabriel oder Chinke-Pinke‹ **1**: *302*
– ›Die Sejdernacht‹ **1**: 60, *299*; **2**: 16
Laube, Heinrich
– ›Franz Grillparzers Lebensgeschichte‹ **R**: 112*, *252*
Lebenhart, Ehepaar (Filip und Rosa) **2**: 62, *276*
Lechter, Melchior **2**: 158, *294*
Lederer, Eugen **1**: 82, *307*
Lehmann, Else **1**: 225, *345*
Lensing, Elise **1**: 96
Lenz, Jakob Michael Reinhold **2**: 79, *284*; **R**: 89, *246*
Leonardo da Vinci
– ›Mona Lisa‹ **R**: 67, *235*
Lessing, Gotthold Ephraim
– ›Minna von Barnhelm‹ **2**: 226*
Lévy, Eugene (»Löwy Simon«) **1**: 27f., *284*
Leyden, Ernst von **2**: 69f., *277*
Liebers, Siegfried **2**: 36, *263*
Liebgold (»Liebegold«), Ehepaar **1**: 226, *346*
Liebgold, Frau **1**: 226, 235
Liebgold, Herr **1**: 226*
Lieblich **3**: 111
Lietz, Hermann **R**: *249*
Lippi, Fra Filippo
– ›La Vierge et l'enfant entre Saint Frédiano et Saint Augustin‹ **R**: 44*, *231*
Liszt, Franz von **R**: 86, *243*
›Literarischer Ratgeber‹ **R**: 16, *223*
Löw, Dr. Hugo **2**: 83, 85, *286*
Löw, Hugo **2**: 45, *267*
Löwenstein, Eugen **2**: 160, *295*
Löwy, Alfred **1**: 236*, *351*; **2**: 71, 80*, 81*, 189, 219, *278, 284, 286, 307*; **3**: 57f.*, *251*
Löwy, Esther **1**: 247f.*, *353*
Löwy, Familie **2**: 80
Löwy, Großeltern **1**: 115*
Löwy, Jakob (Großvater Kafkas) **1**: 115*; **3**: 204*
Löwy, Jizchak (»L.«) **1**: 65, 66f., 68, 71, 75, 79f., 80, 81, 153ff., 156f., 162f., 165f., 167, 168ff., 173, 174f., 176, 179, 181f., 186, 198, 204, 205, 207, 219, 222, 223, 227, 228, 235, 242f., 248, *295, 301, 303f., 306, 324, 327, 328, 348f., 353*; **2**: 13f., 16, 18ff., 21f., 23, 29, 31, 32, 34, 35, 36, 39, 71, 87, 178, 227, *251, 262, 266, 276, 279, 304, 321*; **3**: 27
– seine Großmutter **1**: 175
– sein Großvater **1**: 175
– sein Vater **1**: 80, 156, 176, 205; **2**: 18

Löwy, Josef **2**: 168*, *302*
Löwy, Julie **2**: 133*, *291*
Löwy, Martha **2**: 103, *288*
Löwy, Richard **2**: *284*
Löwy, Rudolf **1**: 236f., *351*; **3**: 204f., *292*
Löwy, Siegfried **3**: 162, *281*
Löwy & Winterberg (Holzhandlung) **1**: 73, 189, *304*
Longen, Emil Artur **1**: 37, *291*
Loos, Adolf **1**: 125, *322*
Lorrain, Claude **R**: 69, *235f.*
Ludwig, Otto **R**: 91, *247*
Lüftner, Anna **3**: 169*, *283*
Lüftner, Franz **3**: 169, *283*
Lützow, Adolf von **2**: 103
Lustig, Frau **3**: 56
– ihre Schwester **3**: 56
Luther, Martin **2**: 224
Lutz, Herr (»Gymnasialprofessor«) **R**: 97, 99

M. (?) **1**: 233
M. (»die 2 Ökonomen«) **2**: 166
Maeterlinck, Maurice
– ›Monna Vanna‹ **R**: 113, *253*
Mahler, Gustav **R**: 39, *230*
Malek, Herr **2**: 166, *300*; **R**: 111, *251f.*
Mann, Thomas **R**: 93
Mantegna, Andrea **R**: *231*
– ›La sagesse victorieuse de Vices‹ **R**: 44
Marden (»Marten«), Orison Swett **2**: 40, 41, *266*
Mařenka, Frl. **3**: 162, 163, *281, 282*
Mareš, Michal **3**: *302*
– ›Disharmonie‹ **3**: 233*, *302*
– ›Policejní šťára‹ **3**: *302*
Maria Feodorowna, Zarin **R**: 90
Maria Pawlowna, Großherzogin von Weimar **R**: 84, 90, 91, *240*
Mars, Mella **1**: 116, *317f.*
Marschner, Robert (»Direktor«) **1**: *293*; **2**: 214, *308, 312*; **3**: 101, 123f., 214, *268, 274, 275*; **R**: 111, *251*
– seine Tochter Berta **1**: 43, *293*
Martini, Simone **R**: *231*
– ›Jesus Christ marchant au Calvaire‹ **R**: 44
›Memoiren des Generals Marcellin de Marbot‹ **3**: 99, 101ff., *268*
Menasse, Herr (Schauspieler) **2**: 176
Mendelssohn, Fromet **1**: 171*, *330*
Mendelssohn, Erich von **2**: 163*, *297*
– sein Sohn Harald **2**: 163*, *297*
Mendelssohn, Georg **2**: 163, *296f.*
Mendelssohn, Moses **1**: 171
›Der Merker‹ **2**: *292*
Mikkelsen, Einar
– ›Ein arktischer Robinson‹ **3**: 221*, *295*

›Le Miroir‹ **2**: 80, *284*
Mirsky-Tauber, Regine **2**: *280*; **3**: 114, *273f.*
Mischka (»Miška«), Eduard **1**: 211, *340*
Möhler, Johann Adam
– ›Symbolik‹ **3**: 139*, *278f.*
Mörike, Eduard
– ›Zu meiner Investitur als Pfarrer in Cleversulzbach‹ **1**: 218*, *343f.*
Mohammed (»Mohamet«) **2**: 42, 46
Moissi, Alexander **2**: 40, 48f., *266, 267*
Molière
– ›Der Geizige‹ **3**: 194*, *290*
›Montagsblatt aus Böhmen‹ **R**: 12, *222*
Morawetz, Herr (»Hausknecht«) **3**: 67
Morgenstern, Christian **R**: 105, *250*
Moses **3**: 190
Mucha, Alfons Maria **1**: 191, *336*
›Münchner Neueste Nachrichten‹ **R**: 49
Musil, Robert **2**: 132, *291*
Musset, Alfred de **1**: 95, *308*
– ›Un souper chez Mademoiselle Rachel‹ **1**: 95, *308*
Myslbek, Josef Václav **3**: 234, *303*
Nagler (»Nagel«), Chaim **3**: 56, *251*
Nalos, Justine **3**: 77*, *259*
– ihre Tochter Ida **3**: 78*, *260*
Napoleon I. **1**: 70, 71, 191ff.; **2**: 40, 51
›Náš Skautík‹ **3**: 198, *291*
Neill, Alexander S. **3**: *303*
Nerval, Gérard de **1**: 192, *336*
›Die Neue Rundschau‹ **1**: 166, 263, *329, 356*; **2**: *286, 291*
›Neue Zürcher Zeitung‹ **R**: 26, *225*
Nicolai, Friedrich **2**: 226
Nigrini, Valesca **2**: 60*, *274*
Nikodém, Alfréd **1**: 35*, *287*
Nomberg, Hersh David (»Nombert«) **2**: 16, *247*
›Norddeutscher Lloyd‹ **R**: 37, *229*
Nowak, Willy (»Novak«) **1**: 237f., *352*
– ›Mädchen mit Äpfeln‹ **1**: 239*, *352*
– ›Max Brod‹ **1**: 237f., *352*
– ›Spaziergang‹ **1**: 239, *352*

Odys, Gusti **1**: 38, *291*
Oeser, Adam Friedrich **R**: 91, *246*
Oettingen, Wolfgang von **R**: 87, *243*
Offenbach, Jacques
– ›Orpheus in der Unterwelt‹ **2**: 28, *259*
Olivier, Friedrich **1**: 98, *309f.*

Oplatka, Grete **2**: 103, *289, 320*
Oppenheimer, Adolf **3**: 146, *279*

P. (?) **3**: 236
Pachinger, Anton Max **1**: 211ff., *340f.*; **2**: 158f., *294*
– ›Glaube und Aberglaube im Steinreich‹ **1**: 212*, *341, 342*
– ›Die Mutterschaft in der Malerei und Graphik‹ **1**: 212*, *342*
Pallenberg, Max **2**: 28, *259*; **3**: 194, *290*
›Pan‹ **1**: 69, *302*
Pascal, Blaise **2**: 224; **3**: 147
– ›Pensées‹ **3**: 147*, *280*
Passow, Franz **R**: 87, *244*
Paul I., Zar **R**: 90
Peipers, Felix (»Münchner Arzt«) **1**: 28, *284*
Perez, Isaak Loeb **1**: 71, 80, *304, 306*
– ›Ausgewählte Geschichten und Skizzen‹ **1**: *306*
Perugino, Pietro
– ›Apollo und Marsyas‹ **R**: 44*, *231*
Pestalozzi, Johann Heinrich **3**: 130
Pfohl, Eugen (»mein Chef«) **1**: 26*, 44, 46, 61, 76, 254, *280, 355*; **2**: 22, 80, 164, 214*, *286, 312*; **3**: 115f.; **R**: 42, *230*
Pick, Otto (»P.«) **2**: 36, 49, 70, 152, 163, 164, 178, *264, 276, 295*; **3**: 59; **R**: 111, 112, *251f.*
– ›Der blinde Gast‹ **3**: 43, *248*
– ›Freundliches Erleben‹ **2**: *277*
Pietsch, Jost **3**: *297*
– ›Sitzende‹ **3**: 227
Pimiskan (»Pimisker«), Herrmann **3**: 101, *268*
Pinès (»Pinez«), Meyer Isses
– ›Histoire de la Littérature Judéo-Allemande‹ **2**: 22, 23ff., *249, 251ff.*
Pinthus, Kurt **R**: 82, *239*
Pipes, Mano **1**: 65, 66, 179, 182, 229, *295, 301*
Pipes, R. **1**: 65, 153, 181f., 185f., *295*
Pištěk, Jan **2**: *295*
Plato
– ›Der Staat‹ **R**: 101
Pokorny, Václav **1**: 178, *332*; **2**: 85ff., *287*
Poláček, Josef **1**: 186, *333*
Pollak, Ernst (»E. P.«) **3**: 207, *287, 292*
Pollak, Frl. **2**: 163
Pollak, Josef (»P.«, »Pepa«) **2**: 164, 175*, 193*, 236*, *287, 299, 302*; **3**: 55, *250, 300*
Pollak, Marianne **3**: *296*
Pollak, Milena (»M.«) **3**: 187, 196, 200, 202*, 213, 217, 226, 227, 229, 230, 231, 234, 236, *287, 291, 292, 294, 300, 305*

Pollak, Oskar **3**: 113, *273*
– seine Mutter **3**: 113
– seine Schwester **3**: 113
Pollak-Karlin, Richard **1**: 27, *283*
Pollinger, Frl. **R**: 105
– ihre Mutter **R**: 106
Poppenberg, Felix **R**: 105, *251*
Popper, Ernst **3**: 88, *264*
Porias, Adam **1**: 247*, *353*
Porias, Nathan **1**: 248, *353*
Porias, Sara **1**: 247*, *353*
›Prager Presse‹ **3**: *290*
›Prager Tagblatt‹ (»Tagblatt«) **1**: 229; **2**: 36, 42, 44, *262, 264*; **3**: 42*
Preißler, Herr **1**: 73
Prescher, Hermann **2**: 163, *296*
Puttkammer, Susanne von **R**: 99

Raabe, Bertha **3**: 197*
Raabe, Wilhelm **3**: 197, *290*
Rabbi Meir (»reb Maier«) **1**: 163f., *328*
Rabbi von Grodeck (»Wunderrabbi«) **3**: 97f., *266*
Rachel (Elisa Rachel Félix) **1**: 95, *308*; **R**: 69, *236*
Rachilde (Marguerite Vallette)
– ›Madame la Mort‹ **2**: 71, 72, *278f.*
Racine, Jean-Baptiste
– ›Phèdre‹ **1**: 95, *308*; **R**: 68, 69, *232, 234, 235*
Rademacher, Hanna
– ›Johanna von Neapel‹ **R**: 82, *240*
Rämisch, Elisabeth (»L.«; »Liesl«) **2**: 224*, 225*, 227*, 228f.*, 231f.*, *318*
– ihre Mutter **2**: 224
Raffael **R**: 44, *231*
Rehberger, Angela (»Alice«) **1**: 61f., *299f.*; **3**: 90*, *265*; **R**: 21f., *224*
Rehlen, Robert
– ›Berühmte Aussprüche und Worte Napoleons von Corsika bis St. Helena‹ **1**: 71, *303, 334*
Reichmann, Oskar (»Recitator«) **2**: 39ff.*, 53, *266, 270*
– sein Bruder **2**: 41, 42*
– seine Cousine **2**: 44
– seine Mutter **2**: 42, 44
– seine Tante **2**: 40
– sein Vater **2**: 42
Reinhardt, Max **1**: 232, *349*
Reiß, Esther **3**: 111, 114, *256, 270*
Reiß, Fanny (»die Lembergerin«) **3**: 69, 82, 91, 110, 111, 114, *256, 263, 270*
Reiß, Tilka **3**: 91*, 111, *256, 270*
Richepin, Jean **1**: 190ff., *335f.*
Richter, Moses
– ›Herzele Mejiches‹ (»Herzele Meliches«) **2**: 22, *250*
– ›Der Schneider als Gemeinderat‹ **1**: 226, *346*
Rideamus (Fritz Oliven) **2**: 40, 41, *266*

Riedl, Familie **3**: 74
Riemerschmid, Richard **2**: *298*
Roch, Madeleine **R**: *236*
Roehn, Adolphe
– ›Bivouak de Napoleon ...‹ **R**: 47, *232*
Romanow (Zarenfamilie) **2**: 180
Roosevelt, Theodore **2**: 73
Rosenfeld, Morris **1**: 72, 79, *304, 305f.*
– ›Sturm‹ **2**: 21*, *249*
Roskoff, Gustav
– ›Geschichte des Teufels‹ **2**: 187, *307*
Roubitschek, Herr (Geschäftsführer Hermann Kafkas) **1**: 67f.
Roubitschek, Herr **2**: 36
Roubitschek, Herr (»Oberkellner«) **1**: 67, 162, 178
Rowohlt (»Rohwolt«, »R.«), Ernst **2**: 77, 79, 80, *281, 282, 283*; **R**: 82, 83, *238*
Rubens, Peter Paul
– ›Kermesse‹ **R**: 44, *231*
Rückert, Friedrich **1**: 213, *342*

›S. Fischer-Katalog‹ **1**: 166, *329*
Sabbatai Zewi **3**: 109, *269f.*
Sabina, Karel **1**: *56*
Salomo **1**: 191
Salten, Felix **2**: 227, *320*
Salus, Olga **R**: 43, *230*
Salveter, Emmy **3**: *298*
Sand, George **1**: 26, *279*
Sanzara, Rahel (»H.«) **3**: 27, 28, *245, 247*
Sapieha, Fürst **3**: 55, *250f.*
Sarcey, Francisque
– ›Le Siège de Paris‹ **1**: 43f.*, *293f.*; **R**: 54ff., *233*
Schadow, Johann Gottfried
– ›Bildnis Schillers‹ **1**: 113, *316ff.*
Schäfer, Wilhelm **1**: 167
– ›Beethoven und das Liebespaar‹ **1**: 228, *347*
– ›Karl Stauffers Lebensgang. Eine Chronik der Leidenschaft‹ **1**: 217, *343*
– ›Die Mißgeschickten‹ **1**: 166, 167, *329*
Schaffstein, Hermann
– ›Wir Jungen von 1870/71‹ **2**: 219, *315*
Schalom Alejchem (»Scholem aleichem«) **1**: 71, *304*
Scharkansky, Abraham Michael **1**: 153, *323f.*
– ›Kol-Nidre‹ **1**: 77, *305*; **2**: 16
– ›Der Meschumed‹ **1**: 49ff., *296, 298*
›Die Schaubühne‹ **1**: 159, *327*
Schildkraut, Rudolf **2**: 227, *320*
Schiller, Friedrich (»Magistratsbeamter«, »Dr. Sch.«) **2**: 81, 83, *286f.*; **R**: 97, 98f., 100, 101, 103, 105, 106, 107, *249f.*
Schiller, Friedrich von **1**: 42, 188; **2**: 41
– ›Gedanken und Aussprachen‹ **1**: *334*

Schiller, Fr. von *(Fortsetzung)*
– ›Kabale und Liebe‹ **3**: 60
– ›Nänie‹ **1**: 227, *346*
– ›Über den Zusammenhang der tierischen Natur des Menschen mit seiner geistigen‹ **1**: 188*, 219*, *334*
Schiller, Johann Kaspar
– ›Die Baumzucht im Großen nach zwanzigjähriger Erfahrung im Kleinen‹ **R**: 84, *240*
Schirmer, Paul
– ›Der Herr Minister‹ **3**: *290*
Schlaf, Johannes **R**: 91, 92f., *247f.*
– seine Schwester **R**: 91
Schmerler, Salomon **2**: 29, 35, *260, 262*
– seine Frau **2**: 29
Schmidt, Pater Expeditus **R**: 91, *247*
– Otto Ludwig-Ausgabe **R**: 91, *247*
– ›Die schönsten Heiligenlegenden in Wort und Bild‹ **R**: 91, *247*
Schmidtbonn, Wilhelm
– ›Der Graf von Gleichen‹ **2**: 22, *250*
Schnitzer, Moriz **2**: *268*
Schnitzler, Arthur **1**: *330f.*
– ›Das weite Land‹ **1**: 197ff., *337*
Schnorr von Carolsfeld, Julius **1**: 98, 304, *309f.*
Schönherr, Karl
– ›Glaube und Heimat‹ **1**: 111, *316*
Schumann, Albert (Zirkusdirektor) **3**: 71, *257*
›Schweden ist kein Balkanstaat‹ **3**: 71*, *257*
Schwind, Moritz von **3**: 227
›Selbstwehr‹ **2**: *262*; **3**: *258*
Serao, Matilde **3**: 60, *252*
– ›Nach der Verzeihung‹ **3**: *252f.*
Shakespeare, William **2**: 41; **R**: *245*
– ›Hamlet, Prinz von Dänemark‹ **2**: 64, *276*; **3**: 101*, *268*
– ›Lied des Narren‹ (»Regenlied«) siehe ›Was ihr wollt‹
– ›Richard III.‹ **3**: 223, *296*
– ›Was ihr wollt‹ **2**: 48*, *268*
Shaw, George Bernard **1**: 156, *324f.*; **2**: 218
– seine Mutter **1**: 156
– sein Vater **1**: 156
Silvain, Louise **2**: 80*, *284*
Smetana, Bedřich
– ›Die verkaufte Braut‹ **1**: 56, *298*
Söderblom, Nathan
– ›Das Werden des Gottesglaubens‹ **3**: 125, *275*
Soukup, František **2**: 73, *279*
– ›Amerika‹ **2**: *279*
Soyka, Otto **2**: 160, *295*
Šrámek, Frána (»Fr.« ?) **3**: 229, 234, *300, 303*

Steigler (»Steidler«), Abraham **3**: 82, *263*
Stein, Charlotte von **R**: 87, 88, *242*
Stein, Erwin **2**: *274*
Stein, Irma **3**: 91, *265*
Stein, Salomon **3**: *265*
Steiner, Rudolf **1**: 27ff., 124f., *281ff.*, *284ff.*
– ›Die Pforte der Einweihung‹ **1**: 27*, *283*
– ›Wie erlangt man Erkenntnisse höherer Welten?‹ **1**: 28, *283*
Sternheim, Carl **3**: *290*
– ›Die Hose‹ **1**: 214, *342*
Steuer, Otto **2**: 126, *290*
Stiassny, Herr (»Lehrer«) **2**: 36
Stoessl, Otto
– ›Morgenrot‹ **2**: 60, *274*
Storm, Theodor **3**: 227, *298*
Strauß, Emil
– ›Der nackte Mann‹ **1**: 263, *356*
Strauss, Richard **3**: 30
Strindberg, August **2**: 168; **3**: 43, 90, *250*
– ›Am offnen Meer‹ **3**: 82, *262*
– ›Entzweit/Einsam‹ **3**: 89, *264*
– ›Die gotischen Zimmer‹ **2**: *302*; **3**: 25, *246*
– ›Schwarze Fahnen‹ **3**: 70, 73, *256f.*
– ›Der Vater‹ **3**: 87*, *264*
Strobl, Karl Hans **2**: 20, *248*
Sturm, Hans
– ›Der ungetreue Eckehart‹ **3**: 55, *250*
Szafranski, Kurt (»Safranski«) **1**: 39, 40, *291f.*
Szokoll, Juliane (»Hansi«) **2**: 59, *273f.*

Tagger, Theodor
– ›Das neue Geschlecht‹ **3**: 166, *282*
Taine, Hippolyte
– ›Aufzeichnungen über England‹ **3**: 233*, *301f.*
›Talmud‹ **1**: 204, 206, 207, 215, 246; **3**: 82, 115*, *274*
Taussig (Brod), Elsa (»Fräulein T.«) **1**: 165, 228, 248, *329, 347*; **2**: 29, 30, 35, 36, 49, 50, 61, 87, 181, *260, 261, 275, 306, 324*; **3**: 66*, *255, 298*
– ›Aus einer Nähschule‹ **2**: 30, *260*
›Tetschen-Bodenbacher Zeitung‹ **1**: 60, *299*
Th. (?) **3**: 225
Theilhaber, Felix Aron **2**: 30
– ›Der Untergang der deutschen Juden‹ **2**: *260*
Thein, Klara **2**: 233f., *320, 324*; **R**: 113, *253*
Thein, Mirjam **2**: 234
Thein, Nora **2**: 234
Thomas, Kurt **2**: 163, *296*
– seine Frau **2**: 163
›Thora‹ **1**: 157, 219, 242; **3**: 116

Thürheim, Lulu Gräfin
– ›Mein Leben‹ **2**: 227*, 228*, 229*, 230*, 233*, *320, 321, 322, 323f.*
Thun und Hohenstein, Franz Anton Fürst von (»Statthalter«) **1**: 232, *349*
Tintoretto
– ›Suzanne au bain‹ **R**: 44, *231*
Tizian
– ›Le concile de Trente‹ **R**: 44
Tolstoi, Alexej Konstantinowitsch **2**: 225
Tolstoi, Leo Nikolajewitsch
– ›Die Kreutzersonate‹ **1**: 110, *315*
– ›Der Tod des Iwan Iljitsch‹ **3**: 198*, *291*
Toynbee, Arnold **2**: *312*
Tréville, Yvonne de **1**: 196, *337*
Trietsch, Davis **2**: 72, *279*
Tschisik, Amalie (»Frau T.«) **1**: 65, 66f., 76ff., 79, 154, 158f., 169f., 177ff., 181ff., 185f., 219, 221, 222, 234f., 248, *301, 305, 353*; **2**: 15f., 247
– ihre Tochter Annie **1**: 79*, 162*, 181*, 185f., *305*; **2**: 16
Tschisik, Ehepaar **1**: 221, 226, *295*; **2**: 16
Tschisik, Emanuel **1**: 65, 79f., 181f.*, 185, 221*, 222, *301*
Tucholsky, Kurt **1**: 39, 40, *291f.*
›Über Land und Meer‹ **R**: 29, *226*
Ullstein-Verlag **R**: 94
Urich, Schamai (Sami) **1**: 65, *295, 301*
Urzidil, Johannes **3**: *295*
Utitz, Emil **1**: 197, *337*; **2**: 82, *286*

Vašata, Rudolf **1**: 38, *291*
Velázquez, Diego Rodríguez de Silva y
– ›Philippe IV roi d'Espagne‹ **R**: 44
›Velhagen und Klasings Monatshefte‹ **2**: *316*
›Venus von Milo‹ **R**: 71, *236f.*
Verhaeren, Émile
– ›Novemberwind‹ **2**: 48
Verne, Jules
– ›Hector Servadec‹ **R**: 35*, *228f.*
– ›Vingt mille lieues sous les mers‹ **R**: 35*, *228*
Veronese, Paolo
– ›Les noces de Cana‹ **R**: 69*, *235f.*
Viardot-Garcia, Pauline **R**: 86*, *243*
Vischer, Eva **3**: 232, *301*
Vischer, Melchior **3**: *301*
– ›Der Hase‹ **3**: *301*
Vix, Geneviève **R**: 64*, *235*
Vojnovíč, Ivo
– ›Dubrovnick trilogie‹ **1**: 75, *304*
›Vorwärts‹ **R**: 104, *250*

Vrchlický, Jaroslav **1**: *332*
– ›Hippodamie‹ **1**: 231, 232, *349*

W., Herr (»der Lehrer«) **2**: 224, 228f., 231f., *318*
W., G. (»die Schweizerin«) **2**: 194*, 197f., 234*, *309, 324*; **3**: 28, 74*, 131, 218, *247, 258, 295*
Walser, Robert **3**: 169
– ›Theaterbrand‹ **1**: *279*
– ›Über das russische Ballet‹ **1**: *275f.*
Warnebold, Curt **2**: 59, *273*
Wasman, Frau von **R**: 106
Wassermann, Jakob **2**: 101, *288*; **R**: 93
Wedekind, Frank **2**: 28
– ›Erdgeist‹ **2**: 28, 29, *259, 260*
Wedekind, Tilly **2**: 28, *259*
Weinberg, Moritz **1**: *298*
Weinberg, Pepi **1**: 55, *298*
Weinberg, Salcia **1**: *298*
Weis (»Weiß«), Emil **1**: 202, *338*; **2**: 35
Weiß, Ernst (»Dr. W.«, »W.«) **2**: 160, 179, 195, 211, 217, 219, 220*, 222, 227, 229, *294, 309, 313, 315f., 321*; **3**: 25, 27, 75, 162, *245, 247*
– ›Die Galeere‹ **2**: 179, 213*, 231, *304, 312, 318*; **3**: 213*, *293f.*
– ›Der Kampf‹ **3**: 30, *247*
›Die weißen Blätter‹ **2**: *321*
Weltsch, Elizabeth **1**: 241*, *352*
Weltsch, Felix **1**: 239, 240, 241*, 264, *352*; **2**: 13f., 16, 28, 36, 71, 72, 126, 166, 187, 198, 220, 233, 236, 237, *278, 301, 315, 326*; **3**: 63, 91, 98, 101, *268, 301*
Weltsch, Heinrich **2**: 126, *290*
Weltsch, Lise **1**: 234, *351*; **2**: 236*, *320, 325*; **R**: 112, 113, *253*
Weltsch, Louise **2**: 237*, *326*
Weltsch, Robert **1**: *351*; **2**: 35, *263*
Weltsch, Theodor **1**: *351*; **2**: 23*, *251*; **R**: 113*, *253*
Wenski, Fritz **R**: 88
Werfel, Franz **1**: 232, 239, *351*; **2**: 72, 80, 142, 164, *263, 274, 299*; **3**: 59f., 114, 164, *252, 282, 295*
– ›Der Besuch aus dem Elysium‹ **2**: 72, *279*
– ›Bocksgesang‹ **3**: 194, *290*
– ›Esther, Kaiserin von Persien‹ **3**: 59, 60, *252, 253*
– ›Ein Lebenslied‹ **2**: 80, *284*
– ›Das Opfer‹ **2**: 80, *284*
– ›Die Riesin‹ **2**: 101, *288*
– ›Der Weltfreund‹ **1**: *350*
– ›Wir sind‹ **2**: *284*
Werfel, Hanna **3**: 60*, *252*
Werfel, Marianne **3**: 60*, *252*
Werner, Marie (»das Fräulein«) **1**: 176, 203, *339*
Werner, Zacharias **R**: 87, *244*

Wetzler, Emanuel **1**: 118, *321*
Wiegand, Carl Friedrich
– ›Marignano‹ (»Marigagno«) **R**: 25, *225*
Wiegler, Paul **1**: 96, *308f.*
Wiesenfeld, L. **3**: 80
Wiesenthal, Grete (»Wiesental«) **2**: 37, *265*
Wildenbruch, Ernst von **R**: 91, *247*
Wilhelm II., Deutscher Kaiser **3**: 60
Wilhelm Ernst, Großherzog von Sachsen-Weimar-Eisenach **R**: 85, 90
Wittmann, Herr **2**: 45
Wohryzek, Julie (»J.«) **3**: 172, *284, 287*
Wolff, Kurt **2**: 163, 164, *298, 299*
Wolfskehl, Karl **2**: 158, *294*

Zeidler, Herr (»Lehrer«) **3**: 130
›Die Zeit‹ **3**: 84, *264*
Zeno (der Ältere) **1**: 104, *313*
Zuckermann, Leo **2**: *275*
›Die Zukunft‹ **3**: 29, *247*
Zweig, Stefan
– ›Dostojewski: Die Tragödie seines Lebens‹ **2**: *292*

Verzeichnis der erwähnten Vereine, Institutionen, Organisationen und Schauspielensembles

›Afike Jehuda‹ **2**: 35, *263, 315*
›Arbeiter-Unfall-Versicherungs-Anstalt für das Königreich Böhmen in Prag‹ (»Bureau«) **1**: 26, 30f., 45, 46, 60, 76*, 106, 172, 227, 231, 265, *280, 294, 355*; **2**: 36, 64, 78, 84, 165, 175, 218, 226, 227, 236, *299, 308*; **3**: 27, 39, 41, 60, 64, 65, 76, 116, 192, 193, 207, *254, 268, 276, 280, 304*; **R**: *222*
›Assicurazioni Generali‹ (»Generali«) **3**: 71, *257, 267*
›Bar-Kochba‹ **1**: 179, *332, 351*; **2**: 22, 35, *250, 262, 263, 286, 304, 320*
›Centralverein zur Pflege jüdischer Angelegenheiten‹ **1**: *351*; **2**: *251*
›Concordia‹ **2**: *269*
›Deutscher Flottenverein‹ **2**: 163, *296*
›Deutsches Kasino‹ **2**: *279f.*
›Divadlo Umění‹ **2**: *278*
›Frauenfortschritt‹ **2**: 41, 45, *266, 276*
›Freie Deutsche Schule‹ **2**: *322*
›Johann Gottfried-Herdervereinigung‹ **2**: 37, *264f., 277*
›Jüdischer Volksverein‹ **3**: *260, 262*
›Jüdische Toynbee-Halle‹ **1**: *303f.*; **2**: 35, 37, 215, *264, 265, 312*
›Kleine Bühne‹ (Wien) **1**: *311f.*
›Klub deutscher Künstlerinnen‹ **2**: *264, 274, 299, 310*; **3**: *273f.*
›Klub deutscher Schriftstellerinnen‹ **2**: *267*
›Klub jüdischer Frauen und Mädchen‹ **1**: *351*; **2**: *289, 320*
›Lemberger jüdische Schauspielgesellschaft‹ **1**: *295*; **2**: 22*, *249f.*
›Lese- und Redehalle der deutschen Studenten‹ **2**: 61, *275, 313*
›Lessingtheater‹ (Berlin) **1**: 225, *345*; **2**: 70, *277*
›Makkabi‹ **3**: *296, 301*
›Mazdaznan‹ **R**: 96, *249*
›Moskauer Künstlertheater‹ **3**: *305*
›Neue Wiener Bühne‹ **3**: *264*
›Rocking Girls‹ **2**: 59
›Sokol‹ **R**: 81, *237f.*
›Theosophische Gesellschaft‹ **1**: *281*

›Unterstützungsverein Zukunft‹ **1**: 67, *302*
›Verein der deutschen Beamten der Arbeiter-Unfall-Versicherungs-Anstalt‹ **2**: 217*, *313*
›Verein der Prager Geschäftsreisenden‹ **3**: *279*
›Verein deutscher Arbeiter‹ **1**: *309*
›Volksbildungsverein »Urania«‹ **3**: *289*, *301*
›Wiener Jüdische Bühne‹ **2**: *303*
›Zionistische Kulturkommission für Böhmen‹ **2**: *325*
›Zionistisches Distrikt-Komitee für Böhmen‹ **2**: *279*; **R**: *253*
›Zionistische Weltorganisation‹ **2**: 37, *265*

Verzeichnis der erwähnten Orte

Ägypten **R**: 106
Afrika **1**: 192f.
Amerika **1**: 115, 189; **2**: 73; **R**: 49, 81
Amschelberg **3**: 146
Amsterdam **R**: 49
Appenroda **R**: 107
Arth-Goldau **R**: 30
Auschowitz **3**: 130, *277*

Bánovce **3**: 83, *264*
Bayern **1**: 212, 215
Beckenried **R**: 30
Bellagio **R**: 84
Bellinzona **R**: 53
Berlin **1**: 113, 124, 181, 219, 228, 232; **2**: 41, 69, 126, 133, 138, 142, 150, 151, 153, 164, 176, 234f., 236, *277, 291ff., 299, 306*; **3**: 25, 28, 61, 69, *245*; **R**: 112
– An der Stralauer Brücke **3**: 25, *246*
– Grünau **3**: 25
– Hotel Askanischer Hof **3**: 24f., 26, 39f., *245, 248*
– Lehrter Bahnhof **3**: 26, 28, *246*
– Restaurant Belvedere **3**: 25
– Rixdorf **R**: 104
– Schloß Bellevue **3**: 60*
Berlin *(Fortsetzung)*
– Schwertau **3**: 25
– Schwimmschule am Stralauer Ufer **3**: 26
– Tiergarten **2**: 136
– Unter den Linden **3**: 24
– Zionistisches Bureau **R**: 112
Biel **R**: 53
Binz **2**: 168, *301f.*
Bistritz **3**: 84, *264*
Bodenbach **3**: 73ff., *257*
Bodensee **R**: 22
Böhmen **1**: 189; **2**: 22
Böhmisch-Brod **2**: *300*
Bologna **R**: 40
Braila **1**: 213, 215
Braunschweig **R**: 104, 107
Brescia **3**: 112, *270*; **R**: 15, 16, *223*
– Tito-Speri-Denkmal **R**: 16, *223*
Breslau **1**: 240; **2**: 83; **R**: 97
Brocken (Berg) **R**: *249*
Brünn **1**: 181f., 188, 193
Brüssel **3**: 217
Brunnen **R**: 30
– Axenstraße **R**: 30, 31
Budapest **1**: 28; **3**: 83, 84, 87, *263*; **R**: 50
Büchen **3**: 26, *246*

Cadenabbia **R**: 33, 35, 42
– Villa Carlotta **R**: 34, *228*
Castagnola (»Cassagnola«) **R**: 35
Častalice **3**: 91, *265*
Černoschitz (»Czernoschitz«) **1**: 32, *287*
Cham **R**: 23
Chicago **3**: 62
Chuchle (Kuchelbad) **1**: 74, *304*
Cremona (»Kremona«) **R**: 15, 16

Danzig **2**: 103
Desenzano **2**: *308*; **3**: *272*
Deutschland **1**: 82; **2**: 138, 165
Dobřichowitz **3**: 89, 91, 236, *265*
Dresden **1**: 234; **3**: 84; **R**: 81
– Natura (Restaurant) **2**: 163, *298*
– Struvestraße **2**: 163, *298*
Drohóbycz **3**: 109, *269*
Dublin **1**: 156

Erfurt **1**: 70
Erlenbach (Sanatorium) **1**: *287*, *323*; **R**: 48ff.*, *232f.*

Falster **3**: *247*
Flöhau **3**: 162, *281*
Flüelen **R**: 30
– Hotel Sternen **R**: 30
Fontainebleau **R**: 40
Frankfurt **2**: 29
Frankreich **1**: 220; **R**: 50
Franzensbad **2**: 72; **3**: *277*
Friedland **1**: *319*; **R**: 12, 14, 15, 16, *222*
– Schloß **R**: 14

Gablonz **1**: 71; **R**: *222*
Gandria **R**: 32, 35f.
Genf **2**: 164
Genua **R**: 30, 40
Gersau **R**: 30
Gleschendorf **3**: 27, *246*
Görlitz **R**: 104
Göschenen **R**: 31
Goslar **R**: 96, 108
Gotthardbahn **R**: 31, 53

Halberstadt **R**: 93ff.*, *248*
– Drachenweg **R**: 94
– Eisenbahnhotel **R**: 94
– Gastwirtschaft Eiselsberg **R**: 95
– Gleim-Denkmal **R**: 93
– Katzenplan **R**: 94
– Synagoge **R**: 95
Halle **R**: 93f.
– Marktplatz **R**: 93
Harzburg **R**: 101, 105
Heidelberg **1**: 96
Hellerau **2**: 163, *295*; **3**: *258*, *303*
– Am Schänkenberg **2**: *296*
– Breiter Weg **2**: *296*
– Moritzburger Weg **2**: *297*
– Waldschänke (Waldschenke) **2**: 163, 164, *296f.*
Holland **R**: 99

Ilsenburg **R**: 97, 99, *249*
Indien **2**: 158
Isergebirge **2**: 51, *270*
Italien **1**: 34, 126; **R**: 29, 31, 50

Jaffa **R**: 113
Jaroslawl **2**: 180
Java **R**: 98
Jekaterinoslaw **1**: 175
Jena **R**: 88
Jungborn (Sanatorium) **2**: *269, 280, 281, 283*; **R**: 95ff.*, *248f.*
Jungfrau (Berg) **R**: 29

Kanaan **1**: 168; **3**: 190, 211
Karlsbad **1**: 81; **2**: 232
Kischinew **1**: 72, *304*
Königsaal **1**: 32, *287*
Körös Mezö **3**: 84, *264*
Košíře siehe Prag
Krakau **R**: 49
Kratzau **2**: *319*
Kuttenberg **3**: 67, *255*
– Jakobskirche **3**: 67, *255*

Lago Maggiore **R**: 40
Leipzig **1**: 181; **2**: 163, 164, *280, 298*; **R**: 81f., 88, 93
– Auerbachs Keller **R**: 81, *238*
– Bierstube Taubenschlag **R**: 81
– Buchgewerbemuseum **R**: 82, *238*
– Café Français **R**: 82, 83
– Café Oriental **R**: 81
– Fürstenhaus **R**: 81, *238*
– Goethe-Denkmal **R**: 82
Leipzig *(Fortsetzung)*
– Hauptbahnhof **R**: 81, *238*
– Kristall-Palast **1**: 81, *307*
– Manna (Restaurant) **R**: 82, *239*
– Neues Theater **R**: *240*
– Opels Hotel **R**: 81, *238*
– Rowohlt-Verlag **R**: 82, *238*
– Wilhelms Weinstube **R**: 82, *239*
Lindau **R**: 23
Linz **1**: 211
Liverpool **3**: 217
Locarno **R**: 40
London **1**: 57, 79, 156; **2**: 211; **3**: 217
Lourdes **2**: 230, 232, *322, 323*
– Hôtel de l'Univers **2**: 230
Lübeck **3**: 26, 29, *245, 247*
– Bahnhof **3**: 27
– Hansa-Meierei **3**: 27
– Hotel Kaiserhof **3**: 26
– Hotel Schützenhaus **3**: 26
– Wall **3**: 27
Luganer See **R**: 36*, 37
Lugano **R**: 31, 37, 39, 40
– Hotel Belvedere **R**: 31, 36, *226*
– Kurhaus **R**: 31
– Place Guglielmo Tell **R**: 31, *226*
Luzern **R**: 27, 29
– Bahnhof **R**: 27
– Gotthard-Hotel **R**: 28
– Hotel Rebstock **R**: 27
– Kurhaus **R**: 27*

Luzern *(Fortsetzung)*
– See-Brücke **R**: 27*
– Spielcasino **R**: 28f.

Madrid **1**: 236, *351*
Mailand **R**: 37, 39, 40, 43
– Al vero Eden **R**: 40
– Castello Sforzesco **R**: 43*
– Corso Emanuele **R**: 41
– Denkmal Vittorio Emanuele **R**: 39
– Dom **R**: 39, 40, 42f.
– Domplatz **R**: 39, 42
– Galleria Vittorio Emanuele **R**: 40, 41, 42, *230*
– Hauptbahnhof **R**: 39*
– Piazza dei' Mercanti **R**: 37*, *229*
– Piazza della Scala **R**: 42
– Scala **R**: 39
– Teatro Fossati **R**: 37, 43, *229*
Malmö **3**: 24
Marielyst (»Marienlyst«) **2**: *299*; **3**: 27, *245, 246, 247*
Marienbad **3**: 127, 213, *275, 276*
Mark Brandenburg **2**: 126
Matliary **3**: *290*
Menaggio **R**: 34f., *228*
Meran **3**: *287*
Michelob **3**: 162, *281*
Milowitz **2**: 40
Mönch (Berg) **R**: 29
Montreux **R**: 43
Morschach **R**: *225*
München **1**: 27, 35, 96, 214, 215; **R**: 21, 22, 106
– Hotel Vier Jahreszeiten **R**: 22
– Pinakothek **1**: 28

Nagy-Mihály **3**: 83, 84, *263*
Nauheim **R**: 97
Nebraska **2**: 73
Nervi **R**: 40
Neustadt **2**: *270*
New York **1**: 81; **2**: 82; **R**: 49
Nizza **R**: 50
Nürnberg **1**: 181f., 185, *332*
– Germanisches Nationalmuseum **1**: 213
Nusle siehe Prag

Oberklee **3**: 169, *283*
Österreich **1**: 212; **2**: 138; **3**: 164
Oria **R**: 32
Osteno **R**: 33
Ostro **2**: 18f., *248*

Palästina **2**: 72, 83; **R**: 113
Paris **1**: 27f., 43f., 45, 57, 71, 96, 117, 118, 153, 184, 187, 222, 229, *279, 312, 314, 319, 320, 324, 327, 328, 329, 348*; **2**: 168, *302*; **3**: 217; **R**: 27, 37, 39, 40, 47, 49, 57, 59f., 60, 64, 73, 97
– Ambassadeurs (Restaurant-Café) **R**: 45, *231, 232*
– Aristide (Restaurant) **R**: 68, *235*
– Avenue de l'Opéra **R**: 45

Paris *(Fortsetzung)*
– Les Batignolles **1**: 118, *321*
– Biard (Restaurant) **R**: 48, 58, 60, *232*
– Bois de Boulogne **R**: 73f.*, *237*
– Boulevard Poissonière **R**: 61
– Boulevard de Sébastopol **R**: 66
– Champs Elysées **R**: 43, 62
– Duval (Restaurant) **R**: 48, 66, *232*
– Eiffelturm **R**: 47
– Gare de Lyon **R**: 45
– Grand Palais des Arts **R**: 47
– Grands bains du pont Royal **R**: 62
– Halles Centrales **R**: 58
– Hôtel Sainte Marie **R**: *234*
– Jardin des Plantes **1**: 156
– Jardin du Luxembourg **R**: 27
– Lac inférieur **R**: *237*
– Longchamp **R**: 71f.*, *237*
– Louvre **1**: 113; **R**: 67, 69*, 71, *231*
– Lunapark **R**: *237*
– Montmartre **R**: 72
– Musée Balzac **R**: 63, *234*
– Musée Grevin **R**: 63, *234*
– Notre Dame **1**: 156
– Observatoire **R**: 97
– l'Opéra **R**: 72
– Opéra comique **R**: 48, 52, 63, 65, *235*
– Palais Royal **R**: 97
– Place de la Concorde **R**: 43

Paris *(Fortsetzung)*
– Place de l'Opéra **1**: 103
– Pont-Neuf **R**: 99
– Porte Dauphine **R**: 72
– rue de Cléry **R**: 48
– rue de Rivoli **1**: 229, *348f.*; **R**: 47, 58
– rue de Richelieu **R**: 66
– rue des Rosiers **1**: 229
– rue des Petits Champs **1**: 222; **R**: 44, 45
– Saint Roch **R**: 26, *225*
– Square Moncey (»Quai Moncey«) **1**: 27, *284*
– Théâtre de l'Odéon **1**: 184, *280, 333*
– Théâtre Français **R**: 63, 65*, 68*, 69*
Peru **3**: 217
Pilsen **1**: 185, *302, 304, 330*; **R**: 21, *224*
Planá **3**: 235, *302, 303*
Podol siehe Prag
Polen **2**: 17
Porlezza **R**: 34, 36
– Wilhelm-Tell-Denkmal **R**: 36
Porto (»Porte«) Ceresio **R**: 37, 39
Postin **1**: 205
Prag **1**: 32, 74, 187, 211; **2**: 137, 138, 231, *292*; **3**: 81, 146, 193, 212; **R**: 15, 27, 40, 70, 88, 105
– Alt-Neu-Synagoge **1**: 40, *292*; **3**: 115, 206
– Altstädter Rathaus **1**: 186f., 259, *333*; **3**: *303*

Prag *(Fortsetzung)*
- Altstädter Ring **1**: 186, 187*, 233, 262, *333*; **2**: 77, *282*, *311*; **3**: 232
- Baumgarten **3**: 172, 173, 229, *272*, *284*
- – Restaurant im Baumgarten **3**: 172, *284*
- Belvedere (Lustschloß) **1**: *289*; **3**: 81*, *248f.*, *262*
- Belvedere-Anlagen **1**: 36, 219, *289*; **2**: 188; **3**: *248f.*
- Bergstein **1**: 207, *339*
- Bilekgasse **2**: *300*; **3**: 77, 82, *259*
- Bohemia (Redaktion) **2**: 45f.
- Cabaret Lucerna **1**: 37, 116, *290f.*, *319*; **2**: 58, 71, *273*, *278*, *289*
- Cabaret Stadt Wien **1**: 113, *316*
- Café Arco **2**: 35, 37, 80, 164, *263*, *299*, *325*; **3**: 69, *256*
- Café Central **1**: 221, *345*
- Café City **1**: 163, 211, *328*; **2**: 32
- Café Continental **2**: 50, 61, *269*, *275*; **3**: 117
- Café Corso **2**: 47
- Café Orient **1**: 240, *352*
- Café Radetzky **2**: 49, *268*
- Café-Restaurant Piccadilly **2**: *303*
- Café Savoy **1**: 48, 60, 64, 162*, 182, *295*, *298*, *302*, *305*, *323*, *327*, *328*, *330*, *331*, *332*, *346*, *351*, *353*; **2**: *247*, *250*, *303*
- Cassinelli, Hermann (Buchhandlung) **3**: 181, *285f.*
- Čechbrücke **1**: 163, *278*, *295*; **2**: 101*, *287*
- Choteksche Anlagen **3**: 42, 81, 82, 90, *248f.*, *262*
- Christmarkt **1**: 41, 229, *348* **R**: 25
- Deutsches Haus **1**: *311*; **2**: 73*, *280*, *313*
- (Kgl.) Deutsches Landestheater **1**: *309*, *316*; **2**: 50*, 72, 103, *269*, *289*; **3**: *264*
- Eisengasse **1**: 187f., *333*
- Eliška Krásnohorskýgasse **2**: *325*
- Erzherzog Franz Ferdinand-Brücke (Mánes-Brücke) **2**: *324*; **3**: 126*, *276*
- Ferdinandstraße **1**: 61, 207, *339*; **3**: 100, 115
- Franz Josefs-Bahnhof **1**: 62, *300*; **2**: 236*, *325*
- Gärtnerei Dvorský **2**: *303*
- Gemsengasse **2**: *326*
- Graben **1**: 60, 73, 221, 264, *299*; **2**: 16, 166; **3**: 117, 172, 208
- Grand Theatre Bio ›Elite‹ **2**: *305*, *311*
- Harantova ulice **3**: 97
- Hauptpost **2**: 45, *267*
- Heinesaal **3**: *296*

Prag *(Fortsetzung)*
– Hermann Kafka Galanteriewaren (»Geschäft«) **1**: 34, 67, 69, 74, 81, 211, 218, *287, 302, 339f.*; **2**: 70; **3**: *281*
– Herrengasse **2**: *267*; **3**: 117
– Hess (Hutgeschäft) **2**: 39, *266*
– Hetzinsel **1**: 219, *344*
– Heuwagsplatz **2**: 36
– Hibernergasse **3**: 115
– Hofbräuhaus **2**: *313*
– Hotel Bristol **2**: *263, 304, 315, 325*; **3**: *260*
– Hotel Central **1**: *295, 296, 322*; **2**: *250f., 320*
– Hotel de Saxe **2**: 179, *304*
– Hotel Graf **1**: 212, *341*
– Hotel Victoria **1**: 29, *285*
– Hradschin **1**: 219, *344*; **2**: 233; **3**: *249*
– Hus-Denkmal **1**: 187, *333*
– Josefsplatz **1**: 45, *294*
– Jüdisches Rathaus **2**: 30, 35f., *260, 262, 264*
– Jungmannsgasse (»Jungmannsstraße«) **1**: 29, *285*
– Kaiser Franz Denkmal **3**: 180f., *285*
– Kaiser Franz Josefs-Brücke (Elisabethbrücke) **1**: 228, *347*; **2**: 49
– Kaiserinsel **3**: *272*
– Karlsbrücke (»Steinerne Brücke«) **2**: 49, 233; **3**: 113, 126, *272*
– Karlsgasse **2**: 49

Prag *(Fortsetzung)*
– Karlsplatz **3**: 82
– Kettensteg **2**: 233, *324*; **3**: *276*
– Kinsky-Garten **3**: *245*
– Kinsky-Palais **1**: 186, *333*
– Kinskysche Villa **3**: *245*
– Kirchengasse **3**: *268*
– Kleiner Ring **1**: 186
– Kleinseite **2**: 49; **3**: 126
– Königliche Weinberge **2**: *295, 300*
– – Stadttheater **3**: *305*
– Košiře (»Košíř«) **2**: 36, *264*
– Krocín-Brunnen **1**: 187, *334*
– Langegasse **2**: *300*; **3**: *260*
– Laurenziberg **3**: 179, *285*
– Ledebourssches Palais **3**: 42*, *249*
– Lido Bio **3**: *289*
– Mariengasse **1**: 76
– Mariensäule **1**: 187, *333*; **2**: *282*
– Moderne Galerie **3**: 172*, *284, 298*
– Moldau **1**: *278, 289, 291, 300, 344, 345*; **2**: *265, 283, 324*; **3**: *285*
– Nerudagasse **1**: 219; **2**: *300*; **3**: *247*
– Neues deutsches Theater **1**: *275, 316, 337, 345, 356*; **2**: 28*, *250, 259, 275, 276, 277, 281*; **3**: 194*, *250, 270, 290, 296*
– Niklaskirche **1**: 187, *333*

Prag *(Fortsetzung)*
- Niklasstraße **1**: 186, *278, 285, 287, 295, 333*; **2**: 73, *283, 311*; **3**: 110
- Nusle **1**: 259, 262, *356*
- Obstmarkt **3**: 230
- Orient (Kinematographentheater) **1**: *352*
- Palace-Hotel **1**: *308*
- Palais Thun **3**: 42, *249*
- Palais Thun-Hohenstein **3**: *249*
- Petersgasse **3**: 91*, *265*
- Piaristen-Kolleg **3**: *259*
- Pinkassynagoge **1**: 41, *292*
- Pištekovo divadlo **2**: 160, *295*
- Podol **3**: 115, *274*
- Pořitscherstraße (Na Poříčí) **1**: *280, 294*
- Prager Asbestwerke Hermann & Co. (»Fabrik«) **1**: 63, 72, 183, 196, 227, 236, 237, 253f., *300, 301, 332, 337, 347, 355*; **2**: 22, 32, 50, 64, 70, 71, 76, 164, *278f., 300*; **3**: 41, 57ff., 65, 68, 69, 70, 71, 74, 116, *251, 255, 256*
- Prager Tagblatt (Redaktion) **1**: 232; **2**: 42, 45f., *267*
- Produktenbörse **2**: *265*
- Quais **1**: 163, 222, *328, 345*; **2**: 49; **3**: 126
- Radotin **1**: 68, 70, 74, *302*
- Repräsentationshaus **2**: 73, *279*
- Restaurant Čáda **1**: 264, *356*

Prag *(Fortsetzung)*
- Riegerpark **3**: 172, 188*, *284*
- Ringhoffer Werke **2**: 198, *309*
- Rittergasse **1**: 61
- Rudolfinum **1**: 190, *335, 336, 346*; **2**: *267, 269, 298*; **3**: *297*
- Salon Šuha **1**: 41, *292f.*
- Schalengasse **1**: *299*
- Schützeninsel **1**: 62, *300*
- Schwimmschulen **1**: 32, 163, *278, 287*; **2**: 165, 168, *300*; **3**: 146, *280*
- Selbstwehr (Redaktion) **3**: 230, *301*
- Smichow **2**: *309*
- Sophieninsel **2**: 37, *265, 300*
- Staatsbahnhof **2**: 215, *312*; **3**: 112, 117; **R**: 81
- Stadtpark **3**: 115
- Städtische Lesehalle **3**: 111, *270*
- Statthalterschloß **1**: 219, *344*
- Stern (Schloß) **1**: 248, *353*
- Teingasse **3**: 91, *265*
- Teinkirche **1**: 187, *333*; **3**: 82, 91*, 229, *265*
- Tempelgäßchen **2**: 204*, *311*
- Theater Variété **1**: *276f.*
- Troja **3**: 91, *265*
  - Pomologisches Institut **3**: *289*
- Tschechisches Nationaltheater **1**: 75, 231, *304, 349*; **3**: 203*, *292*

Prag *(Fortsetzung)*
– Tuchmachergasse **3**: 56, 91
– Wenzelsplatz **1**: 36, 202; **2**: 62; **3**: 115, *251*
– Zeltnergasse **1**: *302*; **2**: 39, 204
– Žižkov **1**: 67, 197, *301, 302, 337*; **3**: 83, 97, *264*
– – Boriwogasse (Bořivojova) **1**: 63*, 196f.*, *301*
Protiwin **R**: 12, *222*

Radautz **3**: 84, *264*
Radešowitz **3**: 150, *280*
Radotin siehe Prag
Raspenau **R**: 14, *222*
Reichenberg **2**: *270*; **R**: 17, 70, *222, 224*
– Arbeiterkrankenkassa **R**: 17
– Arbeiter-Unfall-Versicherungs-Anstalt (»Anstaltsexpositur«) **R**: 17, *224*
– Bahnhof **R**: 18
– Hotel Eiche **R**: 18
– Johannesgasse **R**: 17
– Rathaus **R**: 17
– Ringplatz **R**: 17
– Schückerstraße **R**: 18
– Stadttheater **R**: 18, *224*
– Wiener Straße **R**: 18
Rigi (Berg) **R**: 29, 31
Rigibahn **R**: 29
Rimini **R**: 40, *230*
Riva **2**: 179, 194, 195, *308*; **3**: 74, 131, *247, 258, 272*
– Sanatorium Dr. von Hartungen **2**: *309*; **3**: *295*
Rostok (»Rostock«) **2**: 187, *306f.*
Rumänien **2**: 159
Rumburg **R**: *222*
Rußland **1**: 155, 157, 175, 245f.; **2**: 17, 165; **3**: 78

San Mamette **R**: 32
– Albogasio Superiore **R**: 32*, *228*
Sankt Gallen **R**: 23
Sankt Petersburg **R**: 91
Santa Margherita **R**: 32
Sátoralja-Ujhely (»Ujhel«) **3**: 86, 88, *263, 264*
– Kossuth-Denkmal **3**: 88, *264*
– Ringplatz **3**: 88
Schaffhausen **1**: 37
– Rheinfall **1**: 37, 42
Schlesien **R**: 85
Schluckenau **2**: 231, *322*
Schöppenstedt **R**: 95
Schweiz **R**: 22f., 24, 53
Sebnitz **3**: 25, *246*
Serbien **3**: 65
Spanien **2**: 81
Spindelmühle **3**: 209, 212*, 221, *292f.*
Stanislau **2**: 29
Stapelburg **R**: 98, 101, 105, 106, *249*
– Burgberg **R**: 101
Stockholm **3**: 71
Stresa **R**: 40, 43, 57

Tannenstein **3**: 215, *294*
Tarnow **3**: 56, *251*
Teplitz **1**: 185f., *333*
Tessin **R**: 53
Tiefurt **R**: 84
– Schloß **R**: 85, *241*
Titlis (Berg) **R**: 29
Trautenau **2**: 29
Travemünde **2**: *299*; **3**: 26
– Kurhaus **3**: 26f.
Triest **2**: *308*; **3**: *270*
Tschotkov **2**: 175
Turin **R**: 37, *229*
Tvrz Sedlec **3**: 235, *304*

Upsala **3**: 125
Urner See (»Urner Becken«) **R**: 30

Væggerløse (»Vaggerløse«) **3**: 27, *247*
Venedig **2**: *308*; **3**: *270*
Verona **2**: *308*; **3**: 112, *270*; **R**: 15
– S. Anastasia **3**: 112*, *270*
Versailles **R**: 61
– Schloß **R**: 46f.*, *231, 232*
Vicenza (Provinz) **3**: *295*
Vierwaldstätter See **R**: 27*, 30, 33
Vitznau **R**: 29, 30

Warschau **1**: 80, 205, 215, 219, 243; **2**: 18
Weimar **2**: *280, 283*; **R**: 83, 88, 90, 91
– Am Horn **R**: 91, *247*
Weimar *(Fortsetzung)*
– Am Palais **R**: *241*
– Belvedereallee **R**: 90*, *246*
– Cabaret Tivoli **R**: 87
– Erfurter Straße **R**: 86*, 90, *242f.*
– Freibad am Kirschberg **R**: 83, *240*
– Friedhof **R**: 88, *245*
– Fürstengruft **R**: 88, *245*
– Goethe-Haus **R**: 83, 84, 85, 86, 87, 88, 89, 90, *240*
– Goethe-Nationalmuseum **R**: 85, *241*
– Goetheplatz **R**: 83*, 85, 86, *241*
– Goethe-Schiller-Archiv **R**: 85*, 89, *243, 246*
– Goethes Gartenhaus **R**: 86, *242*
– Großherzogliche Bibliothek **R**: 87, *243, 244*
– – Gluck-Büste (von Jean-Antoine Houdon) **R**: 87, *244*
– – Goethe-Büste (von Pierre Jean David d'Angers) **R**: 87, *244*
– – Goethe-Büste (von Alexander Trippel) **R**: 87, *243*
– – Passow-Büste **R**: 87, *244*
– – Werner-Büste **R**: 87, *244*
– Hotel Chemnitius **R**: 83, 90*, *240*
– Karlsplatz **R**: 88
– Liszt-Haus **R**: 86, *243*

Weimar *(Fortsetzung)*
– Marktplatz **R**: 83
– Russischer Hof (Hotel) **R**: 86, *243*
– Schiller-Haus **R**: 83
– Schillerstraße **R**: 85
– Schloß Belvedere **R**: 90, *246*
– Schwansee (»Schwanensee«) **R**: 83, *240*
– Seifengasse **R**: 85, *241*
– Shakespeare-Denkmal **R**: 88, *245*
– Webicht (»Webbich«) **R**: 93, *248*
– Weißer Schwan (»Gasthaus zum Schwan«) **R**: 84, *241*
– Werthers Garten (Restaurant) **R**: 86
Wickersdorf **R**: 97, *249*
Wien **2**: 82, 138, *308, 309, 310, 324*; **3**: 56, 83, 84, 164, *263, 270*; **R**: 53, 111
– Bahnhof Heiligenstadt **R**: 111
– Hofburgtheater **R**: 113*, *253*
– Hofmuseen **1**: 213
– Hotel Matschakerhof **R**: 111, *252*
– Ottakring **R**: 112
– Prater **R**: 112
Wien *(Fortsetzung)*
– Prater-Café **R**: 113
– Reichsratsgebäude (»Parlament«) **R**: 111, 112
– – Theophil-Hansen-Herme **R**: 111, 112
– Residenz-Café **R**: 112
– Restaurant Thalisia **R**: 112
Wiesenheim **1**: 37
Winterthur **R**: 23
Wolfenbüttel **R**: 107
Württemberg **R**: 23

Zuckmantel **3**: 74, 131
Zürau **3**: 163, *280f., 282, 289, 304*
Zürich **1**: 161, *327*; **R**: 22, 23, 24, 26, 27
– Altstadt **R**: 25
– Bahnhof **R**: 24
– Großmünster **R**: 26
– Kai-Brücke **R**: 27*
– Polytechnikum **R**: 27
– Stadthaus **R**: 27
– Tonhalle **R**: 27
– Uraniasternwarte **R**: 25
Zürichsee **R**: 25*, 27
Zuger See **R**: 27, 29

Register zu den Reiseaufzeichnungen von Max Brod

Personen, Werke und Periodika:

›Der Abolutionist‹ (»Der Abolitionist«) 209
Alaux, Jean und Gibert, Adolphe
– ›Napoléon donnant des aigles à l'armée‹ 160
Alkibiades 181

Bab, Julius 200
Bach, Johann Sebastian 199
Bacler d'Albe, Louis Albert Guillain
– ›Bombardement de Vienne‹ 160
›Baedeker-Reiseführer‹ 143, 154, 171, 192
Bassewitz, Gerdt von 200
– ›Judas‹ 200
Bauer, Ludwig 213
Beardsley, Aubrey 144
Behrisch, Ernst Wolfgang 210
›Berliner Tageblatt‹ 200, 213, 214
Berlioz, Hector
– ›La damnation de Faust‹ 145, 172
Bizet, Georges
– ›Carmen‹ 155, 156, 170, 172ff., 193
Blei, Franz 202
›Bottin‹ 167
Brod, Fanny 211
Brod, Max
– ›Arnold Beer‹ 202, 213
– ›Die Höhe des Gefühls‹ 200
– ›Jüdinnen‹ 121
– ›Schloß Nornepygge‹ 213
Brod, Max u. Kafka, Franz
– ›Billig‹ 130, 143
– ›Richard und Samuel‹ 151
Brod, Otto 181

›Čas‹ 122
›Corriere della Sera‹ 141, 171

Delacroix, Eugène 177
Delpy, Egbert 201
Dickens, Charles
– ›Pickwick Papers‹ 129
Diederichs, Eugen 202, 208, 209
Droste-Hülshoff, Annette von 200
Dumas, Alexandre 176

Ernst, Paul 213, 214
– seine Frau 214

Ernst, Paul *(Fortsetzung)*
– sein Sohn 214
›Excelsior‹ 141

Flaubert, Gustave 200
Fragonard, Alexandre-Evariste (?) 159
Franz Josef I., Kaiser von Österreich 167

›Gesundheitslehren‹ 209
Giotto di Bondone 177
Gluck, Christoph Willibald 206
Goethe, Johann Wolfgang von 201, 204, 206, 207, 210, 213
– ›Erhabne Großmama‹ 210
– ›Farbenlehre‹ 203
– ›Gesammelte Werke‹ 213
– ›Hohelied‹-Übersetzung 210
– ›Iphigenie auf Tauris‹ 212
– ›Lied der Mignon‹ (›Wilhelm Meisters Lehrjahre‹) 210
– ›Oden an Behrisch‹ 210
Grillparzer, Franz 198
– ›Selbstbiographie, Reisetagebücher‹ 200

Halévy, Jacques
– ›Die Jüdin‹ 124
Hasenclever, Walter 201
Hauptmann, Gerhart 214
Heimann, Moritz
– ›Vergebliche Botschaft‹ 213
Herder, Johann Gottfried von 210
Hersent, Louis (?)
– ›Louis XVI distribue des secours aux pauvres‹ 160
Hiller, Ella 210, 211, 213
Hiller, Kurt 121, 210, 211f., 213
Hofmannsthal, Hugo von 178
Holbein, Hans 124
Horaz 140
›Hyperion‹ 200

›Der Impfgegner‹ 209
Ingres, Jean Auguste Dominique 177

Jelmoli, Hans 121
Jerusalem, Karl Wilhelm 210
Juncker, Axel 200

Kafka, Franz 117, 118, 119, 120, 121, 122, 123, 124, 128, 130, 131, 132, 134, 139, 147, 148, 149, 151, 157, 158, 175, 180, 183, 185, 190, 197, 198, 199, 200, 202, 204, 205, 207, 208, 209, 210, 211, 215
Keller, Gottfried 120
Kerr, Alfred 211
Kestner, Johann Christian 210
Kirchner, Margarethe 202, 205
– ihr Vater 202, 205, 211
Klinger, Max 209
Kolischer, Frau 151
Koretz, Hugo 156, 191
Kraus, Karl 211
Kubin, Alfred 163

Laforgue, Jules 178, 200
Lauschmannova, Frau 151
›Leipziger Neueste Nachrichten‹ 201
Lenz, Jakob Michael Reinhold 210
Louis XIV 161
Louis XVIII 160

Mann, Heinrich 214
Mann, Thomas 214
Mantegna, Andrea 177
Marivaux, Pierre Carlet de Chamblain de 179
›Le Matin‹ 125, 156, 171, 178, 181, 186, 192, 193
Ménard, Armand 193
Mendelssohn, Felix 200
Meyer, Conrad Ferdinand 125
Meyerbeer, Giacomo
– ›Die Afrikanerin‹ 174
Monsiau, Nicolas-André
– Louis XVI donne des instructions à La Pérouse 160
Moser, Kolo 126

Napoleon I. 184
›Die Neue Rundschau‹ 198
›Norddeutscher Lloyd‹ 141, 209

Oeser, Adam Friedrich 199

Pawlowna, Maria 212
Perikles 181
Peter I., König von Serbien 159
›Phoenix‹ 209
Pingret, Édouard Henri Théophile
– ›Prise de Nimègue‹ 160
Pinthus, Kurt 200

Racine, Jean-Baptiste
– ›Phèdre‹ 156, 167, 168, 178f.
Regnault, Henri (?)
– ›Le Sénat reçoit les drapeaux pris dann la campagne d'Autriche 1'janvier 1806‹ 160
Rehberger, Angela 118
›Die Rheinlande‹ 210
Rowohlt, Ernst 200, 201, 203, 206, 214, 215
Ruysdael, Salomon von 124

Schäfer, Wilhelm 213
Schiller, Friedrich von 201, 206
– ›Die Bürgschaft‹ 207
Schlaf, Johannes 214, 215
– seine Schwester 214
Schmidt, Pater Expeditus 213
– ›Otto Ludwig-Ausgabe‹ 213
Schönkopf, Kätchen 199
Schreiber, Adolf 202
Schwab, Gustav
– ›Der Reiter und der Bodensee‹ (»Der Reiter über den Bodensee«) 119
Servaes, Franz 201
›Simplicissimus‹ 162
Smetana, Bedřich
– ›Der Kuß‹ 178

Stein, Charlotte von 207
Stern, Gabriele 162ff.
Strauss, Richard 173

Taussig (Brod), Elsa (»T«) 167, 203
Trippel, Alexander
– Goethebüste 206

›Vegetarische Warte‹ 209
›Venus von Milo‹ 184
Vix, Frl. 172

Walden, Herwarth 211
Waldteufel, Emil 143
Walser, Karl 119
Walser, Robert
– ›Der Gehülfe‹ 120
Wassermann, Jakob 214
Weber, Alfred 215
Wentzky, Fritz 207
Wiegand, Carl Friedrich
– ›Marignano‹ 121
Wiegler, Paul 205
Wilhelm II., Deutscher Kaiser 158
Wolff, Kurt 200

›Zürcher Zeitung‹ 122

Orte:

Algier 135
Athen 181
Aussig 198

Bari 141
Baveno 150
Bayern 120
Belgien 214
Bellagio 138
Bellinzona 131
Berlin 120, 125, 168, 195, 208
Bern 117, 168
Bodensee 119
Böhmen 125
Borromeische Inseln 152, 153
Brescia 171
Breslau 128
Brunnen 130

Cadenabbia 136, 138
– Villa Carlotta 136, 137
Cassarate 134
Castagnola 133, 134
– Villa du Midi 133
Como (Provinz) 137
Corbetha 215

Deutschland 120, 162, 195, 202, 205
Dieppe 154
Dresden 198
– Bismarck-Denkmal 198

Dresden *(Fortsetzung)*
– Prager Straße 198

England 130, 171

Florenz 184
Flüelen 123, 130
– Hotel Sternen 130
Fontainebleau 154
Frankfurt 213
Frankreich 159, 162, 172
Furth 119

Gandria 134, 135, 137, 139, 142
Gardasee 151
Genf 124
Genua (Genova) 141
Gersau 130
Gotthardbahn 130, 131, 133
Graz 121, 209

Indien 133, 151
Italien 128, 131, 132, 144, 146, 162, 187, 195

Jena 208, 210
– Abbe-Denkmal 209
– Holzmarkt 209
– Markt 208
– Volkslesehalle 209
Jungfrau (Berg) 129

Kilchberg 125
Küßnacht 129

Lago Maggiore 131, 149, 150, 153
Leipzig 198
– Auerbachs Keller 199
– Augustusplatz 199
– Bierstube Taubenschlag 200
– Börse 199
– Café Français 199, 201, 208
– Goethe-Denkmal 199
– Grimmaische Straße 199
– Naschmarkt 199
– Opels Hotel 199
– Stadthaus 199
– Thomaskirche 199
Lindau 119
London 163, 171
Luganer See 132, 134, 135, 138, 151
Lugano 131, 132, 133, 134, 138, 140, 141, 149, 151, 175
– Hotel Belvedere 131
– Hotel Walters 132
– Piazza Guglielmo Tell 133
– Via Stauffacher 133
Luzern 123, 125f., 128, 130, 151
– Bahnhof 125, 126
– Hotel Rebstock 125
– Kursaal 125

Mailand (Milano) 139, 141, 142, 143, 145, 148, 171, 183, 196
– Dom 142, 148, 149
– Domplatz 142
– Galleria Vittorio Emanuele 143, 147
– Gambrinus-Halle 143

Mailand *(Fortsetzung)*
– »Hospital der barmherzigen Schwestern« 145
– Stazione Centrale (Hauptbahnhof) 145
– Stazione Ferrovie Nord (Nordbahnhof) 145
– Teatro alla Scala 146
– Via Manzoni 146
– Via San Pietro all' Orto (»Via San Pedro all orte«) 144
– Vittorio Emanuele-Denkmal 142
Marienbad 163, 164
Menaggio 134, 136, 137, 138
Misdroy 117
Mönch (Berg) 129
München 118, 165
– Englischer Garten 118
– Freiheitsmonument 118
– Hotel ›Vier Jahreszeiten‹ 118

Neuseeland 158
Nizza 121

Österreich 131, 195, 200, 205
Osteno 136

Pallanza 153
Paris 138, 141, 145, 149, 154, 156, 157, 159, 162, 163, 164, 165, 166, 167ff. , 171, 172, 174, 175, 179, 180f., 184, 187, 188, 190, 192, 193, 194, 195, 197
– Arc de Triomphe 169

Paris *(Fortsetzung)*
– Aristide (Restaurant) 156, 175
– Au bon rire gaulois 194
– Bar au canon 157
– Biard 154, 166, 167
– Bois de Boulogne 156, 187ff.
– Café Au Canon 157
– Café de Paris 155
– Café des Ambassadeurs (Konzert-Café) 154, 156, 159, 192f. (?)
– Café Riche 156, 179
– Champs Elysées 154, 156, 192
– Chartier (Café) 156, 175
– Comédie Française 156, 193
– Duval (Restaurant) 156, 165, 166, 175ff.
– Gambetta-Denkmal 172
– Gare de l'Est 157
– Gare de Lyon 157
– Halles Centrales (die Hallen) 156
– Hauptpost 155
– Hotel du Métropolitain 156
– Hotel Sainte Marie 154
– Jardin du Luxembourg 124
– L'Etoile 190
– La Bruyère (Hotel) 126
– La Gaîté, Théâtre Lyrique Municipal 174
– Lafayette-Denkmal 183
– Louvre 156, 160, 168, 181, 184
– Maubert (Restaurant) 157
– Maxim 163, 164

Paris *(Fortsetzung)*
– Moulin Rouge 164
– Olympia 170, 195
– Omnia Pathé (Kinotheater) 156, 158, 191
– l'Opéra 145, 169
– Paillard (Café) 155
– Place de Bastille 157
– Place de la Concorde 181, 192, 199
– Porte Dauphine 187
– Quai de Bercy 191
– rue de Rivoli 156, 159, 166, 192
– rue des bons Enfants 156
– rue des Petits Champs 155, 156
– rue du Louvre 191
– rue Hannovre 156, 179, 180
– rue Lafitte 191
– Square Louvois 155
– St. Roch (»St. Roche«) 122
Pesaro 141
Pilatus (Berg) 128
Pilsen 117
Porlezza 134, 136
Porto Ceresio (»Ponte Ceresio«) 141, 143
Prag 117, 119, 121, 144, 145, 147, 162, 164, 167, 180, 184, 187, 199, 209
– Čada (»Czada«) (Restaurant) 154

Rigibahn 124, 129
– Hotel Felchlin 129
Rigibahn *(Fortsetzung)*
– Rigi-Kulm 129
– Rigi-Staffel 129
Riva 131, 132, 133, 134, 151
Rom 125, 184
Rouen 122

Schweiz 119, 120, 121, 122, 123, 124, 130, 131, 154, 171
Sedan 158
Sèvres 156
St. Gallen 117, 119
St. Wolfgang 130
Stansstad 129
Stettin 158
Stresa 149, 153, 162, 175
– Hotel des Iles Boromées 150
– Palasthotel Regina 150
Stuttgart 165

Taus 162
Tiefurt 202
Titlis (Berg) 129
Toulon 159
Trient 118

Urirotstock (Berg) 129
Urner See 130

Varese 143
Versailles 156, 159
Vierwaldstätter See (»4-Waldstätter See«) 125, 126, 128, 129, 130, 135
Vitznau 129

Wartburg 207
Weimar 201, 210
– Belvedere 212
– Cabaret Tivoli 204
– Gellertstraße 201
– Goethe-Haus 201, 202, 203, 205, 206, 207, 208, 210, 215
– Goethe-Schiller-Archiv 210
– Goethes Gartenhaus 202, 206
– Gasthaus Weißer Schwan (»Schwan«) 202
– Großherzogliches Theater 210
– Hotel Chemnitius 201, 208
– Karlsplatz 207
– Liszt-Haus (»Liszt«) 204, 206
– Naturtheater 212

Weimar *(Fortsetzung)*
– Russischer Hof (Hotel) 204
– Schiller-Haus 201
– Webicht (»Webbich«) 214
Wien 160, 162, 164
Winterthur 119, 120

Zürich 118, 121, 125, 209
– Bahnhof 121, 125
– Großmünsterplatz 122
– Limmatbrücke 121
– Tonhalle 124
– Uraniasternwarte (»Sternwarte«) 121
– Wasserbrücke 124
Züricher See 121, 122
Zuger See (»Zugersee«) 125, 129

Titelübersicht

Die Übersicht verweist unter den aus anderen Editionen bekannten Titeln und Überschriften auf die entsprechende Textstelle in den Bänden dieser Ausgabe. Sie ist nach dem Wortlaut, d. h. ohne Berücksichtigung der Artikel, alphabetisch geordnet. Von Kafka stammende Überschriften und Titel stehen gerade.

Die Abweisung → ›Ein Landarzt‹: 28

Die Abweisung → ›Zur Frage der Gesetze‹: (Unser Städtchen liegt nicht etwa ...) 100–106

Das achte Oktavheft → ›Beim Bau der chinesischen Mauer‹: *»Oktavheft F«* 128–136

Die Aeroplane in Brescia → ›Ein Landarzt‹: 312–320

Eine alltägliche Verwirrung → ›Beim Bau der chinesischen Mauer‹: (Ein alltäglicher Vorfall ...) 165

Ein altes Blatt → ›Ein Landarzt‹: 208–210 → ›Beim Bau der chinesischen Mauer‹: 80–83

Am Fenster siehe: Zerstreutes Hinausschaun

Amerika → ›Der Verschollene‹

Aphorismen → ›Beim Bau der chinesischen Mauer‹: 228–249

Auf dem Dachboden → ›Beim Bau der chinesischen Mauer‹: 13–14

Auf der Galerie → ›Ein Landarzt‹: 207–208

Der Aufbruch → ›Das Ehepaar‹: (Ich befahl mein Pferd ...) 11

Der Aufruf → ›Beim Bau der chinesischen Mauer‹: (In unserm Haus ...) 58–59

Aus Matlárháza → ›Ein Landarzt‹: 344

Der Ausflug ins Gebirge → ›Ein Landarzt‹: 21 → ›Beschreibung eines Kampfes‹: (»Ich weiß nicht«, rief ich ...) 113–114

Die Auskunft siehe: Ein Kommentar

Die Bäume → ›Ein Landarzt‹: 30 → ›Beschreibung eines Kampfes‹: (»Wir sind nämlich ...) 89

Der Bau → ›Das Ehepaar‹: (Ich habe den Bau eingerichtet ...) 165–208
Bei den Toten zu Gast → ›Zur Frage der Gesetze‹: (Ich war bei den Toten zu Gast ...) 74–76
Beim Bau der chinesischen Mauer → ›Beim Bau der chinesischen Mauer‹: 65–80; siehe auch: *Fragment zum ›Bau der chinesischen Mauer‹*
Bericht eines Affen an eine Akademie siehe: Ein Bericht für eine Akademie
Ein Bericht für eine Akademie → ›Ein Landarzt‹: 234–245 → ›Beim Bau der chinesischen Mauer‹: (Hohe Herren ...) 105–112; siehe auch: *Fragmente zum ›Bericht für eine Akademie‹*
Beschreibung eines Kampfes → ›Beschreibung eines Kampfes‹: *»Fassung A«* 47–97; *»Fassung B«* 98–134
Die besitzlose Arbeiterschaft → ›Beim Bau der chinesischen Mauer‹: 221–223
Ein Besuch im Bergwerk → ›Ein Landarzt‹: 217–220
Betrachtungen über Sünde, Leid, Hoffnung und den wahren Weg siehe: *Aphorismen*
Bilder von der Verteidigung eines Hofes → ›Das Ehepaar‹: 104–109
Blumfeld, ein älterer Junggeselle → ›Beschreibung eines Kampfes‹: 180–208
Brief an den Vater → ›Zur Frage der Gesetze‹: 10–66
Ein Brudermord → ›Ein Landarzt‹: 229–231
Die Brücke → ›Beim Bau der chinesischen Mauer‹: (Ich war steif und kalt ...) 39–40
Ein Damenbrevier → ›Ein Landarzt‹: 297–298
Der Dorfschullehrer → ›Beschreibung eines Kampfes‹: 154–170
Das Dorngebüsch → ›Das Ehepaar‹: (Ich war in ein ...) 39
Das dritte Oktavheft → ›Beim Bau der chinesischen Mauer‹: *»Oktavheft G«* 160–199
»Du« sagte ich – Fragmente → ›Beschreibung eines Kampfes‹: 135 → ›Tagebücher, Bd. 1‹: 27, 32, 33, 89–94, 96–98, 98–100, 101–102, 111, 111–112, 112
Das Ehepaar → ›Das Ehepaar‹: 133–138
Einleitungsvortrag über Jargon → ›Beschreibung eines Kampfes‹: 149–153

Eisenbahnreisende → ›Beim Bau der chinesischen Mauer‹: (Wir sind …) 163
Elf Söhne → ›Ein Landarzt‹: 224–229
Entlarvung eines Bauernfängers → ›Ein Landarzt‹: 17–19
Eine entschlafene Zeitschrift → ›Ein Landarzt‹: 324–325
Entschlüsse → ›Ein Landarzt‹: 20
Entwurf zu ›Richard und Samuel‹ siehe: *Skizze zur Einleitung für ›Richard und Samuel‹*
Er → ›Tagebücher, Bd. 3‹: 174–186
Erinnerungen an die Kaldabahn → ›Tagebücher, Bd. 2‹: (Eine Zeit meines Lebens …) 169–172 → ›Tagebücher, Bd. 3‹: (nicht die geringste Mühe …) 44–51
Ernst-Liman-Fragment → ›Tagebücher, Bd. 2‹: (Ernst Liman kam …) 127–131
Die erste lange Eisenbahnfahrt (Prag–Zürich) siehe: Erstes Kapitel des Buches ›Richard und Samuel‹ von Max Brod und Franz Kafka
Das erste Oktavheft → ›Beim Bau der chinesischen Mauer‹: *»Oktavheft B«* 39–62
Erstes Kapitel des Buches ›Richard und Samuel‹ von Max Brod und Franz Kafka → ›Ein Landarzt‹: 326–342
Erstes Leid → ›Ein Landarzt‹: 249–252
Erzählung des Großvaters → ›Beim Bau der chinesischen Mauer‹: 11–13
Es ist ein Mandat → ›Zur Frage der Gesetze‹: 144–145
Der Fahrgast → ›Ein Landarzt‹: 26–27
Eine Festrede → ›Beschreibung eines Kampfes‹: (Diese Wahl ist sehr begrüßenswert …) 140–142
Forschungen eines Hundes → ›Das Ehepaar‹: (Wie sich mein Leben …) 48–93
Fragment des ›Unterstaatsanwalts‹ siehe: Der Unterstaatsanwalt
Fragment zum ›Bau der chinesischen Mauer‹ → ›Beim Bau der chinesischen Mauer‹: (In diese Welt drang nun …) 79–80
Fragmente zum ›Bericht für eine Akademie‹ → ›Beim Bau der chinesischen Mauer‹: (Wir alle kennen den Rotpeter …) 100–104
Fragment zum ›Jäger Gracchus‹ → ›Beim Bau der chinesischen Mauer‹ (»Wie ist es, Jäger Gracchus …) 96–100

Fragmente zur ›Strafkolonie‹ → ›Tagebücher, Bd. 3‹: 152–155
Das fünfte Oktavheft → ›Beim Bau der chinesischen Mauer‹: *»Oktavheft E«* 113–127
Fürsprecher → ›Das Ehepaar‹: (Es war sehr unsicher ...) 13–15
Das Gassenfenster → ›Ein Landarzt‹: 29–30
Der Geier → ›Zur Frage der Gesetze‹: (Es war ein Geier ...) 151–152
Gemeinschaft → ›Zur Frage der Gesetze‹: (Wir sind fünf Freunde ...) 139–140
Eine Gemeinschaft von Schurken → ›Beim Bau der chinesischen Mauer‹: (Es war einmal ...) 170–171
Gespräch mit dem Beter → ›Ein Landarzt‹: 299–306 → ›Beschreibung eines Kampfes‹: (Es gab eine Zeit ...) 70–78
Gespräch mit dem Betrunkenen → ›Ein Landarzt‹: 307–311 → ›Beschreibung eines Kampfes‹: (Aber als ich aus dem Hausthor ...) 83–87
Gibs auf! siehe: Ein Kommentar
Großer Lärm → ›Ein Landarzt‹: 343 → ›Tagebücher, Bd. 1‹: (Ich will schreiben ...) 176
Der Gruftwächter → ›Beim Bau der chinesischen Mauer‹: 10–11, 16–26, 27–38
Heimkehr → ›Das Ehepaar‹: (Ich bin zurückgekehrt ...) 162–163
Der Heizer → ›Ein Landarzt‹: 53–89 → ›Der Verschollene‹: 9–44 → ›Tagebücher, Bd. 1‹ (dem Schubal etwas ...) 132–148 → ›Tagebücher, Bd. 2‹: (Als der ...) 104–122
Hochzeitsvorbereitungen auf dem Lande → ›Beschreibung eines Kampfes‹: *»Fassung A«* 14–37, *»Fassung B«* 38–43, *»Fassung C«* 44–46
Hörbare Nachbarschaft siehe: *Der Bau*
Ein Hungerkünstler → ›Ein Landarzt‹: 261–273 → ›Das Ehepaar‹: (In den letzten Jahrzehnten ...) 18–30
Hyperion siehe: Eine entschlafene Zeitschrift
Ich habe elf Söhne siehe: Elf Söhne
In der Nacht siehe: Die Vorüberlaufenden
In der Strafkolonie → ›Ein Landarzt‹: 159–195; siehe auch: *Fragmente zur ›Strafkolonie‹*
In unserer Synagoge → ›Das Ehepaar‹: 34–38

Ein Irrtum → ›Beim Bau der chinesischen Mauer‹: 57–58
Der Jäger Gracchus → ›Beim Bau der chinesischen Mauer‹: (Zwei Knaben saßen ...) 40–43, (»Und nun gedenken Sie ...) 44–45; siehe auch: *Fragment zum ›Jäger Gracchus‹*
Josefine, die Sängerin oder Das Volk der Mäuse → ›Ein Landarzt‹: 274–294 → ›Das Ehepaar‹: (Unsere Sängerin heißt Josefine ...) 223–244
Eine kaiserliche Botschaft → ›Ein Landarzt‹: 221–222 → ›Beim Bau der chinesischen Mauer‹: (Der Kaiser, so heißt es ...) 75–76
Der Kaufmann → ›Ein Landarzt‹: 22–24
Kinder auf der Landstraße → ›Ein Landarzt‹: 13–16 → ›Beschreibung eines Kampfes‹: (Ich hörte die Wagen ...) 116–120
Kleider → ›Ein Landarzt‹: 27 → ›Beschreibung eines Kampfes‹: (Oft wenn ich Kleider ...) 93
Kleine Fabel → ›Zur Frage der Gesetze‹: (»Ach«, sagte die Maus ...) 163
Eine kleine Frau → ›Ein Landarzt‹: 252–261 → ›Das Ehepaar‹: (Es ist eine ...) 210–218
Der kleine Ruinenbewohner → ›Tagebücher, Bd. 1‹: (Wenn ich es bedenke ...) 17–25, 89
Ein Kommentar → ›Das Ehepaar‹: 130
Konsolidierung → ›Zur Frage der Gesetze‹: 148–150
Der Kreisel → ›Zur Frage der Gesetze‹: (Ein Philosoph trieb sich immer ...) 176–177
Eine Kreuzung → ›Beim Bau der chinesischen Mauer‹: 92–93
Der Kübelreiter → ›Ein Landarzt‹: 345–347 → ›Beim Bau der chinesischen Mauer‹: 46–48
Die Kunstreiterin siehe: Auf der Galerie
Ein Landarzt → ›Ein Landarzt‹: 200–207
Ein Leben → ›Beim Bau der chinesischen Mauer‹: 166
›Monderry‹-Fragment → ›Tagebücher, Bd. 3‹: (Der Tatbestand ...) 92–94
Der Mord siehe: Ein Brudermord
Die Mühseligkeit → ›Zur Frage der Gesetze‹: 176
Der Nachbar → ›Beim Bau der chinesischen Mauer‹: (Mein Geschäft ruht ...) 90–91
Der Nachhauseweg → ›Ein Landarzt‹: 25

Nachts → ›Zur Frage der Gesetze‹: (Versunken in die Nacht ...) 99
Das nächste Dorf → ›Ein Landarzt‹: 220–221
Der neue Advokat → ›Ein Landarzt‹: 199–200 → ›Beim Bau der chinesischen Mauer‹: (Wir haben einen neuen Advokaten ...) 56
Neue Lampen → ›Beim Bau der chinesischen Mauer‹: (Gestern war ich zum erstenmal ...) 119–121
Odradek siehe: Die Sorge des Hausvaters
Oft überlege ich es ... siehe: Der kleine Ruinenbewohner
Paralipomena → ›Beim Bau der chinesischen Mauer‹: (Der tiefe Brunnen ...) 149, (Stummheit gehört ...) 177
Der Philosoph und die Kreisel siehe: *Der Kreisel*
Der plötzliche Spaziergang → ›Ein Landarzt‹: 19–20 → ›Tagebücher, Bd. 2‹: (Wenn man sich am abend ...) 12–13
Poseidon → ›Zur Frage der Gesetze‹: (Poseidon saß ...) 130–131
Prometheus → ›Beim Bau der chinesischen Mauer‹: (Die Sage versucht ...) 192–193
Der Prozeß – ›Der Proceß‹
Die Prüfung → ›Zur Frage der Gesetze‹: (Ich bin ein Diener ...) 150–151
Der Quälgeist → ›Beim Bau der chinesischen Mauer‹: 88
Rede über die jiddische Sprache siehe: *Einleitungsvortrag über Jargon*
Ein regnerischer Tag → ›Zur Frage der Gesetze‹: 88–92
Richard und Samuel siehe: Erstes Kapitel des Buches ›Richard und Samuel‹ von Max Brod und Franz Kafka
Der Riesenmaulwurf siehe: Der Dorfschullehrer
Ein Roman der Jugend → ›Ein Landarzt‹: 321–323
Schakale und Araber → ›Ein Landarzt‹: 213–217 → ›Beim Bau der chinesischen Mauer‹: (Wir lagerten in der Oase ...) 49–53
Schema zur Charakteristik kleiner Litteraturen → ›Tagebücher, Bd. 1‹: 253
Der Schlag ans Hoftor → ›Beim Bau der chinesischen Mauer‹: (Es war im Sommer ...) 83–85
Das Schweigen der Sirenen → ›Beim Bau der chinesischen Mauer‹: (Beweis dessen ...) 168–170
Das Schwert → ›Tagebücher, Bd. 3‹: (Ich hatte mit zwei Freunden ...) 71–72

Das sechste Oktavheft → ›Beim Bau der chinesischen Mauer‹: *»Oktavheft C«* 63–89
Das siebente Oktavheft → ›Beim Bau der chinesischen Mauer‹: *»Oktavheft A«* 9–26
Skizze einer Selbstbiographie → ›Beim Bau der chinesischen Mauer‹: (Jeder Mensch ist eigentümlich ...) 143–147
Skizze zur Einleitung für ›Richard und Samuel‹ → ›Beschreibung eines Kampfes‹: 145–147
Die Sorge des Hausvaters → ›Ein Landarzt‹: 222–223
Das Stadtwappen → ›Zur Frage der Gesetze‹: (Anfangs war beim babylonischen Turmbau ...) 143–144, 147
Die städtische Welt → ›Tagebücher, Bd. 1‹: 118–124
Der Steuermann → ›Zur Frage der Gesetze‹: (»Bin ich nicht Steuermann?« ...) 147–148
Eine teilweise Erzählung → ›Zur Frage der Gesetze‹: (Vor dem Eingang des Hauses ...) 97–98
Ein Traum → ›Ein Landarzt‹: 232–234
Die Truppenaushebung → ›Zur Frage der Gesetze‹: (Die Truppenaushebungen, die oft ...) 109–111
Über Kleists ›Anekdoten‹ → ›Beschreibung eines Kampfes‹: (Das ist ein Anblick ...) 148
Das Unglück des Junggesellen → ›Ein Landarzt‹: 21–22 → ›Tagebücher, Bd. 1‹: (Es scheint so arg ...) 194
Unglücklichsein → ›Ein Landarzt‹: 31–36 → ›Tagebücher, Bd. 1‹: (Als es schon unerträglich ...) 85–89
Der Unschuldige → ›Das Ehepaar‹: (»Sonderbar!« sagte der Hund ...) 16–17
Der Unterstaatsanwalt → ›Beschreibung eines Kampfes‹: 171–176
Unverbrüchlicher Traum → ›Beim Bau der chinesischen Mauer‹: 9
Das Urteil → ›Ein Landarzt‹: 37–52 → ›Tagebücher, Bd. 2‹: (Es war an einem Sontagvormittag ...) 87–100
Verlockung im Dorf → ›Tagebücher, Bd. 3‹: (Ich kam einmal im Sommer ...) 13–22
Die Verwandlung → ›Ein Landarzt‹: 91–158
Das vierte Oktavheft → ›Beim Bau der chinesischen Mauer‹: *»Oktavheft H«* 200–227

Vom babylonischen Turmbau siehe: *Das Stadtwappen*
Vom jüdischen Theater → ›Beim Bau der chinesischen Mauer‹: 137–142
Vom Scheintod → ›Zur Frage der Gesetze‹: (Wer einmal scheintot ...) 9
Von den Gleichnissen → ›Das Ehepaar‹: (Viele beklagten sich ...) 131–132
Vor dem Gesetz → ›Ein Landarzt‹: 211–212 → ›Der Proceß‹: 226–227
Vor dem Einschlafen siehe: Das Unglück des Junggesellen
Die Vorüberlaufenden → ›Ein Landarzt‹: 25–26
Die Wahrheit über Sancho Pansa → ›Beim Bau der chinesischen Mauer‹: (Sancho Pansa, der sich übrigens ...) 167
Wunsch, Indianer zu werden → ›Ein Landarzt‹: 30
Zerrissener Traum → ›Beim Bau der chinesischen Mauer‹: 9
Zerstreutes Hinausschaun → ›Ein Landarzt‹: 24
Zu der Reihe ›Er‹ → ›Tagebücher, Bd. 3‹: 174–179, 183–185
Zum Nachdenken für Herrenreiter → ›Ein Landarzt‹: 28–29
Zur Frage der Gesetze → ›Zur Frage der Gesetze‹: 106–108
Das zweite Oktavheft → ›Beim Bau der chinesischen Mauer‹: *»Oktavheft D«* 90–112

Inhalt

Reisen Januar/Februar 1911 9
Reise August /September 1911 19
Reise Juni/Juli 1912 79
Reise September 1913 109

Anhang

Max Brod: Reise nach Lugano–Mailand–Paris 117
Max Brod: Reise nach Weimar 198
Editorische Notiz 217
Siglen 220
Kommentar 222
Nachbemerkung 254
Biographische Skizze 259

Register

Chronologisch geordnetes Verzeichnis der datierten Eintragungen 265
Verzeichnis der fiktionalen Texte und Textansätze 282
Verzeichnis der erwähnten Werke Kafkas 287
Verzeichnis der erwähnten Personen, Werke und Periodika 289
Verzeichnis der erwähnten Vereine, Institutionen, Organisationen und Schauspielensembles 313
Verzeichnis der erwähnten Orte 315
Register zu den Reiseaufzeichnungen von Max Brod 326
Titelübersicht 334